**Ingrid Elfberg**

# Das Lied des Schweigens

D1873377

atb aufbau taschenbuch

Ingrid Elfberg ist im Norden Schwedens aufgewachsen und lebt heute mit ihrer Familie in Göteborg. 2004 gewann sie für ihre Erzählung »Stormen« einen schwedischen Literaturpreis. Mehr zur Autorin unter www.ingridelfberg.se

Nach der Festnahme des Mannes, der ihrem Sohn so großes Leid angetan haben soll, ist für Eva Seger der Alptraum noch lange nicht vorüber. Sie ist sich sicher, dass der Falsche verurteilt wurde, während der wahre Täter frei herumläuft – und jederzeit erneut zur Gefahr werden kann. Doch keiner glaubt ihr. Auch der Ermittler Per Henriksson, von dem sich Eva Hilfe erhoffte, ist zuerst skeptisch. Ihr bleibt nichts anderes übrig, als auf eigene Faust nachzuforschen. Zum Glück, denn der Täter ist nah, ganz nah, und plant bereits die Erfüllung seines kranken Traums, den kleinen Engel Sebastian für immer zu besitzen.

»Ein Lichtblick unter den Krimiveröffentlichungen des Sommers.« *Nerikes Allehanda*

»Das beste Debüt des Jahres in der schwedischen Spannungsliteratur.« *Dast Magazine*

Ingrid
Elfberg

# Das Lied des Schweigens

THRILLER

Aus dem Schwedischen von Kerstin Schöps

atb aufbau taschenbuch

Die Originalausgabe mit dem Titel »Gud som haver« erschien 2009 bei Kabusa Böcker, Göteborg.

FSC
www.fsc.org
MIX
Papier aus verantwortungsvollen Quellen
FSC® C083411

ISBN 978-3-7466-2706-9 | Aufbau Taschenbuch ist eine Marke der Aufbau Verlag GmbH & Co. KG | 1. Auflage 2011 | © Aufbau Verlag GmbH & Co. KG, Berlin 2011 | © Ingrid Elfberg 2009 | Umschlaggestaltung morgen, Kai Dieterich unter Verwendung zweier Motive von Corbis: © Bruno Ehrs und © Warren Faidley | Typografie Renate Stefan, Berlin | Gesetzt aus der Bembo und der LLRubber durch Greiner & Reichel, Köln | Druck und Bindung CPI – Clausen & Bosse, Leck | Printed in Germany | www.aufbau-verlag.de

»Rache ist eine Art wilder Gerechtigkeit.«

*Francis Bacon*

# Prolog

Sebastian hörte den Welpen hinter sich. Er erkannte das eifrige Hecheln wieder. Er sah nicht auf, sondern ließ seinen hellroten Volvo neue Runden durch den Sand drehen. Der Volvo fuhr immer schneller.

Sebastian mochte den Welpen gern. Der war immer fröhlich und wollte spielen. Er hatte ihm einmal einen Ball zugeworfen, den der Hund artig zurückgebracht hatte, dann hatte er ihn ein zweites Mal geworfen. Und der Welpe hatte auch diesen apportiert.

Immer wenn das junge Tier übermütig wurde, kniff es mit kleinen spitzen Zähnen. Das mochte Sebastian nicht und zog seine Hände zurück. Da griff das Herrchen meistens ein.

Der Welpe stemmte sich mit seinen Hinterbeinchen gegen den Widerstand der Leine und sprang auf Sebastian zu, leckte ihm mit der nassen Zunge übers Ohr und setzte ihm seine runden Welpenpfoten auf den Rücken. Sie waren warm. Das Herrchen des Welpen sagte etwas zu ihm, aber Sebastian verstand ihn nicht. Er hob seinen Volvo hoch und streckte dem Mann sein Spielzeug entgegen, blinzelte ins Licht, aber das war so grell, dass er nicht richtig sehen konnte.

»Volvo«, sagte Sebastian mit Nachdruck. Der Hundebesitzer lobte ihn für sein Wissen. Ganz richtig, das sei ein Volvo!

Das Herrchen packte Sebastian am Arm und zog ihn hoch auf seine Füße. Dabei verlor er den Volvo, versuchte nach ihm zu greifen, konnte ihn aber nicht erreichen. Der

Hund verhedderte sich mit der Leine um Sebastians Füße und leckte seine Hände. Der Besitzer des Hündchens sagte, dass er den Welpen bekommen würde. Einen eigenen Hund? Einen Freund? Sebastian versuchte, nach seinem Auto zu greifen.

Etwas stimmte nicht mit der Hand, die Stimme klang auch anders … aber er wollte nicht nach oben schauen. Die feuchte Schnauze des Welpen streifte seine Hand. Er wollte ihn so gerne haben … würde er ihn auch wirklich bekommen?

Sie gingen auf das Tor am anderen Hofende zu … *darf nicht da hinausgehen* … Der Welpe begrüßte Sebastian mit überschwänglicher Freude, jedes Mal, wenn sich ihre Wege kreuzten. Sebastian wand seine Hand, wollte dem Griff entkommen, der Griff wurde fester.

»Du möchtest doch den Welpen haben?«

Sebastian nickte, kniff die Augen zusammen. Die Stimme klang böse, auch der Atem des Mannes roch eklig. Sebastian konnte nicht verstehen, warum der Mann ärgerlich war. Er war sonst nie ärgerlich, er hatte ihm immer Geschenke und Süßigkeiten mitgebracht. Früher. Aber Sebastian wollte natürlich den Hund. Den wollte er so gerne.

»Jetzt komm schon!«, befahl die Stimme, der Griff wurde immer fester. Sebastian bekam Angst. Sie hatten bereits den Zebrastreifen erreicht. Dort durfte er nicht sein. Mama sagte immer *gefährlich* …

Sebastian zeigte auf einen weißen BMW, der vorbeiauste.

»Be-eme«, sagte er, blinzelte hinauf zu dem Herrchen des Welpen, erwartete erneut Lob. Aber Sebastian bekam keine Antwort.

# Kapitel 1

Karin schnupperte am Kopf des Babys, steckte ihre Nase in das flauschige Haar, während sie den steifen Rücken ihrer Schwester betrachtete, der sich wie ein Panzer um das weiche, verletzliche Innere gelegt hatte, eine Betonmauer, die sie während der letzten Monate gegen alles und jeden errichtet hatte.

Ihre jüngere Schwester hatte ihre Kraft verloren, war bleich und durchsichtig geworden, wie ein Foto, das Zeit und höhere Mächte hatten verblassen lassen. In den vergangenen drei Monaten hatte sie sich so verwandelt: von der einst vor Lebensfreude sprühenden kleinen Schwester war sie zu einem Schattenbild ihrer selbst geworden, dünn und mit großen Augen, die ihrer Umwelt mit totaler Abwesenheit begegneten. An der Oberfläche wirkte das gleichgültig. Aber darunter? Karin konnte nur spekulieren.

Endlich war ein Urteil gefällt worden. Nach drei Monaten quälenden Wartens. Wie ein überspanntes Gummiband, das reißt. Der Mann hatte endlich seine Strafe dafür bekommen, dass er Evas Sohn entführt und missbraucht hatte. Die dreimonatige mentale Marter war endlich vorbei.

Die Aufmerksamkeit der Öffentlichkeit war sehr belastend gewesen. Neugierde, falsches und echtes Mitgefühl, die geifernde Rücksichtslosigkeit der Medien. Die Überschriften in der Presse waren reißerisch.

KINDERSCHÄNDER VON GÖTEBORG VERURTEILT!

Gestern, am 30. August, ist das Urteil gegen den 23-jährigen Kinderschänder und Mitarbeiter einer Kindertagesstätte in Göteborg verkündet worden. Er saß seit Mai in Untersuchungshaft und wurde beschuldigt, sich in einer Vorschule im Zentrum von Göteborg an mindestens einem Kind vergriffen zu haben. Obwohl er seine Unschuld beteuerte, wurde er heute wegen Entführung und schweren sexuellen Missbrauchs eines Schutzbefohlenen verurteilt. Der junge ...

Als alles vorbei war, blieb nur diese entsetzliche Leere zurück.

Außen vor zu stehen und nichts tun zu können, war schlimmer, als Karin geglaubt hatte. Nicht einmal ihre Rolle als Ärztin hatte sie geschützt oder darauf vorbereiten können, was sie erwartete.

Alle Familienmitglieder waren in Mitleidenschaft gezogen worden. Selbstverständlich hatte es Eva am härtesten getroffen. Sebastians Mama, die im richtigen Moment zur Stelle hätte sein müssen. Die ihren Sohn nur für einen kurzen Augenblick aus den Augen gelassen hatte. Ein folgenschwerer Augenblick.

Karin und ihr Ehemann hatten sich über die Ereignisse unterhalten und sich gefragt, was sie wohl getan und gefühlt hätten, wenn es ihr eigenes Kind gewesen wäre. Ihre Schlussfolgerungen, das Gesagte und Gedachte, die unausgesprochenen Worte, die sie in ihren Blicken lesen konnten, hatten sie beide erschreckt. Worte wie Rache, Misshandlung und Mord. Das Baby, die kleine Julia, sabberte auf Tante Karins Arm. »Gahnn ...«, brabbelte sie zufrieden, die halbe Hand im Mund, als Karin mit ihr kuschelte.

Aus der Küche nebenan hörte man beunruhigenden Lärm.

»Geht es bitte ein bisschen leiser da draußen?«, rief Karin nicht besonders energisch.

Sie legte den Arm um Evas Schultern und drückte sie, so gut es ging mit dem Baby auf dem Arm, das glücklich sabbernd zwischen ihnen steckte.

Welche Worte waren jetzt die richtigen? Glückwunsch? Jetzt ist es vorbei? Jetzt ist das widerliche Ungeziefer dort, wo es hingehört? Jetzt soll er genau so leiden, wie dein Sohn und wie ihr gelitten habt?

Karin hatte Schwierigkeiten, den Blick ihrer Schwester auszuhalten, die flatternden Wimpern, die sie nicht zu deuten wusste. Wie sollte es weitergehen? Und was würde mit Sebastian geschehen? Was war in seiner Seele angerichtet worden? Wuchs dort etwas heran, was erst viel später zum Tragen kommen sollte? Wie würde er sich entwickeln? Was konnte sie tun, damit es nicht …? Karin fühlte sich ohnmächtig.

Erneut krachte es in der Küche, die fröhlichen Stimmen verstummten abrupt. Karin sprang auf, um sich ihre Söhne vorzuknöpfen, die versuchten, einen Geschwindigkeitsrekord im Rollstuhlfahren immer um den Küchentisch herum aufzustellen. Eine Fahrt, die ein jähes Ende an einem der Küchenschränke gefunden hatte.

»Wann wollt ihr endlich begreifen, dass das kein Gefährt für Vergnügungsfahrten ist?«, schimpfte sie, hatte aber Schwierigkeiten, sich ein Lächeln zu verkeifen. Die Augen der Jungen glitzerten vor Entzücken und Abenteuerlust.

»Lass sie doch, Karin.« Eva stellte sich hinter ihre große Schwester.

»Niemanden kümmert's, wenn die Schranktüren noch ein paar zusätzliche Kerben bekommen. Die letzten vierzig Jahre hat es auch keinen gestört.«

Eva lächelte freudlos, nahm Karin das Baby ab und legte es auf den Schoß von Axel, dem ältesten Sohn ihrer Schwester, der im Rollstuhl saß. Er grinste breit und sauste durch die Tür ins Wohnzimmer, dicht gefolgt von seinem Bruder Göran. Julia quietschte vergnügt.

»Habt ihr schon ein Haus gefunden, das euren Vorstellungen entspricht?«, fragte Karin wie nebenbei und ließ ihren Blick durch die schmalen Fenster über der Spüle zu den kleinen Felsen wandern, dahinter war ein Streifen vom Meer zu sehen. Eva folgte Karins Blick. Die Küche ähnelte einem Kriegsschauplatz, Essensreste, Abfall, Spülmittel und die obligatorische ICA-Tüte, die von schmutzigen Windeln nur so überquoll. Alles weit entfernt von SCHÖNER WOHNEN.

»M-mmm …«, murmelte Eva und setzte sich schwer auf einen der Küchenstühle. »Ich weiß nicht …«

»Eva.« Karin drehte sich zu ihrer Schwester. »So kann es nicht weitergehen! Du hast doch auf diese Entscheidung gewartet … Er ist jetzt verurteilt!«

Karin atmete tief ein. Eva schwieg und starrte auf die Tischplatte.

»Du kannst dich nicht vor allen verstecken, inklusive vor dir selbst, Eva. Ihr wohnt hier in diesem … ach, Mensch. Schau dich doch bitte an, Schwesterherz. Du bist ein Schatten deiner selbst, du bist abgemagert und blass, du gehst kaum vor die Tür, du sitzt am PC oder vor dem Fernseher … du isolierst dich total von deiner Umwelt. Ich weiß, es braucht Zeit, so etwas zu verarbeiten, aber … verdammt!

Das macht mich so wütend, und ich mache mir solche Sorgen.«

Eva schwieg, sie biss die Zähne zusammen, ein brennender Schmerz wanderte den Nacken hinauf und kündigte Kopfschmerzen an. Schon wieder. Sie ballte ihre Hand zur Faust und seufzte etwas lauter, als sie eigentlich wollte.

»Es ist unglaublich, dass alle genau wissen, was ich tun und lassen soll«, murmelte sie schlecht gelaunt. »Man muss sich einfach nur zusammenreißen. Erst zusammenbrechen und dann weitermachen?«

Sie stand auf und fing an, mit kreisenden Armen um den Tisch zu laufen.

»Zum Teufel, ein verdammter Päderast ist plötzlich in unser Leben eingebrochen. Das ist etwas, was man in den Abendzeitungen liest. So etwas passiert anderen! Irgendwo anders. Weiß du, was am schlimmsten ist?« Eva hielt ihren Zeigefinger unter Karins Nase. »Ich mochte ihn! Ich konnte Mattias gut leiden. Er war freundlich und zahm wie ein Lamm. Ich habe ihm vertraut. Ich fühle mich so …«

Eva brach mitten im Satz ab. Ihre Augen füllten sich mit Tränen, die ihr die Wangen herunterliefen.

»Entschuldige, Schwesterherz. Verzeih mir«, flüsterte sie.

Karin schluckte alles hinunter, was sie hätte loswerden wollen, es gab keine Worte, die diesen Schmerz lindern konnten, ihr blieb nur die Möglichkeit, für ihre Schwester da zu sein. Die Ohnmacht hatte von ihnen allen Besitz ergriffen, war aufgedunsen und faulig. Alles hatte sie vergiftet, als wäre die Erde über Nacht mit dünnem und brüchigem Eis überzogen worden, alle Worte wurden auf die Goldwaage gelegt, und trotzdem fielen sie schwer wie Steinblöcke zu Boden, sobald das Thema zur Sprache kam. Und es kam zur Sprache, auch wenn sie verzweifelt versuchten, es zu vermeiden.

Ein beunruhigendes Poltern kam jetzt aus dem Wohnzimmer, die Schwestern stürzten los. Die Fahrt mit dem Rollstuhl war von einem großen, braungebeizten Schrank gestoppt worden. Das Baby gluckste aufgeregt, die Brüder verhielten sich mucksmäuschenstill, ihre Rücken gekrümmt von unterdrücktem Lachen.

»Meine lieben Freunde …«, mahnte Karin mit ernster Stimme. »Wir sind hier nicht zu Hause, wir sind bei Carl und Eva. Und das Haus hier und die Möbel sind von Großmutters Schwester geliehen, was bedeutet, dass sie in demselben guten Zustand zurückgegeben werden müssen, ist das klar?«

Die übermütigen Jungs nickten, die Lippen schmal und zusammengepresst, um nicht vor Lachen loszuprusten. Sie ließen sich überzeugen, dass ein Zeichentrickfilm im Fernsehen die bessere Alternative sei. Plötzlich wurde es sehr still.

»Schläft Sebastian immer noch?«

»M-mm …«, Eva nickte. »Er hat wohl gerade wieder einen Wachstumsschub …«

Karin verkniff sich, was sie darauf erwidern wollte. Dass sich Sebastian nämlich seit dem Vorfall zurückgezogen hatte, dass er fast vollständig aufgehört hatte zu sprechen und sich ängstlich an seine Mutter klammerte, er war wieder so bedürftig wie ein Baby. Das war nicht zu übersehen.

»Du hingegen siehst so aus, als würdest du überhaupt nicht schlafen!« Karins Stimme war barscher als beabsichtigt.

»Ich … ich komme schon klar, wenn alles in gewohnten Bahnen läuft und ich mich auf die Kinder konzentrieren kann, den Alltag eben. Ich bin nur ein bisschen müde.« Eva ließ alles andere, was sie noch hätte schildern können, ungesagt. Sie begegnete dem forschenden Blick ihrer Schwester und wusste, dass sie den Köder nicht geschluckt hatte.

»Gehst du eigentlich immer noch zu diesem Psychologen?«, fragte Karin unerbittlich weiter.

Eva nickte.

Karin wollte nicht nachgeben.

»Wie ist er? Machst du Fortschritte?«

Eva starrte verloren auf den Fernsehbildschirm, auf dem kleine Ameisen Samen und Früchte hin und her trugen.

»Antwort … Nein! Ich gehe nur da hin, weil ich mich dazu gezwungen fühle. Ich soll ja geheilt werden! Muss wieder normal werden!« Eva warf ihrer Schwester einen trotzigen Blick zu. »Der Typ ist ein alter Sack, der sich jahrzehntelang nur schlimme Geschichten angehört hat. Der ist total abgestumpft. Er sitzt die Stunde nur ab und bekommt dafür 900 Kronen. Dabei denkt er bestimmt an einen idiotischen Golfcourt oder an ein süßes junges Ding, während ich versuche, ihm meine Angst zu schildern.«

Karin schwieg zornig. Sie kannte Evas Therapeuten nicht, wusste nur, dass er ein alter Bekannter der Familie Seger war und seine Praxis in Askim hatte. Sie hatte versucht, etwas über ihn in Erfahrung zu bringen, hatte aber nichts gefunden, was genau genommen sehr bedenklich war.

Plötzlich stand Sebastian in der Tür, noch schlaftrunken, mit dem Daumen im Mund. Er wackelte auf Eva zu und umschlang ihr Bein, sie hob ihn hoch.

»Du solltest da nicht mehr hingehen«, presste Karin hervor. »Das ist ja Wahnsinn. Warum hast du nicht … ach, vergiss es.« Karin verbat sich weitere Vorwürfe und küsste stattdessen Sebastian auf den Kopf. Sie hatte eingesehen, dass ihre Schwester bereits genug Ermahnungen und gute Ratschläge bekommen hatte.

»Ich will sehen, was ich tun kann«, fügte Karin hinzu. Die Blicke der Schwestern trafen sich für einen kurzen Moment. Eine wortlose Vereinbarung. Karin lenkte das Gespräch auf alltägliche Dinge. Die Ereignisse an jenem warmen Sommertag vor drei Monaten hatten so viel Energie gekostet. So viele Worte und Gedanken, so viele Wenn und Aber, so viele Tränen, so viel Seelenqual und Scham. Die verbleibende Energie wurde jetzt benötigt, um weiterzukommen, um den Moment zu überstehen.

Ein Urteil. Endlich. Der blasse junge Mann hatte seine Schuld vor Gericht abgestritten. Beim Verhör zuvor jedoch zugegeben. Der Kindergartenpraktikant Mattias wurde in der Öffentlichkeit als Monster dargestellt, zuerst rund um die Uhr von den Medien beobachtet und überwacht, doch sie verloren schnell das Interesse. Ein junger Mann, der eine Ausbildung zum Montessori-Lehrer begonnen und dann seine Stellung ausgenutzt hatte, um sich an Kindern zu vergreifen. Auf einer intellektuellen Ebene konnte man sich dieser Problematik nähern, aber emotional war es unmöglich.

Eva sah sich in dem Zimmer um. Das war ihr Flüchtlingslager. In die ehemalige Trostlosigkeit waren Schmusetücher, Duplo-Klötze, Beißringe, Stapel von Büchern, ungeöffnete Umzugskartons, DVDs und Berge von Zeitungen eingedrungen. Saubere, aber nicht zusammengelegte Kleidungsstücke waren unachtsam gemischt mit schmutziger Wäsche.

Obwohl Carl, die Kinder und sie schon seit mehr als zwei Monaten in Fleurs Gästehaus wohnten, hatte sie das Gefühl der Trostlosigkeit noch nicht verlassen. Es saß in den Wänden und den abgenutzten Möbeln. Als hätte sich das Leben aus diesem Teil des Hauses zurückgezogen, die Peripherie im Stich gelassen, wie in einem verkalkten Blutkreislauf, bei dem nur noch das Innerste Leben beherbergte.

Die Einsamkeit des Gästehauses aber konnte Eva besser ertragen als die lähmende Angst, die sie in der Wohnung empfunden hatte. Schon allein der Gedanke an das Haus in der Stadt verursachte ihr Übelkeit. Es war nicht mehr daran zu denken gewesen, in den Innenhof hinunterzugehen. Als wäre der Hof von einem elektrischen Zaun umgeben, der sie davon abhielt, sich zu nähern. Sie konnte auch nicht mehr zum Spielplatz im Slottsskogen gehen, um dort mit den anderen Müttern den herumtollenden Kindern zuzusehen. Wer war in der Lage, seine Kinder ununterbrochen jede Sekunde im Auge zu behalten? Und dann diese Angst, wiedererkannt zu werden, von Eltern aus der Kita oder von jemandem, der sie in der Zeitung gesehen hatte. Sie und ihre Kinder waren zu Gefangenen in ihren eigenen vier Wänden geworden, bei geschlossenen Jalousien, Tag und Nacht.

»So, meine liebste Schwester«, sagte Karin mit militärischer Bestimmtheit. »Wir müssen uns in unsere Eternithütte in den hippen, östlichen Stadtteilen zurückziehen. Diese beiden Banditen brauchen was zu essen, und wenn ich meinen lieben Mann richtig einschätze, hat er seit heute früh genagelt, gebohrt und alles schmutzig gemacht und darüber vergessen, Lebensmittel zu sich zu nehmen. Zeit fürs Abendessen.« Sie lächelte etwas angestrengt. Gemeinsam sammelten die Schwestern das Spielzeug der Jungs zusammen.

»Wir haben übrigens ein Kindermädchen eingestellt«, sagte Eva mit kraftloser Stimme. Ihre Schwester würde dem neuen Familienmitglied früher oder später sowieso begegnen, da konnte sie die Bombe auch gleich hochgehen lassen. Eva hatte ja selbst größte Schwierigkeiten, diesen Umstand zu akzeptieren. In ihrer Familie galt so etwas nämlich als ein großer Irrtum, ein Zeichen des eigenen Versagens und vor allem als unerträglicher Snobismus. Aber Eva hatte keine Kraft, sich dagegen zu wehren. Sie benötigte ihre gesamte Energie dafür, morgens aufzustehen, Frühstück zu machen, sich und die Kinder anzuziehen, einfach nur zu existieren. Wahrscheinlich stimmte sogar, was Carl gesagt hatte, dass ihre Schwiegermutter das Kindermädchen ihr zuliebe organisiert hatte?

Karin erstarrte. »Wieso das denn? Sag bloß, die feine Familie Hovås bestimmt jetzt alles, seit ihr hier eingezogen seid? Sag bitte, dass es nicht stimmt!«, knurrte Karin.

»Carl möchte … er wollte, dass ich ein bisschen Unterstützung bekomme. Ich bin doch immer so müde und …« Eva hob die Arme entschuldigend in die Luft.

»Aber um Himmels willen«, protestierte Karin, »du hast doch seine Familie nur ein paar Häuser weiter sitzen, und Carl könnte dich auch ab und zu entlasten. Obwohl er im Moment wohl glaubt, dass alles besser wird, wenn er sich zu Tode arbeitet. So typisch Mann«, stieß sie hervor und konnte sich nicht bremsen. »Ihr müsst so schnell wie möglich ein eigenes Haus finden. Und nehmt bloß eins, das nicht in Sichtweite der Familie Seger steht! Ihr solltet doch das nötige Kleingeld haben, nachdem Carl schön die Karriereleiter hochgestiegen ist«, fügte Karin hinzu und bereute ihr spitze Bemerkung sofort.

Eva erwiderte nichts. Ihr Blick hatte sich wieder auf den Fernseher geheftet. Grashüpfer hatten den Ameisenstaat angegriffen, und die Insekten flohen in Scharen.

Karin legte ihre Hand auf Evas Arm. »Was ist los? Habt ihr deswegen gestritten? Über die Arbeit? Das Kindermädchen? Den zukünftigen Wohnort?«

»Rate mal. Den Umzug.«

»Wo ist er überhaupt?«, fragte Karin, als wäre ihr plötzlich erst aufgefallen, dass er nicht da war.

»Er holt die Familie vom Flugplatz ab, die du gerade an den Pranger gestellt hast. Golfwochenende.«

»Ach so, alles klar.« Karin verdrehte die Augen. »Dann hattest du aber wenigstens ein paar Tage vor deiner Schwiegermutter Ruhe?« Karin hatte recht. Wenn Carls Mutter verreist war, fühlte es sich an, als wenn man in einem stickigen Zimmer das Fenster öffnete. Sie besaß die unbestechliche Fähigkeit, sich in Dinge einzumischen, die sie nichts angingen. Sie setzte Eva mit ihrer aufgesetzten Fröhlichkeit, dem totalen Mangel an Empathie und jenem egozentrischen Gehabe unter Druck, durch das sich vor allem Menschen auszeichneten, die zu viel Geld und Zeit und zu wenig Lebensinhalt hatten. Selbstverständlich kümmerte sie sich aufopferungsvoll um ihre Enkelkinder, aber die Art und Weise, wie sie das tat!

Da sprang plötzlich die Tür zum Hauptgebäude auf. Carls Tante Fleur stand barfuß im Türrahmen und betrachtete schweigend die beiden Schwestern. Fleur nahm die Zigarette aus dem Mundwinkel und reichte Eva zwei Briefe.

»Der Teufelsbraten von Briefträger hatte offensichtlich Schwierigkeiten, den richtigen Briefschlitz zu finden«, erklärte sie mit heiserer Stimme. Sie blieb einen Augenblick reglos stehen, als wollte sie noch etwas hinzufügen, drehte sich dann um und verschwand.

Karin prustete los.

»Jesses! Was für ein Outfit und dieser Schmuck!«

»Ja, das sagt eine, die nicht zur Untermiete bei einer trinkenden und rauchenden Bohemienne wohnt, die ab und zu vergisst, dass wir hier leben, und lallend hier rumtorkelt und meint, die halbtoten Topfpflanzen gießen zu müssen.«

»Ist sie ein Alki?« Karin hob die Augenbrauen.

Eva nickte müde.

»Ja, so was. Laut meiner geliebten Schwiegermutter praktiziert sie Voodoo, trinkt, raucht und redet nachts mit den Geistern.«

Karin musste kichern. Eva warf einen Blick auf die Briefe. Der eine war von der Bank, wahrscheinlich ein Kontoauszug oder Werbung für einen neuen Fond, der sie reich und die Bank noch reicher machen würde. Der zweite Brief war ein weißer Umschlag ohne Absender, ihre Adresse hatte jemand in kleinen peniblen Buchstaben geschrieben. Eva öffnete ihn. Von ehemaligen Nachbarn? Von der Wohnungsbaugenossenschaft? Ihr kam die Handschrift irgendwie bekannt vor. Sie faltete das linierte Blatt auf, das aus einem Collegeblock gerissen worden war. Die ordentlichen Buchstaben füllten die halbe Seite. *Liebe Eva,* stand in der ersten Zeile. Hastig wanderte Evas Blick zum Namen des Absenders, ihr stockte der Atem.

Mattias Fredberg! Sie versuchte zu schlucken, aber ihr Hals war wie zugeschnürt. Sie begann zu lesen.

*Liebe Eva,*

*ich weiß, dass Sie mir nicht glauben werden. Niemand hat das getan. Aber ich bitte Sie inständig, diesen Brief zu lesen und zu versuchen, meinen Worten Glauben zu schenken.*
*Ich schreibe diese Zeilen nicht, um mich reinzuwaschen. Dafür ist es zu spät.*
*Ich habe Sebastian nicht entführt. Ich habe ihm nie etwas angetan. Ich war bei meiner Großmutter zu Besuch, bevor ich ihn in der Nähe auf dem Spielplatz hinter der Saronkirche gefunden habe. Er hat mich wiedererkannt und ist auf mich zugekommen. Ich habe sofort gesehen, dass ihm etwas Schreckliches passiert sein musste.*
*Ich mag Sebastian sehr gerne. Und ich mag auch Sie sehr gerne, Eva. Darum schreibe ich Ihnen auch. Ich wünschte, ich wüsste, wer Sebastian das angetan hat, aber ich weiß es nicht. Ich weiß nur, dass ich es nicht war und dass der Täter noch frei herumläuft.*
*Gott beschütze sie beide.*

*Ihr Freund Mattias Fredberg*

Eva starrte auf die Linien, den ausgefransten Rand des Papiers und die winzig kleinen Buchstaben. Sie hörte ihren Puls in den Ohren dröhnen. Sie bewegte sich nicht, aus lauter Angst, die Gefühle könnten sie überwältigen. Die Innenseite ihres Schädels war blank wie weißes Papier, von kaltem Licht erleuchtet.

Eva sank zu Boden, den Brief in den Händen ging sie auf die Knie wie zum Gebet. Wütend knüllte sie das Papier zu einem Ball zusammen. Wickelte es wieder aus, strich es glatt, die Bleistiftbuchstaben verschmierten. Dann kamen die Tränen. Zuerst leise und mit zuckenden Schultern, schnell immer lauter und wilder. Sie schlug mit den Fäusten auf den Boden. Karin streichelte ihr über den Rücken, versuchte sie anzusprechen, aber Eva schlug ihre Hand weg.

Sie lag auf dem Boden, ihr Blick fiel auf die großen Wollmäuse unter dem Sofa. Das Licht war fahl, der Staub sah behaart aus, wie ekelhafter Pelz. Ich sollte öfter staubsaugen, dachte sie müde. Der Boden war kalt und wahrscheinlich so dreckig wie dort unter dem Sofa.

Nach einer Weile hörte sie Karins freundliche Stimme mit Sebastian sprechen. »Mama ruht sich nur ein bisschen aus. Sie ist sehr müde. Nein, sie ist nicht böse, überhaupt nicht.«

Eva erhob sich mühsam, rieb sich zerstreut den Staub und Dreck vom T-Shirt, murmelte etwas von einem Anruf, den sie tätigen müsse. Sie bemühte sich, gefasst zu wirken. Karin sah ihr ins Gesicht, sah die geweiteten Pupillen, schwarz vor Bestürzung. Eva griff nach dem Telefon und drückte die Kurzwahltaste für Carls Büro.

Ungewöhnlicherweise war er sofort am Apparat, er klang fröhlich, im Hintergrund war Gelächter zu hören. Eva erzählte unzusammenhängend und stotternd von dem Brief, Carl musste viele Fragen stellen, ehe er wusste, was geschehen war.

»Ich komme, so schnell ich kann, nach Hause, Eva. Ich muss nur noch kurz …« Eva bekam nicht mehr mit, was er noch zu erledigen hatte, sie legte auf und starrte auf den schwarzen Computerbildschirm, als hielte der eine Antwort für sie bereit.

»Eva? Was ist das für ein Brief? Was ist passiert? Um

Himmels willen, Eva …« Karin hatte ihre Fragen geflüstert. Eva fing erneut an zu weinen, schluchzend reichte sie ihrer Schwester den Zettel und fiel ihr gleichzeitig in die Arme. Schweigend las Karin und schob Eva ein Stück von sich weg.

»Inhaftierte dürfen ihren Opfern doch keine Briefe schreiben, oder?«, flüsterte Eva.

»Ich weiß nicht«, erwiderte Karin zögernd. »Glaubst du, der Brief stammt von ihm?«

»Doch, das ist seine Handschrift und auch seine Art, sich auszudrücken.«

Karin nahm ihre Schwester am Arm, führte sie hinaus an den Küchentisch und kochte Tee.

Eva hielt ihren Becher in den Händen, trank aber nicht davon. Das Schweigen legte sich wie eine zähe schwere Masse über die beiden, grau und versteinert fühlte es sich an. Nach einer gefühlten Ewigkeit hörten sie Gepolter im Flur, Carl kam hereingestürmt, die Augen weit aufgerissen. Er begrüßte seine Schwägerin, wuschelte Sebastian durch die Haare und umarmte Eva.

»Wo ist der Brief?«, fragte er. Eva reichte ihm mechanisch das zerknüllte Papier. Ungeduldig las Carl die Zeilen.

»Verdammtes Schwein!«, stieß er hervor. »Kaum ist er hinter Gittern, entdeckt er seine sanfte Seite, oder was? Das muss sofort zum Staatsanwalt. Dieser Geisteskranke hat kein Recht, seine Opfer selbst noch aus dem Knast zu terrorisieren. Dem werde ich … ich werde …«

»Und was, wenn es stimmt?«, flüsterte Eva in seine Halsbeuge. Carl schob sie von sich und sah sie misstrauisch und fragend an.

»Aber mein liebes Mädchen …? Er ist schuldig! Er hatte

den besten Anwalt der Stadt, vielleicht sogar des Landes. Er ist dort, wo er hingehört. So darfst du gar nicht erst denken.«

Wie bei einem Kleinkind strich er ihr sanft übers Haar. Wiederholte mehrmals seine Worte. Eva wollte sich lieber wieder in seinen starken Armen verkriechen, öffnete den Mund, aber kein Wort entwich ihren Lippen. Carl nahm Brief und Umschlag, steckte beides in eine Plastiktüte und verschwand mit einem Blitzstart wieder in Richtung Stadt.

Eva sah in Karins aufgerissene Augen. Sie schwiegen. In Evas Welt war ein Gefängnis ein Ort mit Gittern vor den Fenstern, umgeben von einem Zaun mit Stacheldraht, mit bewaffneten Wachen und Gefangenen in blauen Overalls, strengen Gefängniswärtern, die jeden einzelnen Brief lasen und kontrollierten, ehe dieser einer verweinten Ehefrau auf der anderen Seite des Panzerglases übergeben werden durfte. Sie musste erkennen, dass die Realität anders aussah.

Mutlos schlich sie zum Kinderzimmer und beobachtete Sebastian und Karins Söhne bei ihrem Robin-Hood-Spiel. Sie waren damit beschäftigt, Holzplättchen vor einer Burg aufeinanderzustapeln, dann bauten sie Katapulte und beschossen die Stapel, die zusammen mit der Burg unter fröhlichem Gekicher der Attackierer einstürzten.

»O Mann Eva, was für ein schrecklicher …« Karin verschluckte den Rest des Satzes. Von ihren Flüchen wurde die Situation auch nicht besser. Sie nahm Eva in den Arm und ließ sie ihre heißen und bitteren Tränen weinen, während die Wut in ihr immer größer wurde. Würde dieses Grauen denn niemals enden? Jedes Mal, wenn einer von ihnen zu sagen wagte, dass es nicht mehr schlimmer werden könne, dass es jetzt endlich wieder bergauf gehen würde, öffnete sich eine neue Tür in dieser Hölle.

»Sollen wir bei dir bleiben, bis Carl zurück ist?«, flüsterte Karin ihr ins Ohr.

Eva schüttelte den Kopf. »Er kommt bestimmt bald zurück. Ich bin okay. Ganz bestimmt.«

Karin schluckte. Tausend Sachen lagen ihr auf der Zunge, tausend Fragen. Aber sie würde jetzt nach Hause fahren, den Kindern was zu essen machen, die Küche aufräumen und dann die Nummer des besten Psychotherapeuten der Stadt heraussuchen. Und zwar jetzt gleich. Sie packte den Rollstuhl in den Wagen und sammelte alle Jacken und Spielsachen ein.

Lange sah Eva Karins Volvo hinterher, wie dieser im Nebel verschwand. Die Stunden vergingen. Endlich rief Carl an, wütend und entmutigt. Er würde bald nach Hause kommen. Eva erwiderte, dass bei ihr alles in Ordnung sei, obwohl sich alles in ihr zusammenzog.

Nachdem die Kinder eingeschlafen waren, begann sie zuerst planlos, dann gezielt in der Küche aufzuräumen und wischte mit dem Lappen Krümel und Flecken weg. Die Sonne war nur eine blasse Scheibe hinter einem Vorhang aus Wolken. Der kleine Obstbaum auf dem Felsen vor dem Fenster fing bereits an, die Blätter zu verlieren, obwohl sie sich noch gar nicht verfärbt hatten. Die Ritzen zwischen den Steinplatten des Weges waren mit Moos und Gräsern gefüllt. Das schwache Sonnenlicht tauchte alles in einen bleichen Nebelschleier.

*Und was wäre, wenn er recht hatte? Wenn er für eine Tat verurteilt worden war, die er gar nicht begangen hatte? Es wäre schließlich nicht das erste Mal … War sein Brief ein Hilferuf? Oder eine Warnung?*

Mattias: blond, blass, mager, fing sofort an zu stottern,

wenn man ihn ansprach. Der Inbegriff eines Außenseiters, eines sonderbaren und offensichtlich einsamen Menschen. Aber wie ausgewechselt war er, wenn er mit Kindern zusammen war. Verspielt, fröhlich und entspannt. Er liebte Kinder! Und die Kinder hatten ihn vergöttert. Nicht in ihrer wildesten Phantasie hatte sich Eva ausdenken können, dass er ein solches Monster sein könnte. Einer wie diese unappetitlichen alten Männer, vor denen man junge Mädchen warnte, die sich unter falschem Namen im Internet herumtrieben oder sich Hilfsjobs in Kindertagesstätten erschlichen.

Die Leiterin der Einrichtung hatte mächtig Ärger bekommen, als herausgekommen war, dass sie Mattias' Strafregister nicht überprüft hatte. Er sei ja nur für kurze Zeit als Praktikant tätig gewesen, hatte sie sich entschuldigt. Aber mit Veröffentlichung dieser Tatsache war ihr Beschäftigungsverhältnis beendet worden. Nachdem die Überprüfung nachgeholt worden war, hatte sich herausgestellt, dass nicht ein einziger Fleck in seiner Vergangenheit zu finden war. Noch nicht einmal ein Strafzettel wegen Falschparkens.

Eva begann die Teller abzuspülen und sie aufeinanderzustapeln, während ihr Blick aus dem Fenster schweifte. Ein großer schwarzer Wagen stand auf der anderen Straßenseite. Für einen kurzen Augenblick hatte sie das Gefühl, beobachtet zu werden. Kaum hatte sich die Frage in ihrem Kopf formuliert, ob sie das Auto hier schon einmal gesehen hatte, wurde der Motor gestartet, und der Wagen glitt davon. Sie schob den Gedanken beiseite und stellte die Teller in die Spülmaschine.

# Kapitel 2

Wie das Fallbeil eines Henkers hatte das Urteil den jungen Erzieher gerichtet. Sechs Jahre Gefängnis für Entführung und sexuellen Missbrauch eines Schutzbefohlenen.

Er lächelte zufrieden. Der Gedanke an den blonden Jüngling, der ab jetzt seine lange Gefängnisstrafe verbüßte, erheiterte ihn. Ein Sexualstraftäter stand nicht hoch im Kurs innerhalb der Gefängnismauern. Mattias Fredberg würde die Hölle auf Erden erleben.

Er hatte sein Glück kaum fassen können, als dieser idiotische Erzieher aufgetaucht und direkt in seinen eigenen Untergang hineingestolpert war. Jetzt hatte er die vollkommene Freiheit, das Geschehene zu wiederholen. Alle würden davon ausgehen, dass der Kleine lediglich über das ursprünglich Erlebte berichtete.

Langsam ließ er seinen Wagen vor dem Haupthaus aus Ziegel und Kupferblech im Hovås Jaktstig ausrollen. Alle Fenster waren dunkel, der Himmel schwarz und dicht, dicke Wolkenbänke türmten sich auf, und die Blätter der Bäume raschelten unruhig. Bald würde es wieder regnen. Die letzten blauen und goldenen Farbtupfer am Himmel wurden von den Wolken verdeckt.

In einigen Fenstern des Gästehauses brannte Licht. Er konnte Eva erkennen. So sonderbar vertraut und dennoch anonym. Wie ein Gesicht, das man jeden Abend im Fernsehen sah, grüßte, wenn man sich begegnete, aber überhaupt nicht kannte.

Er konnte sich genau erinnern, als er ihren Sohn das erste Mal erblickt hatte. Der Kleine war wie aus dem Gemälde entstiegen, das über seinem Bett gehangen hatte, als er ein Kind war. Zarte Wolken, klarblauer Himmel, pummelige kleine Putten mit feinem Teint, goldenen Locken und kleinen Flügeln. Und über ihnen thronte Gott, ein alter weißhaariger Mann. Seine Mutter hatte erzählt, dass Gott ein guter Mann war, der über alle Menschen wachte.

Sie hatte gelogen.

So viele Jahre war er schon auf der Suche, ein Kind nach dem anderen. Und dann war dieses perfekte kleine Geschöpf geboren worden, ganz in seiner Nähe. Wie ein Geschenk, ein Zeichen. Ja, ein Zeichen! Er zündete sich einen Zigarillo an und gönnte sich ein paar tiefe, genüssliche Züge, während er Evas zierliche Silhouette hinter dem Fenster betrachtete.

Es war ihm alles wie von selbst zugespielt worden. Er würde weitere Gelegenheiten bekommen. Alles, was er brauchte, war ein wenig Geduld.

Er machte den zur Hälfte gerauchten Zigarillo aus, startete den Motor und fuhr langsam davon.

# Kapitel 3

Tomas Hoyer streckte seine langen muskulösen Beine und zog sich die Trainingshose an. Säuerlich starrte er den dreckigen Stoff über den Knien an, beschloss jedoch, dass das jetzt keine Rolle spielen dürfe. Im Stapel mit sauberer Wäsche auf dem Sofa neben ihm würde er vermutlich ein sauberes Exemplar finden, aber er hatte keine Lust, danach zu suchen. Wie hatte es so spät werden können? Eilig packte er seine Klamotten zusammen und spülte kurz eine alte Wasserflasche aus. Die hatte seit dem letzten Training in der Tasche gelegen und roch nicht besonders gut, aber egal! Er griff nach den Autoschlüsseln auf dem Flurtisch und streichelte mit dem Zeigefinger über die Wange seiner Frau auf dem Foto daneben. Der Rahmen bestand aus Muscheln, die sie vor langer Zeit an einem Strand in Italien gesammelt hatte.

Das Telefon klingelte. Tomas zögerte. Aber schon nach dem zweiten Klingelzeichen hatte er den Hörer abgenommen.

»Tomas Hoyer«, meldete er sich schnaufend.

»Hallo, Tomas. Ich bin es, Karin Stark. Es ist schon eine ganze Weile her, dass wir einander begegnet sind, Sie haben zusammen mit meinem Mann Magnus Stark …«

»Ja, klar, ich erinnere mich, hallo.«

»Störe ich Sie?« Ihre Stimme klang unsicher.

»Nein, ach was …« Er kämpfte mit seinen Schuhen, ließ dabei den Schlüssel fallen, hob ihn auf und hatte Dreck und Sand unter den Nägeln. Karin hörte die erstickten Laute und brachte schnell ihr Anliegen vor, nämlich dass es ihrer

Schwester Eva so schlecht gehen würde und sie bisher keine vernünftige Hilfe und Unterstützung erhalten habe. Ihrer Meinung nach, fügte sie noch hinzu, würde sie an den Folgen eines posttraumatischen Schocks leiden.

»Ihr Erinnerungsvermögen ist fragmentarisch, sie hat Schlafstörungen, Alpträume und wirkt sehr apathisch. Ich wäre Ihnen so dankbar, wenn Sie sich mit ihr treffen und eine Diagnose stellen könnten. Sie bieten doch Sprechstunden an, oder?«

Tomas bestätigte die Frage, klemmte sich den Hörer zwischen Ohr und Schulter und verrenkte sich fast den Arm, als er versuchte, sich die Jacke anzuziehen. Er beteuerte, so bald wie möglich zu überprüfen, ob es noch freie Termine gab, konnte aber natürlich nichts versprechen. Sie beendeten das Gespräch. Tomas hatte das Gefühl, dass er sehr kurz angebunden geklungen hatte. Mit Schwung schlug er die Tür hinter sich zu und sah dabei, wie sich an anderer Stelle die Farbe vom Türrahmen löste. Eines Tages, sehr bald schon, würde er sich um die Instandsetzung des Hauses kümmern müssen.

Im Training war er nicht bei der Sache, er schweifte immer wieder in Gedanken ab. Er sah durch die Mädchen hindurch, die vor ihm durch die Halle rannten, vor und zurück, ein Klangteppich aus quietschenden Schuhen, Schreien, Flüchen und Jubel, wenn es einer gelang, den Handball im Tor zu platzieren, und das Netz wackelte. Er musste an Karins verdächtig beherrschte Stimme denken, an die Worte, die sie gesagt hatte, und an alles, was sie nicht gesagt hatte. Er würde dafür sorgen, dass ihre Schwester bald einen Termin bei ihm bekommen würde. Tomas musste sich eingestehen, dass er neugierig war.

# Kapitel 4

Sebastian lag auf dem Boden im Kinderzimmer und malte. Seine Hand jagte über das Papier und füllte es mit wütenden Strichen. Dabei stieß er ununterbrochen zischende und knallende Geräusche aus.

Am Vormittag waren Eva und er zum letzten Mal in die offene Sprechstunde des Östra-Krankenhauses gegangen.

»Malt er etwas Bestimmtes?«, hatte die Therapeutin aufgeräumt und fröhlich gefragt.

»Nein, nichts Neues. Pokémonmonster und Wetter. Meistens graue Wolken und Regen.«

Waren das wirklich nur Wolken? Hass, Aggression und Enttäuschung sah Eva in seinen Bildern. Sie hatten schon häufig darüber gesprochen. Wenn Sebastian das nur verstehen würde.

»Und gibt es etwas, worüber er sprechen möchte oder womit er in letzter Zeit häufiger spielt? Oder haben Sie irgendwelche Fragen?«

Eva war kurz davor gewesen, zu verneinen, zu beschönigen, es einfach zu überstehen. Aber dann entschied sie sich doch anders und erzählte von dem Spielzeugauto, das Sebastian von seiner Großmutter geschenkt bekommen hatte. Es war ein wertvolles Modell, das sie nach der Rückkehr von der Golfreise am Flughafen gekauft und ihrem Enkel wie ein Präsent aus Gold überreicht hatte. Sebastian hatte jedoch so abweisend auf den Wagen reagiert, dass es Eva nachhaltig schockierte.

»Da fiel mir nämlich plötzlich ein, dass er nicht mehr mit seinen Autos gespielt hat, seit … ja, seit das passiert ist. Davor waren die Autos sein Ein und Alles. Ich …« Eva schluckte die Bitterkeit hinunter, die in ihr aufstieg. »Er kannte alle Fabrikate«, fuhr sie fort. »Wir konnten auf jeden beliebigen PKW zeigen und er nannte die richtige Automarke. Wir waren immer ganz fasziniert davon.«

Die Therapeutin lachte zustimmend. »Mein Sohn hatte auch so ein fast fanatisches Interesse für Autos. Das ist oft nur eine kurze Phase, so im Alter zwischen zwei und drei Jahren. Man ist immer versucht, dahinter eine Hochbegabung zu sehen, und dann ist es plötzlich so schnell wieder verschwunden, wie es aufgetaucht ist.«

Die Sprechstunde versank in einem Nebel. Eva versuchte in den aufmunternden Worten der Therapeutin zu lesen, dass er Fortschritte machte, sich sicherer fühlte und offener wirkte.

»Vielleicht ist seine Autophase einfach vorbei? Oder er entdeckt sie wieder für sich?«, hatte die Therapeutin noch mit einem freundlichen Lächeln hinzugefügt.

Eva ging in die Spielecke, zog die Kiste mit den Spielzeugautos hervor und schob sie zu ihrem Sohn. Sebastian sah noch nicht einmal hoch, zog lediglich sein Blatt weiter weg und fuhr fort, seine wilden Striche übers Papier zu ziehen. Eva wählte einen LKW mit Anhänger aus und stellte diesen vor ihrem Sohn auf den Boden. Erneut rutschte Sebastian ein Stück weiter weg, als würde das Spielzeug schlecht riechen. Eva legte den LKW zurück in die Kiste und ließ es auf sich beruhen.

Am Abend, nachdem die Alltagsrituale beendet waren, auf dem Spielplatz im Park, nach Essen und Kika, Badewanne und Vorlesen, nachdem beide Kinder endlich schliefen, wurde es plötzlich ganz still im Haus, beinahe unheimlich still, verlassen und einsam. Wenn doch ein Geräusch zu hören war, eine Autotür, eine Windböe, ein Hundebellen, zerschnitt es förmlich die Stille.

Carl würde wieder länger arbeiten müssen. Schon wieder. Es hatte keinen Sinn, auf ihn zu warten. Eva sollte in der Zwischenzeit die Einladungen zur Taufe noch einmal überprüfen. In wenigen Wochen sollte Julia getauft werden. Sie schauderte. Es hätte ein wunderbares Fest werden können, aber im Moment war ihr eher danach, alles abzublasen, ihrer Schwiegermutter entgegenzutreten und ihr ins Gesicht zu sagen, dass sie zum Buddhismus konvertiert sei und nicht vorhätte, ihr Kind taufen zu lassen.

Eva stellte sich an das Fenster, das in den Garten hinausging. Er war sparsam begrünt, und in seiner Mitte war ein quadratischer Swimmingpool eingelassen. Vom Gästehaus konnte man das Haupthaus sehen, in dem Carls Tante Fleur und deren Mann wohnten.

Die beiden Häuser waren mit einem Gang verbunden, der wie eine Schutzmauer zum Meer gewandt lag. Dieser Teil der Anlage wurde Atelier genannt. Es war ein breites Gebäude mit Pultdach und großen Dachfenstern.

Das Atelier wirkte die meiste Zeit ungenutzt und verschlossen, die Vorhänge waren zugezogen, und Eva hatte dort in den vergangenen Wochen nie Licht gesehen. Sie stellte sich Carls Tante vor, wie sie vermutlich mit einem Buch in der einen Hand und einem Glas Wein in der anderen durch die Räume schlenderte. Sie war viel allein, ob gewollt oder nicht, konnte Eva nicht sagen.

Eva riss sich aus ihren Grübeleien und ging in die Abstellkammer, um nach passenden Stiefeln für Sebastian zu suchen. Wahrscheinlich war das sinnlos und er ohnehin schon längst aus allem rausgewachsen. Sie wühlte mehrere Kartons durch, fand aber nicht das, wonach sie suchte. Sie stapelte einen Karton auf den anderen, bis der viel zu hohe Turm umstürzte. Einer der Kartons traf ihren Fuß, und der Schmerz zwang sie zu Boden. Sie blutete sogar. Eva hielt sich den pochenden Fuß, ihr Hals brannte. Sie biss sich auf die Lippen, um den heulenden Laut zu unterdrücken, der in ihr aufstieg. Nachdem der erste Schmerz verklungen war, stand sie wieder auf und sah auf den Haufen Umzugskartons. Wütend schob sie den beiseite, der die Tür zum Atelier versperrte.

Vorsichtig öffnete sie die Tür, bemüht, keine Geräusche zu machen. Die Dunkelheit in dem großen Raum war konturlos und beinahe undurchdringlich. Nur durch die zugezogenen Dachfenster drang ein schwacher Lichtschein. Die Regenschauer waren vorübergezogen, und jetzt stand ein großer und kaltblauer Mond am Himmel, umrahmt von kleineren Wolken. Sein weißliches Licht fiel durch den Spalt zwischen Jalousien und Fensterrahmen.

Eva kniff die Augen zusammen, strengte sich an, im Dunkeln irgendetwas zu erkennen. Sie tastete neben dem Türrahmen nach einem Lichtschalter, fand aber keinen. Hochkonzentriert lauschte sie in die Dunkelheit und atmete flach. Sie konnte Musik hören und den schwachen Geruch von Rauch und eines schweren Parfums wahrnehmen. Langsam schlich sie durch den Raum und stieß gegen einen niedrigen Tisch.

Im schwachen Mondlicht erkannte sie einen Kandelaber. Ihre zitternden Hände fanden eine Schachtel Streichhölzer direkt daneben. Sie zündete eine Kerze nach der anderen an, und der Raum war plötzlich in ein helles Licht getaucht, warm, aber auch unheimlich. Eva ließ ihren Blick durch das Zimmer wandern und blieb kurz an der Tür hängen, die ins Haupthaus führte. Sie ergriff den Kerzenständer und hoffte inständig, dass niemand das Licht bemerken würde.

Der Raum stand voller Gegenstände, die mit weißen Laken verhüllt waren. Sie sahen aus wie versteinerte Gespenster. Eva zog ein Laken nach dem anderen herunter und wirbelte dabei kleine Staubwolken auf. Aber sie konnte nicht aufhören. Unter den Laken verbargen sich Gemälde. Große und kleine. Sie schienen aus Paaren zu bestehen oder als Triptychon zusammenzugehören. Sie waren alle in Öl und entweder auf Leinwand oder Holz gemalt. Auf einigen konnte Eva Gebilde ausmachen, Bäume und auf einigen wenigen sogar Körper, aber die meisten von ihnen waren weniger gegenständlich als bloß andeutend. Farbenfrohe und kraftvolle Bilder waren das, ungezügelt und leidenschaftlich derb. Mit dem Kerzenständer setzte Eva sich auf den Boden. Sie wurde förmlich eingesogen von dem Dargestellten, spürte den Formen und der Tiefe und dem Licht zwischen den Bäumen, dem Wasser, den Bergen und der weiten Landschaft nach, entdeckte Körper in Bewegung, unter Wasser, sich umschlingend, sich liebend.

Viel zu spät hörte sie das Geräusch der Klinke. Eine cremefarbene Tür öffnete sich, und jemand nahm im Türrahmen Gestalt an.

»Ich war mir sicher, dass ich Licht gesehen habe. Hier geisterst du also herum.« Die Stimme war scharf und klang verächtlich. Fleurs Gestalt schob sich in den Raum, dann betätigte sie den Lichtschalter, und alles wurde in Weiß getaucht. Eva konnte hören, wie sich Fleur näherte, ihre Kleidung raschelte, und ihr Schmuck klimperte.

»Ich vermute, es ist zu viel verlangt, in meinem eigenen Haus ein bisschen Privatsphäre gewährt zu bekommen.«

Eva blinzelte hilflos in das grelle Licht. Allmählich nur konnte sie Fleurs Konturen schärfer sehen. Sie trug ein schwarzes Kleid in mehreren Lagen und Verzierungen. Um ihren Hals hingen unzählige Ketten und Kolliers, ihre Arme schienen beschwert von mehreren Armbändern aus Holz, Metall und Knochen. Sie war barfuß, und ihre Zehennägel leuchteten in wütendem Rot. Mit einem Hauch von Neugier betrachtete sie Eva, ihre knallroten Lippen aber verrieten ihre Irritation. Ihre dunkelbraunen Augen, umrahmt von schwarzem Lidschatten und von mehreren Schichten Mascara umhüllt, bohrten sich in Eva. Das kurzgeschnittene und pechschwarze Haar, das sich in kleinen Locken um ihr rundes Gesicht legte, ließ Fleurs Kopf auf diesem massigen Körper winzig aussehen. Eva hatte keine andere Wahl, als sich zu entschuldigen. Denn sie hatten versprochen, das Atelier nicht zu betreten. Sie hatten im Gästehaus Zuflucht gefunden, und das war also ihre Art, danke zu sagen.

»Dass die Familie Seger aber auch immer durch irgendetwas auffallen muss. Ich war tatsächlich davon ausgegangen, du würdest dich nicht so unreif und kindisch verhalten wie dein schlecht erzogener Mann. Du hast doch gar nicht dieses degenerierte Blut in deinem Körper. Bist du auf sein süßes Aussehen reingefallen, oder hat dich sein Geld gereizt? Oder war es einfach nur eine Fehlentscheidung?«, knurrte Fleur, ohne eine Antwort zu erwarten.

Sie sah sich um, als wolle sie herausfinden, was Eva entdeckt haben könnte. Eva sah sie mit offenem Mund an, unfähig, diesen unerwarteten Angriff mit einer schlagfertigen

Antwort zu parieren. Nervös behielt sie den großen Körper im Auge, der sich barfuß durch den Raum schob. Fleur nahm sich viel Zeit, betrachtete die Bilder, neigte den Kopf von der einen zur anderen Seite, nickte. Plötzlich drehte sie sich zu Eva um und sah sie mit glühenden Augen an.

»Na, was sagst du dazu, Püppchen?«, Fleur sah sie herausfordernd an. Ihr Körper schwankte hin und her. Eva war darauf nicht vorbereitet gewesen, hätte gern erzählt, dass sie ganz viel empfunden hatte, dass sie die Bilder überwältigend fand, schön, tief und vielschichtig, aber aus ihrem trockenen Mund kam kein Laut. Fleur lachte laut und abfällig auf.

»Nein, also. Was habe ich denn erwartet? Mein lieber Herr Gesangsverein! Womöglich etwas Intelligentes? Ganz ehrlich, du siehst aus wie mein dämlicher Mann. Glotzt nur. Der sagt auch nichts, weil er ganz einfach nichts zu sagen und keine Ahnung hat. Keinen blassen Schimmer von nichts.«

Fleur machte einen großen Schritt auf Eva zu, die vor Schreck zusammenzuckte und sich unbeholfen erhob. »Nun ja, wenigstens bist du neugierig. Das ist doch schon mal was. Und brichst ein Versprechen. Bist du respektlos oder einfach nur unverschämt nachlässig … oder etwa eine echte Rebellin?« Fleur kicherte. »Unter Umständen hat sich der gute Carl da doch ein Problem ins Haus geholt, was? Jemand, der es schafft, ein bisschen Bewegung in die stinkende Seger-Suppe zu bringen?«

Fleur starrte Eva ungeniert an. Sie stand direkt vor ihr, Eva war wie versteinert und versuchte, ihren Kopf wie eine Schildkröte nach hinten zu ziehen, um Fleurs muffigem Atem zu entkommen.

»Aber ich bin ein großzügiger Mensch, egal, was deine

verdammte Schwiegermutter über mich sagen mag, also verzeihe ich dir. Wage es jedoch nicht, das zu wiederholen!«

Fleur schwankte zurück und wandte sich erneut ihren Werken zu, glitt mit dem Blick langsam und suchend über die Bilder. Plötzlich drehte sie sich zu Eva und sah sie aggressiv und drohend an. Ihre Augen waren wie zwei schwarze Löcher unter ihrem struppigen Pony.

»So, jetzt hast du gesehen, was du wolltest, Püppchen. Jetzt kannst du wieder abzischen!«, fauchte Fleur.

Eva zog sich widerspruchslos zurück. Rückwärts ging sie durch die Tür, durch die sie gekommen war, und sah Fleur eine Kerze nach der anderen ausblasen.

Eva verschloss die Tür hinter sich und türmte die Umzugskartons wieder aufeinander. Ihre Beine zitterten, beim Abwasch hatte sie Schwierigkeiten, die Hände unter Kontrolle zu behalten, und stolperte bebend ins Bett. Dort lag sie lange und starrte an die Decke, lauschte den ruhigen Atemzügen ihrer Kinder und ihrem eigenen wild pochenden Herzschlag.

Vor ihrem inneren Auge sah sie starke Farben, Körper, Licht und Dunkelheit …

# Kapitel 5

Die Tür wurde geöffnet. Eva zuckte zusammen, hob den Kopf und sah in zwei freundliche, dunkelbraune Augen.

»Eva Seger?«, fragte Tomas Hoyer und machte einen Schritt auf sie zu. Eva streckte den Rücken und ergriff die ausgestreckte Hand. Sie fühlte sich wie ein kleines Mädchen.

Er führte sie in sein Besprechungszimmer, wo sie den Maxi-Cosi mit der schlafenden Julia hinstellte und dann so entspannt wie möglich in einem harten, sehr unbequemen Sessel Platz nahm. Der Raum war groß, mit hoher Decke und großen Fenstern. Seine Praxis war in einem der oberen Stockwerke des Backsteinhauses untergebracht, und von dort hatte man einen tollen Blick über den Korsvägen bis hinunter zum Universeum und dem Vergnügungspark Liseberg. Der Raum war lichtdurchflutet, und an den limettengrünen Wänden hingen Fotos vom Göteborg des 19. Jahrhunderts mit Pferdekutschen, Frauen in langen Gewändern und großen Hüten. Eva meinte, eines der Häuser am Straßenrand zu kennen. Abgesehen von einem spärlich bestückten Bücherregal, ein paar Zeitschriften und einigen Topfpflanzen, wirkte das Zimmer ziemlich unpersönlich und nüchtern.

Eva holte tief Luft, ließ sich, so gut es ging, in den Sessel sinken und erwiderte den Blick des Therapeuten. Sie spürte, wie sie errötete. Sie fühlte sich beobachtet und analysiert, wie ein interessantes Experiment oder eine seltene Bakterienkultur unter dem Mikroskop.

Tomas stellte sich vor und erklärte ihr, dass sie für dieses erste Treffen anderthalb Stunden Zeit hätten und dass sie auch regelmäßig kommen könnte, wenn sie seine Patientin werden wolle.

Eva betrachtete Tomas, während er sprach. Er war groß und schlank, kräftig, ohne übergewichtig zu sein, eher muskulös und durchtrainiert. Wie ein großer Kater, der sich ausruht. Sein Gesicht hatte markante Züge und war eingerahmt von dunklem, zerzaustem Haar. Seine Augen waren nussbraun und umkränzt von vielen Lachfalten. Die größten Teile seines Gesichts aber waren bedeckt von einem borstigen und wilden Bart, der eine hellere Farbe hatte als seine Haare. Lehmbraun, wie Eva fand. Seine Hose war ebenfalls braun und zerknittert, der Rollkragenpullover schwarz, und die Füße steckten in grauen Strümpfen und einem Paar hässlicher Wandersandalen. Eva wollte sein Alter schätzen, gab es aber gleich wieder auf. Er gehörte zu jenen Menschen, die alles zwischen dreißig und Mitte fünfzig sein konnten, schnell gealtert oder sehr gut gehalten.

»Wie Sie bestimmt schon wissen, hat Ihre Schwester Karin Stark mit mir Kontakt aufgenommen?«

Eva nickte stumm, in ihrem Bauch flatterten Schmetterlinge, wenn sie seinem Blick begegnete, sie wollte am liebsten sofort gehen und nicht analysiert und durchleuchtet werden.

»Soll ich Ihnen jetzt alles über meine Kindheit berichten?«, schimpfte sie. »Soll ich Ihnen erzählen, dass ich liebevolle Eltern hatte, die allerdings zu viel gearbeitet haben, und dass ich ohne Misshandlungen und Alkoholmissbrauch aufgewachsen bin?«

Der Anflug eines Lächelns brachte Bewegung in den struppigen Bart.

»Aber nein doch. Ich würde gerne wissen, was Ihnen widerfahren ist und welche Hilfe Ihnen bislang angeboten wurde.«

Eva schoss es durch den Kopf, dass er aussah wie das Klischee aller Therapeuten, mit seiner Zerstreutheit, seinem wohlwollenden Zuhören, dem Bart und dem Rolli. Warum, um Himmels willen, trugen alle Psychologen Bart und Rollkragenpullover? Wurden die im Keller der psychiatrischen Anstalt geklont? Mit Sandalen und allem Drum und Dran?

Er schwieg beharrlich und sah sie unverwandt an. Plötzlich spürte Eva, wie die Tränen ihre Kehle zuschnürten und ihr der Schweiß den Rücken hinunterlief. Verdammter Idiot, dachte sie erbost. Sitzt da und glotzt mich an, du weißt doch ganz genau, warum ich hier bin.

Sie riss sich zusammen, betrachtete ihn abschätzend. Wie in den kleinen Wettspielen zwischen Karin und ihr, wo sie austesteten, wer am längsten still sein konnte, bevor eine von ihnen in Lachen ausbrach. Er saß nach wie vor regungslos da, leicht nach hinten gelehnt, mit ausgestreckten Beinen, deren hässliche Sandalen und Strumpffüße in Evas Richtung zeigten.

Langsam liefen die Tränen über Evas Wangen, tropften auf Hände und Knie und machten ihr das Atmen schwer.

»Ich habe ihn alleingelassen …«, begann sie schluchzend, was wie ein Schrei klang. »Ich habe ihn unten im Hof alleingelassen, um Julia zu holen … er hat meinen Sohn mitgenommen, aus dem Hof … ich …« Eva versuchte all ihre Kräfte zu mobilisieren und sich zu beruhigen, aber sie konnte den Erdrutsch an Schmerz nicht aufhalten. Sie weinte hemmungslos, das Gesicht in die Hände vergraben, schaukelte sie hin und her, kämpfte gegen den unerträglichen Schmerz in ihrem Innern. Mit welcher Gewalt diese Kräfte in ihr aufstiegen, erschreckte und überraschte sie gleichermaßen. Sie hatte schon so viele Tränen vergossen, wie konnten da noch welche übrig sein? Kam dieses Heulen überhaupt aus ihrem Körper?

»Wer hat Ihren Sohn mitgenommen?«, fragte Tomas.

»Er wurde schon dafür verurteilt. Vor einer Woche«, murmelte sie in ihre Hände.

Tomas betrachtete sie, den gekrümmten Rücken, die Haare, die ihr übers Gesicht hingen, die kleinen Kniescheiben, die fest aneinandergepresst waren, die Zehen nach innen gedreht, die schmalen Finger, die sie in ihren Haare vergrub. Er lauschte ihren Worten noch einmal nach, und plötzlich begriff er das Ausmaß ihres Schmerzes.

Sie war die Mutter des Opfers des Göteborg-Pädophilen. Karin Stark hatte nur erwähnt, dass der Sohn vermisst und Eva auf der Suche nach ihm mit ihrer kleinen Tochter in einen Autounfall verwickelt worden war. Er schluckte.

»Okay, Eva. Haben Sie und Ihr Sohn irgendeine Form von Unterstützung und Hilfe erhalten?«

Leise berichtete sie, dass sie in der Kinder- und Jugendpsychiatrie gewesen waren, aber dass die Wartelisten für die Therapien lang seien. Tomas hakte nach, ob ihr die Gespräche dort geholfen hätten, und Eva bestätigte das. Wortlos griff sie nach dem Taschentuch, das er ihr reichte, und putzte sich die Nase.

»Wie schön. Und was ist mit Ihnen?« Der identische sachliche Ton.

Plötzlich brach Eva in Lachen aus, zuerst wie erstickt, dann wurde es zu einem hysterischen Gurgeln, das sie in dem unbequemen Sessel hin und her warf. Interessiert beobachtete Tomas sie.

»Der hauseigne Therapeut«, antwortete Eva schließlich mit nüchternem Tonfall. »Er hat mir Glückspillen gegeben. Ab zurück in die Reihe, stell dich nicht so an, reiß dich zusammen!«, kicherte Eva bitter.

Tomas stand auf und öffnete das Fenster. Verkehrslärm drang herein und vermischte das Rattern der schweren Straßenbahnen und das Gurgeln des Wasserfalls im Universeum.

»Würden Sie mir das alles von Anfang an erzählen?«, bat Tomas.

»Ich weiß nicht …«, erwiderte Eva beinahe automatisch, beschloss dann aber, dass es vielleicht eine letzte Chance für sie war. Sie holte tief Luft und versuchte, so gut es ging, die Kakophonie in ihrem Innern zum Schweigen zu bringen. Sie hatte nur bruchstückhafte Erinnerungen an jene Tage im Frühsommer, überbelichtete Stillleben, die jemand in ihrem Kopf durcheinandergewirbelt hatte. Mit der Zeit waren es zwar immer mehr Einzelbilder geworden, aber der Zusammenhang erschien dadurch nicht deutlicher. Im Gegenteil.

»Ich kann mich nur an einzelne Bruchstücke erinnern, wie Filmszenen. Ganz scharf und dennoch verschwommen.« Sie hörte, wie verwirrt das klang, aber Tomas nickte trotzdem. Verstand er, was sie da sagte? Oder tat er nur so?

»Ich weiß, dass das alles total hysterisch klingt, dass ich in meinem eigenen Selbstmitleid versinke … die Schuld von mir weise und mich deshalb an nichts erinnern kann. Als wäre ich selbst eine Verbrecherin!«, knurrte Eva. »Aber ich kann mich einfach an nichts erinnern!« Ihre Stimme brach, und die Tränen überkamen sie. Sie sank in sich zusammen und versuchte, ihr Schluchzen zu dämpfen, um Julia nicht zu wecken.

»Sie sind ganz und gar nicht hysterisch«, sagte Tomas mit ruhiger Stimme. »Sie haben ein äußerst traumatisches Erlebnis gehabt, schlimmer als alles, was wir anderen jemals erfahren werden. Sie leiden an den Folgen eines posttraumatischen Schocks.« Er kaute auf seinem Stift und schürzte die Lippen.

»Ich glaube Ihnen, Eva. Wenn wir Menschen einer Sache ausgesetzt werden, die so überwältigend und belastend ist, dann reagieren wir genau so, wie Sie es beschrieben haben.«

Eva hob den Kopf, und Tomas registrierte das neugierige Blitzen in ihren blauen Augen. »Unser Gehirn siebt aus«, begann er seine Erklärung. »Wir konzentrieren uns auf das Wesentliche, auf das Lebensnotwendige. Das Restliche wird einfach entfernt. Gleichzeitig werden aber die Sinne geschärft, und deshalb erscheint uns das, was wir sehen und fühlen, umso schärfer und konturierter.«

Tomas verstummte für einen Augenblick, schien nachzudenken und fuhr dann erst fort: »Die Qualität Ihrer Erinnerungen verwirrt Sie, weil sie sich so von dem Normalen unterscheidet. Aber mit ein bisschen Geduld und Arbeit werden wir diese Lücken wieder füllen können.«

Unwillig sah Eva ihm in die Augen. Es gab keine Fluchtmöglichkeit, keine Möglichkeit, sich mit Smalltalk aus der Affäre zu ziehen. Sie seufzte.

»Mattias … der Verurteilte, hat mir einen Brief geschrieben.«

*Im Hof, vom Sonnenlicht durchflutet, es blendet fast, in Se-*

*bastians blonden Locken spielen die Sonnenstrahlen, er spielt mit dem Auto …*

Eva zuckte zusammen und sah direkt in Tomas' braune Augen. Sie räusperte sich.

»Es war eindeutig seine Handschrift. Penibel sauber und klein, irgendwie feige sieht die aus.«

Tomas schwieg, wartete ab.

»Er nannte sich meinen Freund.«

*Das blasse Gesicht, dünne Haut, Augen so groß über den eingefallenen Wangen, groß und verdunkelt …*

Eva rieb sich die Stirn, die Gedanken wirbelten in ihrem Kopf herum wie Konfetti.

»Er hat geschrieben, dass er unschuldig ist.« Evas Stimme klang wie ein heiseres Krächzen.

Tomas beugte sich vor.

»Und glauben Sie ihm?«

»Ja.« Die Antwort kam so unvermittelt, dass sie davor zurückschreckte. Ich glaube tatsächlich, dass er unschuldig ist, ich fühle, dass es die Wahrheit ist, dachte sie. Die Angst war eine geballte Faust in ihrem Magen.

Tomas betrachtete Evas zartes, fast jungenhaftes Gesicht. Kerzengerade saß sie vor ihm, sie war wachsam. Er kritzelte einen weiteren Schnörkel in sein Notizheft und biss dann nachdenklich auf seinem Stift herum.

Eva faszinierte ihn. Sie war hübsch, zerbrechlich und dennoch stark, stolz und starrsinnig bis zur Selbstaufgabe. Beinahe musste er schmunzeln, fing sich aber sofort wieder. Starrsinn hatte nicht nur Vorteile, wenn es einen uneinsichtig machte.

»Eva, was bringt Sie dazu anzunehmen, dass er für etwas verurteilt wurde, was er nicht begangen hat?«

Lange hielt Eva seinem Blick stand, sie versuchte, die tiefere Logik in seinen Worten zu finden, gab es aber auf.

»Ich weiß es nicht«, antwortete sie bedauernd. »Das ist alles so diffus, intuitiv, ich habe einfach das Gefühl, er schreibt die Wahrheit! Warum sollte er in unseren Hof kommen und Sebastian entführen? Er war doch den ganzen Tag über mit ihm im Kindergarten zusammen. Das passt ganz einfach nicht zusammen!«

Plötzlich fühlte sich Eva von Tomas' unschuldigem Gesichtsausdruck und seinem mitfühlenden Schweigen provoziert.

»Verstehe!«, fauchte sie ihn an. »Sie müssen mir ja auch nicht glauben, ich weiß, dass ich übergeschnappt bin, total verrückt geworden. Alle scheinen ja dieser Meinung zu sein. Sie haben vermutlich meine Krankengeschichte eingesehen und von meinem Zusammenbruch als Teenager gelesen. Und dass ich deshalb eine Klasse wiederholen musste. Ja, ich gebe es zu«, zischte sie. »Ich bin hysterisch und labil, ein einziges Nervenwrack. Also, warum sollte mir irgendjemand glauben, was ich sage oder gar fühle?«

Tomas war von der Heftigkeit ihres Ausbruchs überrascht. Er wurde von Müdigkeit und Ohnmacht ergriffen. Ein Trauma konnte, wie eine Strömung unter Wasser, alte und verborgene Verletzungen an die Oberfläche treiben. Er verabscheute Strindberg, aber musste ihm in einem Punkt recht geben: »Es ist schade um die Menschen.« Er schob diese Gedanken beiseite und wagte einen weiteren Vorstoß.

»Sie wirken überhaupt nicht hysterisch auf mich. Im Gegenteil, ich empfinde Sie als überraschend stark und sehe eine gesunde Wut.« Er lächelte, beschämt über seine eigene Begeisterung. Er schloss kurz die Augen. Die Wut und diese

Urkraft würden Eva das Leben retten. Und zwar mit derselben Effektivität, mit der sie in ihr etwas zurückhielten, von dem ihre Seele noch wissen wollte. Er folgte ihrem Blick aus dem Fenster. Es war schon dunkel geworden, und die Lichter der Stadt leuchteten in Gelb, Orange und Rot. Hinter der milchigen Fassade des Universeums schimmerten die Lampen und die Feuchtigkeit des künstlichen Regenwaldes.

»Ich würde mir wünschen, dass Sie in Gedanken zu diesem besagten Tag zurückgehen und sich an so viel wie möglich zu erinnern versuchen«, bat Tomas. Er bemühte sich, seine Stimme neutral und aufmunternd klingen zu lassen. »Versuchen Sie, sich mit allen Sinnen zu erinnern. Wie Sie sich gefühlt haben, wie warm es war, wonach es gerochen hat, was Sie sahen und hörten.«

Eva atmete aus und versuchte, sich an das Licht und die Wärme zu erinnern, an das Flirren des herannahenden Frühlings. An dem Tag war es warm gewesen, obwohl die Kälte des Winters noch in den Häuserwänden saß. Sie hatten viel Zeit im Hof verbracht, gegrillt und gefeiert. Eva hob die Hände vors Gesicht, um die unwichtigen Bilder fernzuhalten, die vorbeiflatterten. Der Hof war immer ein sicherer Ort gewesen, mit verschlossenen Türen, die den gefährlichen Verkehr fernhielten. Eine kleine Oase, umgeben von beschützenden dicken Steinmauern.

Evas Stimme war dünn, als sie endlich anfing zu sprechen.

»Julia«, Eva nickte zum Maxi-Cosi, in dem ihre Tochter friedlich schnaufte, »sie war erst drei Wochen alt, ich war noch wahnsinnig müde von der Geburt, wir saßen zu dritt im Hof, und Sebastian spielte im Sandkasten.«

Eva hatte an jenem Tag keine Energie gehabt, alles einzupacken, was sie für einen Ausflug zum Spielplatz Plikta im Slottsskogen-Park benötigte: Windeln, Essen, Schnuller, Wechselkleidung, Spaten und Eimer. Ihr Körper hatte sich so schwer und matt von den Stillhormonen angefühlt. Der Park befand sich nur wenige Häuserblocks entfernt, und doch war der Aufwand so groß, als würde man sich für einen Strandtag rüsten. Zwei Kinder mussten angezogen werden, das Baby wurde gestillt, dann spuckte es sich voll, nachdem es endlich angezogen war, dann mussten die Kleider wieder runter …

»Julia schlief oben in der Wohnung, wir wohnten im vierten Stock. Aber ich hatte das Babyphon an, damit ich es sofort hören würde, wenn sie aufwacht. Es war sonst niemand im Hof, und die Tore waren verschlossen.«

Eva verstummte. Plötzlich verschwamm das Bild vor ihrem inneren Auge, Licht und Dunkelheit kamen und gingen, wie im Film wurden einzelne Sequenzen abgespielt. *Ein Männerarm, dunkel behaart. Er grinst sie an …* Eva zuckte zusammen.

Mit zusammengebissenen Zähnen fuhr sie fort.

»Als Julia aufwachte, habe ich Sebastian unten im Sandkasten weiterspielen lassen. Das hatte ich schon öfter getan, er würde niemals einfach weglaufen.« Eva schnappte nach Luft, wie konnte sie so dasitzen und einfach sagen, dass sie ihr Kind alleingelassen hatte? Sie massierte ihre Schläfen, drückte fest mit den Fingerkuppen dagegen, bis es weh tat.

»Ich kann unmöglich länger als zehn Minuten weg gewesen sein, wahrscheinlich sogar nur fünf. Ich habe mich so beeilt, und als ich zurückkam, war der Sandkasten leer.«

Eva ließ wieder ihren Kopf in die Hände sinken, begann hin und her zu schaukeln. Ein seltsames Heulen entwich aus ihrem Körperinneren, es klang wie der Laut eines Tieres. Das Erinnerungsbild vom Hof schwirrte durch ihren Kopf, wurde tiefer, schmaler, oder wurde das Haus größer? *Blitz, Licht, Dunkelheit, Licht, Dunkelheit.*

»Sebastian war weg, und ich lief los.«

»Sie sind losgelaufen?«

Eva nickte energisch, starrte in die Luft auf die hellgrüne Tapete. *Dunkelheit, Licht, ein Stoß, der durch den Körper fährt, kein Schmerz, nur ein Ton, aber so laut, so laut.*

Eva spürte Tomas' Hand auf ihrem Arm, die fest zudrückte, sie schüttelte. Er kniete vor ihr und versuchte, mit ihr Verbindung aufzunehmen.

»Eva, hören Sie, Sie schreien. Es ist alles gut, ich bin hier. Beruhigen Sie sich. Sie sind in einer Erinnerung gefangen.«

Wild starrte Eva auf den Boden, ihr Herz überschlug sich.

»Ich lief mit dem Kinderwagen auf die Straße. Wir wurden angefahren«, flüsterte sie. »Ich bin einfach losgestürmt, der Fahrer des Wagens hat sofort gebremst, dass es nur so quietschte, aber er rammte den Kinderwagen. Julia flog auf den Asphalt und lag mitten auf der Straße. Ich dachte sofort, dass sie tot sei. Und niemand half mir, Sebastian zu suchen, niemand schien mich zu verstehen.« Evas Stimme ging über in ein langgezogenes Wimmern. Still weinte sie jetzt vor sich hin.

Schweigend betrachtete Tomas die kleine vor und zurück schaukelnde Gestalt. Sie hielt ihren Oberkörper fest umschlungen, die Finger gruben sich tief in ihre Arme, drückten und kratzten. Er hatte diese Art von Schmerz schon viel zu oft gesehen. Sie würde das überstehen, aber es würde lange dauern und andere Schmerzen verursachen. Das Trauma würde zu einem Teil ihres Lebens, ihrer Familie, aller zwischenmenschlichen Beziehungen werden. Nichts würde mehr wie früher sein. Neue Kräfte würden die Führung übernehmen und alles auf eine harte Probe stellen. Unter Umständen gab es sogar noch ein Ereignis, das tiefer im Unterbewusstsein vergraben lag. Dieser Gedanke hatte sich ungefragt gemeldet.

»Woran erinnern Sie sich noch?«

Evas Schluchzen verebbte. Sie starrte aus dem Fenster auf die Nester von Glühbirnen, die wie Glühwürmchen den Vergnügungspark von Liseberg erleuchteten. Den Blick zum Himmel gerichtet, antwortete sie.

»Ans Krankenhaus. Julia und ich sind da, Carl kommt, und er ist wütend.«

»Warum denn wütend?«, fragte Tomas. Eva löste den Blick vom Himmel und sah ihn verwundert an.

»Weil ich Sebastian alleingelassen habe.«

»Sie waren also im Krankenhaus, was ist dann passiert?«, munterte Tomas sie auf fortzufahren.

Eva schluckte. Sie waren von Menschen mit energischen und verschlossenen Mienen in Empfang genommen worden. Scharfe Blicke mit freundlichem, aber künstlich wirkendem Lächeln und ein beklemmender Geruch nach Reinigungsmitteln. Eva hatte vor Verzweiflung geschrien, als die Ärzte ihr Julia hatten wegnehmen wollen, um sie gründlich zu untersuchen. Sie begriff zwar die Notwendigkeit, konnte ihr Baby aber nicht loslassen.

Einem Arzt war es schließlich gelungen, Eva zu beruhigen und vorsichtig erst Tochter, dann Mutter zu untersuchen. Eva hatte sie so festgehalten, wie sie nur konnte, musste gegen aufsteigende Übelkeit und Panik ankämpfen. Sie wollte nur so schnell wie möglich wieder gehen, um ihren Sohn zu suchen. Dann kamen plötzlich Polizisten in den Raum. Sie hatten Sebastian gefunden.

An die folgenden Bilder konnte sich Eva genau und ganz scharf erinnern: Sebastians kleines Kindergesicht, verschmiert von Rotz und Tränen, die blutende Lippe, den blauen Fleck auf seiner Stirn, die unordentlichen Kleidungsstücke, seine schmutzigen Frotteehosen, die Flecken und der Geruch, die verrieten, dass er sich in die Hosen gemacht hatte. Sebastian hatte sich von der Hand der Polizistin gelöst, war zu Eva gelaufen und stumm auf ihren Schoß geklettert. Dann hatte er sie umarmt, als wolle er sie nie wieder loslassen.

Nach einer Weile hatten die Krankenschwestern versucht, ihn aus Evas Armen zu nehmen. Aber er hatte sich an ihrer Jacke festgeklammert, kein Wort gesagt, nur die Augen zugekniffen und sich gewehrt.

»Hat Carl mich eigentlich in seine Arme genommen?« Eva sagte es wie in Trance, die Augen weit aufgerissen in bestürzter Fassungslosigkeit.

Plötzlich wurde ihr furchtbar kalt. Nein, Carl hatte sie nicht in den Arm genommen. Er hatte nur ihren Arm festgehalten, als ihr die Schwestern Sebastian wegnahmen. Sie empfand Ekel bei dem Gedanken an Carls zusammengekniffenes Gesicht und den harten Griff, mit dem er sie zurückhielt. Eva hatte sofort begriffen, was ihr Kind hatte erleben müssen, welchen Schaden es erlitten hatte. In seinen großen leeren Augen sah sie eine bodenlose Ohnmacht, der sie nicht entkommen konnte. Etwas darin war erloschen, zerrissen worden und jetzt ersetzt durch eine dünne Haut, wie in den Augen alter Menschen, die durch Leid, Enttäuschung und Erniedrigung entsteht.

»Und was ist dann passiert?«

Langsam hob Eva den Kopf und sah Tomas an. Sie musste blinzeln, ihre Augen waren trocken, und sie hatte einen fürchterlichen Geschmack im Mund.

»Sebastians Anziehsachen, die Polizei hat sie mitgenommen. Ein Arzt hat Proben genommen.« Eva kämpfte gegen den Ekel, der in ihr hochkam. »Sie waren alle sehr nett. Die Polizisten.« Eva schloss die Augen, weil die Bilder durcheinanderwirbelten. Dann riss sie sie wieder auf.

»Besonders die ältere Polizistin, die uns verhörte, war sehr nett.« Eva nickte wie zur Bekräftigung ihrer Worte. »Ja, die waren alle wirklich nett und sehr einfühlsam.«

»Und dann?«

Eva schielte zu Tomas. Sie rieb sich die Stirn, drehte sich eine Haarsträhne um den Zeigefinger. Dann erzählte sie bedächtig von der zu kurzen, aber sehr entgegenkommenden Hilfe, die sie in der Kinder- und Jugendpsychiatrie erhalten hatte, von dem gut gemeinten Ratschlag, zum normalen Leben zurückzukehren, den kurzen Gesprächen, in denen akute Fragen behandelt, aber nie verwertbare Antworten gegeben wurden. Eva lachte auf, ein kurzes, heiseres Krächzen.

»Carl ging zu dieser Versammlung in dem Kindergarten … Der Himmel weiß, was wir uns dabei gedacht haben!«

Sebastians Kindergarten lag in einem großen Haus, das umgeben war von einem verwunschenen Garten, im Stadtteil Änggården südlich vom Sahlgren-Krankenhaus. Es war ein Kooperationsprojekt mit der Montessori-Pädagogik. Keiner hatte sich vorstellen können, was für eine immense Aufmerksamkeit dieser Fall erhalten würde. Alle Eltern waren von Journalisten angerufen worden und waren dem aufdringlichen Haufen vor den Zäunen des Kindergartens ausgesetzt gewesen. Und mittendrin hatte die Leitung des Kindergartens gestanden und verzweifelt versucht, Vertrauen und Ruhe zu verbreiten.

Die Stimmung war aufgeheizt gewesen. Die Elternschaft hatte sich augenblicklich in zwei Lager geteilt. Die eine Seite wollte, dass der Betrieb ohne Zwischenfälle weiterlief, die andere forderte die umgehende Schließung der Einrichtung. Die Leitung hatte sich bemüht, die Gruppe zu beruhigen, und hatte angekündigt, dass der Kindergarten weiter geöffnet sein würde, als wäre nichts geschehen. Nur ein einziges Kind sei betroffen gewesen. Aber das war, als hätte sie Benzin in ein offenes Feuer gegossen. Ein paar Wochen später war die Tagesstätte geschlossen.

Eva lächelte verächtlich.

»Wir sind dann umgezogen. Ich konnte es nicht mehr aushalten, traute mich noch nicht mal mehr, einkaufen zu gehen. Alle Eltern wohnten ja in unmittelbarer Nähe, natürlich gab es da viel Gerede. Es fühlte sich an, als hätte mein Sohn eine ansteckende, ekelhafte Krankheit, eine, die alle sehen konnten, wie eine abstoßende Hautkrankheit. Und ich, ich war die Mutter, die ihr Kind einem Pädophilen überlassen hatte!« Eva vergrub erneut ihr Gesicht in den Händen.

Tomas nickte und sah sie lange an. Ihr zerbrechliches Äußeres war irreführend. Sie vertrug sehr viel mehr, als man glaubte.

»Haben Sie das Gefühl, dass es Menschen in Ihrer Umgebung gibt, die Sie stützen und auffangen?«, fragte er sie mit sanfter Stimme. Eva nickte, ohne weiter nachzudenken. Sie hatte ja tatsächlich ihre Familie, ihre Eltern, die Schwester.

Eva tat sich schwer, Tomas in die Augen zu sehen, sie hatte den Eindruck, er könne bis in ihre geheimsten Winkel schauen, all ihre Geheimnisse erkennen.

»Und Ihr Mann? Wie geht er damit um?«

»Sie meinen den Brief?«

Tomas nickte, obwohl er keineswegs an den Brief gedacht hatte. Ihn hatte sie nicht genannt, er schien nicht dazuzugehören. Stützte er sie?

»Er hat den Brief ernst genommen, ihn aber als Versuch gedeutet, sich von aller Schuld reinzuwaschen. Carl hat ihn zum Staatsanwalt gebracht. Ich weiß nicht, was das für Konsequenzen haben wird.«

Tomas kratzte sich am Bart, der aussah wie eine zu oft benutzte Spülbürste. Er würde ein anderes Mal auf die Reaktion des Vaters zurückkommen müssen. Wie hätte er selbst reagiert? Tomas betrachtete seine großen Hände. Er wusste genau, was er getan hätte. Da hätte es keinen Zweifel gegeben. Er ballte die Hände zu Fäusten. Evas Heilungsprozess würde viel Zeit in Anspruch nehmen. Aber gerade die schien sie nicht zu haben. Warum, konnte er sich nicht erklären.

Julia begann zu grunzen und zu wimmern, anfangs zuckten ihre Beinchen, dann die Hände und bald darauf schlug sie hellwach die Augen auf. Zuerst knatterte sie, in ihrem Bauch rumpelte es. In wenigen Augenblicken würde sie ihren kleinen Kussmund öffnen und lautstark verkünden, dass sie dem Hungertod nahe sei.

Tomas lächelte das Baby freundlich an.

»Die junge Dame wusste, dass die Stunde jetzt vorbei ist.«

Er blätterte in seinem Kalender und fragte Eva, ob ihr ein Termin in zwei Tagen recht sei. Sie nickte stumm. Auf dem

Weg zu diesem Treffen hatte sie sich eigentlich entschieden, keine weiteren Therapiesitzungen zu nehmen. Sie hatte sich eingeredet, dass sie nur ihrer Schwester zuliebe ginge. Und nur dieses eine Mal. Tomas brachte sie zum Ausgang, drückte sanft ihre Hand und verschwand im Sprechzimmer.

Eva setzte sich auf einen der Stühle und stillte Julia. Sie fühlte sich wie eine Substanz in einem Reagenzglas, genauestens betrachtet, aber noch nicht fertig analysiert. Er hatte noch nicht einmal die Frage gestellt, ob sie weitermachen wollte. Sie wusste nicht, ob sie auf sich oder ihn wütend sein sollte.

Kaum hatte Eva die Praxistür hinter sich zugezogen, lehnte sich Tomas an den Fensterrahmen und beobachtete die Menschen unten auf dem Södra Vägen, atmete die feuchte Abendluft ein, die sich mit den Abgasen und den Geruch von welkem Laub vermischte. Er war erschöpft, fühlte sich leer. Er hatte es befürchtet, sich aber nicht darauf vorbereitet.

Evas Leben war in Stücke gebrochen. Normale Voraussetzungen existierten nicht mehr. Alle Beziehungen wurden auf den Prüfstand gestellt, einige würden halten, andere sich auflösen. Zum Glück gab es einen Schuldigen, auf den man seine ganze Wut und seinen Hass richten konnte. Denn ein wirklich unüberwindbarer Abgrund tat sich für jene auf, die nie die Wahrheit erfuhren. Die Ungewissheit war der vernichtendste Dämon von allen.

# Kapitel 6

Eva atmete die kalte Luft ein, die vom Meer heranwehte. Neben ihr schob Kattis Andersson den Kinderwagen. Das Kindermädchen. Als wäre sie selbst unfähig dazu. Oder schlimmer noch, als hätte sie keine Lust, sich um die eigenen Kinder zu kümmern. Aber immerhin ging sie neben Kattis.

Sie sah anders aus, als Eva sie vom Vorstellungsgespräch in Erinnerung hatte, voller im Gesicht, gesünder. Evas Schwiegermutter hatte zwar eine andere Kandidatin favorisiert, ein oberflächliches und selbstverliebt daherplapperndes Mädchen, das nur mäßig an den Kindern, dafür aber umso mehr an der Familie Seger interessiert schien. Eva aber war es zum Glück gelungen, ihren Willen durchzusetzen.

Während sie dem Kindermädchen alles zeigte und dabei nervös auf sie einredete und von der momentanen Wohnsituation erzählte und von ihrem Vorhaben, ein Haus zu kaufen, hatte sich Kattis ganz ruhig und selbstverständlich neben Sebastian auf den Boden gehockt und mit ihm gemalt. Und genauso natürlich verhielt sie sich mit Julia, zog das Baby an und packte alle Sachen in den Kinderwagen, die für einen Ausflug auf den Spielplatz notwendig waren.

Eva hörte Kattis zu, die mit schnellen Schritten neben ihr ging und von der Reise erzählte, die sie zusammen mit ihren Freunden plante, wenn sie erst einmal genügend Geld gespart hatte.

»Im Frühling habe ich Abitur gemacht und den Sommer über in einem Laden gearbeitet, aber das war mir irgendwann zu langweilig!«, Kattis lachte und musste blinzeln, weil der Wind relativ stark war. »Ich mag Kinder, vielleicht studiere ich auch noch auf Lehramt. Aber zuerst will ich reisen, Neues sehen. Darum können Sie mich gern so oft rufen, wie Sie wollen. Ich möchte viel arbeiten.«

Eva betrachtete Kattis' fröhliches Gesicht. Bald, sehr bald würde sie ihr von dem Unglück erzählen, von dem Übergriff. Carl wollte das nicht, sie sollte es niemandem gegenüber erwähnen. Darüber waren sie sich nicht einig geworden. Wie über so vieles im Moment.

Sie nahmen den Weg am Park vorbei, folgten dem Fahrradweg zum Hovås-Bad bis nach Järkholmen. Als sie das westliche Ende des Golfplatzes erreichten, nahm der Wind noch zu, riss an ihren Kleidern und dem Regenschutz über Julias Kinderwagen. Die schlief ungerührt in ihrem Schlafsack mit einem zufriedenen Lächeln um die Lippen.

Kattis zog die Nase hoch.

»Der Winter steht vor der Tür, das kann man riechen. Aber Julia ist schön warm eingepackt. Sie hat die Hosen voll, oder?« Kattis Augen leuchteten, die Neckerei war freundlich gemeint. Eva unterdrückte den Impuls, sofort nach Hause zu gehen, um die Windeln zu wechseln. Eine volle Windel war noch kein Weltuntergang. Sie lächelten sich an.

Der Wind nahm zu, und die Wellen, die gegen die Felsen rollten, hatten mittlerweile weiße Schaumkronen. Sie drehten um und gingen an den Häusern vorbei, die in den vergangenen Jahren von Reichen und Neureichen gebaut worden waren, die hinter ihren Panoramafenstern saßen und hinaus aufs Meer bei der Landzunge Näsets sehen konnten.

»Boah, allein die Vorstellung, diese Fenster zu putzen«, stöhnte Kattis amüsiert, und Eva musste laut auflachen. Es gab immer zwei Seiten, eine Sache zu betrachten. Eva stellte zufrieden fest, dass die junge Frau gern lachte, gelassen und ausgeglichen war und keineswegs die naive Blondine, wie zuerst befürchtet. Am Spielplatz hielten sie an, suchten sich einen windgeschützten Ort und beobachteten Sebastian bei seinem gespielten Kampf um die Vorherrschaft in einer fiktiven oder seiner realen Welt. Kattis und Eva plauderten über Kinderkleidung, Autos und Verkehr, Schule und Kindergarten, Eltern und Kinder, Essen und Kochen, Windeln und Spielsachen, Kneipen, Bars, Restaurantempfehlungen. Eva genoss dieses leichte Gespräch, musste sich aber auch eingestehen, wie abgekapselt und weltfremd sie in letzter Zeit gelebt hatte. Aber dort draußen existierte eine Welt, und die ging unerbittlich weiter.

Julia erwachte aus ihrem warmen Schlaf und kräuselte ungehalten ihren kleinen Kussmund. Ihr Po brannte vermutlich schon. Sie sammelten Sebastians Spaten, Eimer und seinen riesigen T-Rex ein, den er überallhin mitschleppte, und machten sich auf den Nachhauseweg.

Auf der Straße kam ihnen eine Frau mit zwei Hunden entgegen. Sie lächelte die beiden an, ihre Haare wirbelten fröhlich im Wind. Die Hunde sprangen an ihren Leinen umher, ausgelassen und wild schnappten sie nach der Luft und hoben schnuppernd ihre Nasen in die Höhe.

»Sieh mal, Wauwaus«, rief Eva fröhlich und zeigte auf die beiden Hunde, die sofort auf sie zugerannt kamen. Sebastian versteckte sich hinter Evas Hosenbeinen und klammerte sich an ihrer Jacke fest. Eva blieb überrascht stehen und beugte sich zu dem Kleinen hinunter. In seinem bleichen Gesicht sah sie nur Angst, pure Angst.

Der eine der Hunde schnupperte fröhlich an Evas Hand,

berührte auch den Jungen, der laut aufschrie. Eva stellte sich zwischen ihren Sohn und die Tiere, die sofort von ihrer Besitzerin weggezogen wurden.

»Oh, verzeihen Sie bitte«, rief diese verlegen. »Ich habe nicht gesehen, dass er Angst hat. Sie sind überhaupt nicht gefährlich, sie lieben Kinder.«

Verzweifelt riss sie an der Leine und hielt die Hunde fest, die daran zerrten und wild mit ihren Schwänzen wedelten. Eva machte den Mund auf, wusste aber nicht, was sie sagen sollte. Sie hatte Schuld, hatte die Hunde angelockt. Sebastian vergrub sein Gesicht in ihren Hosenbeinen.

»Nein, bitte entschuldigen Sie sich nicht. Es war meine Schuld«, presste sie hervor. »So hat er noch nie reagiert, ich versteh das gar nicht …«

Die Frau lächelte befangen, sah gequält aus. Sie zog die Hunde mit sich, die enttäuscht hinter ihr herschlichen. Eva und Kattis liefen, so schnell es ging, nach Hause. Eva trug Sebastian in ihren Armen. Unaufgefordert kümmerte sich Kattis um das Baby, zog es aus und wechselte die Windel. Julia protestierte keine Sekunde lang, sondern beobachtete mit neugieriger Verwunderung das freundliche Gesicht, das vor dem Wickeltisch hin und her tanzte. Als sie fertig waren, gesellte sich Kattis zu Eva und Sebastian, die im Kinderzimmer zwischen den Spielsachen saßen. Gedankenverloren streichelte Eva über die Locken ihres Sohnes.

»Er hat Tiere immer geliebt, besonders Hunde«, sagte sie entkräftet. »Ich versteh das nicht … wir haben immer wieder Hunde auf unseren Spaziergängen getroffen.« Angestrengt versuchte sie sich zu erinnern. Andere Hunde? Ja, natürlich. Aber vielleicht nicht so große? Eva kaute an ihren Fingernägeln, starrte auf Sebastians Locken, als könnte sie in seinen Kopf sehen und dort seine Alpträume erkennen.

»Vielleicht ist das jetzt einfach eine Phase«, bot Kattis als Erklärung an. »Kinder denken sich doch einen Haufen merkwürdiger Sachen aus. Ich glaube manchmal, dass sie zu viel fernsehen, viel zu viel Zeichentrick-Sachen und animierte Filme. Sie wissen schon, die, wo man tun und lassen kann, was man will, und niemandem passiert etwas Ernsthaftes. *Tom und Jerry* zum Beispiel sind doch richtige Gewaltstreifen. Ich hatte als Kind tierische Angst vor einer Figur, die aus einer alten Socke gemacht war. Ich habe mich deshalb eine Zeitlang sogar geweigert, Strümpfe anzuziehen.« Kattis schnitt eine schreckliche Grimasse, und Eva musste kichern. Sie erinnerte sich noch gut an diese Serie mit den Sockenfiguren, *Lillstrumpa*, und wie hieß noch gleich der andere?

»Ja, natürlich«, rief Eva. »Wie um Himmels willen hieß der Typ, der das erfunden hat? Staffan irgendwas. Der hat doch in den Siebzigern diesen Film *Verloren im Pfannkuchenland* gemacht und allen Kindern eine Heidenangst eingejagt mit seinem politischen Quatsch. Ich hatte eine Todesangst vor dieser Machtkartoffel, die immerzu *putt putt* rief.«

»Ach, ich erinnere mich! Die Machtkartoffel war der Kapitalist, oder?« Kattis gluckste vor Vergnügen.

Sie lachten herzlich, aber das Bild von zwei goldgelben, wuscheligen Hunden konnte Eva nicht mehr abschütteln.

# Kapitel 7

Sebastian stand vor Eva. Erwartungsvoll sah er sie an. Ein kräftiger Arm legte sich um ihren Hals, stark war der Griff und würgte sie. Eva starrte auf die offene Metallluke im Boden, auf die kleine Treppe, die hinab unter die Erde führte. Dort sollte ihr Sohn eingesperrt, seinem Schicksal überlassen werden und elendig verhungern, während er verzweifelt nach seiner Mutter schrie …

*Der Griff um ihren Hals wurde fester, sie bekam kaum Luft. Eva schlug ihren Kopf gegen etwas Hartes in dem Versuch, sich freizustrampeln, um ihren Sohn zu retten. Warum konnte sie den Mann nicht daran hindern, das zu tun? Sie dürfen das nicht … Ich will das nicht!*

Eva riss ihre Bettdecke beiseite und sprang auf, fort von diesem schrecklichen Traum. Kein Schrei war ihrer Kehle entwichen, sie spürte aber noch den Druck am Hals. Stöhnend stolperte sie ins Badezimmer und beugte sich über die Toilette, wartete auf ein befreiendes Erbrechen. Aber es geschah nichts.

Sie stieg in die Dusche und ließ Wasser über sich rieseln, sie versuchte, ihr Inneres gleich mit zu reinigen, den Ekel und die furchtbaren Bilder fortzuspülen. Dann zog sie einen Morgenmantel über und ging in die Küche, um sich einen Tee zu machen. Sebastian lag bereits auf dem Boden und zeichnete. Sie wuschelte ihm durch die Haare.

Der Becher war noch lauwarm in Evas Händen, als sie plötzlich zusammenzuckte. War sie kurz eingenickt?

»Sebastian!«, rief sie, streckte sich und sah im Kinderzimmer nach. Es war auf einmal so unerwartet leise geworden.

Sie lauschte angestrengt, konnte aber keinen Laut hören. Sie suchte hinter den Umzugskartons und den Möbeln, aber Sebastian war nicht da. Beruhig dich, sagte sie sich, nicht durchdrehen. Er ist hier irgendwo.

Sie holte Julia aus ihrer Wiege und horchte in alle Richtungen, sah in der Toilette nach, im Badezimmer, in der Küche. Sie riss die Tür zur Vorratskammer auf, kein Laut weit und breit, schlich um die Sofas im Wohnzimmer.

»Sebastian …? Spielst du Verstecken mit deiner Mama, mein kleiner Freund?« Eva sprang ans Fenster und scannte den Garten. Hoffentlich hatte er sich nicht rausgeschlichen und war in den Pool gefallen. Sie öffnete die Terrassentür, trat hinaus in den Garten und sah quer über den Rasen, vorbei an den struppigen Büschen, hinüber zum abgedeckten Swimmingpool, der neben dem einzigen Baum aufgestellt war. Die Schutzdecke über dem Bassin bestand aus einer Plastikhartschale und sollte eigentlich das Gewicht eines Erwachsenen halten. Sie sah intakt aus. Gierig sog Eva die kühle Morgenluft ein, das Gras war noch feucht vom anhaltenden Regen in der Nacht. Da entdeckte sie ihn.

Der kleine Blondschopf hüpfte ausgelassen hinter Fleurs Fenstern auf und ab. Da war der kleine Racker also hingelaufen. Ein tiefer Seufzer entwich Eva, dann drehte sie sich auf der Stelle um, hätte dabei fast Julia gegen den Türpfosten gestoßen und machte sich auf den Weg zum Atriumgang, der zum Haupthaus hinüberführte. Für einen Augenblick ließ Eva die Hand über der Türklinke schweben, holte tief Luft und klopfte hörbar gegen das Holz, drückte die Klinke herunter und trat ein. Wärme schlug ihr entgegen, Indiepop und der Duft eines schweren Parfums.

»Hallo? Ist hier jemand? Sebastian? Mama ist da …«

Sie ging auf die Küchentür zu, machte einen langen Hals und sah um die Ecke.

»Hallo?«

»Sieh mal einer an, hoher Besuch!«

Eva zuckte zusammen. Fleur stand direkt vor ihr, sie musste hinter der Tür gewartet haben. Ihre Augen leuchteten spöttisch, diesen Scherz hatte sie sich nicht zum ersten Mal erlaubt. Sebastian kam auf seine Mutter zugerannt, begeistert und voller Glück. Er trug eine riesige Maske in den Händen.

»Guck!« Mit einiger Mühe hob er das Ding hoch und hielt es sich vors Gesicht. Eva sah seine blauen Augen hinter den Löchern leuchten. Er hatte sich in einen wilden Eingeborenen verwandelt, einen Schrecken verbreitenden Medizinmann von irgendeinem Kannibalenstamm. Er knurrte und brummte hinter seinem Versteck. Eva konnte nicht anders, als zu lachen.

Kaum war es ihr gelungen, ihren Sohn von der hervorragenden Idee zu überzeugen, wieder in ihren Teil des Hauses zurückzugehen, da hatte er sich aus ihrer Umarmung gewunden und war auf und davon gerannt. Dabei hatte er die Maske hochgehalten und erneut wilde Geräusche ausgestoßen.

Lässige lehnte Fleur an einem langen Bartresen, der fast die gesamte Küche einrahmte. Sie rauchte eine lange schmale filterlose Zigarette, der bläuliche Rauch hing schwer im klaren Vormittagslicht. Sie kicherte heiser.

»Ihm gefällt es hier, oder nicht?« Fleur musterte sie mit ihren dunklen Augen. Eva registrierte erstaunt, dass Fleur einen aufwendigen himmelblauen Kaftan trug, Make-up aufgetragen hatte und die Haare in perfekten Locken ihr blasses Gesicht rahmten. So früh am Tag! Ihre Armreife klimperten, als sie die Hand mit der Zigarette zum Mund führte.

»Es tut mir leid. Ich hab ihm nur kurz den Rücken zugedreht … ich …«

Die Worte blieben Eva im Hals stecken. Ein boshaftes Lächeln huschte über Fleurs Gesicht. Sie schnalzte abfällig mit der Zunge und drückte die Zigarette in einem übervollen Aschenbecher aus. Fleur drehte sich um und ging wortlos und barfuß an Eva vorbei in den benachbarten, größeren Raum. Sie verschwand hinter einem Vorhang aus überladener Musik und blaugrauem Rauch. Eva folgte ihr.

Der Raum war nicht, wie sie ihn erwartet hatte. Das Haus von außen vermittelte mit seiner glatten, dunklen Backsteinfassade mit Blechelementen und den großen, getönten Fensterfronten einen schweren und düsteren Eindruck. Der Raum aber war groß, lichtdurchflutet, und die Wände waren strahlend weiß bis auf die eine Stirnseite, die in Ochsenblutrot gestrichen war. In der Mitte des Zimmers befand sich ein schneeweißer offener Kamin. Der Rest war sparsam und geschmackvoll möbliert. Wollteppich in kräftigen Farben mit graphischen Mustern, schlichte Sofas mit einem Haufen bunter Kissen, schwarze Freischwinger, ein Sessel, den Eva Mies van der Rohe zuordnete, soweit sie sich erinnerte, und in der Ecke stand der berühmte Teewagen von Alvar Aalto. In den Regalen und auf den Fensterbänken drängten sich Vasen und Figuren aus Glas. Da schien jemand zu sammeln. An den Wänden hingen unzählige Masken aus Übersee, und auf dem Kamin saß der beliebteste Gott der Hindus, Ganesha, der Elefantengott. Aber es gab keine Bilder!

Fleur hatte sich in einen der Sessel gesetzt und beobachtete Eva eingehend. Zufrieden gluckste sie. »So, Püppchen. Das ist ein kleiner freiheitsliebender Dramatiker, den du an deiner Brust genährt hast! Wie schön, dass die Gene sich nicht unterdrücken lassen, dass sie sich ihren Weg suchen, wie wir uns auch bemühen, dieses Erbe zu verleugnen.«

Eva fragte sich, ob Fleur sie meinte oder ein Selbstgespräch führte.

»Es tut mir wirklich leid, dass …«, begann Eva erneut, aber Fleurs abfälliger Gesichtsausdruck gebot ihr Einhalt.

»Erspar mir diese Heuchelei«, unterbrach Fleur sie scharf und wandte ihre Aufmerksamkeit Sebastian zu, der die Holzfiguren am Kamin genauestens untersuchte.

Dort standen langbeinige, afrikanische Krieger aus dunklem, unpoliertem Holz, mit Schild und Speer und Haar aus Gras. Die Figuren aber, die Sebastians Interesse geweckt hatten, hockten auf dem Boden, die Knie bis zum Kinn hochgezogen. Der Kopf war übergroß und hohläugig und beherrscht von einem hämischen Grinsen. Eva musste tief Luft holen, als sie den überdimensionierten Phallus entdeckte, der zwischen den Beinen saß und ihm fast bis zum Kinn reichte. Das Glied war aus gröberem Holz gearbeitet als die Unterschenkel und hatte eine Eichel, größer als eine geballte Faust. Fleur lachte aufreizend laut, und Eva spürte, wie sich die Röte in ihrem Gesicht und am Hals ausbreitete.

»Er ist ein Fruchtbarkeitsgott aus Thailand!«, kicherte sie amüsiert. »Ein böser kleiner Teufel, der jeden Tag Tabak oder Sprit haben will, sonst verflucht er dich. Eine interessante Figur, nicht wahr? Wenn er seine Beine nicht bis zum Kinn hochgezogen hätte, könnte man ihn sogar noch zu etwas Erfreulichem verwenden …«

Sie ließ sich in den Sessel sinken, ihre Augen leuchteten.

»Wir müssen jetzt gehen«, sagte Eva mit zitternder Stimme und versuchte, Sebastian von den grotesken Figuren wegzulocken. Aber der Junge stellte sich taub und wehrte sich. Julia streckte ihr Händchen nach dem Elefantengott aus.

»Du musst wissen, Püppchen, es war nicht meine Idee, dass ihr hier bei uns wohnen sollt. Das ist auf dem Mist deiner verehrten lieben Schwiegermutter gewachsen.«

Ungeniert starrte Fleur in Evas Gesicht und wartete auf eine Reaktion.

»Ganz schön raffiniert, wenn du mich fragst. Sie ist wohl davon ausgegangen, dass ich euch in den Wahnsinn treibe, euch so auf die Nerven gehe, dass sie das geeignete Haus für ihren Jüngsten auswählen kann, um ihre manikürten Finger noch besser am Drücker zu haben. Und zwar tagein tagaus.« Fleur lachte erneut und bekam einen Hustenanfall. »Oh, Mann, ich sollte wirklich aufhören, so verdammt viel zu rauchen«, keuchte sie und schlug sich mit der Hand auf die Brust, dass die Armreife nur so klingelten. Eva stand wie versteinert vor ihr und starrte die Frau in dem Sessel an. Sie hatte Angst.

Fleur bohrte ihren Blick in Eva.

»Rose-Marie hat vermutlich ihren kleinen Bericht über mich ausgeschmückt und erzählt, dass ich verrückt bin, mich mit schwarzer Magie beschäftige, trinke, rauche und meinen armen, unschuldigen Ehemann terrorisiere. Stimmt's?«

Julia beugte sich noch weiter vor, um den glitzernden Elefantenmenschen berühren zu können. Eva musste schlucken, empfand Fleurs Blick wie eine Lupe.

»Nein, eigentlich hat sie nicht viel erzählt«, erwiderte sie.

Fleur lachte. Aber sie wandte ihren Blick nicht ab, Eva begann zu schwitzen. Mann, ist die verrückt, dachte sie, alle in dieser Familie sind verrückt.

»Ich wollte nur höflich sein«, zischte Eva zurück. »Rose-Marie hat tatsächlich gesagt, dass Sie vollkommen verrückt sind, dass Sie sich für etwas Besseres halten und ein schweres Alkoholproblem haben.«

Zuerst zeigte Fleur keinerlei Reaktion, dann aber begann ihr großer Busen auf und ab zu wippen, und ein donnerndes Gelächter platzte aus ihr hervor. Sebastian ließ von der schrecklichen Holzfigur ab und schlich zu Eva. Neugierig glotzte er Fleur an, die sich mühsam aus dem Sessel erhob und unablässig weiterlachte, während sie den Elefantengott vom Kaminsims nahm und ihn auf den Boden stellte. Sebastian näherte sich der glitzernden Statue, behielt aber Fleur im Auge. Und weil Julia auf einmal unheimlich schwer war, setzte Eva auch sie neben Ganesha.

Fleur ließ sich wieder auf den Sessel fallen, breitete ihre Gewänder aus und lächelte boshaft.

»Ja, meine liebe Schwester Rose-Marie, das sieht ihr ähnlich. Wenn es einen Menschen auf dieser Welt gibt, der am liebsten von oben auf die anderen herabsieht, dann ist das mit Sicherheit sie. Ja, ich bin Alkoholikerin! Aber dazu stehe ich wenigstens! Frag sie lieber mal nach ihren kleinen weißen und rosa Pillen.«

Eva bemerkte, dass sie mit offenem Mund vor Fleur stand, schloss die Lippen und beobachtete unruhig ihre Kinder, die vollkommen ungeniert die hübsch verzierte Figur begrabbelten und schubsten.

Fleur bemerkte den Blick.

»Mach dir keine Sorgen um Ganesha. Er ist ein Gott.«

Fleurs Lächeln wirkte jetzt milder, herzlicher. »Und mein Haus …«, rief sie und breitete die Arme aus, »ist kein blödes Museum oder eine dekorierte Bühne für die High Society. Okay, ich trinke wirklich zu viel, und ich folge eben nicht den gesellschaftlichen Regeln. Aber das geht wenigstens nicht auf Kosten anderer, außer vielleicht meinem Mann … Aber ich bin keine Heuchlerin!«, fügte sie mit schiefem Grinsen hinzu.

Eva löste Julias Hand von dem göttlichen Umhang. Sie musste schlucken und konnte ihre Augen nicht von der üppigen Frau in Himmelblau nehmen, die wie eine Künstlermuse auf den Sessel drapiert dalag.

»Du hast doch bestimmt schon begriffen, dass du die Familie Seger geheiratet hast, mit allem, was dazugehört! Oder dachtest du, Carl sei anders als die anderen?« Fleur schnaubte verächtlich. »Ich gebe zu, dass Carl sowohl charmant als auch bezaubernd sein kann. Und ganz anders als seine Brüder. Aber eigentlich hat er nur noch nicht die endgültige Form erreicht, doch das kommt noch, keine Sorge.« Eva verstand die überdeutliche Warnung der Tante ihres Mannes sehr wohl, auch sie hatte schon Veränderungen registriert. Carl hatte erst vor kurzem seinen geliebten Marketingjob aufgegeben und in der Finanzwelt einen Posten besetzt, über den er sich früher eher verächtlich geäußert hatte. Doch dadurch wurde er immer enger in den Schoß der Familie Seger gezogen, und sie war und auch ihre Kinder waren die Geiseln. Fleurs Blick gewann wieder an Schärfe.

»Das macht Menschen kaputt, zerstört sie von innen, wenn der äußere Schein von Glück und Vollkommenheit keinen spirituellen Wert mehr hat, nur noch einen materiellen. Ich meine, was bitte soll man tun, wenn man alles hat, was man sich für Geld kaufen kann? Das Spiel spielen: Wer die meisten und teuersten Gegenstände besitzt, wenn er stirbt, hat gewonnen? Deshalb betäubt sich meine liebe Schwester mit Tabletten. Obwohl ihr Mann so großzügig ist und sie alles haben kann, was sie will: shoppen, Kaffeeklatsch, chirurgische Eingriffe und teure ausländische Massagestäbe!« Fleur schnalzte herablassend mit der Zunge. »Ja, die arme Rose-Marie. Was sie allerdings am nötigsten hätte, wäre ein Filter zwischen ihrem Gehirn und ihrem Schandmaul, was da nicht alles rauskam, als der Brief hier eintraf! Das tut mir wirklich leid, Eva. Ganz aufrichtig!«

Aus Fleurs Gesicht waren jede Ironie und Boshaftigkeit verschwunden.

Eva seufzte. »Danke«, murmelte sie.

»Apropos Alkohol ...«, sagte Fleur und hatte ihre alte Form wiedergefunden. »Will mein Püppchen nicht vielleicht einen kleinen Drink haben? Ein Glas Wein?«

Eva schüttelte energisch den Kopf. Fleur erhob sich und ging zielsicher in die Küche.

»Nein, das hätte ich mir auch denken können. Aber ich will einen, und zwar jetzt!«

Ein gut gefüllter Cognacschwenker tanzte vor Evas Nase auf und ab, als Fleur zurückkam. Eva blinzelte, sah zuerst fragend auf das Glas, dann in Fleurs blasses, ernstes Gesicht. »Na, komm schon, das beißt nicht. Und du siehst aus, als könntest du einen gebrauchen.«

Eva griff nach dem Glas, hielt es hoch und betrachtete die wunderschöne goldbraune Flüssigkeit, die sich an die Innenseite des Glases schmiegte und zähflüssige Rinnsale bildete. Sie führte das Glas zum Mund, atmete die Dämpfe ein und nahm einen ordentlichen Schluck. Es brannte im Hals und in der Nase, dann weiter hinunter bis in den Magen.

»Er hat geschrieben, dass er unschuldig ist, er wollte mich warnen«, platzte es plötzlich aus Eva heraus.

»Oh, verdammt noch mal!« In Fleurs Stimme schwang aufrichtiger Ekel mit.

»Ich weiß nicht mehr, was ich glauben soll«, murmelte Eva und sah zu Boden. Julia hatte sich den Elefantenschnabel in den Mund gesteckt, während Sebastian sich erneut die angsteinflößende Maske aufgesetzt hatte.

»Kann man unschuldig verurteilt werden?«, fragte Eva.

Fleur kicherte vergnügt.

»Na ja, das passiert nicht jeden Tag, aber natürlich kann das vorkommen. Die Menschen werfen sich ja die schlimmsten Sachen vor, Streitigkeiten um das Sorgerecht oder die Erbschaft, sie bedrohen sich und lügen, vermischen Wahrheit und Lüge. Und da kann sich schon mal der ein oder andere Unschuldige im Netz des Gesetzes verfangen. Und dann gibt es natürlich noch die Wahnsinnigen, die einfach mal in die Medien kommen wollen.«

»Aber Mattias hat von Anfang an abgestritten!«, protestierte Eva.

»Ja, meinetwegen. Aber wenn ich mich richtig erinnere, stand in den Schundblättern, er hätte seine Schuld im Verhör gestanden. Da hat sich die Staatsanwaltschaft dran festgehalten. Vielleicht fand er es am Anfang aufregend, so ein richtiger Schurke zu sein, der von Frauen Briefe ins Gefängnis bekommt, weil die so was scharf macht. Aber dann war es doch nicht so glamourös, wie er sich vorgestellt hatte, und dann hat er alles wieder bereut und ist zurückgerudert.

Oder er hat festgestellt, dass er es im Knast nicht länger aushält, weil die Polizisten ihm eine Höllenangst gemacht haben, wie es ist, im Gefängnis zu sitzen, da befindet sich ja nur der Abschaum.«

Eva stöhnte auf. »Es wird so sein, wie Carl sagt. Er hat mit diesem Brief versucht, sich von seiner Schuld reinzuwaschen. Immerhin hatte er schließlich einen der besten Anwälte Schwedens.«

»Ha!«, Fleur rümpfte die Nase. »Schwedens Bester! Wie kommen die bloß alle darauf? Wir reden doch über den berühmten Paulo, stimmt's?«, sagte Fleur höhnisch und streckte ihre Nase betont vornehm in die Luft.

»Unser neuer Promianwalt, Leif Silberskys Thronfolger! Den sieht und hört man überall, wo es sich für ihn lohnt, der weiß genau, welche Register man bei den Medien ziehen muss. Natürlich ist er nicht da hingekommen, wo er jetzt ist, ohne ein ganz guter Anwalt zu sein. Aber von dort bis zu der Garantie für Gerechtigkeit? – Das weiß der liebe Herrgott! Er ist ein Snob, hat überall seine Finger drin, ist ständig in den Zeitungen als eine Art grauenhafter Experte, wird oft in Promikreisen gesichtet und kriecht deinem Schwiegervater in den Arsch. Mir imponiert das alles nicht«, beendete sie ihren Vortrag und hob das Glas für einen letzten Schluck.

Eva tat es ihr nach, stürzte ihren Cognac hinunter, musste husten, als der Alkohol in Hals und Nase stieg.

»So«, sagte Fleur zufrieden. »Es fühlt sich auf jeden Fall nicht schlechter an als vorher, oder?«

»Wünschst du dir ein bisschen Gesellschaft im Alkoholsumpf?«, erwiderte Eva, bereute ihre Worte aber sofort wieder.

»Wenn das, was er da schreibt, wahr sein sollte, Püppchen, was würde das denn bedeuten?«, fragte Fleur und schwenkte das Cognacglas durch die Luft. Evas Kommentar über den Alkoholsumpf schien an ihr abgeperlt zu sein wie Wasser an einer öligen Oberfläche. »Das eigentliche Ekel läuft noch frei herum, und der arme Praktikant wurde für etwas verurteilt, was er nicht getan hat«, fasste Fleur zusammen. »Oder er weiß, wer es war. Oder er hat noch einen Kumpel draußen, der mitgemacht hat und wird jetzt von großen Gewissensbissen geplagt.«

Eva riss die Augen weit auf, an diese Szenarien hatte sie bisher keine Sekunde lang gedacht. Aber natürlich, wer hatte Mattias in den Hof gelassen …? Eva ließ den Kopf sinken.

»Ich sehe ein, dass ich nicht die geeignete Person bin, um dir Trost zu spenden, aber wenn wir ganz ehrlich zu uns sind, bedeutet das leider, dass sich an der Sache nichts geändert hat.«

Eva hob den Kopf und starrte Fleur an. War sie jetzt total übergeschnappt? Worauf wollte sie hinaus?

»Wenn …«, fuhr Fleur stur fort, »wenn er unschuldig ist, dann ist er das die ganze Zeit gewesen, richtig? Das Einzige, was sich geändert hat, ist, dass wir es jetzt auch wissen. Beziehungsweise können wir wählen, ob wir ihm glauben. Du passt auf dein Kind gut auf, ganz egal, wofür wir uns entscheiden, richtig?«

Irgendwas an Fleurs Worten und ihrem Tonfall beunruhigte Eva. Sebastian war geschützt, vielleicht sogar überbeschützt. Und wenn eine Gefahr gedroht hatte, dann hatte es sie die ganze Zeit gegeben. Aber was war, wenn sich die Gefahr in unmittelbarer Nähe befand, von jemandem ausging, den sie nicht als Bedrohung ansah? Von einem Menschen, von dem niemand etwas Böses glaubte, der einem ein falsches Gefühl von Sicherheit vermittelte. Ihr Magen verkrampfte sich.

»Es gibt so vieles, was nicht zusammenpasst«, flüsterte Eva. »Ich bekomme das einfach nicht unter einen Hut. Und als dann dieser Brief kam, das hörte sich auf eine total kranke Weise richtig an, und es hätte auch so vieles erklärt und dann wiederum auch nicht.« Eva seufzte, sie hörte selbst, wie idiotisch das klang.

Fleur hob den Zeigefinger an den Mund, ihre Ringe glänzten. »Dann bist du also die Einzige, die daran zweifelt, dass der Richtige eingesperrt wurde? Habe ich recht?«

»Hallo!« Carls Stimme war im Flur zu hören. Hektisch setzte sich Eva aufrecht hin. »Ist hier jemand? Eva?«

Fleur erhob sich, ihr schwerer Körper schwankte wie ein rundes Fischerboot auf dem Meer. Carl stand bereits in der Türschwelle, seine Augen waren schwarz vor Wut. Fleur hob ihr Glas und prostete ihm zu, führte es dann an ihre Lippen und nahm einen provozierend langsamen Schluck, wobei sie Carl unentwegt mit den Augen über dem Glasrand fixierte.

»Du meine Güte«, stieß Carl zwischen den Zähnen hervor. »Es ist erst elf Uhr und du hast schon deinen ersten Drink in der Hand. Hast du denn gar kein Schamgefühl?«

Fleur sah Carl mit kalter Verachtung an und drehte das Glas in den Händen, so dass die Flüssigkeit Kreise beschrieb.

»Ja und? Schließlich bin ich doch schon wach, oder etwa nicht?«

Sie schnitt eine Grimasse, und Eva musste ein Grinsen unterdrücken.

»Komm schon, Eva«, herrschte Carl sie an. Eva senkte

den Blick und hielt sich die Hand vor den Mund, um nicht loszukichern. Sie hob die protestierende Julia vom Boden und versuchte, Sebastian von den afrikanischen Kriegern wegzulocken. Carl kam mit großen Schritten dazu, packte den Jungen am Arm und zog ihn mit sich.

»Was zum Teufel habt ihr hier zu suchen?«, zischte er Eva an. »Super, Eva! Du nimmst deine Aufgabe als Mutter ja vorbildlich wahr! Wie wäre es, wenn du deinen Sohn mal selbst beaufsichtigst und das nicht irgendwelchen Wahnsinnigen oder Alkoholikern überlassen würdest?« Eva schwieg. Das Leuchten in Carls grünen Augen hatte etwas Bedrohliches.

»Jetzt komm schon.« Carl packte auch ihren Arm und zog sie zur Verbindungstür. »Wir müssen die Taufe vorbereiten. Mama soll schließlich nicht alles machen müssen.«

»Hör auf damit, Carl!« Eva zuckte zusammen, als sie ihre eigene Stimme hörte. »Du tust mir weh«, fügte sie etwas leiser hinzu. Sie versuchte, ihn mit Blicken milder zu stimmen. Dabei zog sie ihren Arm zu sich und sah ihren Mann fassungslos an. Er hatte sich so verändert. Oder stimmte das vielleicht gar nicht? Hatte sie sich unter Umständen verändert?

Carl brummte ein paar kaum verständliche Schimpfwörter, warf die Hände in die Luft und drehte sich auf dem Absatz um und rannte davon. Die Tür zum Gästehaus fiel mit einem hörbaren Knall ins Schloss.

Erschüttert sah Eva ihm nach.

»Tja, Püppchen, es ist nicht immer leicht, seinen eigenen Weg zu gehen, ganz allein zu sein«, sagte sie mit dunkler Stimme.

»Und wenn man gar nicht weiß, welchen Weg man gehen soll?«, erwiderte Eva und presste ihre Hand auf den Bauch.

»Das weißt du genau. Wenn du es wagst, auf deine Gefühle zu hören, dann wirst du's wissen.«

Ihre Blicke trafen sich, dann zog sich Fleur in ihre Räucherhöhle zurück.

Verunsichert und durcheinander ging Eva mit den Kindern zurück ins Gästehaus. Carl war nicht mehr da, und sein Wagen stand nicht in der Auffahrt. Wie ein Roboter erledigte Eva alle Tagesroutinen, die Stunden zogen sich unendlich lang hin. Als dann der Abend kam und Julia gestillt und mit einem zufriedenen, satten Lächeln eingeschlafen war, lief Eva durchs Haus und kontrollierte alle Türen und Fenster, ob sie verschlossen waren, und zog die Gardinen zu. Sebastian war vor dem Fernseher eingeschlafen und lag mit dem Kopf auf der harten Dinosaurierfigur. Robin Hood und seine Gefährten aus der Zeichentrickserie tanzten noch über die Bilder des Abspanns. Sie zog ihm nur die Hose aus, legte ihn mit Pulli und Unterhemd ins Bett. Wenn er hungrig werden sollte, würde er schon aufwachen.

Erschöpft ließ sie sich auf das verschlissene Sofa vor dem Fernseher fallen. Sie zappte herum, bis sie einen Sender mit Nachrichten fand. Leider waren sie fast vorbei, ein bärtiger Jüngling verkündete noch das Wetter und warnte vor Stürmen mit Orkanstärke an der Westküste und in Schonen.

Eva erschrak, als plötzlich ein lauter Gong das Thema der abendlichen Talkrunde bekanntgab. Sie griff nach der Fernbedienung, um den Apparat auszustellen, entschied sich dann aber anders.

In einem Studio mit Bänken, die wie in einer Miniaturausgabe einer Arena aufgestellt waren, saßen tiefernste Menschen und hörten der Moderatorin zu, die in der Mitte auf und ab schritt. Eva stöhnte. Schon wieder eine Talkrunde über ein Problem, das alle bewegte, sich aber nicht beheben ließ. Sie wollte gerade ausschalten, als ihr Blick auf einen Teilnehmer der Runde fiel und sie schaudern ließ. Sie kannte ihn, diesen durchdringenden, dunklen und unruhigen Blick. Er hatte eine schmierige und unangenehme Ausstrahlung. Er war ein Vater aus der Elternkooperative, der bei allen Versammlungen lautstark und rechthaberisch aufgetreten war und zu allen Sachfragen etwas meinte zu sagen zu haben. Und dann dieser Blick, der einem immer auswich.

Und seine Frau? Sie konnte sich nicht an seine Frau erinnern. Doch, sie hatte ihn begleitet, ein blasses, rundes Gesicht, ein zögerndes Lächeln, pummelige Figur, die von weiten Kleidern, Umhängen und Tuniken verhüllt wurde. Peter? Ja, so hieß er. War er Journalist? Nein. Eva las das kleine Schild, das am unteren Bildrand zu sehen war. Peter Nyhlén stand dort, Psychologe, Experte für Familienprobleme. Eva konnte sich nicht vom Bildschirm losreißen.

»Es ist geradezu eine Notwendigkeit, es Männern zu ermöglichen, in der Kinderbetreuung arbeiten zu können«, dröhnte Peter Nyhlén und grinste triumphierend. »Wir haben bereits jetzt eine vollkommen ungleiche Gewichtung der Geschlechterverteilung, unsere Kinder werden in einer Frauenwelt großgezogen. Es ist unsere Pflicht und Schuldigkeit, dieser Hetzkampagne gegen jene Männer ein Ende zu bereiten, die ihrer Arbeit unter schweren Bedingungen und bei schlechter Bezahlung nachgehen. Und die Angst haben, ein Kind in den Arm zu nehmen oder ihm gar die Windel zu wechseln, um weder die Elternschaft noch die weiblichen Kollegen gegen sich aufzubringen.«

Er sah seine Mitstreiter auf dem Podium herausfordernd

an. »Diese Hysterie muss ein Ende haben, die …« Der Rest ging unter in lautem Tumult.

Eine Frau in weiten Gewändern und mit zwei dicken geflochtenen Zöpfen versuchte am lautesten, ihren Protest vorzutragen.

»Und wie sollen wir, Ihrer Meinung nach, den Eltern in die Augen sehen, wenn so etwas möglich ist? Wir hatten diesen einen Fall im Landesinneren, dann kam der Örebro-Pädophile. Er hat sich an mindestens zwölf Kindern vergriffen!« Die Frau stand da, mittlerweile rot im Gesicht, und streckte ihre Arme wie im Gebet nach vorn. »Hören Sie, zwölf Kinder! Und niemand ist eingeschritten, keiner hat sich vorher über den Mann erkundigt. Und jetzt haben wir denselben Fall schon wieder. Die Leiterin der Elternkooperative in Göteborg hatte auch nicht das Strafregister des Mannes überprüft.«

Peter Nyhlén unterbrach sie, bevor sie Luft holen konnte.

»Hätte man das getan, wäre man nicht fündig geworden. Deshalb ist das auch keine zuverlässige Herangehensweise. Wir sollten vielmehr an unserer Haltung dazu arbeiten, einen offeneren Blick für …«

Eva hörte nicht mehr zu. Es fühlte sich an, als würde ihr jemand ein großes Pflaster ganz langsam von der Haut reißen. Unentwegt starrte sie in sein Gesicht: durchschnittlich, braune, kurze Haare, kräftige Augenbrauen, unter denen seine Augen glühten. Dieses Gesicht strahlte keine Wärme aus, es wich dem direkten Augenkontakt aus. Während er sprach, spielte seine rechte Hand ununterbrochen mit einer kleinen flachen Zinnblechbüchse mit roter Zierkante.

Da erinnerte sich Eva an einen Abend in der Kita, als die Kinder Lieder und Tänze vorgetragen hatten. Seine Tochter war etwa ein Jahr älter als Sebastian. Es kroch Eva kalt den Rücken hinunter, als sie an die Art und Weise dachte, wie Nyhlén seine Tochter berührt hatte, dieses fiese Grinsen, seine Finger, die er nicht ruhighalten konnte. Eva begriff in dem Augenblick, warum sie sich in seiner Gegenwart so unwohl gefühlt hatte. Er hatte die Frauen nicht so angesehen, wie das üblich ist. Mit Blicken, die Eva kannte. Er hatte nur Augen für seine Tochter gehabt.

Sie stand auf und ging zum Telefon, wählte die Nummer ihrer Schwester, es klingelte, ein Mal, ein zweites Mal … Schnell legte sie den Hörer wieder auf. Sie konnte förmlich die besorgte Stimme ihrer Schwester hören. Warum fragst du das? Warum kannst du nicht loslassen? Glaubst du etwa, dass er unschuldig ist?

Lange lag Eva wach und starrte in die Dunkelheit, lauschte dem herannahenden Sturm und wartete darauf, Carls Wagen in der Auffahrt zu hören. Dann aber übermannte sie die Müdigkeit.

# Kapitel 8

Er blinzelte. Das Licht war ungewöhnlich grell für die Jahreszeit. Die Luft war kälter geworden und roch nicht mehr nach welkem Laub und verwesenden Quallen. Er spürte die Ungeduld in seiner Brust flattern, als er den misstrauischen Blick des blonden Mädchens bemerkte, das mit Sebastian und dem Baby auf dem Spielplatz war. Der farblose Mattias hatte Eva also einen Brief geschrieben. Seine Unschuld beteuert. In Wahrheit ein sehr pathetisches Verhalten, zumal niemand ihm Glauben schenken würde. Und doch, dass dieses kleine Miststück es überhaupt gewagt hatte, irritierte ihn maßlos. Gleichzeitig erregte ihn die Tatsache, so nah dran zu sein, dass er Sebastian praktisch berühren konnte, seinen kleinen Engel …

Mein kleiner Engel hatte ihn seine Mutter genannt, als er klein war. Und er hatte sich so große Mühe gegeben, ihr Engel zu sein, ihren Willen zu erfüllen, gehorsam zu sein und sie stolz zu machen. Aber es hatte nie genügt.

Die Leere, die er ausfüllen sollte, war unendlich gewesen. Für alles sollte er zur Verfügung stehen. Den Platz seines Vaters einnehmen, wie ein Erwachsener sein, Verantwortung übernehmen und sie trösten, wenn sie traurig oder betrunken war.

Er hatte damals keine Ahnung von Betrunkenheit und nur bemerkt, dass sie sich veränderte, wenn der Vater mal wieder nicht nach Hause kam. Und dann war er ganz verschwunden, und sie hatte sich mit dem alten Grammophon und Rotwein getröstet.

Er hatte versucht, unsichtbar zu werden, sich ganz klein

zu machen. Dann würde seine Mutter ihn vielleicht einfach vergessen? Aber das geschah leider nicht. Sie sprach über Gott, den guten Onkel im Himmel, und die vielen Engel an seiner Seite. Engelchen, wie er eines war.

Er wäre so gern ein richtiger Engel gewesen. Dann hätte er davonfliegen und seinen Vater zurückholen können, und Mama wäre wieder glücklich geworden. Er griff in die Hosentasche, schloss seine Hand um die Zinnblechbüchse und drückte fest zu. Aber weder Papa noch der liebe Gott hatten sich um ihn gekümmert, niemand hatte sein Leid gesehen und niemand hatte ihn gefragt.

Aber die Engel hatte er immer gesehen, die gab es. Wunderschön, weich und unschuldig. Rein. Sein größter Wunsch war es, einer von ihnen zu werden, auf einer Wolke zu sitzen und dem lieben Gott vorzuspielen, bis er weinen musste. Er hatte das seiner Mutter erzählt, dass er am liebsten davonfliegen würde. Sie war außer sich vor Wut gewesen, hatte das schöne Bild von seiner Wand genommen und es dann in Stücke gerissen und alles in den Kamin geworfen. Seine Engel waren in Flammen aufgegangen.

Er betrachtete seinen Engel und das wachsame Kindermädchen. Bald war es so weit.

## Kapitel 9

Die Stimmen aus dem Nachbarraum klangen fröhlich. Sie lachten. Machten sie sich etwa über sie lustig? Vermutlich fanden sie es witzig, waren der Meinung, dass sie es verdient hatte? Eva spürte, wie der Druck auf ihrer Brust größer wurde, der Atem floss mit einem lauten Zischen, die Muskeln brannten vor Anstrengung. Es roch scharf nach Reinigungsmitteln. Verbrannt. Sie wollte um Hilfe rufen, aber sie bekam keine Luft, sie hatte nicht genug Platz. Außerdem, warum sollte sie rufen, wen sollte das interessieren? Nicht die Ausgelassenen im Nebenzimmer.

Mit einem tiefen Atemzug erwachte Eva, schlug die Augen auf: Sie sah die Decke über dem Doppelbett, die abgeplatzte Farbe, die Maserung. Sie versuchte, sich zu beruhigen, wollte die anderen nicht wecken.

Carls Hand auf ihrer Brust war warm und klebrig, sie entwickelte ein Eigenleben, wanderte unter der Decke immer tiefer, nahm ihre Hüfte und zog sie an sich.

Sebastian war bereits aufgestanden, Eva hörte sein Plappern und Spielgeräusche. Carl begann sie intensiver zu streicheln, seine Augen waren nach wie vor geschlossen.

Seine schlanken, weichen Finger fanden ihren Weg über jede Rundung, in jede Höhle, jede Falte ihres Körpers. Er schnupperte in Evas Halskuhle, sie erschauerte lustvoll, erwiderte die Umarmung, strich ihm über sein lockiges Haar. Viel zu schnell war die Liebkosung vorbei, und er hob sie hoch, strich ihr über Rücken und Hintern, drückte ihre Taille, umfasste ihre Brüste, kniff zart in ihre Brustwarzen und drückte sie dann auf sein steifes Glied.

Eva schloss die Augen, genoss seine Bewegungen, drückte sich gegen ihn, spürte die Wärme und die Feuchtigkeit auf seiner Brust, seine Locken, die an ihrem Hals kitzelten.

Aber irgendetwas störte, drängte sich in ihr Bewusstsein. Carls Atem und seine Bewegungen wurden schneller, härter. Evas Erregung aber ließ nach, verschwand so schnell, wie sie gekommen war.

»Ohhh … Eva, mein Schatz«, stöhnte Carl zwischen den Zähnen hervor und grub seine Finger in ihre Schenkel. Eva hob den Kopf, lauschte. War das nicht Sebastian, der da weinte? Doch, natürlich, er weinte. Sie stieß sich von Carl ab, er aber hielt sie fest und lächelte sie an. Eva wand sich, um sich aus seinem Griff zu befreien, zuerst freundlich, dann verärgert. Mit Nachdruck löste sie seine rechte Hand von ihrer Hüfte.

»Jetzt lass doch los! Sebastian weint, hörst du nicht?«

Carls zufriedene und satte Augen wurden auf einmal klar und dunkelgrün. »Eva, jetzt beruhig dich und stell dich nicht so an. Kinder weinen nun mal, das gehört dazu, auch bei Sebastian. Er stirbt nicht daran, wenn er mal traurig ist. Und er wird schon zu uns kommen, wenn er unsere Hilfe braucht …«

Eva sah ihn entgeistert an, befreite sich aus seiner Umarmung und schwang sich aus dem Bett. Nach wenigen Schritten war sie bei ihrem Sohn im Kinderzimmer. Sebastian saß im Schlafanzug auf dem Boden und lutschte am Daumen. Er weinte nicht mehr, aber sein Gesicht war von Tränen verschmiert.

Das Spielzeugauto, das ihm seine Großmutter mitgebracht hatte, lag vor ihm auf dem Teppich. Er trat mit dem Fuß danach, das Auto knallte gegen die Spielzeugkiste.

Sebastian rutschte vor und trat erneut zu. Es schepperte laut, die Beifahrertür des Wagens hatte sich gelöst und hing schief im Scharnier.

Eva kniete sich neben ihn, streichelte sein Bein und fragte ihn sanft, ob sie das Auto wegnehmen solle. Sebastian nickte heftig, den Blick auf das Spielzeug geheftet und den Daumen fest ihm Mund. Eva hob vorsichtig den dunkelblauen Mercedes hoch und legte ihn in die Kiste.

»So, mein Schatz …«

Sebastian schüttelte energisch den Kopf, streckte den Arm und zeigte auf die Kiste. Sein Daumen saß wie ein Korken in seinem Mund.

»Soll ich die Autokiste wegschieben?«, fragte ihn Eva. Er nickte und zog den Daumen aus dem Mund.

»Nicht baue Auto«, sagte er mit Nachdruck.

»Was meinst du damit, mein Süßer?« Eine heiße Welle durchströmte sie.

»Nicht baue Auto, nicht baue«, wiederholte Sebastian mit Bestimmtheit und zeigte mit einem feuchten Zeigefinger auf das verunglückte Fahrzeug.

»Willst du das blaue Auto nicht mehr haben?« Sie war vollkommen verwirrt, wollte aber auch nicht aufgeben, denn sie wusste, dieser Augenblick könnte gleich vorbei sein. Sebastian schüttelte den Kopf.

»Nicht wida fahn baue Auto«, sagte er mit Nachdruck, stand auf, ging zur Schublade mit den Malsachen, den Kreiden und Pinseln und drehte ihr den Rücken zu.

# Kapitel 10

Eva sog die kühle Abendluft ein, als könnte ihr der Sauerstoff Kraft und Mut geben. Energisch betrat sie an der Seite ihres Mannes das Haus der Familie Seger. Julia trug sie auf dem Arm. Die Taufe hatten sie überstanden. Ruhig und schön war die Zeremonie in der Kirche von Skår gewesen. Der Ort war ein Zugeständnis von Carls Mutter an Evas Familie. Dafür würde man in der palastähnlichen Villa der Familie Seger in Hovås das Mittagessen einnehmen.

Eine erlesene Gruppe von Journalisten und Pressefotografen hatte die Erlaubnis erhalten, der Taufe beizuwohnen, während sich die vielen Neugierigen vor den Kirchenpforten drängeln mussten, um einen Blick auf die prominenten Segers zu erhaschen.

Eva betrachtete ihre Tochter. Ruhig und gelassen hatte sie die Zeremonie in ihrem langen weißen Kleid mit den rosa Schleifen auf ihrem runden Bäuchlein über sich ergehen lassen. Mit großen Augen hatte sie hingenommen, dass der Pfarrer sie im Arm gehalten und ihren flaumigen Kopf mit Wasser benetzt hatte. Noch nicht mal da hatte sie protestiert. Meine arme kleine Maus, flüsterte Eva. Ich hab ganz vergessen, dir zu sagen, wie sehr ich dich liebe und wie wunderbar du bist. Seit Mai drehte sich alles nur um Sebastian. Julia war nebenhergelaufen. Eva spürte die Tränen in sich aufsteigen.

Schnell sah sie hinüber zu ihrem Mann. Er war schön wie ein griechischer Gott, in seinem legeren Anzug, der langsam verblassenden Sonnenbräune und seinem lockigen Haar. Sebastian stand zwischen ihr und Kattis und hielt sie beide an der Hand. Auch Evas Eltern standen in unmittelbarer Nähe. Sie fühlte sich geborgen in einer sicheren Gemeinschaft.

Eva versuchte sich zu entspannen. Carl nahm sie kurz in den Arm und lächelte ihr zu, seine grünen Augen leuchteten.

Als sie die Halle betraten, wurden sie von Stimmengewirr und dem Duft von frisch gebackenem Brot und Knoblauch begrüßt. Zwei junge Männer mit langen schwarzen Schürzen halfen ihnen, den Kinderwagen und die Mäntel zu verstauen, begleiteten die Hauptperson des Festes in den Saal und boten Champagner an.

Evas Vater hob seine Nase und schnupperte, dann lächelte er verschmitzt.

»Dass man so einen Heißhunger bekommen kann, wenn kleine Engel getauft werden«, grinste er und stupste Julia vorsichtig gegen die Nasenspitze.

»Sieh mal einer an, der verlorene Sohn! Herzlich willkommen. Endlich gibt es in diesem Haus ausnahmsweise etwas zu essen, nicht nur Alkohol.« Axel, der älteste Bruder von Carl, kam leicht angetrunken auf sie zu.

»Zum Teufel, Bruderherz. Deine Sonnenbräune ist ja noch immer nicht verblasst. Du arbeitest wohl nichts, oder?« Sie grinsten sich an und klopften einander geräuschvoll auf die Rücken. Eva bekam einen leichten Kuss auf die Wange.

»Eva, du siehst umwerfend aus. Eine schöne Taufe.« Axel rülpste grinsend.

Eva sah sich gehetzt um. Die gesamte Familie Seger war anwesend, nur Carls Tante Fleur und ihr Mann fehlten. Sie waren bestimmt formell eingeladen worden, aber in Wirklichkeit keine gerngesehenen Gäste.

Die beiden älteren Brüder von Carl umringten mit ihren Frauen Eva und Julia, dazu weitere Verwandte, die Eva zwar vom Sehen kannte, an deren Namen sie sich aber nicht erinnern konnte, sowie Freunde und Bekannte. Carls Vater gab seinem jüngsten Sohn die Hand und Eva einen leichten Kuss auf die Wange. Sie nahm den schwachen Duft eines Zigarillos wahr, der überdeckt wurde von einem schweren Aftershave. Eva kämpfte gegen die aufsteigende Übelkeit an.

»Eine feierliche Taufe, und der Pfarrer war auch gut«, polterte er los, prostete dann allen zu und begrüßte die Anwesenden mit einer kurzen, holprigen Rede. Eva beobachtete ihn aus den Augenwinkeln. Er war fast so groß wie sein ältester Sohn, aber die etwas gebückte Haltung und ein ordentlicher Bauchansatz deuteten unmissverständlich darauf hin, dass er auf die siebzig zusteuerte. Sein Gesicht hatte strenge Züge, eine lange, spitze Nase und graue Augen, die unter buschigen Brauen hervorblitzten.

Eva wich seinem Blick aus, das Grau seiner Augen hatte keine Wärme, und seine Höflichkeitsfloskeln waren stereotyp und zum Glück schnell überstanden. Sie hatte ihren Schwiegervater nie gemocht, war mit diesem mürrischen strengen Mann nie richtig warm geworden, der mit seiner Autorität jede Situation beherrschte, wenn er den Raum betrat.

Als Eva und Carl anfingen, sich an dem Buffet zu bedienen, erschien Karin mit hektischen Flecken im Gesicht. Sie hatte an diesem Wochenende Bereitschaftsdienst und natürlich während der Zeremonie in der Kirche einen Notruf erhalten. Karin begrüßte die Gastgeber, entschuldigte sich für ihr plötzliches Verschwinden und die anschließende

Verspätung zum Mittagessen. Dann ging sie auf Eva zu, die unschlüssig mit leerem Teller vor dem Buffet stand.

Karin schnappte sich auch einen, zeigte ihren Söhnen die verschiedenen Leckerbissen und packte dann so viel Parmaschinken, wie sie gerade noch vertreten konnte, auf ihren eigenen Teller.

»Nach einem Notruf habe ich immer so einen Kohldampf!«, flüsterte sie ihrer Schwester zu, bekam aber keine Reaktion.

»Eva, wie geht es dir?«, fragte Karin leise. Eva hatte gerade einen Löffel mit weißen, marinierten Bohnen in der Hand und erstarrte mitten in der Bewegung. Ihre Lippen zitterten.

»Ich habe Angst. Angst, Karin. Ich spüre, dass da draußen jemand ist, der mir Sebastian in einem unbewachten Augenblick jederzeit wieder wegnehmen kann. Ich kann dieses Gefühl einfach nicht verdrängen.« In ihren Augen stand nichts als Verzweiflung. Zwei dicke Bohnen landeten mit einem Klatschen auf der Platte.

»Aber Eva …«

»Ich weiß!«, wisperte diese leise. »Ich bekomme den Gedanken einfach nicht aus dem Kopf, dass Mattias vielleicht doch unschuldig ist. Etwas stimmt an der ganzen Sache nicht. Nicht mal mein Therapeut …« Eva verschluckte den Rest und starrte auf das Missgeschick, das ihre Bohnen angerichtet hatten.

»Es ist schrecklich, Karin, bitte entschuldige. Heute ist eigentlich ein schöner Tag, und meine Schwiegermutter hat ein glanzvolles Fest arrangiert. Sie kann zwischendurch auch sehr nett sein, sie … ja, ihr alle …«

Karin legte ihre Hand auf Evas Arm.

»Es kommt vor, dass Leute unschuldig verurteilt werden, aber es ist die Ausnahme. Das weißt du auch. Er hatte einen guten Verteidiger, vielleicht sogar den besten, und trotzdem ist er verurteilt worden. Er sitzt jetzt im Gefängnis und kann dir nichts mehr anhaben. Auch keinen zweiten Brief schreiben. Ich möchte nicht, dass du mit dieser Angst leben musst, Eva.«

Sie nickte gehorsam, mit Tränen in den Augen. Mit dem freien Arm drückte Karin ihre Schwester an sich, um ihr Mut zu machen.

»Ich liebe dich, Eva«, flüsterte sie.

»Ich dich auch«, antwortete Eva unglücklich und senkte den Blick, als ihre Schwester langsam die Umarmung löste. Zögernd richtete Karin erneut ihre Aufmerksamkeit auf die Leckereien am Buffet und behielt gleichzeitig ihre Söhne im Auge. Da kam Sebastian und zog an Evas Rock, Karin streichelte ihm liebevoll über die blonden Locken. Er zeigte eifrig auf den Tisch. Eva hob ihn etwas umständlich mit einem Arm hoch, woraufhin er auf die Schale mit den schwarzen Oliven zeigte. Eva lachte.

»Da sind Steine drin, sei vorsichtig. Magst du die wirklich?« Er nahm eine Olive in den Mund, kaute vergnügt und spuckte dann den Stein auf ihren Teller.

»Ich liebe dich«, flüsterte sie mit geschlossenen Augen an seinem Lockenkopf. Sebastian wandte sich aus ihrem Arm, nahm noch ein paar Oliven und lief zu seinen Cousins, die begonnen hatten, mit dem Rollstuhl Kunststücke zu machen.

Eva wand sich dem Essen zu, nahm von dem Mozzarella und den Bohnen und kaute, ohne etwas zu schmecken. Der Geräuschpegel war ohrenbetäubend.

Als Kaffee und Cognac serviert wurden, gab Eva Kattis die Hausschlüssel und schickte sie mit den Kindern nach Hause. Sebastian war in einem großen Sessel erschöpft eingeschlafen, während Julia noch mit großen müden Augen alles beobachtete, was sich um sie herum abspielte. Es konnte sich nur noch um Minuten handeln, bis sie vor Erschöpfung zusammenbrach.

Nachdem Eva sich zum zehnten Mal gefragt hatte, ob auch alles gutgehen würde, und Kattis mit den Kindern gegangen war, ging sie auf Liv Buschardt zu und bedankte sich dafür, dass ihre Zwillingstöchter so schön in der Kirche auf der Geige gespielt hatten.

»Deine Mädchen sind wirklich gut«, lobte Eva und meinte es aufrichtig.

»Ach, weißt du … die Mädchen spielen schon so lange. Sie haben vor Jahren in der Suzukischool angefangen.«

Am Anfang war Eva ihr mit großer Zurückhaltung begegnet. Aber Liv war eine intelligente, freundliche Frau und offensichtlich zu echter Empathie fähig. Sie hatte nämlich Verständnis für Evas Empörung gezeigt, als ihr Mann zu Mattias' Pflichtverteidiger ernannt wurde. Und Paulo hatte diese delikate Situation mit großer Professionalität gelöst.

Sie unterhielten sich über die Mädchen, die in der Schule Schwerpunkt Musik gewählt hatten, und über ihre Pläne, später Berufsmusikerin oder Musiklehrerin zu werden, als plötzlich Livs beinahe farblosen Augen aufleuchteten.

Paulo Buschardt kam auf seine Frau zu, gab Eva einen flüchtigen Kuss auf die Wange, gratulierte zur Taufe und entschuldigte sich gleichzeitig für seine Verspätung. Er spielte liebevoll mit einer Locke von Livs Haaren, während er sich mit ihnen unterhielt.

Fasziniert betrachtete Eva dieses ungleiche Paar. Wie sie einander gefunden hatten, war ihr ein Rätsel. Er hatte eine eindringliche, intensive Ausstrahlung, ein dunkler Typ mit olivenfarbener Haut, die ihm eine sonnengebräunte Frische verlieh, dunkle glänzende Augen, ein schöner Mann. Liv hingegen wirkte farblos und blass, zurückhaltend und sah aus wie eine graue Maus an der Seite ihres Gatten. Vielleicht war das Paar die Ausnahme jener Regel, dass Gleich und Gleich sich gern gesellte?

Plötzlich stand Eva ihrer Schwiegermutter gegenüber, deren Augen vom Alkohol ein wenig trüb waren, die aufgesetzte Freundlichkeit hatte bereits gelitten.

»Mir ist zu Ohren gekommen, du hast einen neuen Therapeuten, meine Liebe?« Rose-Marie lächelte angestrengt. »Meinst du, er kann dir eher helfen?«

»Ja, es geht mir gut bei ihm«, erwiderte Eva so bestimmt wie möglich.

Ihre Schwiegermutter schenkte ihr ein feindseliges Lächeln. »Ja, natürlich. Er ist ein Freund deiner Schwester, nicht wahr? Sie hat ja viele Kontakte und Möglichkeiten als Ärztin.« Eva warf Liv einen Blick zu, die noch blasser als zuvor und der der Champagner im Glas in ihrer Hand beinahe überschwappte. Sie sah sich suchend nach Carl um, konnte ihn aber nicht entdecken.

»Ja, wir haben vielleicht nicht die gleichen Ansprüche hier draußen«, fuhr Rose-Marie säuerlich fort. »Aber Doktor Sevedsson kann eigentlich auch nicht der Schlechteste sein, wenn man seine lange Warteliste bedenkt. Der neue … wie war noch gleich sein Name, hat dich ja sofort angenommen?«

Eva betrachtete ihre Schwiegermutter, die graugrünen

Augen, die Carl geerbt hatte, das frisch frisierte Haar, das viel zu stark geschminkte Gesicht, die Uhr mit den funkelnden Brillanten. Sie holte Luft, um zu antworten, aber Rose-Marie kam ihr zuvor.

»Ich kann mir diese Undankbarkeit nicht erklären, Eva«, zischte sie, »ich finde aber, dass du das Krankspielen übertreibst. Glaubst du wirklich, dass das von deinem eigenen Versagen ablenken kann?«

Eva zwang sich, in Rose-Maries schmale Augen zu schauen. Was ging in ihrem Kopf vor? War das eine Nebenwirkung der kleinen rosa und weißen Pillen? Von denen man zwar schlank und schön wurde, die einem aber offensichtlich das Gehirn zerstörten? Eva starrte ihre elegante Schwiegermutter mit wachsender Ohnmacht an.

»Könntest du das bitte etwas genauer erklären? Ich glaube, ich verstehe nicht, was du meinst«, sagte Eva mit zitternder Stimme. Liv zog sich mit vor Entsetzen weit aufgerissenen Augen diskret zurück und gesellte sich zu den anderen Gästen.

»Aber liebes Kind«, lallte Rose-Marie. »Wenn du dein Kind nicht unbeaufsichtigt gelassen hättest, wäre diese scheußliche Sache doch niemals passiert. Ist das so schwer zu verstehen?« Und bevor Eva sich sammeln konnte, fuhr sie schon fort: »Seit Monaten versuchen wir alle, dir zu helfen. Du aber entscheidest dich aus Trotz für eine billige kleine Schlampe als Kindermädchen. Sei versichert, dass ich den Wink mit dem Zaunpfahl verstanden habe. Ich verstehe zwar noch immer nicht, was für ein Spiel du spielst, aber wenn du dich nicht zusammenreißt und dich um deine Kinder und deinen Mann kümmerst, will ich nichts mehr mit dir zu tun haben. Habe ich mich deutlich genug ausgedrückt?« Rose-Maries Gesicht verzerrte sich zu einer abschätzigen Grimasse.

Eva presste die Zähne aufeinander. Sie starrte die herablassend lächelnde Frau vor sich an und versuchte zu begreifen, was sie gerade gehört hatte. Mein Mann ist das Fleisch und Blut dieser Frau, dachte sie nur, sie ist seine Mutter. Nichts von dem, was Rose-Marie gesagt hatte, war vollkommen falsch, aber sie hatte die Kunst, die Tatsachen so zu verdrehen, dass es ihr passte. Sie war sichtlich angetrunken, aber gab ihr das das Recht, sich so zu gebärden?

»Ich verstehe sehr wohl, was du sagst. Im Gegensatz zu dir, liebe Schwiegermutter, bin ich nicht dumm«, zischte Eva so leise wie möglich, damit niemand außer Liv es hören konnte. Rose-Maries Blick flackerte, und auf ihrem Gesicht und am Hals wurden unschöne rote Flecken sichtbar. Ihre Hände zuckten, und Eva glaubte für einen Moment, sie würde ihr eine Ohrfeige verpassen wollen.

Rose-Marie taumelte ein Stück nach hinten, drehte sich um und ging zu ihren Söhnen, die eifrig gestikulierend in eine lebhafte Diskussion verwickelt waren.

*Hilfe, jetzt geht die Bombe hoch*, dachte Eva ergeben. Aber niemand schien von Rose-Marie Notiz zu nehmen. Eva trat hinaus auf die Terrasse, atmete die kalte und feuchte Luft ein und fühlte das wilde Pochen ihres Herzens. Sie bereute sehr, dass sie sich hatte provozieren lassen. Liv war ihr gefolgt, stellte sich neben sie und hatte zum Schutz gegen die Kälte ihre Arme um ihren Körper geschlungen.

»Ich habe nichts gehört«, versicherte sie leise. Eva sah sie verwundert an. Liv sah blasser aus als sonst, unter ihren Augen schimmerte die Haut bläulich, ihre Arme waren dünn wie die Beine eines Vogels.

Langsam entspannte sich Eva, spürte, wie die Wut abebbte. Sie betrachtete Livs elegante Erscheinung, ihre schmalen Beine, die sie, auf einem Gartenstuhl sitzend, übereinandergeschlagen hatte. Die sehr gepflegten Hände, ihr dünnes blondes Haar, das sie in einem kurzen Pagenkopf trug, und nicht zuletzt ihre blauen Augen, die freundlich und interessiert waren. In dem Augenblick konnte Eva verstehen, warum Paulo an ihr Gefallen gefunden hatte.

Die Dämmerung brach schnell an, die Luftfeuchtigkeit nahm zu, und die Kälte kroch unter die Kleider. Es roch nach Laub, Erde und welkender Vegetation, Wasser und feuchten Baumstämmen. Die Fackeln versuchten, die Dunkelheit und die zunehmende Frische zu verdrängen. Die Schatten sahen wie Menschen aus, sie bewegten sich, krochen auf dem Boden entlang und erweckten Steine und Büsche zum Leben. Es wurde schlagartig still. Nur das Gemurmel aus dem Wohnzimmer drang gedämpft heraus in den Garten. Liv sah müde aus, als würde sie träumen. Sie stand auf und erklärte, es sei Zeit, ins Haus zu gehen, ehe sie sich eine Erkältung zuzog.

Liv war auf dem Weg zur Toilette, und Eva folgte ihr. Die plötzliche Kälte und das Geräusch des Springbrunnens hatten auch in ihr das Bedürfnis geweckt, sich erfrischen zu gehen. Sie fühlte sich beschwipst, obwohl sie seit über einer Stunde keinen Alkohol mehr getrunken hatte. Als sie die Toilette wieder verließen, mussten sie an dem riesigen Arbeitszimmer ihres Schwiegervaters vorbei. Liv zuckte zusammen. Aus dem Zimmer hörte man zwei erregte Stimmen.

»Bitte, Mama! Hör endlich auf damit, auf diesem Thema herumzureiten.«

»Carl, es ist nicht total egal, wie du immer so flapsig sagst. Dass sie eigenmächtig ihren Therapeuten gewechselt hat, sollte man nicht einfach so ignorieren. Doktor Sevedsson hat sowohl Zeit als auch Mühe investiert, um ihr zu helfen. Du weißt nicht, aus welchen Beweggründen sie gehandelt hat.«

»Aber, Mama …«

Eva schaute zu Liv hinüber, deren Gesicht einer weißen Maske glich im Licht des schummrigen Flurs, ihre Augen lagen tief in den Höhlen. Beide hörten sie die vom Alkohol beschwerte Stimme der Gastgeberin.

»Mama hin, Mama her, Carl, es reicht! Du weißt genauso gut wie ich, wie labil sie ist. Sie war wohl schon immer gebrechlich und nervös. Das gibt es ja sogar schriftlich, und es ist kein Geheimnis.«

Eva spürte, wie es ihr eiskalt den Rücken hinunterlief. Ein Arzt unterliegt doch der Schweigepflicht, auch wenn die Verwandtschaft Druck ausübt. Entsetzt und enttäuscht hörte sie die schwachen Proteste ihres Mannes.

»Carl, du musst doch verstehen, dass ich entrüstet bin, dass sie den Therapeuten gewechselt hat. Ich verlange, dass du diesen anderen Mann in Augenschein nimmst. Nein, Carl! Ich meine es wirklich ernst. Sie verheimlicht uns etwas, und du weißt genau, was ich meine.«

»Das ist ein abscheulicher Verdacht! Das kann ich nicht …«

»Was kannst du nicht, mein Lieber? Die Gedächtnislücke, von der sie dauernd spricht … das ist zu einfach, zu banal, wie aus einem billigen Krimi. Ich bin überzeugt, dass Doktor Sevedsson entdeckt hat, dass sie lügt, und weil sie ihn nicht länger manipulieren konnte, hat sie den Therapeuten gewechselt. Der neue ist doch ein Freund ihrer Schwester, oder etwa nicht?«

»Aber Mama …«

Eva fühlte sich nur leer und kalt. Ihr Ehemann hatte sich wie ein kleines, vorgeführtes und gedemütigtes Kind angehört. Nach einer Weile gelang es Eva, sich aus ihrer Erstarrung zu lösen, sie nahm Liv am Arm und führte sie zurück zur Bar. Liv schüttelte sich, als wäre sie soeben aus einem bösen Traum aufgewacht. Beide hatten kurze Zeit später einen großen Cognac vor sich stehen und prosteten einander zu. Liv war so außer sich, dass sie am ganzen Körper zitterte.

»Sie ist ja betrunken«, sagte sie voller Verachtung. Nein, sie war nüchtern genug, dachte Eva. Dahinter steckte möglicherweise etwas anderes. Niemand sollte Doktor Sevedsson in Misskredit bringen, war er doch schließlich ihr Lieferant jener Pillen, die Glück und Seligkeit garantierten.

Die Gesellschaft hatte mittlerweile den Tanzboden eingeweiht, und in den großen Räumen wurde zu schnulziger Discomusik aus den Achtzigern geschwitzt. Carl blieb eine Weile in der Tür stehen, um die Tanzenden mit müden und betrunkenen Augen zu beobachten. Dann ging er auf Eva und Liv zu und holte sich auch einen Cognac, den er in einem Schluck herunterkippte. Eva protestierte schwach, als er sie packte und mit ihr durch den Raum hinaus auf die Terrasse tanzte. Sie konnte seine Wärme durch ihr dünnes Kleid spüren, er roch wunderbar, seine Wange war warm und weich. Eva schloss die Augen. Kurz darauf kamen Liv und Paulo kichernd hinterher. Wie durch einen Schleier sah Eva ihre Umgebung, sie kam sich vor wie in einem schlechten Film, der alle notwendigen Details in sich hatte: Drama, Glück und Unglück, Passion und Boshaftigkeit.

Etwas später verließen Carl und Eva mit unsicheren Schritten die Feier und machten sich auf den Weg zu ihrem vorübergehenden Zuhause. Eva betrachtete ihren Mann von der Seite, und plötzlich spürte sie großes Mitleid mit ihm.

Als Carl ins Bett gefallen war und augenblicklich zu schnarchen begonnen hatte, lag Eva noch lange wach und starrte an die Decke.

## Kapitel 11

Tomas stand vor seinem Kleiderschrank im Schlafzimmer und betrachtete kritisch sein Spiegelbild. Sein Kopf war oben abgeschnitten, der Spiegel war eindeutig nicht für einen Mann seiner Größe konzipiert worden. Entweder entsprach die Spiegelhöhe einer kleinlichen Bauvorschrift aus den Siebzigern, oder aber die Größe der LKW, mit denen Ikea seine Produkte lieferte, setzte eine natürliche Grenze. Langsam fuhr er sich mit der Hand durch die Haare, voll waren sie, und es war kein graues Exemplar zu sehen. Sie standen zu Berge, der Bart zeigte in eine Richtung, er schien die ganze Nacht auf einer Seite geschlafen zu haben. Sein Körper tat ihm weh, er fühlte sich steif und zerschlagen, als wäre er ohnmächtig gewesen.

Tomas ließ die Schultern sinken, seine Arme waren lang und sehnig, wie Affenarme. Die Schultermuskeln waren gut definiert, er hatte ziemlich viel abgenommen, tat das weiterhin. Ich esse zu wenig, dachte er innerlich seufzend. Gehe zu unachtsam mit mir um, trainiere zu viel und habe zu viel Stress. Gedankenverloren kratzte er sich auf der Brust. Vielleicht sollte er sich auch dort mal rasieren, so wie die Boys im Fitnessstudio? Er grinste, wie lächerlich das aussehen würde. Dann wanderte sein Blick auf seinen Penis. Da hängst du, du Armer, zu nichts nutze, traurig und einsam. Weiß gar nicht mehr, ob du's noch bringst. Er musste unwillkürlich lächeln. Er war nicht in Sorge oder in Not, nur verdammt einsam. Er rieb sich den Bart, den sollte er auch mal wieder stutzen, ganz schön verwegen sah er damit aus, ein bisschen zu viel intellektueller Psychiater.

Er warf einen Blick auf den Radiowecker. Es wurde langsam Zeit, unter die Dusche zu springen und sich ein paar vernünftige Klamotten rauszusuchen. Sein erster Termin war schon um 8:30 Uhr. Danach war sein Kalender bis um vier Uhr nachmittags voll. Seine Kollegen schüttelten immerzu den Kopf über ihn. Wie kann man nur Freitagnachmittag Termine machen? Aber Tomas zuckte dann mit den Achseln, er hatte ja keine Eile. Er musste nicht fürs Wochenende so schnell wie möglich noch Bier, Wein, Lebensmittel und Sonstiges einkaufen. Er hatte ja nur sich selbst.

Er nahm sich eine Hose und einen Rolli vom Stapel mit den sauberen Sachen und fand auch ein Paar Unterhosen und braune Socken, die allerdings farblich nicht zur Hose passten. Aber was machte das schon! Er würde heute keine Sandalen tragen, es regnete. Er drehte die Dusche an und wartete darauf, dass das Wasser warm wurde, dann stellte er sich unter den Strahl und versuchte wach zu werden. Einen kurzen Moment dachte er daran zu onanieren, verwarf die Idee aber sofort wieder. Er hatte keine Kraft dafür.

Als er durch den Flur lief, tippte er mit dem Zeigefinger einen Kuss auf das Foto seiner Frau.

»Tschüss, mein Schatz, bis heute Abend.«

Er setzte sich in seinen alten Wagen und startete den Motor. Der Hügel von Sisjön hinunter in die Stadt war so lang und steil, dass er oft mit dem Gedanken gespielt hatte, einfach auszukuppeln und sich rollen zu lassen. Aber er hatte es noch nie getan! Von oben hatte man einen tollen weiten Blick auf Wiesen und den Änggårdsbergen, der sich bis zum Botanischen Garten erstreckte. Aber es gab auch viele Industrieanlagen, die sich rapide vermehrten. Wie immer parkte er im Parkhaus Focus in Gårda, betrachtete voller Mitleid die verwahrlosten Männer, die zitternd vor der Eingangstür standen, überquerte die Brücke über den Mölndalsån und betrat dann die Praxis im Korsvägen.

Eva saß bereits im Wartezimmer.

Tomas führte sie ins Sprechzimmer, ließ sich in seinen Stuhl fallen und sah sie lange und eindringlich mit seinen braunen, alles sehenden Augen an.

Eva erschauerte, ihre Gedanken hatten sich so verändert in letzter Zeit, die Alpträume waren schlimmer geworden und suchten sie jetzt jede Nacht heim. Sie schnappte nach Luft, hatte den Eindruck, aus einem Blitzschlaf aufzuschrecken.

Tomas sah, dass ihre Gedanken auf Wanderschaft gingen, sie häufig nicht bei der Sache war und in eine Art innere Immigration versank.

»Eva?«, sagte er mit sanfter Stimme.

»Ja!«, antwortete sie und seufzte.

»Wir haben uns jetzt einige Male getroffen«, fuhr er fort. »Wie geht es Ihnen damit, wie fühlen Sie sich?«

»Ich weiß nicht … durcheinander? Das fühlt sich an wie ein Gefühlsbrei!«

»Und welche Gefühle vermischen sich da?«

»Alle. Genau genommen alle. Ich bin wütend, mal verzweifelt, dann traurig, melancholisch, und ich schäme mich. Aber das stärkste Gefühl ist Angst. Ich habe Angst, das Haus zu verlassen, Angst davor, Fehler zu machen, Angst vor … unsichtbaren Dingen, die vielleicht nicht einmal existieren.«

»Quält Sie der Brief nach wie vor?«

Eva nickte. Es genügte schon, darüber zu sprechen, und es lief ihr kalt den Rücken hinunter. Und in dem Fahrwasser meldete sich auch ihr Schamgefühl. Sie schämte sich, dass sie offensichtlich die Einzige war, die dem Wahnsinn die Zügel ließ, dem Brief Glauben zu schenken. Eva räusperte sich, um die aufsteigende Übelkeit zu unterdrücken.

»Ich muss immer öfter darüber nachdenken, dass er nicht allein gewesen sein muss … der das getan hat. Und dann … dann fühlt es sich wieder nicht so an.«

»Warum?«

»Weil er nur in meinen Träumen vorkommt?«

»Mhm …« Tomas schluckte. Es war noch zu früh, seine Vermutung zu äußern, dass er den Traum ganz anders deutete.

Eva verstummte. Sie spürte Tomas' Blick auf ihrem Körper, es kribbelte überall. Sie hob den Kopf und entdeckte, dass etwas mehr als nur freundliches, professionelles Interesse in seinem Gesicht zu lesen war.

Plötzlich stieg eine ungeheure Wut in ihr auf.

»Verdammt noch mal, warum kann ich mich nicht erinnern?«

»Sie können sich sehr wohl erinnern, Eva. Ihre Erinnerungen hängen alle zusammen, Sie erzählen dieselben Abläufe bei jeder Sitzung. Ihre Alpträume und Vermutungen machen Ihnen Angst. Und der Brief, wie Sie sagen. Sebastians Verhalten. Dass er sich plötzlich verändert hat, einige Sachen bevorzugt, andere überraschend ablehnt. Das verunsichert Sie. Ich kann verstehen, wie unheimlich es ist, wenn ein Kind, das bisher Hunde geliebt hat, plötzlich ängstlich auf sie reagiert.«

»Aber Sie irren sich!«, widersprach Eva aufgebracht. »Ich kann mich eben nicht an alles erinnern. Meine ekelhaften Alpträume wollen mir doch irgendwas erzählen. Was ist, wenn ich das alles hätte verhindern können?« Ihre Lippen fingen an zu zittern.

»Wie meinen Sie das?«

»Ich habe … jetzt, vergangenen Samstag, geträumt, dass ich meinen Sohn im Traum im Stich gelassen habe, dem sicheren Tod überlassen habe. Ich habe das vorsätzlich getan, aber es war noch jemand dabei, der mich dazu gezwungen hat. Sebastian sollte eingesperrt werden und in einem dunklen Loch verhungern.« Eva stöhnte auf. »Aber weil ich ihn nicht alleinlassen wollte, kam jemand … der mich festhielt, mich würgte …« Eva sah Tomas an.

»Es ist vollkommen normal, dass Ihr Erinnerungsvermögen noch vage ist und dass Sie starke Schuldgefühle haben …«

»Das haben Sie jetzt schon so oft gesagt! Ich bin doch nicht taub! Menschen in meiner Situation werden alle von Schuldgefühlen geplagt, denken: Hätte ich doch nur nicht dies oder das getan. Das habe ich verstanden. Aber es gibt Menschen in meiner Umgebung, die der Auffassung sind, ich würde simulieren und mein lückenhaftes Erinnerungsvermögen sei nur eine Masche, um etwas anderes zu verheimlichen.« Eva hatte die letzten Worte geschrien.

Tomas setzte sich in seinem Stuhl auf.

»Letztes Wochenende war Julias Taufe«, fuhr Eva fort. »Meine liebe Schwiegermutter war vermutlich nicht ganz bei sich, aber sie redete pausenlos auf meinen Mann ein, warum ich meinen alten Therapeuten verlassen habe und jetzt bei Ihnen bin. Außerdem hat sie herausgefunden, dass ich im Gymnasium eine Klasse wiederholen musste und als Teenager einen Nervenzusammenbruch hatte!«

»Vielleicht sollten Sie versuchen, sich im Moment ein

bisschen von seiner Familie fernzuhalten, mir scheint, dass da nicht besonders viel positive Energie herkommt!«

Eva lachte laut auf, dann begannen die Tränen zu fließen.

»Ich lebe doch im Auge des Hurrikans! Das nur zur Erklärung!«, schluchzte sie.

»Versuchen Sie einfach, Ihrer Schwiegermutter eine Weile aus dem Weg zu gehen. Und bitte glauben Sie mir, dass Ihr lückenhaftes Erinnerungsvermögen und Ihre Alpträume nichts mit Vorsatz zu tun haben. Das kann ich Ihnen versichern!«

Eva antwortete nicht, starrte nur vor sich hin.

Tomas sah ihr geradewegs in die Augen.

»Wir müssen weitersuchen. Sie erzählen, dass Sie jemand im Traum festhält. Gibt es Besonderheiten an dem Arm? Wie fühlt sich der Stoff an? Wonach riecht er?«

»Der Stoff ist dunkelblau, eine Art Synthetik, raue Oberfläche … Der Arm ist behaart … dunkle Haare. Es ist der rechte Arm.«

»Warum hält er Sie fest?«

»Er will mich zurückhalten, mich aufhalten.«

»Wovor will er Sie zurückhalten?«

»Ich … ich weiß es nicht.«

»Was macht er denn mit dem anderen Arm, Eva?«

Verständnislos sah sie ihn an. Der andere Arm?

»Ist das der Arm Ihres Mannes? Im Krankenhaus?«, drängte er sie.

»Nein!« Fassungslos riss Eva die Augen auf, doch dann entspannten sich ihre Gesichtszüge wieder. »Nein, mein Mann hat blonde Haare, die auf den Armen sind fast weiß. Es ist nicht sein Arm.«

Tomas zeigte auf seinen linken Arm.

»Was ist mit dem anderen Arm, Eva? Was tut er damit?«

Eva spürte den Druck in der Stirn zunehmen, ihr Puls wurde schneller, ein fürchterlicher Kopfschmerz kündigte sich an. Sie schüttelte verzweifelt den Kopf, konnte sich nicht erinnern.

»Er hält mich einfach nur fest … er zieht … er …« Die Vorstellung, dass es doch zwei gewesen sind, wie Fleur es gesagt hatte. Der eine hält fest, während der andere … Wie konnte er mein Kind mitnehmen und gleichzeitig mich festhalten und mich daran hindern, ihn aufzuhalten? Ich bin in einen leeren Hof gekommen. Da war niemand. Aber wenn sie zu zweit gewesen waren …

Der Ekel überfiel sie in Wellen. Zwei! Zwei Männer sollen sich an ihrem Kind vergriffen haben? Vielleicht war Mattias doch im Hof gewesen? Sie hatte ihn nicht gesehen, das war unmöglich. Wer soll ihn dann hereingelassen haben? Der andere? Jemand, den Mattias kannte, den ich kannte? Ich? Eva starrte in Tomas' Richtung, plötzlich trat ihr Schweiß aus allen Poren. O lieber Gott … bitte nicht … habe ich ihn selbst hereingelassen?

Sie sprang vom Stuhl auf, lief zuerst zum Fenster, drehte dann aber um, hatte den Raum mit wenigen Schritten durchquert und riss die Tür auf.

Tomas blieb zunächst vollkommen überrumpelt auf seinem Stuhl sitzen, war aber sekundenschnell auf den Füßen und rannte den langen Gang hinunter, vorbei an einem wartenden Patienten, der ihm verwirrt nachsah. Er erreichte Eva und hielt sie an der Schulter fest. Sie drehte sich um, ihre Augen waren weit aufgerissen. Mit beiden Armen umschlang er sie und hielt sie fest und schob mit dem Rücken die erstbeste Tür auf. Wie ein Vierfüßler, der sich mit seinen Beinen verheddert hatte, stolperten sie in den Raum.

Tomas schlug hinter sich die Tür zu und zwang Eva, ihm in die Augen zu sehen. Mit fester Stimme redete er auf sie ein: »Eva! Beruhigen Sie sich! Eva! SCCHHHH!« Er versuchte, mit ihr in Kontakt zu kommen, wo war sie mit ihren Gedanken? Was war da gerade geschehen? Sie schnappte nach Luft, ein Schrei schien ihr in der Kehle zu stecken, ihr Blick irrte durch den Raum, suchte einen Fluchtweg. Aber es gab keinen!

Evas Atem ging stoßweise, ihre Augen fanden keine Ruhe, Tomas versuchte, sie vorsichtig zum WC zu schieben, damit sie sich einen Moment ausruhen konnte.

Plötzlich erwachte sie aus ihrer Starre.

»Lassen Sie mich los!«, schrie sie ihn an. »Lassen Sie mich los, Sie verdammter Hirnverdreher!« Sie holte zu einer Ohrfeige aus, aber er hielt ihre Hand fest. Sie riss sich los und atmete konzentriert durch geweitete Nasenlöcher, bis sich ihre Atmung langsam wieder beruhigte. Endlich hatte Tomas einen Kontakt herstellen können.

Erleichtert atmete er aus.

»Liebes Fräulein, Sie machen mich arbeitslos, weil Sie mir meine anderen Patienten verjagen.«

»Grinsen Sie ruhig, Sie Blender. Ist das etwa Ihre Methode, dass die Patienten ihr Trauma noch einmal erleben müssen? Indem Sie handgreiflich werden? Vielleicht ist Doktor Sevedsson doch das geringere Übel. Der verschreibt wenigstens nur kleine Pillen.« Eva war erregt, ihre Augen glühten.

»Eva, Sie sind plötzlich aufgestanden und rausgerannt. Ich kann meine Patienten nicht in akuten Zuständen auf die Straße gehen lassen.«

»Rausgerannt?«, knurrte sie. »Sie haben einfach Ihre Experimente mit mir gemacht und mich so lange festgehalten, bis ich Panik bekam«, schrie sie.

Sichtlich nervös versuchte Tomas, sie zu beruhigen. Der draußen wartende Patient konnte mit starken Gefühlsausbrüchen nicht gut umgehen, und er selbst hatte für heute genug Panikattacken erlebt.

»Eva, beruhigen Sie sich doch. Das war kein Experiment, das schwöre ich Ihnen.«

Tomas stand neben ihr, er hob die Hände, wollte sie festhalten, ihre Aufmerksamkeit behalten, aber er stoppte in der Bewegung, traute sich nicht, sie zu berühren. Eva sah ihn misstrauisch an, drehte ihm dann den Rücken zu und sah in die Duschkabine.

»Ich bin einfach rausgerannt?«

Tomas sah auf ihren Nacken, die blonden, halblangen Haare, ihre zitternden Schultern. Ihn überkam plötzlich das Bedürfnis, sie zu umarmen, festzuhalten, sie zu trösten und zu sagen, dass alles wieder gut werden würde. Er blieb regungslos stehen.

»Ja.«

Ausdruckslos starrte Eva auf die Kacheln der Dusche, auf weiße Quadrate, den hässlichen Duschvorhang und den tropfenden Wasserhahn.

»Ich …« Evas Hände zitterten. »Ich hatte auf einmal das Gefühl, dass ich es vielleicht war …« Ein flehender Blick. »Vielleicht habe ich ihn in den Hof gelassen, Tomas? Vielleicht habe ich es selbst getan?« Sie schluchzte, schwankte, es rauschte in ihren Ohren, alles im Raum wurde weiß.

Nach einer Weile kamen die Farben zurück, das Grelle verschwand, Tomas' Pullover kitzelte am Hals, es war warm, er roch gut, nach Seife und Aftershave, sein Bart kratzte. Sie spürte seine Hand an ihrem Rücken, groß und warm. Sein Herzschlag übertrug sich auf sie. Sie versuchte, langsam und leise zu atmen.

Tomas' linkes Bein kribbelte, es war eingeschlafen, aber er bewegte sich so wenig wie möglich. Er verfluchte seinen dröhnenden Herzschlag, spürte seine Pulsfrequenz steigen, versuchte nicht daran zu denken, dass Eva in seinem Schoß lag, seit sie in seinen Armen auf dem kalten Fußboden zusammengebrochen war.

Plötzlich zuckte sie zusammen, hob den Kopf. Sie starrte auf die gekachelte Wand vor sich, auf die weißen Quadrate, *weiße Quadrate … tropfender Wasserhahn, plopp, plopp …*

Sie stand auf, zog ihren Pullover gerade und trat näher an die Wand heran, fuhr mit den Fingerspitzen über die Kacheln. Dann drehte sie sich zu Tomas um, der sich mühsam erhob, und versuchte dabei, würdig auszusehen. Schweigend sahen sie einander an.

Ihr fleckiges Gesicht gewann langsam seine ursprüngliche Farbe wieder.

»In meinem Traum tropft ein Wasserhahn!«, flüsterte Eva.

# Kapitel 12

Er lehnte sich in seinem Bürostuhl zurück, das zerschlissene Leder knarrte leise. Sein Zigarillo lag auf dem Rand des Aschenbechers, eine graue Rauchsäule schlängelte sich nach oben. Er hatte Bescheid gesagt, nicht gestört werden zu wollen. Die CD hielt er in der Hand, glänzend und anonym, es stand nur eine Nummer darauf, mit schwarzem Edding geschrieben.

Schweiß brach ihm aus, was er da tat, war lebensgefährlich, erhöhte aber auch den Reiz. In all den Jahren war er nicht einmal in der Nähe einer Überführung gewesen, hatte weder Dateien auf seinen Rechner im Büro gelassen noch Bilder aus dem Netz hochgeladen. Auch der Mailverkehr zu seinen Kontakten hatte nie über diesen Rechner stattgefunden, obwohl er ein Mailsystem benutzte, das die Nachrichten über mehrere Server weltweit laufen ließ und es so nahezu unmöglich machte, den ursprünglichen Verfasser aufzuspüren. Noch nie. Diese Vorgänge wurden alle über seinen privaten Rechner abgewickelt, und von dessen Existenz wusste nur er allein.

Und jetzt saß er in seinem Büro und hielt die CD in der Hand. Sie zitterte, als sie sich dem CD-Fach näherte. So nah.

Er musste schlucken, lauschte konzentriert den Geräuschen vor der Tür, den vorbeilaufenden Stimmen, den gedämpften Schritten über dem dicken Teppich. Er griff nach dem Zigarillo, nahm einen Zug, starrte auf den Silberling in seiner Hand.

Dann legte er den Zigarillo wieder zurück auf den Rand des Aschenbechers und die CD in den Player. Es surrte, dann öffnete sich ein Fenster auf dem Bildschirm. Sein Puls begann zu flattern, der Schweiß brach ihm aus.

Er öffnete die Datei, die Thumbnails wurden vor ihm ausgebreitet. Eilig klickte er eines an, holte tief Luft, während der PC das Bild öffnete.

Da war es! Es pochte ihm im ganzen Unterleib und bis hinauf zum Hals. Der kleine Körper, so weich, so weiß. Er spürte den weichen Körper unter seinen Fingern, den süßen Duft, das lockige Haar, als er seinen Kopf festhielt.

Unter größter Kraftanstrengung gelang es ihm, das Fenster wieder zu schließen, die CD herauszunehmen und sie schnell wieder im Geheimfach seiner Aktentasche verschwinden zu lassen. Erschöpft sank er in den Sessel zurück, wagte es nicht, sich zu bewegen. Atmete mit geöffneten Lippen.

Er würde die Fotos zu einem guten Preis verkaufen können. Für viel Geld, wahnsinnig viel Geld. Er kannte einige, die dafür ein Vermögen ausgeben würden. Aber nein. Diese gehörten nur ihm allein. Seine ganz privaten Aufnahmen. Er würde weitere machen, bald, sehr bald schon. Der Entschluss war besiegelt und unabwendbar. Sebastian gehörte ihm. Er war das Zeichen, er war der Engel, auf den er all die Jahre gewartet hatte, nach dem er so lange gesucht hatte.

Er löschte alle Spuren der Aufnahmen auf seinem Rechner und schaltete ihn aus.

# Kapitel 13

Evas Blick wanderte über den Innenhof nach oben. Der Himmel war klar und auch der Wind zur Abwechslung mal still. Sie sollte sich was anziehen und zu Kattis und den Kindern nach draußen gehen, die schon unten am Strand bauten und buddelten. Untätig blieb sie einen Moment lang stehen, hatte eigentlich vor, nach einem alten Paar Turnschuhe zu suchen, die noch für eine Runde im feuchten Sand dienen könnten.

Umzugs- und Bananenkartons stapelten sich im Vorratsraum in doppelter Reihe, zum Stehen blieb nur ein kleines Stück Fußboden in der Mitte. Die Sonne warf einen Lichtstrahl durch die Tür und ließ den aufwirbelnden Staub glitzern und funkeln. Eva hielt instinktiv den Atem an.

Während sie nach dem richtigen Karton Ausschau hielt, fiel ihr Blick auf einen mit der Aufschrift SEBASTIAN. Sie hatte seinen Namen in großen Lettern auf die Längsseite geschrieben. Eva öffnete ihn. Darin lag ihr Leben als Mutter eines Erstgeborenen vor ihr ausgebreitet, eingefrorene Augenblicke, Gesichter, Lachen, blauer Himmel, geschmolzenes Eis.

Dort lagen die Geburtsanzeige mit dem seidenen Band, Sebastians erste Haarsträhne in einer kleinen Plastikhülle, der Geburtsbericht, ein Ultraschallbild, auf dem er die eine Hand hochstreckt, als würde er seinen Eltern winken wollen. Und Fotos aus dem Kindergarten.

Eva blätterte durch die Postkarten von den Ausflügen, dem Santa-Lucia-Zug, bei dem alle Mädchen Lucias und alle Jungen kleine Weihnachtswichtel waren. Sie entdeckte auch Peter Nyhléns Tochter auf einem der Bilder, die mit großen Augen freudlos in die Kamera sah. Ihr Vater hielt ihre Hand mit einem zufriedenen Lächeln auf den Lippen. Verband die beiden ein Geheimnis? Eva starrte auf das Foto, als könnte sie es ihm so entlocken. Aber die erwartete Wut stieg nicht in ihr auf, nur ein furchtbares Misstrauen nagte in ihr. Aber sie wusste ja nichts, gar nichts eigentlich.

Eva wühlte tiefer in dem Karton, entdeckte das Gruppenbild vom vergangenen Frühjahr. Alle Kinder standen nebeneinander aufgereiht, die Erzieherinnen und die Köchin an den beiden Außenpositionen, die jüngsten Kinder ganz vorne auf den Schößen der Kinderpfleger. Dort war Mattias! Er hatte Sebastian auf den Knien!

Eva legte ihre Zeigefinger auf die beiden Köpfe in einem verzweifelten Versuch, sie auseinanderzubringen. Du widerlicher Kerl! Da sitzt du ganz offen mit meinem Sohn auf dem Schoß. Hat dich das erregt, du Schwein? Wenn ich dich anrufen sollte, Mattias, was würdest du sagen? Die Wahrheit? Oder eine weitere Lüge?

Eva begann auf seinem Gesicht zu kratzen, sie rieb und kratzte, bis es nur noch aus einem weißen Papierfleck bestand. Eva betrachtete ihr Werk. Mattias' Körper war enthauptet worden, dort könnte jeder sitzen, aber es änderte nichts.

Eva hob einen Ringordner vom Boden des Kartons auf. Kindergarten Maria. Sie blätterte durch den Inhalt: die wöchentlichen Mitteilungsblätter, Versicherungsunterlagen, Monatsbeiträge, Sitzungsprotokolle und Adresslisten. Sie fuhr die Liste mit dem Finger ab. Peter Nyhlén wohnte in Annedal in der Carl Grimbergsgatan, wo die Familie Dickens zu Beginn des 20. Jahrhunderts hübsche Backsteinhäuschen gebaut hatte. Das war nur wenige Blocks von ihrer damaligen Wohnung in der Linnéstaden entfernt und nur wenige hundert Meter weit von dem Spielplatz, auf dem Mattias und Sebastian gefunden worden waren! Dahinter kamen die Adressen der Erzieherinnen, der Köchin und die von Mattias. Mandolingatan 56, Västra Frölunda.

Eva ging zu ihrem provisorischen Büro im Wohnzimmer und wählte seine Nummer. Eine mechanische Stimme verkündete, dass diese Nummer nicht mehr vergeben sei. Natürlich nicht. Eine Wohnung sollte schließlich nicht sechs Jahre lang leer stehen müssen und auf ihren Mieter warten. Sie rief das Suchportal *hitta.se* auf und tippte den Namen ›Fredberg‹ ein.

Frau Fredberg in der Västergatan in Göteborg war der einzige Eintrag. Eva war verwirrt, notierte sich aber die Angaben und die Telefonnummer. Dann erinnerte sie sich daran, dass Mattias ihr erzählt hatte, er stamme aus Borås.

In Borås fand sie zwei Fredbergs und schrieb die Nummern auf. Sie warf einen Blick auf ihr Gekritzel. Hatte das irgendeine Bedeutung? Wer waren diese Menschen? Waren sie überhaupt mit Mattias verwandt? Aber der Name Fredberg war eher selten und ungewöhnlich.

Eva nahm das Telefon und wählte die erste Nummer, ihr Herz pochte wild, nach zwei Klingelzeichen meldete sich auch hier eine Computerstimme, die ihr freundlich mitteilte, dass auch diese Nummer nicht mehr vergeben sei. So ein Sch...! Sie wählte sofort die andere. Eine dünne Stimme meldete sich.

»Siv Fredberg?«

Eva erstarrte, sie hatte irgendwie nicht erwartet, dass jemand abheben würde. Sie räusperte sich.

»Guten Tag. Ich bin auf der Suche nach Mattias Fredberg.«

»Er wohnt hier nicht mehr«, erwiderte die Stimme kurz angebunden.

»Oh, wie schade«, sagte Eva höflich. »Ich bin eine ehemalige Schulkameradin von Mattias, und wir haben den Kontakt verloren, ich dachte, vielleicht wissen Sie ...«

»Hier gibt es nichts zu holen! Wir wissen genau, worauf Sie hinauswollen. Wir reden mit niemandem.« Die Stimme war schrill und aggressiv geworden.

»Aber ... ich wollte doch nur wissen, wo ich ihn erreichen kann? Wir waren Schulkameraden ...«

»Wir kennen hier keinen Mattias!«, unterbrach sie die durchdringende Frauenstimme. »Er wohnt hier nicht mehr, und ihn gibt es auch nicht mehr.« Ein kurzer Schluchzer war zu hören, dann wurde aufgelegt.

Eva hielt das Telefon eine Weile still in der Hand. Diese armen Menschen! Was für eine schreckliche Vorstellung, erfahren zu müssen, dass der eigene Sohn, den man gestillt, gefüttert, erzogen und geliebt hat, ein Pädophiler ist! Wenn es tatsächlich die Wahrheit war. Aber wie die Sache auch ausgehen würde, diese Familie war für den Rest ihres Lebens gezeichnet.

Da fiel ihr Blick auf die Göteborger Telefonnummer in der Västergatan. Sie tippte die Straße in den virtuellen Stadtplan ein und vergrößerte den Kartenausschnitt. Wut und Verwirrung kämpften in ihr.

Die Västergatan war eine Parallelstraße von ihrem ehemaligen Wohnort im Stadtteil Linnéstaden. Vielleicht wohnte Frau Fredberg sogar in dem großen gelben Wohnkomplex, der sich von der Övre Husargatan hinunterzog. Unter Umständen war sie sogar eine jener älteren Herrschaften, die sie immer mit einem Fernglas im Fenster sitzen gesehen hatte, um die Passanten auf der Straße oder ihre Nachbarn gegenüber zu beobachten.

Hatte Mattias nicht einmal von einer Verwandten erzählt, die ihm viel bedeutete und die er häufig besuchen ging? Hatte er das nicht sogar zu Protokoll gegeben, dass er dort zu Besuch gewesen war, als die Polizei ihn mit Sebastian auf dem Spielplatz gefunden hatte? Mit zitternden Fingern wählte Eva die Nummer dieser Brita Fredberg in der Västergatan. Zehn Klingelzeichen wartete sie ab, aber niemand ging ans Telefon. Dann legte Eva wieder auf, gleichermaßen enttäuscht und erleichtert.

Eilig zog sie sich eine Jacke über und verließ das Haus. Als sie den Spielplatz erreichte, sah sie Kattis zusammen mit einem anderen Kindermädchen aus der Nachbarschaft im Sand sitzen, wo sie eine weitere Burg bauten, die schon bald mit Lärm und Getöse zerstört werden würde.

Eva atmete die salzige Luft ein. Das Meer war so still und ruhig wie schon lange nicht mehr, grau und farblos lag es vor ihr wie eine feuchte Pferdedecke. Auch der Himmel war von grauen Wolken bedeckt, aber das Licht war außergewöhnlich scharf. Alle Konturen traten deutlich hervor, das Grün der Bäume war verblichen, und die Stämme glänzten schwarz vom vielen Regen. Bald würden sich nur noch kahle Äste in den Himmel strecken und dem feindseligen Wetter trotzen. Eva wünschte sich jedes Jahr aufs Neue, dass der Herbst klar und frisch sein würde, mit kräftigen Farben und blauem Himmel. Aber auch dieser Herbst würde ihr den Wunsch nicht erfüllen. Die Bauphase der Sandburg wurde von Sebastian und seinem gleichaltrigen Freund Oscar einstimmig für beendet erklärt. Die lustvolle Zerstörung kam in Gang. Die Jungen prusteten und fauchten und hatten eine beeindruckende Ähnlichkeit mit Granatfeuer und Maschinengewehren. Truppen von imaginären Soldaten in Gemeinschaft mit einem gigantischen T-Rex griffen von links an und machten das Mauerwerk dem Erdboden gleich, drangen dann in den Burghof ein und schleiften alles auf ihrem Weg.

Ich habe keine Wahl, dachte Eva. Fleur hat recht. Ich weiß genau, welchen Weg ich gehen muss.

# Kapitel 14

Carl rüttelte vorsichtig an ihrer Schulter. »Liebling, du hast nur geträumt.« Seine Stimme war sanft, aber Eva hörte seine unterschwellige Irritation und Erschöpfung. Ihr würde so eine Partnerin auch furchtbar auf die Nerven gehen, die fast jeden Tag in den Morgenstunden gegen unsichtbare Dämonen kämpfte, schweißgebadet aufwachte oder aus dem Bett ins Badezimmer stürzte, weil sie dachte, sie müsse sich übergeben. Behutsam legte er einen Arm um ihre Schulter, sie schwitzte und wusste, dass sie nicht besonders gut roch.

»Wie geht es denn mit deiner Therapie voran?«, fragte er unschuldig.

»Geht so«, antwortete sie wahrheitsgemäß, hörte aber, wie weinerlich das klang.« Ich finde, es geht langsam voran.«

Carl nickte besorgt. Eva streckte ihre Hand aus, streichelte ihm etwas unbeholfen über die Bartstoppeln und wickelte ihren Zeigefinger in eine Haarlocke hinter seinem Ohr.

»Ich geh besser mal duschen«, sagte Eva schnell und sprang aus dem Bett. Sebastian lag in seinem abgedunkelten Zimmer und schlief noch tief und fest. Julia lag kerzengerade auf dem Rücken in ihrem Gitterbettchen und schlief ebenfalls, entspannt und zufrieden.

»Ich habe dich nicht vergessen, meine kleine Prinzessin«, flüsterte ihr Eva ins Ohr, woraufhin Julia genüsslich ihren kleinen Mund verzog und im Traum etwas scheinbar Köstliches naschte.

Eva gönnte sich eine kleine Erfrischung und kehrte dann zurück ins Bett. Carl zog die Decke beiseite, unter der er ausgestreckt und erwartungsvoll lächelnd lag. Eva kroch auf allen vieren auf ihn zu und wanderte mit federleichten Küssen langsam an ihm hoch, von den Beinen bis zu den Leisten und darüber hinaus. Carl seufzte zufrieden, knurrte gefährlich, als sie seine Brust erreicht hatte, und zog sie zu sich hoch, streichelte ihren Kopf und wühlte in ihren Haaren. Dann wälzte er sich mit ihr auf dem Bettlaken herum, bis sie außer Atem war, ihr Mund gegen seinen Hals gedrückt. Sie atmete seinen Geruch ein, seine Haare kitzelten in ihrer Nase. Carls Hände wanderten warm und weich über ihren Rücken. Eva zitterte vor Erregung, konnte den Traum vergessen, wurde weich. Er biss in ihr Ohrläppchen, sein Griff wurde bestimmter, er packte ihre Oberschenkel, seine Hände arbeiteten sich weiter vor. Sie spürte seine Erektion, heiß und zuckend, ihr Körper machte sich bereit, ihn zu empfangen. Er schob sie auf sich, ihr stockte der Atem, sie kämpften miteinander, verzweifelt, erregt und fieberhaft. Carl stöhnte in Evas Ohr, Eva schwebte, erhitzt und befriedigt. Ein letzter harter Stoß.

Sie starrte auf die Wand über Carls Kopf, die Erregung verweilte noch in ihrem Unterleib. Sie schloss die Augen, bewegte sich ein bisschen und stellte fest, dass sie auf Toilette musste.

»Geliebte Eva. Mein schöner Engel.« Carl küsste sie mit warmen und weichen Lippen, spielte gedankenverloren mit ihren Haaren.

»Ach, übrigens«, murmelte er, die Nase in ihrer Halskuhle. »Der Makler hat ein paar interessante Objekte vorgeschlagen. Unter anderem ein Reihenhaus in Örgryte. Ist das nicht toll?« Seine Augen leuchteten dunkelgrün vor Freude. Eva nickte geistesabwesend. Alles, was sich nicht in unmittelbarer Nachbarschaft zur Familie Seger in Hovås befand, kam einer Befreiung gleich.

Polternd verließ Carl das Haus, das Frühstück hatte er seit langem abgeschafft. Sie sah seinen blonden Haarschopf im Wagen leuchten, als er davonfuhr. Sie fühlte eine innere Wärme, zum einen von seinen Liebkosungen, zum anderen von der Tatsache, dass er den Makler beauftragt hatte, überall nach Häusern zu suchen und nicht nur westlich von Göteborg. Gleichzeitig aber spürte sie diese Melancholie in sich, die sie leer und kraftlos machte. Eine Müdigkeit, die man nicht mit Schlaf beheben konnte, die niemals vergehen würde.

Zwischen Carl und ihr hatte sich eine Kluft aufgetan. Eine Leere, die wuchs, je stärker er sich von seiner Familie vereinnahmen ließ, Teil jenes sozialen Rollenmodells wurde, mit dem sich Eva so schwertat.

Während sie dort stand und ihm nachsah, kam Kattis in ihrem schwingenden und fröhlichen Gang die Straße hinuntergelaufen. Als sie Eva am Fenster stehen sah, winkte sie ihr zu und lächelte. Eva versuchte, die düsteren Gedanken beiseitezuschieben.

Nachdem sie gefrühstückt und die Kinder angezogen hatten, packten sie Wechselwäsche, Snacks, Windeln und Buddelsachen ein. Die Wolkendecke riss auf, als sie den Wagen beluden, die Sonne schob die Wolken zur Seite und schickte warme Strahlen herab. Sie parkten am großen Wehr im Park Slottsskogen, gingen eine Runde spazieren und beobachteten die langbeinigen Flamingos, die vollkommen reglos auf einem Bein standen. Eva hatte immer den Verdacht gehabt, dass sie in Wirklichkeit aus Plastik waren. Dann liefen sie weiter den steilen Hügel hinter dem Seehundbecken zu den Tiergehegen hinauf, vorbei an den Volieren und den Hirschen. Die Pfauen schrien so schrill, dass sich Julia erschreckte, aber die Pferde versöhnten mit ihrem genüsslichen Schmatzen, mit dem sie die mitgebrachten Äpfel verspeisten. Als Sebastians kurze Beinchen nicht mehr konnten, machten sie eine Pause, sie aßen ein Eis und schoben die Kinder im Wagen hinunter zum Plikta, dem ältesten Spielplatz der Stadt. Dort schütteten sie alle Schaufeln, Eimer und Dinos in den Sand und machten sich ans Werk, Burgen und Flüsse zu bauen.

»Bist du sicher, dass es in Ordnung ist, wenn ich eine kleine Runde spazieren gehe?«, fragte Eva verschämt.

»Aber natürlich! Selbstverständlich können Sie das. Ich habe alles unter Kontrolle, versprochen!« Kattis lächelte sie an und unterstrich ihre Bekundung mit einem vielsagenden Blick.

Eva ging los, drehte sich jedoch mehrmals nach ihren Kindern um. Die waren schwer beschäftigt und sehr glücklich, mit Kattis zusammen zu sein. Sie wurde schneller, lief am Naturhistorischen Museum vorbei, die Rosengatan hinunter, es roch nach feuchter Erde und Laub, nach Kokosmilch und Curry, Kaffee und verfaulten Eiern aus den Auspuffen der Busse, die mit dem Ziel Linnéplatsen an ihr vorbeidonnerten. Einen kurzen Moment lang spürte sie eine Wehmut, ein Gefühl von Heimweh. Aber das wurde sofort ersetzt durch eine zitternde Unruhe im Magen, als sie sich dem Sveaplan und dem Haus näherte, in dem sie gewohnt hatten.

Zuerst zögerte sie, doch dann überquerte sie mit festen Schritten den Platz und befand sich im Stadtteil Annedal.

Sie sah den langgezogenen Häuserkomplex vor sich. Riesig, anonym, er atmete die Siebziger Jahre. Ein neues Café hatte im Erdgeschoss eröffnet, ansonsten hatte sich nichts verändert: die Lederboutique, das Sportgeschäft, die Bank – alles war noch da, und auch die Galleria Anna, in deren Schaufenster die wunderschönen Lampen verführerisch leuchteten.

Vorsichtig sah Eva auf die andere Straßenseite. Das Haus am Platz erstrahlte in seiner ganzen Jahrhundertwendepracht. Das Dach glänzte frisch gestrichen. Sie hatte das Haus gerne gemocht, mit seinen Zinnen und Türmchen, den hohen Fenstern und den verzierten Balkongittern. Sie fragte sich, wer wohl jetzt in ihrer Wohnung lebte, Junge oder Alte, mit oder ohne Kind? Sie war ihnen nie begegnet, hatte keine Kraft dazu gehabt. Carl hatte alle Formalitäten geregelt. Ob die alte Dame noch dort wohnte? Und kämpfte sie sich noch immer die Treppen hoch, wenn der Fahrstuhl mal wieder streikte?

Eva schloss die Augen, und sofort wurde sie von Erinnerungen überflutet. Der verlassene Innenhof, der leere Sandkasten, der Kinderwagen, der ihr aus den Händen gerissen wurde, das Baby, das durch die Luft schleuderte, dann wie ein Paket auf dem Asphalt landete, die quietschenden Reifen des Autos … Sie schlug die Hände vors Gesicht, wollte die Bilder verjagen.

Eva drehte dem Haus den Rücken zu und lief die Övre Husargatan hinunter. Sie sah ihr Spiegelbild in den Schaufenstern, schnelle Schritte, wehender Mantel. Dünn bin ich geworden, dachte sie besorgt. An der Ecke mit dem gelben Backsteingebäude bog sie nach rechts ab und lief auf die Saronkirche zu. Das Gotteshaus hatte sie bisher noch nie betreten, nur ein paar Samstage im Meer der vielen Flohmarktbesucher davor verbracht und nach Dingen gesucht, die sie nicht hätte benennen können.

Hinter der Kirche befanden sich ein Spielplatz, Grünanlagen, Schaukeln und sogar ein Hundeauslauf. Im Osten erhob sich ein ziemlich steiler Hügel, davor drückten sich kleine Backsteinhäuser im englischen Stil gegen den Hang. Auf dem Gipfel des Hügels erhoben sich riesige Hochhäuser. Was für einen fantastischen Ausblick die wohl haben, überlegte sich Eva, während sie die Lichtreflexe in den vielen Fensterscheiben betrachtete.

Sie riss sich zusammen und betrat den Spielplatz. Dort blieb sie eine Weile reglos stehen und wartete, bis sich ihr Kopf langsam leerte. Der Sandkasten war von geschälten Baumstämmen umsäumt, im Sand lagen kaputte Schaufeln, verlassene Eimer und in einer Ecke ein vereinsamtes Dreirad. Die Büsche, die auf der Kirchseite wucherten, waren ungepflegt, in den Baumkronen raschelte der Wind. Hier hatte die Polizei Sebastian in Begleitung von Mattias aufgegriffen.

Eva fröstelte. Mit schnellen Schritten ging sie in die Carl Grimbergsgatan auf die Reihe aus roten Backsteinhäusern zu. Sie sah sich um, fand die richtige Hausnummer und stellte sich neben den Briefkasten der Familie Peter Nyhlén. Von hier aus konnten sie den Spielplatz und den Sandkasten hervorragend sehen. Sie waren nur wenige Meter entfernt. Plötzlich fühlte Eva sich beobachtet, sah auf und meinte eine Bewegung hinter einer der Gardinen wahrgenommen zu haben. Einen kurzen Augenblick zögerte sie und wollte klingeln, doch dann entschied sie sich dafür, ihrem Plan treu zu bleiben. Sie musste besser vorbereitet sein.

Eva ging zurück zum Sandkasten, hockte sich auf die Knie und ließ Sand durch ihre Finger rieseln. Sie schloss die Hand um die verbleibenden Körnchen zu einer Faust, stand auf und machte sich auf den Weg zurück zu dem gelben Häuserkomplex auf der Västergatan. Die Straße war sehr schmal, denn zwischen den Häusern führte eine Tramtrasse hindurch. Ein Pflegedienst hatte sein Büro im Souterrain eingerichtet, und Eva vermutete, dass die Mehrheit der Bewohner betagter war. Die Straße war dunkel, die Wohnungen in den unteren Stockwerken hatten nur wenige Stunden am Tag direkte Sonneneinstrahlung.

Ohne Schwierigkeiten fand sie den richtigen Hauseingang, in dem angeblich Frau Fredberg wohnte. Das Türschloss war defekt, und sie betrat das Treppenhaus. Brita Fredberg, vierter Stock, stand mit weißen Plastikbuchstaben auf einem samtenen, blauen Steckbrett. Ein wenig außer Atem klingelte sie an der Wohnungstür. Weiter unten im Treppenhaus war Hundegebell zu hören, aber aus der Wohnung drang kein Laut. Sie wollte sich gerade zum Gehen umwenden, als sie ein Rasseln vernahm. Die Türklinke wurde langsam heruntergedrückt, die Sicherheitskette spannte sich, und ein blasses Gesicht mit einem neugierigen, aber auch besorgten Augenpaar blickte ihr entgegen. Evas Herz schlug ihr bis zum Hals.

»Guten Tag! Ich hoffe, ich störe Sie nicht, aber Mattias … er hat mir einen Brief geschrieben … und ich wollte Sie fragen, ob …«

Eva gingen der Mut und die Kraft aus, sie sah in das verängstigte Gesicht der alten Frau, die ihre Wohnungstür bereits wieder ein Stück zugeschoben hatte. Nein, nein, bitte nicht zumachen, dachte Eva verzweifelt.

»Mattias hat in dem Brief geschrieben, dass er unschuldig verurteilt worden sei, dass er im Gefängnis säße, obwohl er kein Verbrechen begangen habe.« Die Frau blinzelte, hinter ihr in der Wohnung schrie ein Vogel. Die Tür wurde erneut aufgezogen, die Sicherheitskette war straff gespannt.

»Mattias hat Ihnen geschrieben?« Die Stimme der Frau klang misstrauisch. Eva nickte. Die Tür schloss sich, es rasselte, als sie die Kette aushängte.

Die Frau war klein und dünn, sie trug ein graublaues Kleid mit Schürze, das wie ein Putzkittel aussah, ihr Gesicht war schmal, blass von zu wenig Tageslicht, gezeichnet von vielen Falten und umrahmt von einer lockigen Damenfrisur. Aber ihre Augen waren schokoladenbraun und wirkten lebendig.

»Sie kennen Mattias?« Eva spürte, wie Hitze und Röte unter ihrem T-Shirt aufflammten, und hoffte inständig, dass sie sich nicht den Hals hinauf ausbreiten würden. Sie lächelte angestrengt.

»Ja.«

»Und Sie haben einen Brief erhalten?«

»Ja.« Eva lächelte so verkrampft, dass ihr die Wangen brannten. »Ich habe seinen Brief vor ein paar Wochen erhalten. Er hat früher viel von Ihnen gesprochen … Ich hatte mir gedacht, dass …« Eva senkte den Blick, was sollte sie jetzt bloß sagen? Die alte Dame öffnete die Tür und bat sie herein. Es roch ungelüftet und staubig.

»Die Ereignisse waren für niemanden leicht zu ertragen. Kommen Sie doch rein, dann trinken wir einen Kaffee und können uns ein wenig unterhalten.«

Zögernd sah Eva der Frau hinterher, die durch den Flur ging und hinter einer Tür verschwand. Doch dann überwand sie sich, zog die Schuhe aus und hängte ihren Mantel an die Garderobe.

Die Wohnung war nicht besonders groß, drei Zimmer nur, aber sie schien hell zu sein, obwohl die Wände in dunklen Farben tapeziert waren. Eva wurde in ein kleines Wohnzimmer mit einem plüschroten Sofa geführt. Daneben standen zwei kleine Beistelltischchen mit Dekorationsgegenständen. Die Wände waren mit Kitschgemälden geschmückt, auf denen Elche im Sonnenuntergang an Waldseen tranken. Die Möbel waren dunkel und überfüllt mit Schmuckkissen, auf den Stühlen und sogar auf dem Fernseher lagen kleine handgemachte Deckchen. Auch in den Bücherregalen standen überall Dinge, kein Millimeter war mehr frei. Es sah ein bisschen aus wie auf dem Flohmarkt an der Saronkirche. Nur aufgeräumter und sauberer.

Vorsichtig setzte sich Eva auf eines der Sofas, das hart war und nach Mottenkugeln roch. Sie hörte leises Geschirrklappern in der Küche und reckte den Hals, um aus dem Fenster zu sehen, aber ihr Blick fiel nur auf das Dach des Hauses auf der gegenüberliegenden Straßenseite. Frau Fredberg kehrte mit einem Tablett zurück, auf dem Tassen, Kaffeekanne, Zuckerschale und ein Teller mit Keksen standen. Sie setzte sich behutsam und bat Eva darum, sich selbst zu bedienen. Ihr Blick war neugierig und ängstlich zugleich. Eva lächelte nervös, griff nach einem trockenen Keks und tunkte ihn in den Kaffee. Sie beschloss, offen zu sprechen, keine Notlügen zu erfinden.

»Es tut mir sehr leid, dass ich einfach so vorbeikomme und Sie mit meinem Anliegen störe«, begann Eva.

Die Frau lächelte matt, machte eine abwehrende Geste

mit der Hand. Sie rührte ihren Kaffee nicht an, sah Eva nur wie gebannt zu.

»Der Brief von Mattias … ich wollte mich gerne mit jemandem darüber unterhalten, der ihn kannte. Ich wollte gerne in Erfahrung bringen …« Eva musste schlucken, was genau wollte sie eigentlich in Erfahrung bringen?

Brita Fredberg begann ihren Kaffee mit dem Löffel umzurühren. Auf einmal sah sie unglaublich müde aus.

»Es ist so furchtbar tragisch, was da geschehen ist. Sie müssen wissen, ich bin Mattias' Großmutter, er hat mich oft besucht. Ich halte große Stücke auf ihn. Er ist ein freundlicher und besonnener Junge, fleißig und begabt, wollte immer nur das Beste für alle. Er ist ein sehr guter Lehrer geworden, er liebt Kinder.«

Eva gab keine Antwort, sondern nickte nur steif. Frau Fredberg saß mit hängenden Schultern vor ihr, ihr Blick wirkte zerstreut, sie rührte in ihrem Kaffee, ohne ihn zu trinken. Die anfangs so lebhaften Augen wirkten jetzt fahl und glanzlos.

»Mattias kommt aus einem sehr religiösen Elternhaus. Ich weiß, ich rede einfach drauflos, obwohl ich gar nicht weiß, wie gut Sie sich kannten. Aber er war ein sehr gläubiger Mensch, auch wenn er das nach außen hin nie so gezeigt hat.«

»Nein, ich wusste nicht, dass er gläubig war«, sagte Eva.

»Ja, er hat vieles für sich behalten. Er war auch ziemlich schüchtern, hat mir auch nie eine Freundin vorgestellt, noch nicht einmal mir, wahrscheinlich war er da sehr vorsichtig oder auch anspruchsvoll und wartete auf die Richtige.«

Mit einem erwachenden Interesse sah sie Eva an, der in diesem Augenblick bewusst wurde, dass Mattias' Großmutter vielleicht annahm, sie wäre mehr als nur eine Bekannte von Mattias gewesen.

»Hatten Sie Kontakt zu ihm, seit er … ich meine, seit er im Gefängnis ist?«, fragte Eva zaghaft nach.

Die Frau nickte.

»Ja. Ich habe ihn sofort besucht, als er aus der Untersuchungshaft ins Gefängnis verlegt wurde. Es tat gut, ihn nach so langer Zeit wiederzusehen. Aber es war eine lange Fahrt dorthin, und ich habe nicht mehr so viel Kraft wie früher.« Sie seufzte, starrte in ihre Kaffeetasse und stellte sie, ohne einen Schluck zu trinken, wieder ab.

»Es sah aus, als würde es ihm ganz gut gehen, fand ich«, sagte sie zögerlich. Es klang, als wolle sie sich selbst mit ihren Worten trösten. »Obwohl er ziemlich dünn geworden ist, der arme Junge. Das hat ihn alles sehr mitgenommen. Er sprach davon, sein Studium fortzusetzen, wenn er wieder entlassen werden würde …«

Eva sah, wie die Kiefer der alten Frau arbeiteten. Ihre Blicke trafen sich.

»Sie müssen verstehen, meine Liebe, dass es für uns alle eine sehr schwere Zeit war. Am schlimmsten ist es vermutlich für Mattias' Mutter gewesen. Meine Tochter ist seitdem wie ausgewechselt, sie sagt, sie hätte keinen Sohn mehr. Ist das nicht schrecklich? Und sein Vater erst. Obwohl er nie ein guter Vater für den armen Jungen war. Hart. Viel zu hart. Er sagte, dass dies alles Gottes Strafe sei, weil sein Glauben nicht stark genug gewesen ist.«

Ihre Augen füllten sich mit Tränen, eilig wischte sie sich mit der Hand übers Gesicht. Der Vogel schrie hartnäckig in seinem Käfig.

»Ich habe den Brief abgeschickt«, sagte sie unvermittelt.

»Mattias gab ihn mir, als ich ihn besuchte. Er sagte, es sei wichtig, dass Sie ihn bekommen. Sie müssen Freunde gewesen sein.« Ihre Augen sahen Eva flehend an. Eva spürte, wie ihr die Röte in die Wangen stieg.

»Wir haben uns relativ häufig gesehen. Aber wir waren, wie ich schon sagte, nur gute Bekannte«, beeilte sich Eva zu erläutern.

Die Augen der alten Frau füllten sich erneut mit Tränen.

»Sie haben so viel Furchtbares in den Zeitungen geschrieben ...«, räusperte sie sich und trocknete sich die Wangen mit einer Papierserviette. Eva sah die Überschriften vor sich, sie waren wie in ihre Netzhaut eingebrannt. Das Monster, ein Perverser, kam aus einer freikirchlichen Familie, ein Einzelgänger, der weder Freundin noch Freunde hatte, Briefmarken und Comics sammelte, ein Pedant soll er gewesen sein, ein typischer Gewalttäter und Psychopath.

»Das war so schrecklich.« Frau Fredberg schnäuzte in eine Serviette. »Die Journalisten haben sogar bei mir angerufen, sie waren furchtbar aufdringlich. Sie haben sehr viele schlimme Sachen über mein Enkelkind gesagt, über meine Tochter, über die Kirche ... Die Zeitungen sind dafür verantwortlich, dass er verurteilt worden ist. Da bin ich mir ganz sicher!« Brita Fredberg nickte eifrig mit dem Kopf. »Sie haben eine Menge Unwahrheiten und Gemeinheiten geschrieben.«

Eva musste schlucken, sie hatte jeden einzelnen dieser Artikel gelesen, sie alle verschlungen. Täterprofile von mehr oder weniger seriösen Psychologen, ein perverses Wühlen in Mattias' Familiengeschichte und seiner Kindheit und wilde Spekulationen hatten die Seiten gefüllt. Am schlimmsten jedoch waren die Interviews mit seinen Eltern und den Nachbarn gewesen. So viel Hass, Angst und die Furcht, dass die eigenen Kinder davon betroffen sein könnten, hatte sich darin offenbart. Nur wenige Tage nach seiner Festnahme entstanden im Netz Homepages, auf denen Fotos vom Kindergarten, Gruppenfotos und Mattias' Führerschein veröffentlicht wurden, mit seinem vollen Namen und Geburtsdatum. Einfach alles.

Schweigend betrachtete Eva die alte Frau vor sich und meinte, einen Hauch von Zweifel über ihr zerfurchtes Gesicht ziehen zu sehen. Vielleicht hatte auch sie gezweifelt? Das Enkelkind, das sie immer besucht hatte, so zuvorkommend, aber allein, ein bisschen sonderbar, keine Freundin.

»Ich bin so froh, dass Sie gekommen sind. Ich habe gleich begriffen, dass Sie Mattias viel bedeutet haben, als er mir den Brief gab«, sagte Frau Fredberg mit ernster Stimme und tätschelte Evas Hand. Eva nickte und rang sich ein Lächeln ab, dann erhob sie sich und entschuldigte sich, dass sie leider gehen müsse, weil sie noch einen Termin hätte. Eva lobte die Gemütlichkeit der Wohnung, hier müsse sich Frau Fredberg sehr wohl fühlen, redete einen Haufen unsinniger Dinge über das Wetter, hoffte, dass es ein schöner Herbst und ein herrlicher Winter werde.

Als sie endlich unten auf der Straße stand, schnappte sie nach Luft, als hätte sie davon in der Wohnung der alten Frau zu wenig bekommen. Was hatte ihr der Besuch gebracht? Vielleicht die Erkenntnis, einen Menschen gefunden zu haben, der Mattias liebte und gut von ihm sprach, ihn für unschuldig hielt. Oder vielleicht doch nicht? Eva warf einen Blick auf die gegenüberliegende Häuserfassade, auf ihre ehemalige Wohnung. In diesem Augenblick klingelte ihr Handy.

»Hallo, Eva! Wie geht es dir? … Hier ist Karin«, fügte ihre Schwester hinzu, als Eva keine Anstalten machte zu antworten.

»Ganz gut«, antwortete Eva mit zusammengepressten Lippen. Sie wollte ihre Ruhe haben.

»Ich wollte dir nur erzählen, dass ich mit Per gesprochen habe. Also, Per Henriksson, du weißt schon … der Polizist, von dem ich dir erzählt habe. Er steht gerne zur Verfügung, um deine Fragen zur Polizeiarbeit zu beantworten und so. Wenn du das willst? Ich dachte, es würde dir vielleicht bessergehen, wenn du …«

»Selbstverständlich, Schwesterlein! Super«, zischte Eva. »Ich verstehe es sehr wohl. Auch du, mein Brutus!« Sie drückte auf den roten Knopf und beendete das Gespräch. Mit großen Schritten stürmte sie zurück in den Park. Kattis saß in unveränderter Stellung im Sandkasten und grub auf Befehl ihres Sohnes Löcher, während dieser zufrieden danebenstand und Heeresführer spielte.

Sie würde ihre Schwester später anrufen und sich entschuldigen.

# Kapitel 15

Mit müden und brennenden Augen starrte Per Henriksson auf die Anzeige seines Computers. 17.43 Uhr. Wo war die Zeit geblieben? Er fuhr sich mit der Hand über die Bartstoppeln und sah hinaus durch die verschmutzten Fenster seines Büros. Der Verkehr auf der Skånegatan vor dem Polizeigebäude zog wie ein endloser Strom vorbei. Die gebogene Kuppel des Ullevi-Stadions verschmolz mit dem grauen Himmel, die Metallkugel vor dem Gebäude sah aus wie ein schmutziger, überdimensionierter Golfball. Im Sommer war er ein imposanter Springbrunnen, jetzt aber plätscherte nur ein schwacher Strahl aus dem Ball. Mit dreckigem Humor hätte man sich darüber amüsieren können. In der herbstlichen Dunkelheit aber war er einfach nur hässlich.

Per stand auf und verließ sein Büro, um Kaffee zu holen, änderte aber seine Meinung und ging in die andere Richtung. Er würde sich einen Überblick über die Ermittlungen im Fall von Eva Segers Sohn verschaffen. Falls sie anrufen würde. Er verfluchte plötzlich seine Nachgiebigkeit. Warum, um Himmels Willen, hatte er Karin so etwas Verrücktes versprochen. Er musste lernen, nein zu sagen, vor allem Frauen gegenüber.

Per zögerte einen Augenblick vor Katarina Lefflers Zimmer. Sie war seit fast zwei Jahren in der Abteilung und die erste Polizeihauptkommissarin. Katarina war eine jener ehrgeizigen Polizistinnen, die wie Bulldozer vorpreschten, um den Beweis anzutreten, dass sie genauso gut wie ein Mann waren. Per begrüßte es zwar, dass sie zunehmend Frauen im Korps hatten, aber warum sie sich diese eingefleischte

Machokultur aneigneten, konnte er nicht verstehen. Sogar ihre Art, sich zu bewegen, änderte sich, kaum hatten sie die Uniform an. Dann liefen sie mit steifen Schritten, breiten Schultern und zusammengebissenen Kiefern.

»Gibt es einen besonderen Grund, warum du die Ermittlungsergebnisse sehen willst?«, fragte Katarina. Sie war groß und kräftig gebaut, aber mit sehr schmalen Hüften. Dadurch wirkte sie schlank. Ihre Augen waren dunkel, und sie hatte einen offenen Blick, aber die dünnen Lippen gaben ihrem Gesicht einen schnippischen Ausdruck. Katarina wäre die perfekte Besetzung für eine strenge Lehrerin in der Verfilmung einer Astrid-Lindgren-Geschichte gewesen. Per konnte nicht erklären, warum er sie vom ersten Augenblick an nicht mochte. Leider hatte er Schwierigkeiten, das zu verbergen. Er wollte nicht als frauenfeindlich gelten und nicht zu denen zählen, die Frauen am Arbeitsplatz anders behandelten als männliche Kollegen. Dieses Thema hatte sich bereits wie ein Geschwür im Polizeikorps breitgemacht. Aber würde er sich bei einer Kollegin einschmeicheln, nur weil sie eine Frau war? Niemals. Per murmelte etwas Unverständliches als Antwort und erntete einen argwöhnischen Blick. Plötzlich fühlte er sich wahnsinnig müde und wurde wütend.

»Bitte sehr«, sagte sie kurz und legte die beiden dicken Mappen auf den Schreibtisch.

»Danke, sehr freundlich.« Per lächelte so authentisch, wie er konnte.

Auf dem Weg in sein Zimmer fühlte er ihren bohrenden Blick im Rücken. Er setzte sich an den Schreibtisch und überflog das Material. Es beinhaltete das Übliche. Die Befragung der Nachbarn, der Leitung des Kindergartens, der

Eltern. Er sah sich die Fotos des untersuchten Materials an, die Kleidung des Kindes, las die Ergebnisse der Proben und den Bericht der ärztlichen Untersuchung.

Er warf einen Blick auf das Verhör mit dem Verdächtigen. Blätterte etwas planlos darin herum, überprüfte das Datum. Die Ermittlungen waren überraschend schnell abgeschlossen worden. Aber wenn er sich richtig erinnerte, hatte der Verdächtige während der Vernehmung gestanden. Der Staatsanwalt hatte offensichtlich einen wichtigeren Termin gehabt und den Fall so schnell wie möglich durchboxen wollen. Man konnte Katarina nur gratulieren.

Die ärztliche Untersuchung las er sehr aufmerksam durch. Verletzungen am Enddarm, Kratzer auf den Armen, blaue Flecken, ein Hämatom unter der Kopfhaut, deutliche blau unterlaufene Stellen am Hals, geplatzte Adern in den Augen, die Unterlippe aufgesprungen. Per legte die Mappe wieder auf den Tisch. Für ihn stand es mit Feuerschrift geschrieben, was dem Kind geschehen war, für einen Laien war es eine Reihe medizinischer Termini. Es gab auch Fotos, aber Per wollte sie nicht ansehen. Musste er auch nicht, denn ganz ähnliche hatte er unzählige Male schon gesehen.

Pädophilie! Vor etwas mehr als zehn Jahren war dieser Begriff so gut wie unbekannt. Mittlerweile war er zu einem Schimpfwort geworden, das in den Medien missbraucht wurde, ein Begriff für Kreaturen mit kranken und unaussprechlichen Neigungen, Psychopaten, empathielose Monster. Und dennoch wusste man, dass die Täter in den allermeisten Fällen in ihrer Kindheit selbst Opfer gewesen waren. Die Erbsünde, die von einer Generation zur nächsten weitergereicht wurde.

Er betrachtete seine Hände, die auf den Akten lagen. Das Erbe trug jeder mit sich. Alle Menschen hatten eine Last zu tragen, nur wog die Bürde einiger Menschen manchmal schwerer als die der anderen, das war der einzige Unterschied.

Es war sein Job und der seiner Kollegen, dieses Erbe aufzuhalten, die Übergriffe zu beenden und die Kinder aus dem Elend zu befreien. Sie hatten sehr viel dazugelernt. Und doch fühlte es sich immer wieder so an, als ob die Täter ihnen einen Schritt voraus waren. Raffinierter, technisch bewandert und vor allem wohlhabend. Mit Letzterem konnte das Polizeikorps nicht gerade aufwarten. Geld und Zeit wurden vom Kampf gegen die Hooligans und durch die Sicherung von Großveranstaltungen verschlungen. Die Kleinkriminalität, die kleinen Schurken und die Familienkonflikte mussten da zu oft zurückstehen.

Per schob die Akten beiseite und wollte gerade aufstehen, seine Sporttasche schnappen und zum Dojo gehen, als Erik den Kopf durch die Tür schob.

»Hallo, hast du vor, heute zum Training zu gehen?«

Per freute sich über Gesellschaft.

»Na hallo, Erik Winter höchst persönlich!«, grinste Per seinen Kollegen an. Erik Fahlén war ganz anders als der versnobte Kommissar Erik Winter aus den Kriminalromanen. Er war ein ganz normaler schwedischer Mann, mittelgroß und mit einem leichten Bauchansatz, freundlichen Augen und glänzender Glatze. Der verbliebene Haarwuchs war an den Seiten millimeterkurz rasiert. Per hatte Erik noch nie im Anzug gesehen, und es war fraglich, ob er überhaupt einen besaß.

»Hör bloß auf, Henriksson. Wenn hier einer Erik Winter

ist, dann wohl du. Hast du übrigens die Fernsehserie gesehen?«

»Nein, ich mag keine Krimis. Und schon gar keine schwedischen. Außerdem kann ich Kerle nicht leiden, die besser aussehen als ich.« Per nahm seine Jacke vom Haken, warf sich seine Sporttasche auf den Rücken und folgte dem Kollegen durch den Gang. Erik lächelte zufrieden.

»Nein, ich habe auch nicht so viel dafür übrig. Aber ich habe vor einer Weile einen ganz passablen amerikanischen Film gesehen. Wie hieß der bloß?«

Per schmunzelte. »So gut kann er wohl nicht gewesen sein, wenn du dich nicht mal an den Titel erinnerst. Und wie ist es mit der Prüfung zum Meistergürtel? Wird da nächsten Frühling was daraus?«

Eriks Augen leuchteten. Er nickte eifrig.

»Ja, ich hoffe auf bessere Zeiten im Frühjahr. Muss bis dahin arbeiten wie ein Irrer, aber …«

Per betrachtete seinen Kollegen mit wohlwollenden Augen. Erik war direkt und geradlinig, langweilig, sagten einige dazu. Er war ein freundlicher Mensch und traute seinen Mitmenschen Gutes zu, bis sie ihm das Gegenteil bewiesen. Dann allerdings erlebten sowohl Verhaftete als auch Kollegen so manche Überraschung. Er war ein kompetenter Ermittler und erfolgreich bei Vernehmungen, gerade weil er Vertrauen und Mitgefühl ausstrahlte. Per zweifelte keine Sekunde daran, dass Erik die Prüfung zum Meistergürtel schaffen würde. Bei Nieselregen überquerten sie die Skånegatan. Der Dojo, wie die Halle hochtrabend genannt wurde, in der sich die Mitglieder des Kendoclubs abmühten, war eine Sporthalle mit Sprossenwänden, in der es nach Schweiß roch.

»Du warst doch bei den Ermittlungen in der Linnégatan dabei, oder? Der Fall, den Katarina geleitet hat?«, fragte Per wie nebenbei.

»Hmm«, antwortete Erik. Er schien mit den Gedanken woanders zu sein.

»Diese Ermittlungen waren ja in Rekordzeit abgeschlossen?«

Erik hob den Kopf.

»Ja, das kann man wohl sagen. Dabei war das Material ziemlich umfangreich, es gab ja auch den Verdacht, dass es eine Folge von mehreren Übergriffen gegeben hatte ... aber da haben wir nicht so viel gefunden. Außerdem wurden bei den ärztlichen Untersuchungen Fehler gemacht, darum ...«

Per sah den Kollegen interessiert an. Erik hatte den grimmigen Zug um den Mund, den er immer bekam, wenn er sich kritisch zu einer Sache äußerte. Erik war erst zufrieden, wenn alles so gut wie perfekt war.

»Fehler?«, hakte Per nach.

Erik machte eine entschuldigende Geste.

»Tja, du weißt schon, der Klassiker eben. Die Leute sind gestresst, es herrscht Massenhysterie. Ein Teil der Eltern war sehr aufgebracht und hat seine Kinder sofort untersuchen lassen.«

»Hmm, das heißt, die ärztlichen Untersuchungen wurden vor den Vernehmungen durchgeführt, und die Aussagen wurden damit hinfällig und nutzlos!«, stellte Per trocken fest.

Die Befragung von Kindern, die eventuell Opfer eines sexuellen Übergriffs geworden sind, war der schwierigste und heikelste Teil ihrer Arbeit. Kinder erinnern sich anders als Erwachsene, sie haben eine andere Begriffswelt. Vor allen Dingen aber haben Kinder keine sexuelle Erfahrung.

»Ja, du weißt doch, wie es ist.« Erik zuckte mit den Schultern. »Und dann ... tja, der Staatsanwalt hat ein hohes Tempo vorgelegt. Man konnte den Eindruck bekommen, dass die übrigen Verdachtsmomente ziemlich summarisch behandelt wurden. Wir hatten fast keine Zeit zur Verfügung. Und dieser Praktikant hat ja dann die Tat gestanden. Ein blasses Kerlchen. Und offensichtlich streng gläubig.«

»Du bist also der Ansicht, dass es zu schnell ging?« Per musste seinen Schritt beschleunigen, um mit dem Kollegen Schritt halten zu können.

»Na ja, zu schnell und zu schnell ... ich weiß nicht. Diese Spur hatte der Staatsanwalt ja von Anfang an. Aber wir hätten schon etwas mehr Zeit gebrauchen können ...«

»Und Katarina?«, fragte Per unschuldig.

Erik schnaubte.

»Ja, Katarina ... Sie hat auch keinen Sand ins Getriebe geworfen. Wie immer hatte sie von Anfang an eine klare Haltung zu dem Fall.«

»Aber er hat gestanden?«

»Jepp.«

»Und es dann vor Gericht wieder abgestritten?«

»Natürlich.« Erik grinste Per an. Sie betraten die Sporthalle und wurden empfangen von Schweißgeruch, Staub und lautem Gelächter.

# Kapitel 16

Das Fenster hatte drei Sprossen und teilte die Wirklichkeit draußen in schmale Streifen. Dunkle Wolken zogen in hohem Tempo über den stahlgrauen Himmel Richtung Süden. Die Kälte kroch in die Häuser, sobald der Tag sich dem Ende zuneigte. Aber die Zelle war so klein, dass Mattias' eigene Körperwärme die Temperatur erhöhte. Dort verkroch er sich, in seinem Kokon, wie ein Einsiedlerkrebs.

Als kleiner Junge hatte er einen Einsiedlerkrebs gehabt. Der hatte immerzu sein albernes, fremdes Gehäuse in Rosa und Weiß von irgendeiner Südseeinsel mit sich herumgeschleppt. Er hatte ihn Oskar getauft. Oskar besaß eine große Schere, mit der er einen Angreifer ganz ordentlich kneifen konnte, wenn er sich bedroht fühlte. Bei Gefahr zog er sich komplett in sein Schneckenhaus zurück und verschloss den Eingang mit seiner Schere. Als Oskar zu groß wurde für sein erstes Schneckenhaus, musste Mattias ein neues kaufen. Und in einem Moment, in dem sich der Krebs unbeobachtet fühlte, zog er in Windeseile mit seinem weichen, verletzlichen Hinterteil in die neue Behausung um.

Mattias sah auf die gegenüberliegende graue Wand, so wie er es die letzten drei Monate in der Untersuchungshaft getan hatte. Die Zeit dort hatte ihn zutiefst erschüttert, aber er hatte seine Ruhe gehabt, war allein gewesen mit seiner Scham, seinen Gedanken, Tränen und Gebeten um Gnade. Sah sein Gott einen Sinn in alldem? Mattias hatte auch in seiner Einsamkeit keine Antwort auf die Fragen erhalten. Aber er war wenigstens geschützt gewesen.

Hier konnte ihn nur noch die Zelle vor dem unvermeidbaren Sturz in den inneren Abgrund bewahren, hinab in die Hölle. Er litt unter den Blicken, wie die Männer ihn ansahen.

Am Ende hatte er seinem Gott den Rücken gekehrt. Er berührte das Halstuch, das ihm seine Großmutter geschenkt hatte, als sie den weiten Weg aus Göteborg auf sich genommen hatte, um ihn in seinem neuen Zuhause für die nächsten Jahre zu besuchen. In der Anstalt.

Er hatte ihr den Brief gegeben, als sie zerbrechlich und erschöpft bei ihm ankam, aber erfüllt von der selbstlosen Liebe, die sie immer für ihn empfunden hatte.

Jetzt blieb ihm nur die Hoffnung, Eva würde begreifen, dass er unschuldig war. Vor Gott war seine Seele rein.

Mattias lauschte, hörte Schritte, die sich näherten, spürte, wie der Wärter ihn durch die Türöffnung musterte und dann seines Weges ging.

Er zog das Telefonkabel aus der Hosentasche, befestigte es an einer Fenstersprosse und legte sich die Schlinge um den Hals. Der Abstand zum Boden war nicht groß, aber er würde nicht kämpfen.

# Kapitel 17

Als Eva sicher war, dass sich niemand im Haus aufhielt, ging sie in die Vorratskammer und holte den Notizblock aus seinem Versteck. Sie hatte ihn sich vor einiger Zeit gekauft, und er füllte sich langsam mit Notizen. Wie ein Dieb im eigenen Haus schlich sie damit zum Computer, griff nach dem Telefon und wählte die Nummer des Instituts für Psychologie der Universität Göteborg und fragte nach Peter Nyhlén.

»Ich würde ihn gern als Redner gewinnen, wenn das möglich ist«, flötete Eva mit ihrer lieblichsten Stimme. Natürlich sei das möglich, erwiderte die fröhliche Frau am Empfang und verband sie weiter mit seinem Sekretariat. Eva stellte sich als Karin Svensson vom Bezirksausschuss vor. Ob Peter Nyhlén für Vorträge zur Verfügung stünde? Ja, das würde er, er wäre häufig gebucht. Was für eine Überraschung, dachte Eva grimmig.

»Eine Kollegin von mir«, fuhr Eva eilig fort, »hat ihn nämlich im Mai bei einem Vortrag gehört, genauer gesagt am 6. Mai, und er soll so gut gewesen sein. Kann das Datum stimmen? Oder hat den Vortrag vielleicht jemand anderes aus Ihrem Institut gehalten?«

Die Frau am anderen Ende der Leitung murmelte vor sich hin, während sie in den Unterlagen blätterte. Nein, das könne doch nicht Peter gewesen sein. In jener Woche habe er Urlaub gehabt. Eva machte sich eine Notiz. Dann wählte sie dieselbe Nummer ein zweites Mal.

»Schönen guten Tag, mein Name ist Ann-Louise Andersson, und ich rufe von der Firma Geschäftsreisen.com an«, stellte sich Eva freundlich vor. Sie wolle sich erkundigen, wer die Reisebuchungen für die Angestellten tätige. Die Antwort war ein kleiner Seufzer, dann wurde sie weitervermittelt. Sie erfuhr, dass das Institut seit langem mit der Firma Nyman & Schultz zusammenarbeitete und äußerst zufrieden sei. Aber sie dürfe ihnen selbstverständlich gerne Material zukommen lassen. Danach googelte Eva das Reisebüro, die Wahrscheinlichkeit, dass Peter Nyhlén auch seine privaten Reisen dort buchte, war sehr groß. Sie wählte die Nummer.

»Hallo, ich bin Karin vom Institut für Psychologie, wir haben ein kleines Problem mit einer alten Rechnung ... ja, das ist leider nicht das erste Mal, könnte ich das ...?«

Das sei eigentlich kein Problem, hörte sie, aber Peter Nyhlén buche seine privaten Reisen nicht über dieses Reisebüro. Eva legte auf. Verdammt! Die erste Runde war ergebnislos geblieben. Zeit für die nächste.

Sie ging zu Kattis, die mit den Kindern spielte, fragte nach, ob es in Ordnung sei, wenn sie für eine Weile wegführe. Kattis lächelte ihr aufmunternd zu. Eva zog sich an, gab den Kindern einen Kuss, ignorierte den Stachel des schlechten Gewissens und setzte sich in den Wagen.

Als sie kurze Zeit später am Frölunda Torg vorbeifuhr, sah sie das Schild der Mandolingatan. Aber welcher der Wohnblocks hatte die Hausnummer 56? Sie parkte und schlenderte die Straße entlang, betrachtete die Häuserfronten der Wohntürme, groß und breit, wie feuerrote Pfeile im Grün.

Eva war zum ersten Mal in dieser Gegend. Hier war alles wesentlich weitläufiger als sie gedacht hatte. Sie blinzelte in den Himmel, an dem kleine, zarte Wölkchen schwebten. Die Luft war klarer und trockener als in den vergangenen zwei Monaten. Weiter im Süden sah sie hinter den Hügeln und Häuserdächern, die sich nach dem braunschwarzen Wald erhoben, das Meer schimmern. Das Krankenhaus von Frölund leuchtete in strahlendem Weiß, die Fensterscheiben reflektierten das Licht.

»Hallo, wie heißt du?«, sagte eine Kinderstimme. In einem Sandkasten saßen zwei Mädchen, Barbiepuppen und Pferde lagen neben ihnen im Sand. Eva stellte sich vor und wollte weitergehen.

»In unserem Haus hat es gebrannt!«, sagte das eine Mädchen plötzlich, sie hungerte offenbar nach ein bisschen Aufmerksamkeit.

»Ach wirklich?«, erwiderte Eva ein bisschen zerstreut.

»Jaaa … das hat es, in unserem Haus! Wir mussten mitten in der Nacht raus und wohnen jetzt bei Oma, dort drüben.« Die kleine Hand zeigte energisch in die Richtung der niedrigeren Wohnhäuser. »Es hat bei dem ekeligen Onkel nebenan gebrannt, hat Mama gesagt.«

Mit plötzlich erwachtem Interesse betrachtete Eva das kleine, zufrieden strahlende Gesicht.

»In welchem Haus wohnst du denn?«, fragte sie freundlich.

»Na, hier, in der Mandolingatan 56«, antwortete die naseweise kleine Dame und kam auf Eva zu.

»Könntest du mir das Haus mal zeigen?«, fragte Eva. Das Mädchen leuchtete vor Stolz. Sie hatten kaum das Gebüsch umrundet, das den Sandkasten einrahmte, da schlug ihnen der Rauchgestank schon entgegen. Eva sah an der Hauswand empor. Im vierten Stock klaffte ein schwarzes Loch, umgeben von Rußschleiern. Sie betraten das Treppenhaus, kletterten über das Absperrband der Polizei. Im Treppenhaus stank es nach Brand, das Wasser in den Pfützen an den Treppenabsätzen war schwarz, die Stufen waren übersät mit Fußspuren und die Wände mit grauen Handabdrücken. Eva stieg langsam die Treppe hoch, die Mädchen folgten dicht hinter ihr, gespannt und leise. Als sie den vierten Stock erreicht hatten, sahen sie das Ausmaß des Feuers. Die Tür der Wohnung war geborsten und lag zersplittert am Boden, die Scharniere hingen noch in der Angel, und der Wohnungsflur war kaum mehr als eine undeutliche schwarze Masse, in der lediglich die Konturen einer Garderobe, eines Schuhregals und eines schwarzen Stuhls zu erkennen waren.

»Wir wohnen hier!«, flüsterte das Mädchen nervös und zeigte auf die gegenüberliegende Wohnungstür. »Aber wir dürfen noch nicht wieder zurück.« Ihre Augen glänzten vor Aufregung.

»Wer hat denn dort gewohnt?«, fragte Eva beiläufig und zeigte in den schwarzen Schlund.

»Mattias, der war ganz lieb und …« Die Freundin des Mädchens stieß ihr in die Seite. Ein beschämter Augenaufschlag war die Folge. »Er war ein böser Mann, hat Mama gesagt.« Eva versuchte, mehr aus den Mädchen herauszubekommen. Aber die beiden schienen weder zu wissen, was mit dem »böse« gemeint, noch was geschehen war. Sie wussten nur, dass Mattias nicht mehr dort wohnte.

Kurze Zeit später stand Eva an ihrem Auto und betrachtete das Haus mit seinem schwarzen Fensterloch. Wie ein ausgestochenes Auge sah es aus. Wer hatte Mattias' Wohnung in Brand gesteckt? Eva sah den aufgebrachten Vater aus dem Kindergarten vor sich, der wütend gedroht hatte, Mattias umzubringen. Vielleicht hatte er für seinen Zorn kein anderes Ventil gefunden? Oder hatten die Nachbarn die Stimmung gegen ihn so aufgeheizt? War es nur ein Dummejungenstreich gewesen? Oder sollte damit etwas anderes verschleiert werden?

Als sie ihr altes Viertel Linnéstaden erreichte, verschwand die Sonne hinter den Wolken und alles versank in ein gleichmäßiges Grau. Eva wurde nervös, die Bilder der Erinnerung versuchten sie von dort zu vertreiben. Aber sie wollte das tun, worum Tomas sie gebeten hatte. Ein weiteres Mal den Hof ihres ehemaligen Zuhauses betreten. Sie stieg aus dem Wagen und näherte sich ganz langsam dem Haus, einen Schritt nach dem anderen.

Plötzlich stand sie vor der Tür. Alles war wie immer und doch wieder nicht. Das Tor, aus dem sie mit dem Kinderwagen gestürmt war, türmte sich vor ihr auf. Wie ein riesiger, breiter Mund in der Backsteinmauer, das Maul des Hausmonsters.

Die Tür ging auf, und ein junger Mann, den Eva nicht kannte, quetschte sich mit seinem Fahrrad durch die Öffnung. Eva hielt ihm die Tür auf und glitt hinein. Dort blieb sie still stehen, lauschte ihrem Puls, der im Durchgang ein Echo zu erzeugen schien.

Zögernd bewegte sie sich, spürte, wie sich die Haut auf ihrem Rücken spannte. Alles war so vertraut, nichts schien sich geändert zu haben, nur dass der Hof jetzt herbstlich und kalt war. Die Wärme des Sommers war verflogen, auf den Steinplatten lag altes Laub, und im Sandkasten saß kein Kind und spielte.

Wie eine Betrunkene stolperte Eva zur Bank neben dem Sandkasten, wo sie immer gesessen und Sebastian beim Spielen zugesehen hatte. Sie sank auf die Sitzfläche, legte die Hände vors Gesicht und ließ den Tränen freien Lauf, leise und ausgiebig.

Es war warm gewesen an dem Tag, die Sonne hatte in Sebastians Haaren gespielt. Sie war so müde gewesen, diese Stillmüdigkeit, die Naht des Kaiserschnitts hatte gebrannt. Sie war aufgestanden, um Julia zu holen, war zum Tor gegangen. Das alles hatte nicht länger als ein paar Minuten gedauert.

Eva schloss die Augen, Sonnenstrahlen fielen durch die Fingerritzen, wurden zu roten Lichtstreifen auf den Augenlidern. Sie war mit dem Baby und dem Kinderwageneinsatz im Arm die Treppe hinuntergegangen, das Gestell stand unten im Treppenhaus, hatte den Einsatz eingesetzt, war in den Hof gegangen und hatte den Sandkasten leer vorgefunden. Und dann? Das Tor, die Straße, alles drehte sich im Kreis, flackerte … Verdammt, sie konnte sich nicht erinnern!

Langsam versiegten die Tränen. Mühsam erhob sich Eva, drückte die Klinke der Tür zum Treppenhaus herunter, aber die war verschlossen. Zögernd, müde und enttäuscht blieb sie stehen, ließ ihren Blick über den Innenhof wandern.

»Was für eine Überraschung, ist das nicht Frau Seger?«

Eva zuckte zusammen, plötzlich stand ihre ehemalige alte Nachbarin neben ihr. Klein und gekrümmt, mit weißem krausen Haar. Wie immer hatte sie sich fürs Einkaufen zurechtgemacht und war tadellos gekleidet, trug einen hübschen Rollkragenpullover und Lederjacke. Sie lächelte Eva freundlich an, was ihr zartes Gesicht mit vielen kleinen Falten schmückte. Auch die Augen glitzerten freundlich. Eva zwang sich, das Lächeln zu erwidern, ergriff ihre Hand, sie war kalt und weich. Sie hoffte, dass ihre Mascara nicht verlaufen war.

»Was ist das für ein Wetter gewesen in letzter Zeit, viel Licht haben wir ja nicht gehabt. Sie sehen ein wenig blass aus, Frau Seger, Sie sitzen doch nicht den ganzen Tag im Haus?«

Eva lachte unwillkürlich. Nein, sie säße nicht den ganzen Tag im Haus, aber viel Licht habe es in letzter Zeit tatsächlich auch nicht gegeben.

»Wie geht es Ihnen?«, fragte Eva. Sie sah den gebeugten Rücken und die sehr schmalen Handgelenke. Die Nachbarin winkte ab, klagte ein bisschen über die vielen Treppenstufen, den furchtbaren Aufzug, der immerzu defekt war, darüber, dass die Miete wieder erhöht worden und dass der Weg zu den Geschäften so weit sei. Sie weigerte sich standhaft, über einen Rollator nachzudenken, und über einen Einkaufstrolley musste erst gar nicht geredet werden.

Frau Persson zeigte mit knochigen Fingern auf die andere Straßenseite.

»Aber jetzt hat ja zum Glück der freundliche Ahmed hier in der Sveagatan ein Geschäft aufgemacht.« Sie klopfte auf die prall gefüllte Tüte in ihrer Hand.

»Er ist so nett, hat wunderbares Gemüse, er selbst kommt aus dem Irak, ja, er hat es auch nicht leicht gehabt. So ein Leben, es ist doch wichtig, dass wir uns um diese Leute kümmern.«

Eva musste unweigerlich lächeln. Sie bot an, ihr die Einkäufe nach oben zu tragen. Frau Persson strahlte vor Dankbarkeit und lud sie gleich zum Kaffee ein. Eva zögerte, obwohl sie über drei Jahre lang Nachbarn gewesen waren, hatte sie nie einen Fuß über die Türschwelle der alten

Dame gesetzt. Aber dann entschied sie, dass es nicht schaden konnte.

Wie erwartet funktionierte der Aufzug nicht, und sie mussten sich die vielen Stufen nach oben kämpfen. Frau Persson arbeitete sich verbissen Absatz für Absatz hoch, die knöcherne Hand umklammerte das Geländer so fest, dass alles Blut aus den Knöcheln wich. Als sie den vierten Stock erreichten, spürte Eva einen Anflug von Angst, mit Ekel betrachtete sie ihre ehemalige Wohnungstür. Es hing ein neues Namensschild aus Messing daneben. Im Treppenhaus war es ansonsten völlig ruhig.

»Bitte, treten Sie ein«, sagte Frau Persson und ließ Eva den Vortritt.

Der Geruch von alten Menschen, abgestandener Luft und staubigen Möbeln schlug ihr schon im Flur entgegen. Die Wohnung war eigentlich hell, aber mit altmodischen Tapeten und schweren Gardinen verdunkelt. Eva hatte das Gefühl eines Déjà-vu, die Ähnlichkeiten mit der Wohnung von Mattias' Großmutter waren frappierend. Aber dann erkannte sie, dass der erste Eindruck täuschte. Nur das Gefühl von Stickigkeit, Einsamkeit und vollgestopften Zimmern war vergleichbar.

Eva folgte Frau Persson in die Küche und half ihr, die Einkaufstüte auszuräumen. In der Küche saßen in allen Regalen kleine Amorfiguren, Engel und Püppchen, die den Besucher musterten. Auch die Arbeitsfläche neben der Spüle war mit Zeug vollgestellt: Skulpturen, Kerzenständer und Seidenblumen, ein Messerblock, der ganz offensichtlich nicht mehr in Gebrauch war, und eine schmutzig gelbe Küchenmaschine aus den Siebzigern. Daneben lagen getrocknete Blumen in Körben, silberne Vasen, silberne Dosen, verstaubte Gelkerzen in Champagnergläsern mit Goldverzierung. Eva bekam kaum noch Luft, der Staub kitzelte in ihrer Nase.

Frau Persson setzte Kaffeewasser auf und zauberte in einer beeindruckenden Geschwindigkeit Kekse hervor.

»Das ist schon lange her, dass wir uns gesehen haben. Wie geht es dem Kleinen?«

Eva wusste zuerst nicht, ob sie Sebastian oder Julia meinte, deshalb antwortete sie einfach, dass alles gut sei. Sie trugen Kaffee und Kekse ins Wohnzimmer, ein schönes Zimmer mit üppigem Stuck. Der Raum war eine spiegelverkehrte Kopie ihres alten Wohnzimmers, von dem zwei weitere Räume abgingen, die durch zwei hohe, schöne Doppeltüren getrennt waren. Die hohen Fenster waren von schweren Samtvorhängen verdeckt. Überall im Zimmer verfing sich das Tageslicht in Gold und Kristall, in Gold gerahmten Spiegeln, Wandleuchtern, einem Kristalllüster über dem Esstisch. Dazu gab es Glasfiguren, Sammlerteller an allen Wänden, schwimmende Porzellanschwäne mit rosa Seidenblumen auf dem Rücken, mit Kristall bestückte Vitrinen, beleuchtete Gondeln aus Venedig, Urnen mit griechischen Göttern im Profil. Ein Leben voller Kitsch.

Eva saß reglos in ihrem Stuhl, nickte mitfühlend, während Frau Persson sich über die Genossenschaft beklagte, die alles bestimmte. Sie zahlte ja Miete an sie. Ach, was, das wisse sie nicht? Nein, aber jetzt hätten sie die Miete schon wieder erhöht. Das sei fürchterlich, alles würden die bestimmen.

Eva entspannte sich zusehends, lauschte ohne zuzuhören, nickte, lächelte, nahm einen Keks, der sowohl frisch als auch sehr lecker war, ob die selbst gebacken waren?

»Oh nein, die sind von Ahmed. Seine Frau backt die, ein Rezept aus dem Irak, aber gut sind die allemal.«

Plötzlich strahlte das Gesicht von Frau Persson.

»Aber sagen Sie, haben Sie nicht ein Kind erwartet?«

Eva war zuerst verwirrt.

»Ja … doch, wir haben noch eine Tochter bekommen, wir haben sie auf den Namen Julia getauft.«

»Oh ja, natürlich, verzeihen Sie einem alten Menschen, aber die Erinnerung lässt langsam nach. Sie sind doch vor gar nicht langer Zeit erst weggezogen, oder?«

Eva nickte.

»Tja, seitdem habe ich andere Nachbarn, von denen sieht man sehr wenig, die arbeiten wohl auch so viel, wie es heutzutage alle tun.«

Frau Persson schlürfte ihren Kaffee. Eva probierte ihren auch, er schmeckte ausgesprochen gut.

»Wir wohnen im Moment draußen in Hovås, bis wir was Eigenes gefunden haben«, erklärte Eva und bemerkte, dass sie überdeutlich sprach.

»Oh, das erinnert mich an etwas!«, rief Frau Persson aus, sprang auf und verschwand in dem angrenzenden Raum, um Sekunden später mit einem rosa Spielzeug zurückzukehren.

Eva erstarrte, sie hörte den Klang von hartem Plastik, das eine Glastischplatte berührte, ein kleines rosa, viereckiges Spielzeugauto mit gerippten, weißen Reifen, noch grau von Sand und Erde. Eva spürte Übelkeit in sich aufsteigen, Kaffee und Kekse drückten plötzlich im Hals. Sie starrte das Auto an, ihr Herz raste. Reiß dich zusammen, Eva, ermahnte sie sich. Es ist nur ein Plastikauto, ein Spielzeug, alles andere sind Bilder und Erinnerungen.

»Ich habe das Auto draußen im Hof gefunden«, erzählte Frau Persson. »Ich dachte mir, dass Sebastian sein Auto vielleicht vermisst, er hat ja so oft damit gespielt«, lächelte sie. »Der kleine junge Mann hatte wirklich eine Vorliebe für Autos.« Sie nahm erneut einen Schluck Kaffee, schlürfte hörbar. Dann erblasste sie.

»Das wird an dem Tag liegengeblieben sein … Es tut mir so furchtbar leid, dass ich nichts dagegen tun konnte.«

Eva zuckte zusammen, riss den Blick von dem Spielzeugauto los und sah stattdessen ihre Nachbarin durchdringend an. Ein Unbehagen kroch ihr den Rücken empor.

»Frau Persson …« Die Frau sah hoch, lächelte sie freundlich an. »Haben Sie den Unfall gesehen? Als ich auf die Straße lief?«, fragte Eva atemlos.

»Unfall? Nein, davon weiß ich nichts, was ist passiert?«

Eva schloss die Augen, hielt den Atem an. Lieber Gott. Sie musste sich konzentrieren, um ihre Stimme unter Kontrolle zu behalten.

»Was meinten Sie denn gerade, Frau Persson?«

Plötzlich stiegen der alten Frau Tränen in die Augen.

»Ja, ich habe mich so geschämt, als die Polizei vor der Tür stand. Sie sagten mir, dass Sebastian mit jemandem mitgegangen sei. Ich habe das zuerst nicht verstanden … Dachte ja, dass es ein Bekannter von Ihnen gewesen sei, verstehen Sie?« Frau Persson sah Eva flehend an, eine kleine Träne lief ihr über die Wange.

Eva atmete durch den Mund. »Ein Bekannter?« Ihre Stimme hatte etwas Schrilles.

»Ja, er sah ja so nett aus. Das habe ich auch der Polizei gesagt, dass er sehr gepflegt ausgesehen hat, sie sind ja auch Hand in Hand gegangen … man will sich doch auch nicht ungebeten einmischen. Mir tut es so furchtbar leid, meine Liebe.«

Ihre Augen quollen über vor Tränen, sie blinzelte sie weg, setzte sich in ihrem Stuhl auf. Eva konnte keine Luft holen, sie hatte das Gefühl, ihr Kopf würde platzen.

»Ich verstehe Sie, Frau Persson, ich mache Ihnen keine Vorwürfe. Gepflegt, sagen Sie? Erinnern Sie sich daran, wie er aussah?«

»Nicht so richtig«, gab Frau Persson beschämt zu. »Schöne Kleidung, schöne Schuhe … ja, elegant. Dunkelhaarig und gut aussehend.« Sie errötete ein wenig.

Eva riss unwillkürlich den Mund auf, wollte sich einen Keks nehmen, der fiel ihr aus der Hand auf den Boden. Dunkelhaarig und gutaussehend. Hatte sie richtig gehört? Mattias war fast weißhaarig. Sie war gezwungen nachzuhaken, Frau Persson erneut danach zu befragen. Sie bestätigte unbeirrbar, dass der Mann dunkelhaarig gewesen sei und dass sie das genau so auch der Polizei gesagt habe.

»Entschuldigen Sie bitte, Frau Persson, dass ich so neugierig bin, aber könnten Sie in etwa sagen, wie alt der Mann gewesen ist?«

»Wie alt? Ach, meine Liebe, darüber sollten wir nicht reden. Die Zeit vergeht so schnell, da kommt man gar nicht hinterher. Wie alt ist Sebastian denn jetzt?«

Ihre blauen Augen strahlten Eva offenherzig an. Plötzlich juckte es Eva fürchterlich auf dem Rücken, am liebsten hätte sie sich die Kleider vom Leib gerissen und gekratzt oder, besser noch, die alte Dame geschüttelt, um sie aus ihrer Senilität zu rütteln.

»Sebastian ist jetzt zwei Jahre alt«, sagte Eva überdeutlich. »Im Frühling hatte er Geburtstag, wir haben die Feier hier unten im Hof veranstaltet, Sie sind damals auch dazugekommen und haben ihm ein Geschenk gebracht. Erinnern Sie sich?«

Der Blick der alten Frau ging ins Leere.

»Ach, wie die Zeit vergeht«, sagte sie wehmütig und bemühte sich um ein Lächeln.

Eva bekam keine Luft mehr, sie musste so schnell wie möglich raus.

Frau Persson erhob sich, womöglich erleichtert, und brachte sie zur Tür.

»Richten Sie Ahmed bitte aus, dass seine Frau hervorragende Kekse macht«, sagte Eva mit heiserer Stimme. »Und haben Sie vielen Dank für das Spielzeugauto. Sebastian wird sich ganz bestimmt darüber freuen.«

Ein sehnsüchtiges Glitzern tauchte in Frau Perssons Augen auf, Eva spürte, wie sich ihr Hals vor Kummer zuschnürte.

»Ja, er wird sich bestimmt sehr freuen, der Ahmed ist so ein fröhlicher Mensch. Merkwürdig, obwohl sie es so schwer im Leben gehabt haben. Machen Sie es gut, meine Liebe. Schauen Sie gerne wieder vorbei, es ist schön, Besuch zu bekommen. Wann ziehen Sie um? Wollten Sie nicht umziehen?«

Eva rang sich ein Lächeln ab und nahm die zerbrechliche Hand der alten Dame in ihre, drückte sie vorsichtig.

»Wir sind schon umgezogen, Frau Persson.«

Die Alte lächelte verwirrt, hob dann die Hand, winkte Eva zu und schloss die Tür.

Zuerst blieb Eva reglos stehen, Tränen stiegen ihr in die Augen, dann ging sie langsam die Treppen hinunter, hinaus in den Hof. Das Spielzeugauto lag in ihrer Hand, sie strich zerstreut Sand von den Reifen. Da spürte sie ein Stechen auf ihrer Wange. Sie wurde beobachtet.

Sie hob den Kopf und sah an der Fassade des Nachbarhauses hoch, im zweiten Stock glitt eine Gardine zurück. Der Wind fegte durch den Hof, kalt und feucht. Zwei Fenster der Wohnung gegenüber waren mit schwarzem Plastik verklebt, vielleicht waren es Plastiktüten? Die Scheiben waren lange nicht geputzt worden. Wer wohnte dort? Eva versuchte sich an die Mitglieder in der Genossenschaft zu erinnern, an die Protokolle. Es gab gar nicht so viele Wohneinheiten in jedem Stockwerk. Sie schloss die Augen. Ein schlanker, dunkelhaariger Mann? Nervös? Immer eine hässliche Aktentasche unter dem Arm und mit fahrigen, schmalen Händen – wie Peter Nyhlén. Und er hatte auch an einigen der Grillfeste teilgenommen. Svante irgendwas? Du lieber Gott, wie konnte sie nur so dumm sein! Es musste ja niemand den Täter in den Hof gelassen haben, wenn er schon dort wohnte.

# Kapitel 18

»Hey, Meister. Bist du bald so weit?« Erik Fahlén schob seinen Kopf durch den Türspalt. Per Henriksson sah von seinem flimmernden Bildschirm auf und nickte müde. Ja, er war bald so weit. In Kürze würde sich die Schlinge um eine Gruppe von Pädophilen zuziehen, die im Internet kinderpornographisches Material austauschten. Sie verfügten über ein gut organisiertes Unternehmen, über das sie Filme vertrieben und sogar Kontakte zwischen Pädophilen und ihren Opfern vermittelten. Die Ermittlungsarbeit hatte Monate gedauert und einen solchen Berg an Papier erzeugt, dass Henriksson der Ansicht war, sie müssten als Dank für die tatkräftige Förderung der lokalen Forstwirtschaft die Unterstützung eines EU-Fonds erhalten.

Mit einer lässigen Geste bat er Fahlén hereinzukommen, kehrte mit dem Blick zurück in die Zeile, in der er stehen geblieben war, las den Absatz zu Ende und machte sich eine Notiz. Erik grinste ihn frech an und legte seine Füße auf die Papierstapel auf Pers Schreibtisch.

»Zum Teufel, ihr seht langsam alle aus wie zu groß gewordene Kaninchen mit rot geäderten Augen und diesem hochnäsigen Zug um den Mund, den man bekommt, wenn man zu viel Salat und Sushi isst!«

Per seufzte, statt zu antworten.

»Wie läuft es denn?«, fragte Erik, jetzt mit ernstem Gesicht und einem neugierigen Glitzern in den Augen.

»So wie es aussieht, wird das reibungslos über die Bühne gehen. Bis jetzt ist es uns gelungen, die Schweine in Unwissenheit zu lassen. Die Briten machen einen fantastischen

Job und die Amis auch. Und die Kollegen in Stockholm erst, was für eine Drecksarbeit, die mussten sich Tausende von Fotos ansehen, eines schlimmer als das andere, die Kinder ausfindig machen, ihre Identität ermitteln, das soziale Milieu überprüfen … Zum Teufel!«

Per lehnte sich zurück. In vier Tagen würden sie zuschlagen, wenn alles nach Plan lief. Die Zeit war meistens zu knapp, und es war heikel, so viel Information wie möglich für so viele Beteiligte wie möglich geheim zu halten. Per streckte sich und verzerrte das Gesicht vor Schmerzen zu einer Grimasse. Beim letzten Training hatte er einiges einstecken müssen.

»Wir haben acht Schweine aus Schweden ausfindig machen können, die dem Ring angehören, und sechzehn Dänen. Wie immer, was ist bloß mit den Dänen los?« Die Frage war an niemanden adressiert, sondern blieb einfach in der stickigen Luft von Pers Büro stehen.

»Der Alkohol, Per«, antwortete Erik trocken und rieb sich die schwieligen Hände. »Die können mir erzählen, was sie wollen über die dänische Seele, aber ich bin der Meinung, dass Alkohol und Drogen einfach nicht zu einer kulturell gesunden und zivilisierten Gesellschaft beitragen.«

Per lachte, er hielt auch wenig von der dänischen Gemütlichkeit, zu oft hatte er die Kehrseite der Medaille sehen und erleben müssen.

»Es geht also voran?«, hakte Erik nach.

Per nickte.

»Jepp. Das FBI wird in vier Tagen zuschnappen. Soweit ich das verstanden habe, handelt es sich um ein Ehepaar mittleren Alters aus dem Mittleren Westen, die mit dem Kinderpornohandel mehrere Millionen Dollar im Jahr verdient haben. Ist das zu fassen? Sie wollen bei sechzig Kunden in den USA gleichzeitig zuschlagen. In England, Deutschland und Österreich sind es an die dreißig.«

»Tja, meinetwegen dürfen die gerne das gesamte Internet ausschalten«, brummte Erik, woraufhin Per laut auflachte.

»Und bitte wie soll das gehen? Was schlägst du vor?«

»Na ja …« Erik machte ein ratloses Gesicht. »Vielleicht sollten die den großen himmlischen Stromstecker rausziehen. Du gehörst bestimmt zu denen, die sagen, dass das Internet eine demokratische Institution ist und wir das Recht des Einzelnen verteidigen müssen, schmutzige Geschäfte zu machen und so viel Scheiß in Nullen und Einsen durch den Äther zu jagen, wie sie wollen. Oder was?«

Per lächelte gequält.

»Also, mein Lieber. Bist du nur als Störsender reingekommen, oder hattest du was Sinnvolles zu sagen?«

Per schob die Maus über das Pad und schielte aus dem Augenwinkel zu seinem Kollegen, der auf seinem Besucherstuhl fläzte und aussah wie ein gutmütiger Fleischklops, die Schuhe bedenkenlos auf seine Papierstapel abgelegt.

»Ach, frech bist du auch noch?«, Erik schnaubte, bohrte in der Nase und sah hoch zur Decke. »Nein, eigentlich wollte ich dir nur die guten Neuigkeiten mitteilen, dass wieder ein Nazi seine Vernunft hat walten lassen, dank unserer unendlichen Fürsorge und Güte. Du hast mich doch wegen der Ermittlungen in der Linnégatan befragt! Diese Idioten haben ja gegen den Verurteilten eine Morddrohung ausgesprochen und die Allgemeinheit dazu aufgerufen, Schwule und Pädophile zu verprügeln oder sie anzuzünden.«

»Ich gebe zu, dass ich gar nicht viel dagegen habe«, fügte Erik hinzu. »Diese Schweine sollen gern was abbekommen. Die Engländer machen es richtig, die zeigen diese netten Pädophilen mit Foto, Adresse und allem Drum und Dran im Internet.«

»Ja, stimmt genau«, erwiderte Per scharf. »Und die Nachbarn stecken dann ihre Häuser in Brand oder prügeln sie krankenhausreif.« Er warf seinem Kollegen einen ironischen Blick zu. An einigen Tagen wusste er, dass es keine Lösung war, an anderen war er sich da nicht mehr so sicher.

Erik sah aus wie eine zufrieden schnurrende Katze.

»Ja, du hast ja so recht. Du hast gar keine Ahnung, wie recht du hast.«

»Wie meinst du das?«

»Irgendein Typ hat die Wohnung von diesem Linnégatan-Pädophilen angesteckt, hat 'nen Brandsatz durch den Briefschlitz geworfen. Der ganze Aufgang musste evakuiert werden, aber in der Zeitung stand wohl nicht mehr als eine kurze Notiz.«

Erik quälte sich aus dem Sessel. In der Tür drehte er sich noch einmal um.

»Die Schleimsäcke hatten ja auch schon die Eltern aufgespürt, das gesamte Haus wurde eingesprüht, das Auto demoliert. Der Vater des Angeklagten ist, soweit ich weiß, ein Pfarrer der Freikirche gewesen. In seiner Kirche in Borås haben die auch gewütet wie die Wahnsinnigen, obwohl er schon seit Ewigkeiten nicht mehr als Geistlicher dort arbeitet.«

»Hmm, warum bloß?«, wunderte sich Per.

»Tja«, antwortete Erik und schürzte die Lippen. »Das ist eine sehr gute Frage. Die Schikanierung der Pfarrersfamilie war ja schon im Sommer, das ist lange her. Aber die Wohnung in Frölunda wurde erst vor einer knappen Woche in Brand gesteckt. Vielleicht hatten die Nazis davor zu viel Bier gesoffen und waren schlapp. Oder aber einer hat so lange gebraucht, um genug Mut dafür zu fassen.«

Erik salutierte und entschwand.

Per sah seinem Kollegen hinterher. Warum hatte ausgerechnet jetzt jemand die Wohnung des Angeklagten in Brand gesteckt, nachdem das Urteil schon gesprochen worden war? Die Morddrohungen und Aufrufe, Jagd auf Pädophile zu machen, kursierten bereits seit dem Sommer im Netz. Per rieb sich die Stirn und wandte seine Aufmerksamkeit wieder dem Bildschirm zu. Die letzten Puzzlestücke mussten jetzt, so schnell es ging, an ihren richtigen Platz. Es hatte den vagen Verdacht gegeben, dass auch ein schwedisches Kind auf den Fotos zu sehen war, aber bisher hatten sie keinen Beweis dafür gefunden. Sie würden sich auf drei Männer aus der Provinz Västra Götaland konzentrieren, die sich Filme heruntergeladen und mit ihrer Kreditkarte bezahlt hatten!

Ein weiteres Mal überflog er die Angaben über den Kopf des dänischen Ablegers der Organisation. Der Mann war dreiundfünfzig, verheiratet, hatte drei Kinder und arbeitete in der Verwaltung seiner Heimatstadt, war Beamter im engen Arbeitskontakt mit der Einwanderungsbehörde. Die schrecklichsten Aufnahmen zeigten ihn selbst, wie er in einem Kreis von mehreren Männern seine eigene fünfjährige Tochter missbrauchte. Die rotgesichtigen Fettsäcke saßen am Tisch, auf dem Sofa, auf Stühlen, überall lagen Flaschen, Sexspielzeug, Kinderkleidung, Zigaretten, Hasch.

Dazwischen der kleine Kinderkörper, der behandelt wurde wie ein Sack, struppiges Haar, große leere Augen. Die Aufnahmen des kleinen Mädchens waren bereits mehrfach um die Welt geschickt worden. Bald würden die Schweine, die ihr das angetan hatten, hinter Gittern sitzen und für immer aus ihrem sozialen Netz gerissen werden, Familien zerstört werden. Das Kind aber hatte für alle Zeit sein Vertrauen verloren, war jeder Sicherheit beraubt worden und musste den Rest seines Lebens mit dem Wissen leben, dass die Beweise seiner Erniedrigung bis in alle Ewigkeiten im Cyberspace existierten.

Natürlich war es nicht richtig, die Identität von Pädophilen öffentlich zu machen. Es war nicht richtig, den Mob Amok laufen zu lassen, die Schuldigen den Folgen von Brandschatzung und Verfolgung auszusetzen. Aber wer verhinderte, dass das Opfer diese Grausamkeiten erleiden musste? Per beschloss, sich den so genannten Linnéfall und den damit einhergehenden Brandanschlag genauer anzusehen. Es schadete ja nichts, und womöglich gewann er sogar neue Erkenntnisse.

Er streckte sich und zog die Schultern nach hinten, dabei knackte es beunruhigend laut in seinem Nacken, er saß krumm wie ein Geier vor dem Computer. Erneut sah er auf die Uhr, sein Magen hatte vernehmlich geknurrt, es war Zeit für ein Mittagessen. Ein kurzes. Sie hatten ein Meeting um ein Uhr anberaumt, um die verbleibenden losen Fäden zusammenzufügen, Grenzen und Ziele für die nächsten Tage zu formulieren, bis die große Bombe platzen würde. Die Spuren, die sie bis dahin nicht erschließen konnten, würden vorerst vielleicht unentdeckt bleiben. Aber sie würden jederzeit tiefer in diesem Sumpf weitergraben können, es war ein bodenloser Abgrund, immer mehr Dreck und weitere Opfer würden zutage treten, noch mehr Querverbindungen sich ergeben und noch mehr dubiose Gestalten ans Licht gezerrt werden. Ein bodenloser, stinkender Abgrund.

Sushi? Per stellte sich den Geschmack im Mund vor, und ihm wurde übel. Pizza? No way! Salat? Plötzlich hatte er unglaublichen Appetit auf indisches Essen. Warum nur hatte sein Lieblingsinder diese idiotische Idee gehabt, sich von allen gottverlassenen Orten ausgerechnet in der Andra Långgatan niederzulassen? Speichel sammelte sich in seinem Mund. Tikka Masala mit Naanbrot und einem kalten Cobra. Obwohl es für Bier noch zu früh war. Oder doch lieber Begum Bhara als Hauptgericht? Hühnchen in einer wunderbaren Soße, so verdammt lecker. Aber stattdessen fuhr Per fort, den Faxstapel aus England durchzusehen, und verließ schließlich sein Büro kurz vor eins mit leerem Magen.

Nach dem Meeting aber hatte sich der Gedanke an indisches Essen in Besessenheit verwandelt. Per lieh sich das Fahrrad von seiner Kollegin Anja aus der kriminaltechnischen Abteilung und fuhr, so schnell er konnte, durch den Nieselregen am Kanal entlang und lehnte das Fahrrad schließlich an die Hauswand des Restaurants. Der Besitzer schüttelte wie immer lächelnd über seinen stürmischen Gast den Kopf. Auf dem Rückweg fuhr Per allerdings vorsichtiger, weil die Tüte mit dem Essen gefährlich nah ans Vorderrad kam. Dann rannte er durch die Flure, gefolgt von neugierigen Blicken und sehnsüchtigen Schnuppergeräuschen, stellte den Karton auf den Schreibtisch, riss den Deckel ab und begann sowohl gierig als auch genüsslich zu essen.

Da klingelte das Telefon, war es schon das hundertste Mal an diesem Tag? Per warf dem hässlichen Gerät einen wütenden Blick zu, dann nahm er den Hörer ab, zerkaute das Stück Hühnchen in seinem Mund und schluckte es hinunter.

»Per Henriksson.«

»Guten Tag, ich heiße Eva, Eva Seger. Ich bin Karins Schwester.« Ihre Stimme ähnelte der ihrer Schwester, aber sie klang wesentlich angespannter, nervöser. Per blinzelte. Zuckte dann zusammen! Ja, natürlich!

»Entschuldigen Sie bitte, Eva. Natürlich, Sie sind Karins Schwester.« Er schluckte erneut und leckte sich über die Lippen, die ganz taub waren von der Schärfe.

Eva konnte hören, dass der Mann am anderen Ende der Leitung unter Stress stand. Sie hätte ihn nicht stören sollen. Er hatte vermutlich weitaus wichtigere Dinge zu erledigen. Sie unterdrückte einen Seufzer.

»Es tut mir leid, wenn ich ungelegen anrufe?« Eva ließ den Satz in der Luft hängen, erhielt aber keine Antwort. »… aber meine Schwester sagte mir, dass Sie … dass ich Ihnen Fragen zu dem Fall stellen könnte …« Ihr gingen auf einmal die Worte aus. Plötzlich spürte sie Wut in sich aufsteigen. »Na ja, Sie wissen ja, wer ich bin. Und wenn ich gleich zur Sache kommen darf …«

»Aber selbstverständlich, kein Problem …« Sorgfältig legte Per den Deckel auf die Box, fühlte sich mit einem Mal müde und kraftlos.

»Ich bin die Mutter des Jungen, der im Mai dieses Jahres aus einem Innenhof in der Linnéstaden entführt wurde«, fuhr Eva beharrlich fort. »Der Verurteilte hat mir einen Brief geschickt, in dem er seine Unschuld beteuert. Ich würde gern …« Evas Stimme brach ab. Per registrierte, wie sich seine Aufmerksamkeit, aufgrund eines einzigen Satzes, um 180 Grad drehte.

»Eva, könnten wir uns eventuell treffen, damit wir mehr Zeit haben, darüber in aller Ruhe zu reden? Im Augenblick ist es ein bisschen ungünstig.«

»Ja, natürlich«, antwortete sie mit ernster Stimme. »Das ist kein Problem. Wann würde es Ihnen denn passen?«

Er spürte eine unerschütterliche Kraft in ihrer Stimme, sie würde so schnell nicht aufgeben. Per warf einen Blick auf die Uhr und entschied dann, dass sein Training heute ausfallen musste. Er würde es an einem anderen Tag nachholen.

»Könnten Sie nachher zu mir ins Präsidium kommen? Wissen Sie, wo sich das befindet?«, fragte er sie und wühlte auf dem Schreibtisch nach seinem Kalender.

»Ja. Wann denn?«

»Haben Sie heute Nachmittag Zeit? Gegen fünf Uhr?«, fragte Per mit gepresster Stimme. Er konnte in dem Durcheinander seinen Kalender nicht finden. Evas dünne Stimme bestätigte die Uhrzeit.

Verwundert schüttelte Per den Kopf, als er auflegte. Die beiden Schwestern ähnelten sich in ihrer Hartnäckigkeit sehr. Er hob den Deckel der Take-away-Box wieder an und verschlang den Rest seiner Mahlzeit, während er mit der anderen Hand die Faxseiten aus England durchblätterte.

Sie hatten beschlossen, die Spur, die von Deutschland nach Schweden führte, fallenzulassen. Das fühlte sich zwar überhaupt nicht gut an, aber die Beweise waren zu dürftig. Trotzdem stand eine Handvoll schwedischer Mitbürger auf ihrer Liste, denen sie einen Besuch zu Hause oder bei der Arbeit abstatten würden, um die Rechner zu beschlagnahmen. Und der Widerling in einer kleinen Gemeinde nördlich von Kopenhagen würde eine große Überraschung erleben. Per empfand eine stille Genugtuung. Am meisten jedoch wünschte er sich, dass der kleine Mädchenkörper mit den großen, leeren Augen gerettet werden konnte. Wenn sie noch am Leben war? Da existierten berechtigte Zweifel.

Etwas später klingelte sein Telefon. »Du hast Besuch, Per«, verkündete Astrid von der Rezeption. Per starrte vor sich auf den Tisch, seine Augen waren trocken und brannten, er fühlte sich, als hätte ihn gerade jemand aufgeweckt. Die vergangenen Stunden waren wie im Flug vergangen. Er bat um Entschuldigung, dass er vergessen hatte, seinen Besuch vorher anzukündigen.

Er warf die Verpackung seines indischen Mittagessens in den Mülleimer, beendete seine E-Mail an den Kollegen in Kopenhagen und ging zu den Fahrstühlen. Er entdeckte sie sofort durch die Glastür. Es gab keinen Zweifel, das war Karins Schwester. Etwas kleiner, schmaler, das Haar glatter. Als sie spürte, dass sie beobachtet wurde, drehte sie sich um. Per registrierte ihren Blick, der schnell über seinen Körper glitt und dann in seinem Gesicht verweilte, an seinen Augen. Sie wirkte überrascht, und eine zarte Röte legte sich auf ihre Wangen. Er musste fast lächeln. Kindisch und egoistisch, das wusste er. Aber nichtsdestotrotz sehr befriedigend.

Per führte Eva in sein Büro. Sie setzte sich mit steifem Rücken auf den unbequemen Besucherstuhl, betrachtete mit gestrecktem Hals die Papierberge auf seinem Schreibtisch und sah sich dann im Zimmer um.

Per lehnte sich gemütlich im Stuhl zurück und lächelte seinem Besuch freundlich zu.

»Sie müssen Nachsicht wegen dieses Durcheinanders haben, wir sind mitten in den Ermittlungen zu einem großen Fall.«

Eva musterte ihr Gegenüber ebenfalls. Die Beschreibung ihrer Schwester war mehr als treffend gewesen. Zuerst hatte Eva über die klischeehafte, Jackie-Collins-artige Beschreibung kichern müssen. Aber, bei aller Liebe, Karin hatte recht gehabt! Per Henriksson war kein besonders schöner Mann. Ein etwas pausbäckiges, nicht gerade ebenmäßiges Gesicht, darüber dunkle Korkenzieherlocken. Dazu der Körper eines richtigen Mannes, geschmeidige, entspannte Muskeln, er hatte etwas Katzenhaftes … Und diese Augen. Tief und dunkel. Ein richtiger Kerl, hatte Karin gekichert, es hatte verlegen geklungen, und im Hintergrund schwang eine deutliche Warnung mit. Aber Karin hatte keinen Grund, sich Sorgen zu machen. Eva empfand bereits vor dem ersten Gespräch eine gewisse Verachtung für die so offensichtlichen Verführungsmethoden des Polizisten.

»Ich möchte mich dafür entschuldigen, wenn ich ungelegen komme. Vielleicht können wir das Gespräch auf einen anderen Zeitpunkt …«, fing Eva an.

»Sie haben vorhin einen Brief erwähnt«, unterbrach sie Per.

Eva nickte, berichtete in kurzen Worten von dem Schreiben, dass ihr Mann an den Staatsanwalt weitergereicht hatte und dass in Zukunft die gesamte Post des Verurteilten gelesen werden würde. Per registrierte die Art, wie sie den Namen ihres Mannes betonte, die darauf schließen ließ, dass er mehr Einfluss und Bedeutung besaß als ein Normalsterblicher.

»Okay, Eva. Was wollen Sie von mir wissen?«

»Ich will wissen, wie man zu einem Pädophilen wird?«, Evas Stimme war hart. »Was für ein Mensch ist das? Vergreift er sich an beiden Geschlechtern?« Sie war wesentlich entschlossen und zielgerichteter, als Per es erwartet hatte.

»Okay«, entgegnete Per, und sein Gesicht nahm einen sehr konzentrierten Ausdruck an. Eva spürte, wie sich die Härchen auf ihren Unterarmen aufstellten.

»Womit die meisten große Schwierigkeiten haben, ist die Tatsache, dass die häufigsten Übergriffe innerhalb der Familie stattfinden oder von Menschen, die in einem näheren Kontakt zu dem Kind stehen«, fuhr Per fort. Er sah, wie in Evas Gesichtsausdruck Angst und Neugier um die Vorherrschaft kämpften.

»Ein Pädophiler ist in fast allen Fällen männlich«, fügte er hinzu. »Es gibt auch Frauen, die sich an Kindern vergreifen, aber die Zahl ist sehr klein.

In mehr als fünfunddreißig Prozent der Fälle ist der Pädophile ein Vater oder Stiefvater, hinzu kommen etwa zehn Prozent andere Familienmitglieder, zum Beispiel ein Bruder.«

Seine Worte klangen grotesk, auch für seine geübten Ohren, aber es war nun einmal die hässliche Wahrheit.

»Das bedeutet also, die größte Gefahr für ein Kind lauert in seiner unmittelbaren Nähe, in der Familie oder in seinem Alltag. Nur zehn Prozent aller Opfer kannten ihren Täter gar nicht.«

Per verstummte, ließ das Gesagte sacken und beobachtete Eva. Ihr Gesicht hatte fast jede Farbe verloren, ihr Blick schien sich auf einen Punkt außerhalb der Wände zu richten. Doch dann kehrte ihre geballte Konzentration zurück.

»Warum wird jemand pädophil?« Evas Stimme war nicht mehr als ein heiseres Flüstern.

Per stützte sein Kinn in die Hand.

»Darauf gibt es leider keine Antwort, Eva«, erwiderte er, sein Blick klebte an ihrem blassen Gesicht. »Das ist so unmöglich wie die Frage danach, warum der Mensch stiehlt, trinkt, seine Kinder schlägt, warum Menschen zu Dieben und Mördern werden. Darauf gibt es keine absolute Antwort. Wir wünschen uns alle, dass man sie erkennen könnte. Im 19. Jahrhundert glaubte man daran, an den Maßen des Schädels einen Gewalttäter erkennen zu können, aber leider funktioniert das nicht so.«

Per lehnte sich in seinen Stuhl zurück und ließ den Blick über Evas Gesicht mit dem angeekelten Ausdruck wandern. Er hatte sich dieselbe Frage schon Tausende Male gestellt, ohne ein Antwort zu erhalten. Er holte tief Luft und fuhr fort:

»Was wir allerdings wissen, ist, dass pädophil Veranlagte eine schwere Kindheit hatten, die gezeichnet war von Gewalt, psychischer und physischer Misshandlung und fast immer von sexuellen Übergriffen. Aber das kann man jemandem natürlich nicht ansehen. Es gibt viele Opfer, die sich dagegen zur Wehr setzen und trotz dieser schlimmen Erfahrungen ein normales Leben führen. Ich bedauere es sehr, aber ich kann Ihnen leider nicht sagen, wie ein Pädophiler aussieht. Nicht mehr als das, was ich Ihnen bisher erzählt habe. In fast allen Fällen handelt es sich um einen Mann, der in einer engen Beziehung zum Kind stand.« Per warf ergeben die Arme auseinander.

»Sie meinen also …«, sagte Eva bedächtig und konzentrierte sich auf ihre Hände, »dass der Mann, der für den

Übergriff auf meinen Sohn verurteilt wurde, doch ein potentieller Täter ist?« Sie hob den Kopf und sah Per an. Dieser deutete ein Kopfnicken an.

»Wie machen sie das …« Evas Stimme versagte, Per spürte, wie sich seine Nackenhaare aufstellten. Genau das wollte er auf jeden Fall vermeiden.

»Wie gelingt es ihnen, dass die Kinder ihnen folgen? Wie überzeugen sie die Kleinen?«, fügte Eva hinzu.

Erleichtert ließ Per seine Schultern sinken. Lieber Gott, für einen Moment hatte er gedacht, sie wollte etwas über den Tathergang erfahren. Er riss sich zusammen, stand auf, drehte eine Runde durch sein Büro und setzte sich dann vor sie auf die Schreibtischkante.

»Inzest geschieht im Verborgenen. Wenn die Mutter bei der Arbeit ist oder sonntagsmorgens beim Kuscheln unter der elterlichen Bettdecke, in einem stillen, bedrohlichen Bündnis mit dem Kind. Wenn du jemandem etwas sagst, bringe ich die Mama um oder erzähle allen, was für ein schreckliches Mädchen du bist.«

Eva nickte stumm, ihr Blick klebte an Pers Lippen, der fortfuhr.

»Oder Täter und Opfer begegnen sich beim Fußballtraining, oder er ist Babysitter, auf einem Fest von Freunden, in einem unbeobachteten Moment, wenn die Eltern betrunken sind. Der Mann, den alle den *Örebro-Pädophilen* nannten, hatte sich Zugang zu Kindern verschafft, indem er mit einer alleinerziehenden, zweifachen Mutter zusammenkam, an deren Kindern er sich dann vergriff. Aber er hat auch als Babysitter gearbeitet und später in einer Kindertagesstätte.«

Eva starrte wie hypnotisiert auf Per, seine Stimme hatte etwas Beruhigendes, Geborgenheit und Vertrauen Spendendes, obwohl seine Worte in ihr starke Übelkeit erregten. Unbarmherzig sprach er weiter.

»Dann gibt es natürlich auch Pädophile, die Kinder mit Süßigkeiten, Geschenken, Geld, Computerspielen, Drogen locken, was auch immer das Kind haben möchte. Die letze Gruppe überfällt Kinder mit roher Gewalt. Aber die sind eindeutig in der Minderzahl und sehr selten.«

»Geschlecht?«, stieß Eva hervor, ihre Stimme war kaum zu hören. Sie räusperte sich. »Vergreifen sich Pädophile an beiden Geschlechtern?«

Per holte erneut tief Luft und wägte seine Worte sorgfältig ab, ehe er antwortete.

»Auch darauf kann ich Ihnen keine eindeutige Antwort geben. Aber ich kann zumindest so viel sagen, dass Pädophile Kinder als Objekte betrachten und nicht als Vertreter eines bestimmten Geschlechts. Darum ist es nicht ungewöhnlich, dass sie sich an beiden Geschlechtern vergreifen. So betrachtet, lautet die Antwort auf Ihre Frage also ›Ja‹.«

Zuerst saß Eva wie erstarrt auf ihrem Stuhl, dann zuckte sie plötzlich zusammen, als würde sie aus ihrer Versteinerung gerissen werden. Sie sprang auf, entschuldigte sich für die Störung und dafür, dass sie seine Zeit in Anspruch genommen hatte. Per erwiderte freundlich, dass sie jederzeit willkommen sei, ihm weitere Fragen zu stellen, wenn ihr das helfen würde.

Eva wandte sich zum Gehen, mit der Türklinke in der Hand drehte sie sich um und sah Per mit dunklen Augen an.

»Ist es möglich, dass Mattias zu Unrecht verurteilt worden ist?«

Die Frage klang so naiv, so hilflos. Per presste die Lippen

zusammen, schüttelte langsam den Kopf und bemerkte, wie die Hoffnung in ihrem Blick erstarb.

»Dazu kann ich nichts sagen. Ich war nicht in die Ermittlung involviert. Aber die Polizei arbeitet nicht auf der Basis von Vermutungen, sie beurteilt nur die Fakten. Er wurde aufgrund von Indizien in Haft genommen, und es waren gewichtige Indizien. Und er hat die höchste Strafe bekommen. Die Wahrscheinlichkeit, dass er unschuldig ist, entspricht …« Per wollte sagen, ›einem Furz im Weltall‹, hielt sich aber zurück.

»Die Wahrscheinlichkeit ist so gering, dass sie eigentlich nicht existiert. Ich kann verstehen, dass der Brief, den der Verurteilte Ihnen geschickt hat, Ihnen Unbehagen bereitet, weil er darin seine Unschuld beteuert. Aber mein Rat wäre, es als einen verzweifelten Versuch zu betrachten, sich freizusprechen. Sexualstraftäter haben in Gefängnissen ein sehr schlechtes Standing und sind häufig Drangsalierungen und Gewaltandrohungen ausgesetzt. Vielleicht glaubt er ja, dass seine Mitgefangenen ihn besser behandeln, wenn er behauptet, zu Unrecht verurteilt worden und eigentlich unschuldig zu sein.«

Per breitete die Arme aus, Eva wirkte wie ein enttäuschtes Kind.

Er begleitete sie bis zur Glastür und wartete, bis sie nicht mehr zu sehen war. Dann kehrte er zurück in sein Büro und zu den Papierbergen, die seine Aufmerksamkeit verlangten. Er hoffte sehr, dass Eva Antworten auf ihre Fragen bekommen hatte, wusste aber auch, dass die Realität viel schlimmer war, als sie es womöglich erwartet hatte.

Gleichzeitig hatte ihm diese Frau Angst gemacht. Ihre vollkommene Fixierung auf das Thema und die Art, wie sie seine Worte gesiebt hatte, um zu finden, wonach sie suchte. Er hatte ihr ein statistisches Bild entworfen, das sich auf Fakten stützte. Aber er hat nicht alles erzählt, weit entfernt davon. Und er hoffte aus tiefem Herzen, dass sie bei der nächsten Reise durch den Internetsumpf nicht auf ein Foto ihres Sohnes stieß.

# Kapitel 19

»Hier, mein Schatz, dein Auto!«

Vorsichtig streckte Eva ihrem Sohne den rosa Volvo hin. Sebastian versteinerte und starrte auf das Spielzeug in ihrer Hand. Dann schüttelte er heftig den Kopf, dass seine Locken nur so flogen. Eine kleine Hand schoss nach vorne, traf das Auto und schleuderte es durch die Luft.

»Nicht haben!«, stieß Sebastian wütend hervor und sah seine Mutter vorwurfsvoll an.

Eva seufzte, sammelte das Spielzeugauto wieder ein und hielt es sich hinter den Rücken.

»So, mein Schatz ... jetzt ist es weg. Okay?«

»Will nich Be-eme«, sagte Sebastian mit Nachdruck. Seine großen runden Augen glänzten schwarz vor Ernsthaftigkeit.

Eva musste schlucken.

»Du meinst Volvo oder nicht, mein kleiner Mann? Du hast dich noch nie bei einer Automarke geirrt, mein geliebter Schatz.«

Eva betrachtete das Spielzeug. Es war die Miniaturausgabe eines Volvo Kombis, da gab es überhaupt keinen Zweifel. Ein 740er-Modell mit dem markanten Heck.

»Nich Be-me«, knurrte Sebastian. »Nich fahrn.«

»Aber das ist doch ein Volvo, Liebling«, flötete Eva mit ihrer lieblichsten Stimme.

»Nee. Bau... Will nich fahrn.«

Ernst sah der Junge seine Mutter an. Eva fröstelte, sie spürte, wie sich ihre Haut zu einem Panzer zusammenzog. Sie warf den rosa Volvo in den Mülleimer.

Bin ich auf dem Weg, verrückt zu werden? Ich muss unbedingt mit Tomas darüber reden. Er soll irgendetwas dazu sagen. Eva kramte nach ihrem Telefon, wählte Tomas' Nummer, hörte das erste Klingelzeichen und legte wieder auf. Nein! Karin? Eva seufzte, konnte einfach nicht …

Sie half Sebastian dabei, sich zu waschen und den Pyjama anzuziehen, las ihm eine Geschichte vor, gab ihm einen Gutenachtkuss und versicherte ihm erneut, dass sie das Spielzeugauto weggeworfen hatte.

»Keine blauen Autos mehr«, murmelte Eva in Sebastians Locken, ohne zu merken, was sie da sagte. Sebastian steckte den Daumen in den Mund und umklammerte seinen Teddy, den er zu seinem zweiten Geburtstag bekommen hatte. Eva schnürte es die Kehle ein. Sie blieb neben seinem Bett sitzen, bis beide Kinder eingeschlafen waren.

Dann schleppte sie sich ins Wohnzimmer und setzte sich mit leerem Blick vor den Fernseher. Carl trug einen Trainingsanzug, seine Locken klebten ihm auf der Stirn. Er sah die Wirtschaftsnachrichten, als ob die ihm Informationen liefern könnten, die er nicht ohnehin schon im Laufe des Tages erfahren hatte. Ohne den Blick vom Bildschirm zu wenden, zog Carl seine Frau zu sich. Die Abendzeitung lag vor ihm auf dem Tisch. Zerstreut blätterte Eva durch die Seiten, unfähig, ihre umherschwirrenden Gedanken zu sammeln. Gelangweilt schaltete Carl weiter auf Eurosport.

»Carl?«

»Hmm …« Er wedelte mit den Händen, schimpfte über den Idioten, der es nicht geschafft hatte, den Puck ins Tor zu schießen.

»Erinnerst du dich an den Mann, der in unserem alten Haus eine Treppe höher gewohnt hat?«

Carl schien nicht richtig zuzuhören, sein Blick klebte am Fernseher.

»Hmmm ... wie?«

»Weißt du nicht mehr ... der mit der Aktentasche, der bei unserem Krebsessen so betrunken war? Ihr beide seid aneinandergeraten. Erinnerst du dich jetzt?«

»Hmm ... klar, der Idiot! Der Buchhalter. Der hatte doch vor ein paar Jahren mit der Buchführung unserer Wohnvereinigung geschludert? War auch eine Zeitlang Vorstandsmitglied. Hat gelogen wie gedruckt!« Endlich ließ Carl den Blick vom Fernseher ab und sah Eva überrascht an.

»Warum fragst du mich ausgerechnet nach diesem Deppen?«

»Ähm ... ich habe ihn zufällig auf der Straße getroffen«, dachte sich Eva schnell aus. Im Fernseher brach lauter Jubel aus, Carl schlug sich mit der Faust auf den Oberschenkel.

»Verdammt! Der steht da nur rum und schläft, dieser bekloppte Torwart, was für ein Penner!«

Das Ergebnis des Spiels wurde eingeblendet, und Carl beschimpfte die Mannschaft, den Trainer, den Schiedsrichter und am Ende die ganze Nation. Dann drehte er sich um und sah seine Frau skeptisch an.

»Wo hast du ihn getroffen?«

»Ach, in der Stadt. Ich mochte ihn nie besonders, er war mir irgendwie immer suspekt, ich habe nur ...« Eva pulte an ihren Nägeln, war nicht in der Lage, ihrem Mann in die Augen zu sehen. Sie konnte spüren, wie er versuchte, ihre Gedanken zu lesen.

»Eva ... du glaubst doch wohl nicht ...?« Carl umarmte sie und hob mit der einen Hand ihr Kinn an. »Eva, mein kleiner Schatz. Wir haben doch so oft über diese Sache gesprochen. Alle wissen, dass es dir schlechtgeht. Uns geht es allen nicht gut. Niemandem geht es gut. Dir nicht. Mir nicht. Meinen Eltern auch nicht. Aber du musst um Himmels willen endlich loslassen!«

Eva wollte ihr Kinn aus seiner Hand ziehen, versuchte ihren Mann mit einem kleinen Lächeln zu besänftigen.

»Ach nein. Ich glaube gar nichts. Das war nur so … er war mir irgendwie unangenehm. Ich hatte wohl einfach vergessen, wie merkwürdig ich ihn damals schon fand.«

Carl wandte seinen Blick nicht ab, er analysierte den Wahrheitsgehalt ihrer Aussage, ließ sich nicht so leicht mit Lügen abspeisen. Endlich ließ er ihr Kinn los, breitete die Arme aus.

»Aber meine Liebe, merkwürdig war ja nur sein Vorname. Der war eindeutig gestört. Doch du darfst dir deswegen jetzt nicht irgendeinen Quatsch einreden, mein Schatz. Versprich mir das!«, ermahnte Carl sie und gab ihr einen versöhnlichen Kuss auf die Nasenspitze. Eva nickte stumm.

Plötzlich sprang Carl auf, murmelte etwas davon, dass er schon zu spät dran sei, er habe total vergessen, ihr zu sagen, dass er noch ein paar Kunden ins Edelrestaurant 28+ ausführen und sie ein bisschen mit Entenleberpastete und Trüffel pampern müsse. Er ging ins Badezimmer, kam nach einer Weile frisch gestriegelt und mit einem neuen glänzenden Anzug und frisch polierten Schuhen wieder heraus, um mit wehendem Mantel das Haus zu verlassen.

Eva blieb reglos sitzen. Ein weiterer einsamer Abend. Sie griff nach der Zeitung auf dem Couchtisch und blätterte sie erneut ziellos durch. Ihr Blick glitt über die Artikel unter »Vermischtes«. Besprechungen neuer Weine, das Wetter, das

Horoskop. Plötzlich hielt sie inne und blätterte wieder zurück.

PÄDOPHILER BEGEHT IM GEFÄNGNIS SELBSTMORD

Der Mann, der im Herbst wegen Entführung und Missbrauch eines Kindes aus Göteborg verurteilt worden ist, hat nach Angaben der Polizei im Gefängnis von Norrtälje Selbstmord begangen. Die Beamten gehen nicht von einem Verbrechen aus. Auf die Frage, ob seine Überwachung ausreichend gewesen sei, ließ die Anstaltsleitung verlauten, dass der Inhaftierte nicht als psychisch labil oder suizidgefährdet eingestuft worden sei und darum auch keine zusätzliche Bewachung als notwendig erachtet wurde.

Mattias! Eva spürte eine unerklärliche Panik in sich aufsteigen. Sie lief aufgeregt durchs Wohnzimmer, wollte ihre Schwester anrufen, zog aber immer wieder die Hand vom Hörer, blieb dann endlich stehen und sah über den Innenhof zu Fleurs Haus. Es war hell erleuchtet. Fleur wanderte zwischen Küche und Wohnzimmer auf und ab, eine schwarzgekleidete Silhouette mit einem Buch in der Hand.

Eva stellte das Babyphon ein, schlich durch den Atriumgang und klopfte an die Verbindungstür. Schon wenige Augenblicke später wurde sie geöffnet, und ein Rechteck aus gleißendem Licht und der Geruch von Brot und Rauch umhüllten sie. Fleur stand wie ein schwarzer Scherenschnitt vor ihr.

»Und was lässt mich wohl vermuten, dass du nicht mit einer fröhlichen Neuigkeit zu mir kommst?«, sagte sie mit einer Stimme, die vor Ironie triefte.

Fleur drehte sich um und ließ die Tür hinter sich offen stehen. Als Eva ihr in die Küche folgte, hielt Fleur ein zweites Glas Weißwein in der Hand und reichte es ihr. Dabei musterte sie ihre junge Nachbarin amüsiert über den Rand ihrer Lesebrille. Eva folgte Fleur in das große Wohnzimmer, wo in einem offenen Kamin ein Feuer knisterte. Eva nahm einen großen Schluck, der Wein schmeckte himmlisch.

»So, und jetzt raus mit der Sprache!«, forderte Fleur sie auf. »Ich bin unfassbar neugierig. Es ist schließlich das erste Mal, dass du aus freien Stücken zu mir kommst, Püppchen.«

»Du bist die Einzige, die mir glaubt«, murmelte Eva. Fleur verschluckte sich an ihrem Wein und prustete vor Lachen.

»Haha, denkst du also? Du hörst offenbar genauso wenig zu wie mein lieber Ehegatte. Ich habe kein einziges Mal gesagt, dass ich dir glaube. Was ich allerdings gesagt habe, ist, dass du die Einzige bist, die die Wahrheit kennen kann. Wenn du es wagst, auf deine Gefühle zu hören. Ich glaube gar nichts, musst du wissen, absolut, verdammt noch mal gar nichts.«

Fleur brummte nachdrücklich und nahm einen großen Schluck Wein.

Auch Eva leerte gierig ihr Glas, er trank sich so leicht, hatte eine angenehme Säure, duftete und schmeckte nach grünen Äpfeln, nach Holunder, passte so gut zu dem flackernden Licht des Kaminfeuers. Der Alkohol wärmte, kribbelte auf der Kopfhaut. Die Spannung in ihrem Körper löste sich, ihr Gleichgewichtssinn kappte die Taue, sie glitt hinaus auf die offene See.

»Ja, und?«, forderte Fleur sie erneut auf, legte ihre Brille auf das Buch in ihrem Schoß und sah sie auffordernd an.

»Ich habe Angst.« Die Worte kamen als heiseres Flüstern aus ihrem Mund, und ihr lief es kalt über den Rücken.

»Ich fühle mich beobachtet, als würde uns jemand verfolgen, dort draußen sein, die ganze Zeit … Ich kann diesen Gedanken nicht abschütteln.« Eva starrte in ihr Glas, wollte am liebsten mehr davon, wollte sich ertränken, verschwinden. Sie hob den Kopf und sah in Fleurs blasses Gesicht, schwarze Haarsträhnen hingen ihr in die Stirn, ihr massiger Körper ruhte unter unzähligen Lagen schwarzer Stoffe, ihre Augen waren wie dunkle Seen in einer weißen Landschaft, mit einem interessierten Leuchten.

Eva atmete tief und hörbar aus, der Atem der Angst.

»Jemand hat Mattias' Wohnung in Brand gesteckt. Und heute stand in der Zeitung, dass er sich im Gefängnis umgebracht hat.«

Fleurs Augenbrauen sprangen nach oben wie zwei Gummibänder. Mühsam erhob sie sich, wackelte hinaus in die Küche, kehrte mit einer halbvollen Weinflasche zurück und füllte Evas Glas bis zum Rand auf.

»Du hast dich da echt in etwas reingesteigert«, stellte Fleur fest. »Das Interessante daran ist aber das Warum.«

»Du klingst wie mein Therapeut«, seufzte Eva. Sie umklammerte das Babyphon, dessen grünes Licht ungestört leuchtete.

»Das scheint mir ein kluger Mann zu sein«, entgegnete Fleur und lächelte frech.

Eva lächelte melancholisch, sie fühlte sich ein bisschen betrunken.

»Ja, das ist er.«

»Obwohl ich nicht glaube …?« Fleur durchbohrte Eva mit ihrem Blick. »Ha, ha, ha, du hast dich in deinen Therapeuten verknallt! Das ist ja ein Ding!« Sie kicherte zufrieden über Evas entsetzten Gesichtsausdruck.

»Quatsch! Ich verliebe mich nicht in Männer mit Vollbart und Sandalen«, brummte Eva und nahm trotzig einen großen Schluck.

Fleur krächzte vor Lachen.

»Ist doch kein Hindernis, so ein Bart. Ich habe mir sagen lassen, dass man so was beheben können soll.«

Über Evas Gesicht huschte ein Lächeln, ihr Blick versunken in die Farbe des Weines.

»Sebastian hat an diesem Tag sein Spielzeugauto verloren. Gestern wurde es mir von einer ehemaligen Nachbarin zurückgegeben, die es im Hof gefunden hat«, berichtete Eva langsam, den Blick fest auf den Boden des Weinglases geheftet.

Fleur beobachtete Eva aufmerksam, wartete.

»Es war ein kleiner, hässlicher rosa Volvo aus Plastik, ein 740er«, fuhr Eva fort. »Aber Sebastian wollte ihn nicht wieder zurückhaben, sagte … kein BMW, nicht fahren blauer BMW.«

Eva stürzte den Rest des Weines hinunter. Fleur füllte ihr Glas wieder auf, sah sie lange an. Plötzlich schlug Eva die Hände vors Gesicht und stöhnte auf.

»Ich habe das Gefühl, verrückt zu werden, Fleur. Ich sehe Zeichen, Dinge, die nicht stimmen. Ich bekomme einen Brief, in dem der Verurteilte seine Unschuld beteuert, dann wird seine Wohnung in Brand gesteckt, und er bringt sich um. Unsere ehemalige Nachbarin, Frau Persson, hat erzählt, sie habe Sebastian an jenem Tag mit einem dunkelhaarigen, gut gekleideten Mann gesehen. Zum Teufel, Mattias war beinahe weißhaarig, so blond war er!«

Fleur schnalzte mit der Zunge und rollte die Augen.

»Das war aber jetzt ganz schön viel auf einmal, Püppchen.«

Eva sah Fleur aufgebracht an.

»Richtig so, endlich bist du wieder wütend«, kicherte Fleur. »Das ist viel besser so, es steht dir nicht, in Selbstmitleid zu versinken. Außerdem führt das zu überhaupt gar nichts. Sieh mich an! Ich suhle mich in meinem Selbstmitleid, tagein tagaus. Und was bringt mir das? Im besten Fall eine Leberzirrhose.«

Fleur legte ihre Hand auf Evas Arm, sie spürte ihre Wärme durch den Pullover hindurch.

»Mein Mädchen … du musst deinen inneren Frieden finden, scheiß auf alles, was die anderen sagen. Tu das, was du tun musst!«

Eva begann zu weinen, stille Tränen tropften in ihr Weinglas. Fleur zog ihre Hand zurück. Schweigend saßen sie beieinander, es knisterte leise aus dem offenen Kamin, die aschgrauen Holzscheite glühten rot in ihrem Inneren, es duftete nach Weihnachtsferien. Die großen Fensterscheiben zitterten und bogen sich im Wind, der gegen das Haus drückte. Der nächste Sturm rollte vom Meer übers Land, dicke schwarze Wolkentürme zogen über den Horizont.

»Hat denn mein Püppchen heute schon etwas Vernünftiges gegessen?«, fragte Fleur leise. Sie wollte wissen, ob sie auch vegetarisches Essen zu sich nahm, ob sie empfindlich bei scharfen Gewürzen sei. Eva schüttelte ergeben den Kopf, wollte eigentlich protestieren, nicht wie ein Kind behandelt werden. Aber stattdessen starrte sie nur in ihr Glas und registrierte, wie eine wohlige Trunkenheit ihren Körper erfüllte und eine angenehme Mattheit in den Gliedern auslöste.

Eva erhob sich und lief durch den Raum, betrachtete die Skulpturen und Figuren, die Boden und Wände bevölkerten, bestaunte das Glas in den Schränken, den Nischen und Fensterrahmen. Sie liebte schwedisches Kunstglas, das dreidimensionale, das seine Farbe änderte, das Licht einfing, es umformte, zum Leben erweckte. Sie waren wie ein kristallisierter Augenblick, die Vision des Künstlers.

»Mehr Wein? Oder hast du Angst vor deinen Dämonen?«, rief Fleur aus der Küche, lachte heiser und klapperte mit Tellern und Gläsern.

»Mehr Wein«, rief Eva zurück und ging auf die Toilette im Flur. Hier war es sehr aufgeräumt, und es roch gut. Sie setzte sich hin und kicherte, genoss den Rausch. Dann wusch sie sich die Hände mit einer der Lavendelseifen, die in einem kleinen Korb am Waschbeckenrand gestapelt waren. Als Eva die Toilettentür hinter sich zugezogen hatte, blieb sie zunächst unschlüssig im dunklen Flur stehen. Schräg vor ihr stand eine Tür einen Spaltbreit offen. Sie steckte ihren Kopf durch den Spalt, wie ein Hund, der weiß, dass er sich auf verbotenes Terrain gewagt hat.

Dann tastete sie mit der Hand nach dem Lichtschalter, ein kleines Arbeitszimmer wurde erleuchtet. Es war ordentlich und aufgeräumt, sah aber unbenutzt aus. Alle Gegenstände auf dem Schreibtisch lagen wie mit dem Lineal abgemessen, kein Staubkrümel war zu sehen. An der Wand dahinter stand ein schwarzer Waffenschrank. Eva nahm an, dass Fleurs Mann zur Jagd ging. Leise zog sie sich wieder zurück, schaltete das Licht aus. Ihre Handflächen brannten.

Sie hatte vor Jahren das letzte Mal geschossen. Ein jugendlicher Scherz, von einem Freund, dessen Vater bei Wettkämpfen mitgemacht hatte. Aber sie wusste noch, wie man mit Waffen umging. Eva musste schlucken, es hatte sich ein Kloß in ihrem Hals gebildet.

»Man bekommt Magenschmerzen, wenn man nichts Ordentliches isst, Püppchen. Oder sitzt du gerne so lange auf dem Pott und drückst?«, fragte Fleur neckend, als Eva wieder in der Küche erschien. Peinlich berührt senkte Eva den Blick.

»Deine Toilette ist so schön, und diese Lavendelseife duftet wunderbar.«

Fleur stellte eine Schale mit Couscous und Gemüse auf den Tisch, golden schimmernde Kichererbsen in Curry, Tsatsiki und ein Brot. Eva hoffte inständig, dass es Focaccia sein möge, und es war tatsächlich Focaccia. Seine Oberfläche war in Olivenöl getränkt und mit grobem Salz und Rosmarinnadeln verziert. Eva seufzte glücklich und fragte Fleur erstaunt, wie sie so schnell diese Köstlichkeiten herbeizaubern konnte? Fleur kicherte zufrieden.

»Rosmarin sollte man immer im Haus haben. Einfach aus dem Topf, frisch gepflückt. Das peppt Brot auf, das nicht mehr taufrisch ist. Und das Essen ist noch von gestern. Man sollte niemals Essensreste verachten. Skål!«

Fleur hob ihr Glas. Eva bemerkte, dass ihres bis obenhin gefüllt war, und musste sich eingestehen, dass sie den Überblick verloren hatte, wie viel sie schon getrunken hatte. Sie prostete Fleur zu und aß mit einem Appetit, als hätte sie seit Wochen nichts mehr zu essen bekommen.

# Kapitel 20

Leise zog Eva die Toilettentür hinter sich zu, stand ganz still, hörte ihren eigenen Atem in dem kahlen Raum, die tropfende Dusche. Sie betrachtete die Kacheln an der Wand, weiße schlichte Fliesen. In ihrem Alptraum tauchten auch immer wieder Fliesen auf. Und das Geräusch von tropfenden Wasserhähnen. Wo zum Teufel war dieser Ort? Wo sah es so aus? Und die Stahlplatte in ihrem Traum? Die Stimmen? Wem gehörten die? Befanden die sich im angrenzenden Raum?

Tomas lief an der Rezeption vorbei, sein Blick fiel kurz in den Spiegel an der Wand. Abrupt blieb er stehen, ging die paar Schritte wieder zurück, musterte seinen Anblick, die Schuhe, seine Beine in der zerknitterten Hose, betrachtete sich von hinten, abgewetzter Hosenbund, der Pulli war nicht frisch gewaschen, die Haare halblang, Vokuhila-Warnung. Und dieser Bart!

Er strich über sein struppiges Kinn und sah seinen Ehering aufblitzen. Zwei Jahre war es jetzt her, vielleicht war es Zeit, ihn abzunehmen. Und vielleicht war jetzt auch die Zeit gekommen, sich zu rasieren. Seit dem Tod seiner Frau hatte er das nicht mehr getan. Warum, konnte er gar nicht mehr sagen.

Eva zuckte zusammen, als die Tür zu den Toiletten sich öffnete und Tomas' Körper sich im Türrahmen auftürmte. Er blieb stehen, sah sie erstaunt an, dann lächelte er herzlich und begrüßte sie.

Eva erwiderte das Lächeln angespannt und verließ eilig den Raum. Tomas schloss sorgfältig hinter sich zu, zog die

Hosen herunter und setzte sich auf die Toilette. Ihr Parfum hing noch in der Luft.

Sie machte eindeutig Fortschritte, obwohl sie selbst sehr kritisch und ungeduldig mit sich war. Er bedauerte, dass sie den Gedanken an die Unschuld des Verurteilten nicht loslassen konnte. Das war eine Sackgasse, ihre Möglichkeit, sich Dinge zu erklären, die nicht logisch waren. Ein Ausweg, um ihre eigenen Gedächtnislücken zu entschuldigen, sie sich damit zu begreiflich zu machen. Aber das hinderte sie daran, der Wahrheit hinter ihren Alpträumen näher zu kommen, sie klammerte sich dadurch an etwas, was ganz offensichtlich nicht einmal in die Nähe von Wahrheit kam.

Aber das Schlimmste war die starke Anziehung, die er ihr gegenüber spürte. Das war in jeder Hinsicht vollkommen inakzeptabel. Er würde gezwungen sein, einen seiner Kollegen zu bitten, die Therapie zu übernehmen. Er seufzte. Ihm fiel es wahnsinnig schwer, eine Sache ungeklärt zurückzulassen.

Als Tomas das Sprechzimmer wieder betrat, stand Eva mit dem Rücken zu ihm gewandt und sah mit verschränkten Armen aus dem Fenster hinunter auf den Korsvägen.

Abrupt drehte sie sich zu ihm um.

»In dem Raum in meinem Traum sind auch Fliesen an der Wand!«, stieß sie hervor.

Tomas zog die Augenbrauen hoch.

»Und irgendwo tropft ein Wasserhahn«, fügte sie hinzu. »Es ist kalt und hallt, die Stimmen, die ich höre, kommen aus einem anderen Raum weiter entfernt, aber es ist keine verschlossene Tür dazwischen. Und dann ist da noch eine Art Stahlplatte mit einer glänzenden Oberfläche.«

Tomas kratzte sich am Bart. Darum hatte sie wie erstarrt in der Toilette gestanden. Das Bild, das sie beschrieb, kam ihm bekannt vor.

»Das klingt wie die Duschen in unserer Sporthalle draußen in Askim. Tropfende Wasserhähne, hässliche Stahlplatten, als Trennwände für die Duschkabinen und die billigsten weißen Fliesen, die man sich denken kann.« Tomas lachte, aber sein Lachen erstarb sofort, als er Evas bleiches Gesicht sah.

»Was ist los?«, fragte er. Sie wedelte seine Frage wie eine lästige Fliege fort. Ihre Lippen waren schmale Striche.

Eva schlug die Hände vor den Mund, ein strenger Geruch nach Reinigungsmitteln stieg ihr in die Nase, obwohl es unmöglich in dem Sprechzimmer danach riechen konnte. *Da war eine Dusche, eine Umkleidekabine, es war die Dusche in der Schule … zu Hause in Öregryte.*

»Ich war bei unserer alten Wohnung in der Innenstadt«, lenkte sie die Aufmerksamkeit von ihrem Traum weg, sie wollte die Erinnerungen an ihre ehemalige Schule verjagen, sich auf etwas anderes konzentrieren.

Tomas sah von seinem Notizblock auf, sie entschied, wo es langging.

»Wie war das für Sie?«

Eva machte eine nonchalante Geste. Die Bilder in ihrem Kopf sprangen in wildem Wechsel durcheinander. Sie starrte auf Tomas' Hände, die ruhig auf dem Notizheft in seinem Schoß lagen. Sie registrierte den Ehering, die Farbflecken auf der Oberseite seiner rechten Hand. Am liebsten würde sie ihn berühren.

Der Raum, in dem sie sich befand, existierte, und gleichzeitig gab es ihn nicht. Mal war ihr Bewusstsein in ihrem

Körper, sie spürte die Rückenlehne an ihrer Haut, die Schwere ihres eigenen Körpers, dann plötzlich fühlte es sich an, als würde sie ihren Körper verlassen, durch das Fenster und über den Korsvägen und die Straßenbahnen schweben, die sich schwerfällig unter ihr in unterschiedliche Richtungen schoben, wie Larven aus Metall, quietschend, die Erde zittern ließen, weit weg …

Sie zuckte zusammen, als er vorsichtig ihre Hand berührte.

»Erzählen Sie es mir, Eva!«

Aber sie antwortete nicht, starrte ihn an, seinen wilden Bart, die tiefen, dunkelbraunen Augen, die Adern auf seiner Stirn, das Spiel der Sehnen und Muskeln seines Armes, wenn er schrieb. Sie kniff die Augen zu und versuchte sich zusammenzureißen.

»Ich habe heute Nacht wieder das Gleiche geträumt«, stöhnte sie leise. »Sebastian war nicht dabei. Es ist in einer Dusche oder in einer Umkleide. Ich bin allein mit einem Mann, er ist stark, hält mich an den Armen fest, erwürgt mich fast, ich will schreien und doch nicht.«

Tomas machte sich Notizen. Sie hatte das Tempo erhöht, hatte ein Ziel vor Augen, kam ihm immer näher, würde sich nicht mehr herausreden. Endlich!

»Und doch nicht?«, hakte Tomas vorsichtig nach.

»Ich will um Hilfe schreien, aber … ich schäme mich auch, habe Angst, dass die anderen mich sehen können.«

»Die anderen? Was sehen?«

Eva schüttelte energisch mit dem Kopf, heftete ihren Blick wieder auf den Verkehr, folgte den Gleisen der Straßenbahn bis zu dem Hügel im Vergnügungspark Liseberg, durch die Baumwipfel ragte die Endstation der Seilbahn hervor. Sie sah die obere Hälfte des Riesenrades und die Villen in Prospect Hill drüben in Öregryte. Dort hatte sie in ihrer Kindheit mit ihrer Familie gewohnt, dort war sie zur Schule gegangen. Eva schluckte die aufsteigende Übelkeit hinunter. Sie hatte Schule gehasst. Dann hob sie den Kopf und sah Tomas an.

»An seinem Arm trug er einen blaugestreiften Stoff, so einen ekeligen, synthetischen Stoff. Der Ärmel hatte …«, Eva musste sich überwinden weiterzusprechen, »Streifen, weiße Streifen.« Sie nickte langsam, als würde sie ihre eigenen Worte bekräftigen wollen.

»Wie sahen die Streifen denn aus?«

Zögernd hob sie die Hand und fuhr damit vom Ellenbogen in schrägen Linien über den Unterarm bis hinunter zum Handgelenk.

»So, Längsstreifen, glaube ich.«

»Können Sie sagen, wie viele es sind?«

Eva schüttelte den Kopf, ließ ihre Schultern mit einem Seufzer sinken.

»Nein, ich weiß nur, dass es mehr als ein Streifen ist. Und er ist dunkel, die Haare auf dem Arm sind dunkel.«

Tomas nickte und notierte sich die Details. Sie hatte einen bedeutenden Schritt nach vorne getan, das Unterbewusstsein arbeitete, die Erinnerung würde nach und nach durchsickern, es würde sich nicht mehr aufhalten lassen.

Eva beobachtete Tomas beim Notizenmachen, bemerkte, wie sich sein Blick veränderte, jedes ihrer Worte spiegelte sich in seinem Verhalten wider. Am Anfang hatte sie es nicht sofort lesen können, aber mittlerweile kannte sie seine Körpersprache, obwohl er ein Meister darin war, seine Gefühle zu verbergen. Sie mochte seine unaufdringliche, entspannte

Art, sein undurchdringliches Gesicht, das er hinter seinem Vollbart versteckte. Sie konnte sich ein Lächeln nicht verkneifen, er erwiderte es.

Sie wirkte so klein in dem Stuhl, so zerbrechlich. Und doch spürte er ihre Energie, wild und unbändig. Er hätte sie am liebsten in den Arm genommen, ihr versichert, dass sie stark wie ein Fels sei, dass sie schneller zu ihrem alten Ich zurückfinden würde, als sie dachte.

»Wissen Sie …«, fuhr Eva fort, »ich habe mich in letzter Zeit häufiger mit Carls verschrobener Tante unterhalten, in deren Haus wir zurzeit wohnen. Alle anderen Familienmitglieder halten sie für verrückt, und vielleicht ist sie das auch. Aber sie ist die Einzige, die mir wirklich zuhört!«

In Tomas stieg das Gefühl von Unzulänglichkeit auf, er war sogar ein bisschen beleidigt. Eva erhob sich und stellte sich vor ihn, sah ihn mit zu Berge stehenden Haaren und glühenden Augen an.

»Ich war gestern bei unserem alten Wohnhaus, wie ich dorthin gekommen bin, weiß ich nicht mehr. Aber ich bin unserer Nachbarin begegnet, der alten Frau Persson. Sie hat Sebastians Spielzeugauto wiedergefunden, das er am Tag seiner Entführung verloren hatte. Als ich nach Hause zurückkam, wollte ich es ihm wiedergegeben, aber er wollte es nicht zurückhaben. Er sagte, dass er keinen blauen BMW haben will, Tomas! Aber es war ein rosa Plastik-Volvo. Die alte Dame hat die beiden an dem besagten Tag gesehen, meinen kleinen Jungen und das Schwein, das ihn mitgenommen hat. Sie erzählte mir, dass der Mann dunkelhaarig war und sehr gut angezogen. Mattias hatte immer nur Jeans getragen, Turnschuhe und T-Shirts. Und er war blond!«

Einen Augenblick lang hatte Tomas die Befürchtung, sie

würde ihn schlagen. Aber sie blieb reglos stehen, zitternd, ihre Nasenflügel bebten.

»Tomas. Ihnen kann ich doch alles sagen, stimmt's? Sie unterliegen der Schweigepflicht, Sie können niemandem etwas verraten, egal, was für einen Unsinn ich hier von mir gebe. Es ist, als würde man zur Beichte gehen. Ich könnte sagen, dass ich Mattias an jenem Tag in den Hof gelassen habe. Oder dass der unappetitliche Nachbar aus dem Haus mich festhielt, während ein anderer Sebastian vor meinen Augen entführte und ich mich entschied, einen Gedächtnisverlust vorzutäuschen, um nicht belangt zu werden. Und Sie könnten nicht einmal zur Polizei gehen und alles ausplaudern. Sie aber wollen nur, dass ich meine Alpträume wiederkäue, um meine Erinnerungslücken zu schließen, und endlich Ruhe finden und wieder die kleine, liebliche Eva werden kann. Das Problem ist nur, dass ich nicht mehr die kleine, liebliche Eva bin, es vielleicht auch nie gewesen bin!?«

Tomas holte Luft, um ihr zu antworten, aber Eva kam ihm zuvor.

»Ich *weiß*, dass an der Geschichte irgendetwas nicht stimmt. Mein Instinkt oder meine weibliche Intuition, nennen Sie es, wie Sie wollen, sagt mir, dass daran etwas stinkt! Und ich werde herausfinden, was es ist. Und wenn Sie mich am Ende in die Geschlossene sperren müssen!«

Eva stand so dicht vor ihm, dass sie mit ihrem Atem seine Stirnlocke bewegte. Sie roch süß und nach Kräutern. Dann riss sie ihm den Stift aus der Hand und klopfte damit auf seinen Notizblock.

»Sie machen Ihre Kritzeleien und Notizen, und ich befinde mich in einer PHASE. Warum müssen wir unbedingt auf meinen Alpträumen herumreiten? Ist es denn verwunderlich, dass ich schlimme Sachen träume, wenn ich einen Brief erhalte, in dem der Täter schreibt, er sei unschuldig, wenn seine Wohnung abbrennt und er sich in seiner Zelle das Leben nimmt, wenn mein Kind sein Spielzeugauto nicht mehr haben will und es einen BMW nennt, obwohl es ein Volvo ist, und es plötzlich panische Angst vor Hunden hat, obwohl es sie immer geliebt hat …«

Eva holte Luft, sie hatte den Faden verloren.

Tomas musterte sie, atmete ruhig, ließ die Sekunden verstreichen, dann lächelte er, zuerst zaghaft, dann breiter.

»Meine Diagnose lautet, dass Sie auf dem Weg der Besserung sind. Und zwar richtig!«

Evas Augenbrauen schoben sich aufeinander zu, ihre Lippen wurden zu schmalen Strichen. Tomas wedelte beschwichtigend mit den Händen und schnappte sich seinen Stift.

»Eva … bitte, seien Sie so gut und setzen Sie sich wieder hin, ja?«

Müde sank sie auf ihren Stuhl. Tomas versuchte, ihre Aufmerksamkeit wiederzugewinnen.

»Ich sollte das hier eigentlich noch nicht sagen, nicht so weit am Anfang einer Therapie. Aber Ihre Alpträume sind ziemlich wahrscheinlich Anzeichen eines alten Traumas, das Sie mit sich herumtragen. Es wurde durch die schrecklichen Ereignisse im Mai wieder an die Oberfläche gespült. Entweder weil es ein ähnlich schwerwiegendes Ereignis war oder weil die beiden Ereignisse etwas gemeinsam haben. Das sind nicht meine eignen fixen Ideen, an denen ich hartnäckig festhalte. Traumata können blockiert werden, verschlossen bleiben. Wenn ich Ihnen helfen soll, ich meine, wirklich helfen, dann müssen wir versuchen, das Rätsel Ihres Traumas zu lüften.«

Auf einmal war es unerträglich stickig im Raum, Eva warf einen Blick auf den Papierkorb, der neben dem Benjamini stand. Ob sie es bis dorthin schaffen würde, wenn sie sich übergeben musste? Langsam ließ die Übelkeit nach, sie schloss die Augen, spürte Tomas' Nähe, groß und leise, hörte seinen Atem.

»Dann hat meine Schwiegermutter also doch recht?«, murmelte sie kaum hörbar.

# Kapitel 21

Er stand auf der Treppe, die zur Villa der Familie Seger führte, und ließ seinen Blick die Straße hinuntergleiten, die sich zwischen den Bäumen hindurchschlängelte und hinter ein paar Kastanien verschwand. Weiter hinten sah er das Glitzern des Meeres.

Bedächtig nahm er das Etui aus seiner Jacke, öffnete es und nahm sich einen Zigarillo heraus, zündete ihn sich an und nahm drei genüssliche Züge. Langsam klärte sich sein Kopf.

Ein zarter Duft von gebratenem Fleisch zog an ihm vorbei. Er versuchte, sich an die Gerüche in seinem Elternhaus zu erinnern. Aber ihm stiegen nur das schwere Parfum seiner Mutter und der Duft von Rotwein in die Nase.

Leere Zimmer, eine gräuliche Trostlosigkeit, ihm fielen keine Farben ein, nur die Kleider seiner Mutter und ihre zornigen, roten Lippen. Eigentlich wollte er diese Erinnerungen nicht haben. Und dennoch waren sie immer da, jeden Augenblick.

Seine Mutter und er hatten sich sehr nahe gestanden. Er war ihr Engel gewesen, ihr Ein und Alles. Sie hatten sich gegenseitig Trost gespendet. Plötzlich wurde ihm übel, er schnippte den Zigarillo auf die Stufen und trat ihn aus. Er hatte sich immer danach gesehnt, er selbst sein zu dürfen. Gleichzeitig war seine größte Angst gewesen, alleingelassen zu werden, dass seine Mutter ihn auch verlassen würde.

Er öffnete seine Jacke und sog den Duft des abgewetzten Kuscheltieres ein, das in seiner Innentasche steckte. Ihm wurde ganz schwindelig. Das war der lieblichste Geruch von allen. Süß und rein, unwiderstehlich. Auf einmal war es, als würde der Himmel aufreißen, die Sonne schien zwischen den Wolken hindurch, gleißende Strahlen, die auf die Köpfe der Engel fielen, auf ihre durchsichtigen Flügel und ihre weißen, weichen Körper.

# Kapitel 22

Eva bemerkte sofort, dass etwas geschehen war. Kattis und ihre Freundin wirkten ängstlich und eingeschüchtert, als sie von ihrem Ausflug zum Strand zurückkehrten. Kattis' Freundin legte eine DVD für die Kinder ein und blieb bei ihnen sitzen, während Kattis mit Eva in die Küche ging.

Kattis starrte aus den schmalen Fenstern, als befürchtete sie, jemand könne sie beobachten oder abhören. Nur mit großer Mühe gelang es ihr, die Fassung zu wahren.

»Da ist jemand, der uns beobachtet, wenn wir unterwegs sind.«

Eva hielt die Luft an, wartete.

»Wir haben das beide so empfunden, immer wieder. Und heute …« Kattis senkte den Blick auf ihre Hände, ihre Wangen waren gerötet. »Sebastians Teddy, der braune, zerknuddelte, der ist weg.« Wir haben ihn überall gesucht, konnten ihn aber nicht finden. Und es war sonst niemand in der Nähe gewesen.«

Kattis ließ sich auf einen Küchenstuhl sinken, lehnte sich auf die Unterarme. Aus dem Wohnzimmer ertönte der fröhliche Gesang der kleinen Meerjungfrau. Kattis hob den Kopf, ihr Gesicht war kalkweiß, ihre Unterlippe zitterte, es dauerte eine Weile, bis sie sich wieder beruhigt hatte.

»Wir haben einen Wagen gehört, der hinter den Felsen entlangfuhr, aber gesehen haben wir ihn nicht. Wir glauben, dass jemand den Teddy mitgenommen hat.«

## Kapitel 23

»Na, wie läuft's?«

Per hob den Kopf und sah Katarina überrascht an. Sie goss sich einen Kaffee in einen fleckigen Becher, auf dem »Volvo« stand. Das geht dich einen feuchten Kehricht an, hätte er gerne erwidert, schwieg aber. Sie tat drei Löffel Zucker in den Kaffee, keine Milch. Per spürte ein Ziehen im Kiefer nur bei dem Gedanken daran, wie der wohl schmecken würde.

»Ganz gut. In ein paar Tagen ist Zugriff«, antwortete Per kurz angebunden. Mit dem Becher in der Hand blieb Katarina stehen. Komm zur Sache, raus damit, dachte er.

»Du hast dich nach dem Linné-Fall erkundigt«, begann Katarina, ihre dunkelbraunen Augen waren kalt wie Stein. »Der Verurteilte hat in seiner Zelle Selbstmord begangen. Hat sich erhängt.« Sie rührte in ihrem Kaffee, ließ Per aber keine Sekunde aus den Augen.

Der schwieg.

»Die Mutter des Opfers hatte vorher angeblich einen Brief von ihm erhalten? In dem er sich als unschuldig bezeichnet haben soll. Wolltest du deshalb die Ermittlungsakte einsehen?«

Ihre Lippen waren ein Strich, dann hob sie den Becher und nahm einen Schluck.

»Ja«, gab Per zu. »Ich kenne ihre Schwester, sie wollte gerne ein paar Fragen zum Vorgehen der polizeilichen Arbeit stellen. Ihr geht es nicht gut.«

Katarina lächelte säuerlich.

»Du hast wirklich ein untrügliches Gespür dafür, dein

Privatleben mit deiner Arbeit zu vermischen, nicht wahr? Und soweit ich das weiß, geschieht das auch nicht zum ersten Mal? Man könnte eigentlich meinen, dass so ein intelligenter Bursche wie du aus seinen Erfahrungen lernt.« Sie schnalzte mit der Zunge. »Nun ja, da sind wir wohl grundverschieden. So, jetzt weißt du Bescheid. Auf jeden Fall gibt es keinen Zweifel daran, dass der Richtige eingesperrt wurde. Er hat seine Tat bereut und die Konsequenzen gezogen.«

Die Luft vibrierte, es roch nach abgestandenem Kaffee und Essensresten, im Hintergrund dröhnte die Klimaanlage.

»Du kannst mir die Ermittlungsakte auf den Schreibtisch legen, wenn du damit fertig bist.«

Sie verzog ihr Gesicht zu einer Grimasse, die wohl ein Lächeln darstellen sollte, und verließ den Raum, ohne auf eine Antwort von ihm zu warten. Per schloss die Augen und ließ seine Wut verrauchen. Diese Energie benötigte er im Moment für anderes. Und der Tag würde schon noch kommen, an dem Katarina in ihrem eigenen Dreck ausrutschte. Sie stürmte mit einer beeindruckenden Geschwindigkeit auf einen handfesten Konflikt zu. Allerdings war es das erste Mal, dass sie ihm mit so offener Aggression begegnete. Wann verteidigt man sich mit Aggression? Wenn man sich in die Enge gedrängt fühlt!

Er stand auf und ging zurück in sein Büro. Den Kaffeebecher hatte er stehen lassen. Er stellte sich ans Fenster und ließ seinen Blick über den Parkplatz vor dem Ullevi-Stadion gleiten. Er hatte schon so oft hier gestanden, dass man es gar nicht mehr zählen konnte.

Ihm fiel die Geschichte von den zwei Mönchen ein, die einer jungen Frau an einem tiefen Graben begegneten, den sie nicht überqueren konnte. Der eine Mönch half der Frau und trug sie durch den Graben auf die andere Seite. Stunden später konnte sich sein Gefährte nicht mehr beherrschen und fragte ihn, warum er die Frau durch den Graben getragen habe.

»Uns Mönchen ist so etwas doch untersagt«, belehrte er ihn. Da hielt der andere an und betrachtete mild seinen Gefährten.

»Ich habe sie vor vielen Stunden abgesetzt, du aber trägst sie noch immer mit dir herum.«

Er war gezwungen, den aufflackernden Konflikt mit Katarina loszulassen. Sein Blick fiel auf die Ermittlungsakten des Linné-Falls. Der Verurteilte hatte sich also das Leben genommen. War Selbstmord nicht eine Sünde im christlichen Glauben? Gleichbedeutend mit einem One-way-ticket in die Hölle? Aber vielleicht war das Gefängnis schon die Hölle für ihn gewesen? Pädophile haben dort einen sehr niedrigen Status und sind häufig Übergriffen und Morddrohungen durch ihre Mitgefangenen ausgesetzt. Oder war es doch so zu verstehen, wie es Katarina ausgedrückt hatte? Als letzter Ausweg aus Schuld und Scham?

Er setzte sich wieder an seinen Schreibtisch, sah die Papierberge, die Ordner, die Faxe, die Post-it-Zettel überall. Er würde vor der nächsten Sitzung einen Teil des Materials noch einmal durchsehen müssen. Sie hatten vor, die Rechner mehrerer Verdächtiger zu beschlagnahmen, und dafür mussten alle Eckdaten erneut geprüft werden: Adressen, Arbeitsplätze, Familien. Sie wollten vermeiden, dass die Angehörigen zu Hause waren, wenn sie anrückten.

Das Telefon klingelte, zum wiederholten Mal. Mechanisch streckte Per die Hand danach aus und hob ab, ohne den Blick vom Fax zu nehmen.

»Hallöchen«, sagte er in den Hörer. Am anderen Ende blieb es still, offenbar war es kein Kollege aus Stockholm. »Hallo? Per Henriksson am Apparat?«, sagte er verärgert.

»Ja, guten Tag ... ich bin es, Eva Seger. Schon wieder!«

Per konnte im letzten Augenblick ein Seufzen unterdrücken. Was, um alles in der Welt, wollte die schon wieder? Hatte sie denn keinen Psychotherapeuten, mit dem sie reden konnte?

Eva räusperte sich. »Ich weiß, wie beschäftigt Sie gerade sind, ich will mich auch ganz kurz fassen. Ich habe mich mit einer ehemaligen Nachbarin unterhalten. Sie hat an dem besagten Tag Sebastian in Begleitung des Mannes gesehen, der ihn mitgenommen hat. Sie sagte mir, er sei dunkelhaarig gewesen. Mattias Fredberg aber war blond, fast weißhaarig!«

Per entgleisten die Gesichtszüge, er starrte aufs Telefon, als könne er sie durch die Leitung sehen. Was zum Teufel war das denn jetzt? Spielte sie auf einmal Privatdetektiv? Und was genau wollte sie ihm eigentlich sagen? Sein Kopf fühlte sich zweigeteilt an, er rieb sich die Stirn.

»Verzeihen Sie, Eva ... Ich habe das nicht ganz verstanden. Was wollen Sie damit sagen?«

»Ich will damit sagen, dass der Falsche verurteilt wurde. Mattias Fredberg ist blond und trug immer Jeans und T-Shirts. Der Mann aber, den meine Nachbarin gesehen hat, war dunkelhaarig und elegant gekleidet.«

Evas Stimme klang aggressiv und hart, Per fiel es schwer, sie mit der kleinen zarten blonden Gestalt in seinem Besucherstuhl zusammenzubringen.

»Warten Sie, Eva ... Wer hat Ihnen das erzählt?«

»Unsere ehemalige Nachbarin, Frau Persson. Sie hat Sebastian und den Mann gesehen, der ihn entführt hat.«

Ihre Stimme zitterte vor unterdrückter Verzweiflung. Ein stechender Kopfschmerz durchfuhr Per. Er konnte sich darum jetzt nicht kümmern, nicht jetzt. Er griff nach einem Notizblock und einem Stift.

»Frau Persson, sagten Sie? Die gleiche Adresse wie Ihre alte?«

»Ja, genau.«

Per kritzelte die Angaben aufs Papier.

»Ich melde mich wieder bei Ihnen, Eva. Wissen Sie, ob Frau Persson von der Polizei verhört wurde?«

»Ja, und sie hat denen auch gesagt, dass der Mann dunkelhaarig gewesen ist. Da sind einige Sachen, die nicht stimmen. Mein Sohn zum Beispiel redet die ganze Zeit von einem BMW, einem blauen BMW. Ich glaube, dass er mit so einem Wagen weggebracht wurde.«

Per spürte, wie ihm schwindelig wurde. Das war doch alles der reine Wahnsinn. Arme Eva, arme Karin.

»Eva, kann ich Sie später anrufen?«

Er vernahm ein kaum hörbares Seufzen am Ende der Leitung. »Ja, natürlich. Das ist in Ordnung. Ich hätte nur noch eine kurze Frage.« Sie ließ nicht locker.

»Selbstverständlich«, erwiderte Per mit zusammengebissenen Zähnen.

»Ich habe in der Zeitung eine Art Randnotiz gelesen. Ist es Mattias Fredberg, der sich im Gefängnis das Leben genommen hat?«

Per zeichnete ein Strichmännchen auf seinen Block, mit dünnen Armen und Beinen. Statt der Augen malte er zwei Kreuze. Hanging man!

»Ja, Mattias Fredberg hat sich vor ein paar Tagen im Gefängnis von Norrtälje das Leben genommen.«

»Vielen Dank. Ich wollte nur sicher sein, dass er es wirklich war«, antwortete Eva nüchtern und beendete das Telefonat.

Per massierte sich die Schläfen, dann stand er auf, streckte die Arme in die Luft und atmete tief und lang ein und aus. Er stellte sich wieder ans Fenster, legte die Hände gegen die Fensterscheibe, kleine Tropfen fielen dagegen, ein typischer Göteborgregen, wie ein dichter Nebel, in den man stolperte, eine Dampfsauna, nur eiskalt.

Dann packte er die Ermittlungsakten des Linné-Falls, steckte sie in seine Sporttasche, sammelte die wichtigsten Unterlagen für die bevorstehende Sitzung zusammen und verließ das Büro.

# Kapitel 24

Eva stand im Innenhof ihres ehemaligen Wohnhauses in der Övre Husargatan und sah hoch zu den Fenstern im zweiten Stock, die mit schwarzen Müllsäcken verhängt waren. Sie hielt die Haarsprayflasche in ihrer Jackentasche fest umklammert und ging zu den Klingeln im Treppenhaus. Sie klingelte wahllos, niemand öffnete, sie versuchte es weiter, keine Antwort. Endlich öffnete jemand.

Eva stieg die Treppen hoch, in den zweiten Stock, drückte dort erneut auf eine Klingel. Die Tür war grün lackiert, das Läuten war deutlich im Wohnungsflur zu hören. Sie lauschte. Verkehrsrauschen drang durch die alten Fenster des Treppenhauses, aber hinter der grünen Tür blieb es totenstill.

Angestrengt drückte Eva ein weiteres Mal auf die Klingel, ließ den Finger ungebührlich lange auf dem Knopf. Sie legte ihr Ohr an die Tür, lauschte konzentriert, meinte, ein schlurfendes Geräusch zu hören. Das runde Glas des Spions veränderte seine Farbe, das schwarze Loch leuchtete weiß auf, dahinter war eine Bewegung zu hören. Schnell presste sich Eva mit dem Rücken gegen die Tür, verschwand aus dem Sichtfeld des Spions, sie hielt den Atem an. Doch nichts geschah.

Sie legte eine Hand auf die Türklinke und drückte sie vorsichtig herunter, die Tür glitt tatsächlich auf, ihr Blick fiel in einen tiefschwarzen Flur. Der Gestank von ungewaschenem Körper und ungelüfteten Räumen schlug ihr entgegen. Sie presste sich die Hand über Mund und Nase, tat einen Schritt in die Wohnung hinein.

Sie strengte sich an, um im Dunkel Umrisse zu erkennen, es gab keine Lichtquelle, die Gardinen schienen überall zugezogen zu sein. Sie vernahm ein Rauschen, das Ticken einer Uhr, Geräusche aus dem Treppenhaus, irgendwo schlug eine Tür zu. Als ihre Augen sich allmählich an die Dunkelheit gewöhnt hatten, konnte sie mehrere Haufen ausmachen, alte Zeitungen, Kleidungsstücke, Schuhe, Bücher, einen kaputten Regenschirm, einen Wassereimer, das Durcheinander war unbeschreiblich. Es stank nach ungewaschener Kleidung, Schimmel und Müll. Am strengsten aber war der Geruch von ungewaschenen Körpern, beißend, süßlich und Übelkeit erregend.

»Svante«, rief Eva mit krächzender Stimme, räusperte sich und rief erneut, diesmal ein bisschen lauter. Ihr Ruf verhallte unbeantwortet. Vorsichtig und zittrig schlich sie weiter durch den dunklen Flur.

Etwa in der Mitte führte ein schmaler Gang zwischen Müll und Gerümpel hindurch. Diesem Weg folgte Eva langsam und wachsam. Sie meinte, sich an den Schnitt der Wohnung erinnern zu können: Zur Rechten lag das Wohnzimmer, das ein Fenster zur Straße hatte, Badezimmer und Küche gingen links vom Flur ab. Sie schlich weiter, das Unbehagen kroch ihr den Rücken hinauf, ihre Nackenhaare stellten sich auf, sie atmete angestrengt, leise, leise.

Tatsächlich gab es eine Tür rechts von ihr, und dahinter lag ein größerer Raum, aber auch dort war es stockfinster, kein noch so winziger Lichtstrahl drang durch die verrammelten Fenster. Es war niemand zu Hause. Oder Svante oder der Bewohner dieser Behausung hatte sich verkrochen und beobachtete sie aus seinem Versteck. Vorsichtig zog Eva sich wieder zurück, verließ Svantes Wohnung, zog die Tür hinter sich zu und stieg die Treppen hoch bis zum Absatz vor dem Dachboden. Dort setzte sie sich auf die Stufen und lauschte ihrem eigenen Herzschlag. Die Sprayflasche hielt sie so fest umklammert, dass ihre Finger schmerzten, als sie die Hand wieder öffnete. Sie steckte sie zurück in ihre Jackentasche und erhob sich steif und erschöpft. Ihr Blick fiel auf die Wohnungstür der Mieter im obersten Stock.

Hans und Ann-Katrin Olsén. Sie war eine fröhliche, lebenslustige junge Frau in ihrem Alter. Feuerrotes Haar, schöne grüne Augen und mit einer Energie ausgestattet, die ihrer Umgebung schier den Atem raubte. War sie nicht Vorsitzende der Vereinigung gewesen? Sie hatte das ein oder andere Hoffest ins Leben gerufen und die anderen Bewohner dazu gebracht, Geld für einen neuen Sandkasten und Schaukeln im Innenhof zu spenden. Eva ging so leise wie möglich die Treppe hinunter, als sie hinter sich plötzlich eine fröhliche Stimme hörte.

»Ich glaub es ja nicht, Eva! Oh, wie toll, du bist einfach so vorbeigekommen? Wie geht es dir?«

Eva drehte sich um und sah Ann-Katrins großen, runden Leib, der in der Tür zum Dachboden erschien. Sie war ganz unübersehbar hochschwanger, ihr hübscher Körper sah aus, als hätte ihn jemand mit Druckluft aufgepumpt. Aber ihre feuerroten Haare und die wachen tiefgrünen Augen leuchteten wie immer. Eva lächelte ihr freundlich zu.

»Hallo, Ann-Katrin. Du bekommst ein Kind?«

»Ha, ha. Sehr lustig. Ich bekomme nicht einfach ein Kind, sondern drei, kannst du dir das vorstellen? Drei auf einen Schlag. Ich bin im siebten Monat und kurz vorm Platzen. Ich bin seit zwei Monaten krankgeschrieben und darf eigentlich keinen Finger rühren!«

Ann-Katrin strahlte, man sah ihr an, dass sie sich aufrichtig über das Wiedersehen freute.

»Ach, ist das herrlich, dich zu sehen. Ich habe so viel an dich gedacht, weißt du. Wie geht es euch? Sag, hast du ein bisschen Zeit? Komm doch rein!« Ann-Katrin nickte in Richtung Wohnungstür.

Eva zögerte, war hin und her gerissen, fühlte sich ertappt, entschied dann aber, dass es nicht schaden konnte, sich mit einer ehemaligen Nachbarin zu unterhalten. »Kannst du mir bitte helfen, die Schuhe auszuziehen?«, bat Ann-Katrin sie.

Eva kniete sich hin und half ihr kichernd mit den Schuhen.

Ann-Katrin kam ohne Umschweife zur Sache, erkundigte sich nach den Ermittlungen, fragte, wie es Eva ging und Sebastian. Eva antwortete, dass es Sebastian schon wieder besserginge. Ihre eigene Verfassung verschwieg sie jedoch. Nach einer Weile des Smalltalks über Kinder und Geburten, Windeln und Kinderwagen, die wirtschaftliche Lage der Wohnungsbaugenossenschaft und Getratsche über die Nachbarn fasste sich Eva ein Herz und fragte Ann-Katrin nach Svante aus dem zweiten Stock.

»Tja, das ist ein richtiges Problem«, erwiderte Ann-Katrin mit Nachdruck. »Das ist alles so traurig. Wir haben uns da so einen Kopf gemacht, damit er eine andere Wohnung zugewiesen bekommt. Er benötigt dringend Hilfe, kann eigentlich nicht alleine leben. Aber wir wollen ihn auch nicht auf die Straße setzen, da würde er sofort eingehen. Aber die psychiatrischen Kliniken sind im Moment total überlastet. Man verpasst den Wahnsinnigen eine fragwürdige Diagnose und entlässt die dann in die Gesellschaft. Bitte sehr, sieh zu, wie du zurechtkommst! Oder sieh zu, dass deine Familie oder deine alten Eltern für dich sorgen. Es ist eine Schande!«

Sie deckten den Küchentisch, setzten sich, tranken heißen Tee und aßen belegte Brote mit Leberwurst und Käse.

»Ja, der arme Svante. Er ist schizophren, ist schon ein paarmal in der Geschlossenen gewesen. Aber es geht ihm immer nur für kurze Zeit gut, und dann ist alles wieder beim Alten. Ich glaube ja, dass er einfach vergisst, seine Medizin zu nehmen, wenn er allein ist. Aber jetzt haben wir die Zusage bekommen, dass er einen Platz in der Psychiatrie hat. Im Moment können wir leider nur warten. Dann müssen wir die Wohnung erst einmal sanieren, befürchte ich. Du solltest mal sehen, wie es bei ihm aussieht!«

Eva nickte zustimmend. Sie wollte lieber nicht daran denken, was man zu sehen bekäme, wenn man das Licht anmachte oder die Gardinen und die Plastiktüten von den Fenstern nahm.

Ann-Katrin schnaufte ärgerlich.

»Er war kerngesund, als er das letzte Mal aus der Klapse kam. Aber jetzt zieht er wieder die ganze Zeit wahllos durch die Stadt, irrt umher und spricht mit seinen unsichtbaren Dämonen.«

»Wann war er denn das letzte Mal eingeliefert?«, fragte Eva und versuchte so unbekümmert wie möglich zu klingen. Ann-Katrin schien keinen Verdacht zu schöpfen, sondern erzählte stattdessen von Svantes rasanter Reise von einem Langzeitkrankgeschriebenen, zu dem er nach seiner Kündigung vor zwei Jahren wurde, zu einem Dasein als Wesen, das dem lichtscheuen Gollum immer ähnlicher wurde, der in seinem finsteren Loch herumschlich. Den gesamten Frühling und Sommer hatte er in der Klinik verbracht.

Eva atmete erleichtert aus. Gollum hatte also in der fraglichen Zeit in der geschlossenen Abteilung gesessen. Die Frage war nur noch, ob sie ihm dort bald Gesellschaft leisten würde.

Eva versuchte, die Teezeit mit einer alten Bekannten, so gut es ging, zu genießen, aber ihre Gedanken waren auf Wanderschaft.

# Kapitel 25

Sonny schob die Gardine beiseite und sah auf die Straße. Da war sie, schon wieder. Das konnte niemand anderes sein. Klein, fast knabenhaft, die glatten blonden Haare, die großen Augen. Natürlich war sie es. Was zum Henker machte sie hier? Sie ging auf das hintere Tor zu, und er ließ die Gardine wieder zurückgleiten.

Die Familie Seger, der halb Göteborg gehörte, wohnte nur wenige Häuser von seinen Eltern draußen in Hovås. Und doch trennten sie Welten voneinander. Die Welt des Geldes nämlich und die der richtigen gesellschaftlichen Kontakte. Sein Alter faselte ununterbrochen davon, von den richtigen Kontakten, den richtigen Leuten, der richtigen Schule, wie wichtig es war, sich mit jenen gut zu stellen, die was abzugeben hatten. Ihm war das alles scheißegal.

Sonny hatte sich geschmeichelt gefühlt, als der Mann an jenem warmen Tag auf ihn zukam. Und wie! Teurer Anzug, elegant und verdammt edel. Freundlich, aber bestimmt. Erzählte, dass er seinen Vater kannte und mit ihm schon Golf gespielt habe, fragte nach, wie es in der Schule lief, verriet, dass er früher auf dieselbe Schule gegangen sei, erkundigte sich nach seinem Handicap beim Golfen. Ja, er wusste genau, was los war. Aber wenn der Typ gedacht hatte, dass er ein Hirni ist, hatte er sich geschnitten. Den Welpen. Er wollte den Kleinen für eine Weile ausleihen, ihn jemandem zeigen, der eventuell vorhatte, sich einen Hund anzuschaffen. Klar! Und warum war er dann bereit, ihm dafür Geld zu geben, nur um den Köter auszuleihen? Wenn es wirklich nur ein Freundschaftsdienst war? Sonny grinste selbstsicher. Nein, dumm war er verdammt noch mal nicht!

Er musste an den Welpen denken. Wahrscheinlich hatte seine Mutter den Alten in Grund und Boden geredet und ihm erklärt, dass der Junge so lernen würde, Verantwortung zu übernehmen. Es war nicht Sonnys Idee gewesen. Ein Hund? Was zum Teufel sollte er damit? Aber dann hatten seine Kumpels angefangen, von Neil Strauss und *Die perfekte Masche* zu reden, vom Hundetrick. Und wie die Bräute dahingeschmolzen sind! Sind auf die Knie gefallen, sie haben das Tier zu Tode geknutscht, bis sie ganz schief in der Fresse waren vor Aufregung. Danach war alles andere ein leichtes Spiel. Er hat ein bisschen von der Verantwortung für ein Lebewesen gefaselt, von Erziehung und Geborgenheit. Die Weiber hatten ganz glänzende Augen vor Geilheit.

Aber was der Köter für eine Arbeit gemacht hat! Morgens raus. Jesus! Ziemlich schnell hatte er keinen Nerv mehr darauf. Sein Alter hatte vermutlich erleichtert geseufzt, als er ihm erzählte, dass er den Hund einer netten Familie mit Kindern draußen in Brottkärr verkauft hatte. Seiner Meinung nach war das sowieso nur eine dumme Idee gewesen.

Sonny seufzte, fuhr sich mit den Händen durch die halblangen blondierten Haare, die kerzengerade in der Luft stehen blieben. Dann presste er kritisch die Fingerspitzen auf seine Tränensäcke. Er sah ganz schön fertig aus! Die letzten Nächte hatten ihre Spuren hinterlassen. Seine Wangen hingen schlaff herab, um die Augen lagen dunkle Ringe, und die Adern an den Schläfen schlängelten sich wie Regenwürmer unter der dünnen Haut.

Sonny spürte eine Unruhe in sich aufsteigen und schob sie irritiert beiseite. Was sie sich da alles so eingeworfen hatten in den letzten Tagen. Vielleicht sollte er sich ein bisschen auf die Sonnenbank legen? Ja, das würde Abhilfe schaffen. Zum Schönheitssalon Panaché gehen und sich die Haare machen lassen, vielleicht eine Gesichtsbehandlung, sich ein wenig verwöhnen lassen. Danach könnte er sich wieder im »G« sehen lassen.

Er drehte den Kopf zum Fenster. Warte mal! Hatte die Tussi da draußen auf der Straße nicht früher mal mit ihrem Typen hier gewohnt? Die hatten doch die große Party hier gemacht, er hatte sich schon gewundert, was da für Leute aufgekreuzt waren. Aber jetzt wohnten die doch draußen in Hovås?

Sonny ging ins Wohnzimmer und nahm das gerahmte Foto des Hundewelpen vom Bücherregal, strich wehmütig über die Aufnahme des runden, ockerfarbenen Kopfes mit der schwarzen Nase und dem seidenweichen Fell. Aber es war auch schön gewesen, morgens nicht mehr so früh rauszumüssen. Außerdem hatte es der Kleine jetzt bestimmt besser in seiner neuen Familie.

Er holte das Foto aus dem Rahmen und warf es in den Mülleimer. War besser so. Er hatte keinen Bock, in irgendeinen Scheiß mit reingezogen zu werden.

# Kapitel 26

»Das wird bestimmt turbogut!«, rief Kattis ausgelassen. Eva nickte ihr zu, wollte ihre Vorfreude mit der eigenen Niedergeschlagenheit nicht ruinieren.

Der siebzigste Geburtstag von Carls Vater stand bevor. Eva hatte sich, so gut es ging, aus den Vorbereitungen herausgehalten, hatte Carl alle Details regeln lassen, wie Kleidung, Geschenke und Gästeliste. Sie hatte die meisten seiner Vorschläge mit einem zustimmenden Nicken begrüßt.

Mit müden Augen betrachtete sich Eva in dem großen, angeschlagenen Spiegel im Flur. Sie war irgendwie verkrampft in dem neuen Kleid. Achttausend Kronen für ein einziges Kleid! Aber Carl hatte nur gegrinst und gesagt, das Beste sei für eine Seger gerade gut genug!

Das Kleid stand ihr hervorragend. Mit ein bisschen Abstand sah Eva wohl, dass sie eine schöne Frau war. Doch den verbitterten Zug um den Mund und die dunklen Schatten unter und in ihren Augen konnte keine Schminke dieser Erde verdecken. Aber sie hatte keine Wahl!

Die *Göteborgs-Posten* hatte eine große Reportage über Carl-Axel Seger veröffentlicht, über sein Leben und Wirken, seinen unschätzbaren Einsatz für die Stadt Göteborg, für den gesamten Landkreis als einer der herausragendsten Geschäftsmänner der Stadt. Er hatte sich neben den einflussreichsten Senatoren und Schwergewichten in Wirtschaft ablichten lassen. Ein stahlgraues Gesicht, scharf geschnitten und unerbittlich, kein noch so kleines Anzeichen eines Lächelns.

Eva versuchte, die innere Unruhe zu unterdrücken, die

immer wieder in ihr aufflammte. Es wurden Hunderte von Gästen erwartet. Selbstverständlich würden sie Security-Personal haben, viele Fotografen. Und doch konnte sie das ungute Gefühl eines bevorstehenden Unglücks nicht abschütteln.

Vor dem Haus der Familie Seger wimmelte es nur so von Menschen, überall brannten Fackeln, das Anwesen war hell erleuchtet, das Stimmengewirr drang bis hinaus auf die Straße, wo Taxis vorfuhren und wieder abdrehten. Die Straße war bis auf den letzten Stellplatz zugeparkt, die Blitze der Fotografen tauchten den Eingang und die umstehenden Bäume in grelles Licht. Einige der Gäste wurden von den Pressfotografen angehalten und um eine Aufnahme gebeten, andere unfreundlich verscheucht.

Eva, Carl und die Kinder kamen zusammen mit Kattis an. Zwei Fotografen schoben die anderen Leute beiseite und baten Eva und Carl, sich in Position zu stellen. Sie hielt Julia im Arm, Sebastian sollte sich nach vorne stellen, lächeln, Blitz!

Carl-Axel empfing seine Gäste im Eingang zum Wohnzimmer, ordentlich angezogen, ein wenig unwirsch, ein Mann von Welt, ein König in seinem Schloss. Rose-Marie tänzelte durch das Haus, lächelte übers ganze Gesicht, plapperte, flatterte, war überall zur gleichen Zeit. In dem großen Salon wurden die Geschenke auf einem Tisch platziert, eine groteske Ansammlung von Entbehrlichkeiten, Blumen, Präsentkörben, Umschlägen.

Carl kicherte vergnügt.

»Wollen wir wetten? Ein weiterer französischer Weinöffner oder eine Geflügelpresse! Wir müssen den Quatsch bald mal bei Ebay verkaufen!«, flüsterte Carl ihr zu, während sie sich dem Jubilar Carl-Axel näherten, ihn beglückwünschten und ihm ihr Geschenk überreichten: eine Tasche mit Golfschlägern, für die sich Carl am Tag zuvor unter Qualen entschieden hatte.

Eva zuckte zusammen, als ihre Wange die ihres Schwiegervaters berührte. Sein weißes Hemd leuchtete, die Manschettenknöpfe blitzten frisch poliert, und in der Hand hielt er einen zur Hälfte aufgerauchten Zigarillo. Die Übelkeit traf sie wie ein Schlag in den Magen. Sie musste schlucken, lächelte angestrengt.

»Bist du nervös?«, flüsterte Carl mit einem Glucksen im Hals und löste ihren festen Griff um seinen Arm. Eva konnte nicht antworten, ihr Blick klebte an Kattis und Sebastian, sie hielt Julia fest an sich gepresst. Ihre Schwiegermutter schwebte vorbei, fuhr Sebastian durch die Haare und gab Julia einen Luftkuss. Durch Eva sah sie einfach hindurch und lief ohne ein Wort weiter.

Im Raum waren lange Tische aufgebaut, mit weißen Tischdecken, glänzendem Silberbesteck, Leinenservietten, Tischdekorationen aus Efeu und Blumen, Kristallgläsern und schönen, handbeschriebenen Tischkarten auf den Tellern. Neben den Tischen stand das Personal und wies den Gästen ihre Plätze zu. Politiker, Anwälte, Geschäftsmänner, Schauspieler, Medienleute, bekannte Gesichter aus der Gourmetwelt Göteborgs und High Society strömten herein und häuften immer mehr auf den Berg mit Geschenken.

Die Kinder und Kattis saßen an einem extra Tisch für die Kleinen und ihre Kindermädchen.

Eva war platziert zwischen einem liberalen Politiker, den sie nur flüchtig kannte, und einem Typen, der sich als Geschäftsmann vorstellte.

Das Essen war elegant komponiert und schmeckte hervorragend, Eva aber stocherte nur lustlos darin herum und musste sich sehr zusammenreißen, nicht immer zum Kindertisch hinüberzusehen.

Ich gehöre nicht hierher, dachte sie und versuchte ihre Tischnachbarn freundlich anzulächeln, die sich fleißig nachschenken ließen und schon bald betrunken waren. Sie warf einen Blick ans Ende der langen Tafel, wo der Jubilar thronte.

Sie sah ihren Mann wild gestikulieren, sah seine aschblonden Haare über dem glänzenden neuen Anzug. Das Gewirr aus Stimmen, die vielen Essensgerüche, Blumen und aufdringlichen Parfums verursachten ihr ein Schwindelgefühl. Der Druck in ihrer Stirn kündigte an, dass der Kopfschmerz, mit dem sie am Morgen aufgewacht war, sich wieder zurückmeldete und mitnichten verklungen war.

Nach einer gefühlten Ewigkeit war das Essen zu Ende, und eine Jazzband fing an aufzuspielen. Carl kam zu Eva, und sie stellte ihre Tischnachbarn artig vor. Plötzlich stand Sebastian neben ihr und schob seine Hand in ihre.

»Carl«, sagte Eva und zog am Ärmel ihres Mannes. »Ich glaube, es ist besser, wenn ich jetzt mit Sebastian nach Hause gehe, er ist müde, das hier ist einfach zu vi…«

Carls Blick ließ Eva augenblicklich verstummen.

»Eva, mein Schatz«, zischte er aus einem Mundwinkel. »Fang jetzt nicht damit an. Reiß dich ein einziges Mal zusammen. Hier sind ein paar Leute, die für meine Karriere wichtig sind, und ich erwarte von dir, dass du an meiner Seite bist. Wir haben doch Kattis, sie wird schließlich dafür bezahlt.«

Eva hatte schon den Mund für ein Widerwort geöffnet,

schluckte es dann aber hinunter und gab Kattis ein Zeichen, dass sie den Buggy holen sollte. Kattis nahm Julia auf den Arm, setzte Sebastian in den Buggy und schob mit ihnen hinaus auf die Terrasse. Es zerriss Eva fast das Herz, als sie seine schniefenden Proteste hörte.

Plötzlich stand Liv direkt vor ihr und sah sie mit freundlichen Augen an.

»Wie geht es dir, meine Liebe? Du siehst ein bisschen mitgenommen aus.«

Eva erwiderte schnell, dass es ihr gutginge. Livs Mann Paulo schloss sich ihnen an, sie begrüßten sich mit einem Wangenkuss. Er duftete frisch geduscht, sagte ihr ein paar aufmunternde Worte. Eva lächelte, fühlte sich wie eine Aufziehpuppe, trank ihren Wein, ohne etwas zu schmecken.

Liv zeigte ihr flüsternd die anwesenden Berühmtheiten, den Schönheitschirurgen ihrer Schwiegermutter, die Vorstände verschiedener Firmen, Persönlichkeiten des kulturellen Lebens und politische Schwergewichte.

»Und … ein Familientherapeut, der in aller Munde ist«, fügte Liv hinzu und zeigte auf eine kleine Gruppe, die am Ausgang zur Terrasse stand.

Peter Nyhlén stand dort zusammen mit Rose-Marie und Carls ältestem Bruder Axel. In seiner Anzugjacke wirkte er merkwürdig steif, sah anders aus als sonst. Er nippte an seinem Cognac, während er sich unterhielt und mit der freien Hand eifrig gestikulierte. Dabei zeichnete er mit dem Rauch seines Zigarillos Muster in die Luft.

Eva entschuldigte sich und schlängelte sich durch die Menschenmassen durchs Haus. Sie ging auf die Toilette, wusch sich die Hände und kehrte zurück in das Menschengewirr. Sie ging auf Peter Nyhlén zu, der im Flur stand und seinen Zigarillo in einen hohen Aschenbecher abaschte.

Zuerst sah es aus, als würde er sie nicht wiedererkennen, aber dann verzog er das Gesicht zu einer Grimasse, schlug sich gegen die Stirn und entschuldigte sich für sein erbärmliches Gedächtnis. Eva spürte die blanke Wut in sich aufsteigen, als er sich nach Sebastians Wohlbefinden erkundigte. Sie entdeckte den Ansatz einer perversen Neugier in seinem nikotinbleichen Gesicht und wollte ihren Ohren nicht trauen, als er ihr mit selbstgefälliger Miene eine Familientherapie anbot.

Eva trat näher an ihn heran.

»Eine Sache sollten Sie wissen, Sie großartiger Familientherapeut«, fauchte sie ihn an, »und das ist die Tatsache, dass ich Sie noch nie ausstehen konnte, dass mich Ihre selbstgerechten Ansichten und Ihr Besserwissergehabe anekeln.«

Peter Nyhlén verlor das letzte bisschen Farbe aus seinem Gesicht und holte tief Luft, um zum Gegenschlag auszuholen. Aber Eva kam ihm mit ausgestrecktem Zeigefinger zuvor.

»Wenn Sie auch nur eine Sekunde lang annehmen, dass ich die psychische Gesundheit meiner Familie in die Hände eines Mannes geben würde, der sich an minderjährigen Mädchen vergeht, dann irren Sie sich gewaltig!«, knurrte Eva.

Er reagierte nicht so, wie sie es erwartet hatte. Es kam kein Wutausbruch. In Nyhléns Augen stand Angst geschrieben, er wirkte ertappt. Eva spürte, wie eine heiße Welle durch ihren Körper floss, danach lief es ihr eiskalt den Rücken hinunter. Lieber Gott, bitte sag, dass ich nicht recht hatte!

Er machte Anstalten, sich dem Gespräch zu entziehen,

aber Eva verstellte ihm den Weg. Wenn er mich jetzt schlägt, stehen hier Hunderte von Menschen, die mich schreien hören, dachte sie, während ihr die Panik bis zum Hals klopfte.

»Ich will wissen, was Sie am 6. Mai getan haben, Peter! Sonst wende ich mich an die Presse und werde denen erzählen, dass der beliebte Familientherapeut ein Pädophiler ist, der sich an kleine Mädchen ranmacht! Oder am besten führe ich das Gespräch mit dem Dekan der Universität? Was würden Sie vorziehen?«

»Sie sind ja vollkommen krank im Kopf. Wissen Sie das eigentlich?«, stieß Nyhlén zwischen den Zähnen hervor.

»Sie sollen sich nicht den Kopf darüber zerbrechen, ob ich krank bin oder nicht. Ich will wissen, wo Sie am 6. Mai gewesen sind!«, zischte Eva und unterdrückte die Angst vor seinen schwarzen Augen und dem Gestank von altem Zigarillorauch.

»Mein lieber Gott …«, murmelte er. »Wir waren im Urlaub. Was soll ich Ihnen denn da beweisen?«

»Nur das, wonach ich gerade gefragt habe, nicht mehr und nicht weniger«, antwortete Eva mit heiserer Stimme.

»Sie brauchen dringend Hilfe!«, murmelte Nyhlén verstört. Er zog eine Visitenkarte aus seiner Jacketttasche, kritzelte den Namen eines Reisebüros auf die Rückseite und reichte sie Eva.

»Hier. Rufen Sie da an. Wir haben unsere Reise dort gebucht. Aber lassen Sie meine Familie in Ruhe. Wenn Sie mir noch einmal drohen, zeige ich Sie an. Haben Sie das verstanden?«

Er drehte sich um und verschwand in der Menge. Eva blieb mit der Visitenkarte in der Hand zurück, sie zitterte am ganzen Körper. Nachdem sie sich kurz auf der Toilette mit eiskaltem Wasser erfrischt hatte, wankte sie zu Carl zurück, der sie ungehalten fragte, wo sie so lange gewesen sei. Eva bemühte sich, unbekümmert zu lächeln, und schlüpfte wieder in die Rolle des Schmuckstücks, strahlte und begleitete zustimmend nickend die Gespräche, denen sie aber nicht folgte. Im Augenwinkel sah sie, wie Kattis mit schnellen Schritten auf sie zukam, die müde Julia in den Armen.

»Ich muss dringend auf die Toilette«, flüsterte Kattis. Eva nickte und nahm ihr Julia ab.

»Sebastian schläft draußen auf der Terrasse im Buggy, direkt vor der Säule rechts neben der Tür.« Kattis zeigte in Richtung Terrasse. Eva nickte erneut und machte sich auf den Weg dorthin, als sie Carls Hand auf ihrem Arm spürte.

»Eva. Er schläft. Und Kattis kommt gleich wieder.«

»Ab…«

Verunsichert sah Eva ihren Mann an, der sie doch immer beschuldigte, zu wenig Verantwortung für die Kinder zu übernehmen. Jetzt auf einmal hatte das keine Bedeutung mehr. Aber gleich darauf begriff sie, warum. Einer der bekanntesten Bankiers der Stadt kam auf sie zu. Unschlüssig blieb Eva stehen. Der Anzugträger grüßte sie, stellte ihnen seine Frau vor, und alle bewunderten die kleine Julia. Eva wollte sich gerade entschuldigen, um nach ihrem Sohn zu sehen, als Kattis mit noch feuchten Händen zurückkam und ihr die Kleine wieder abnahm. Erleichtert atmete Eva aus, ließ die Schultern sinken und versuchte, sich auf das Ehepaar vor ihr zu konzentrieren, zuzuhören, an der richtigen Stelle zu lächeln und zu nicken. Doch da kam Kattis schon wieder zurück. Sie schob sich durch die Menschenmenge, Julia hüpfte in ihrem Arm auf und ab, Kattis Augen waren vor Panik weit aufgerissen.

»Eva! Er ist weg! Der Buggy, Sebast…«

Eva gab Julia an Carl weiter und machte sich sofort mit Kattis auf den Weg zur Terrasse, ehe Kattis den Satz beenden konnte. Das Kindermädchen zeigte verzweifelt in eine Ecke.

»Dort«, jammerte sie. »Hier hat er gestanden, aber da ist er nicht mehr. Jemand muss ihn weggeschoben haben.«

Der Boden unter Evas Füßen gab nach. Die Schatten wurden von dem Feuer der Fackeln zum Leben erweckt, alles schien in Bewegung zu sein. Eva drehte sich um, starrte in die Finsternis und rannte dann einfach los, direkt in die Dunkelheit, dort, wo die Schatten das beste Versteck boten.

»Du suchst dort«, wies sie Kattis an und zeigte in die andere Richtung.

Außerhalb der Terrasse empfing sie eine Dunkelheit, vereinzelte Lichtflecken von den Fackeln, undeutliche Schatten der Büsche, Bänke und Tische, Säulen und die Figuren des Springbrunnens.

Eva blieb stehen, versuchte etwas in dem undurchdringlichen Herbstdunkel zu erkennen.

Da registrierte sie eine Bewegung, einen schwebenden Schatten, nur für einen kurzen Augenblick. Sie sprang hinunter auf den Rasen, ein Absatz bohrte sich in die Erde, sie stolperte und lief mit einem Schuh weiter.

Sie rannte um den Springbrunnen herum, schlug mit dem Fuß gegen den Buggy und schürfte sich den Knöchel auf. Hastig riss sie den Bezug hoch und fand Sebastian, der schlaftrunken grunzte, sein warmer Atem berührte Evas Handfläche.

»Kattis! Er ist hier!«, brüllte Eva in die Dunkelheit.

Der Wind raschelte in den Baumwipfeln und dem vertrockneten Laub, etwas weiter entfernt knirschte der Kies. Eva riss sich auch den zweiten Schuh vom Fuß und rannte in die Richtung, aus der sie das Knirschen gehört hatte. Ihre Schritte waren gedämpftes Donnern im Vergleich zum Dröhnen ihres eigenen Herzschlages. Sie stolperte, zerkratzte sich Hände und Füße im Kies.

Ein Rücken, gekrümmt, die Andeutung eines Kopfes, dort drüben im Schatten. Sie hörte ein Klingeln. Eva erreichte keuchend das schmiedeeiserne Gitter, das auf den Golfplatz und das angrenzende Naturschutzgebiet führte, das bis zum Meer reichte. Das Tor stand offen. Sie konnte die Seeluft riechen, die über das Grün strich, hörte das Rauschen des Meeres in weiter Ferne. Eva starrte in die Dunkelheit, erkannte Baumstämme, Lichtungen, weiter weg einen Sandbunker. Keine Schritte, keine Bewegung, nur das Rauschen des Windes und der Wellen.

Dann drehte sie sich um, rannte, so schnell sie konnte, zurück, drängte sich durch Büsche und Blumenbeete. Kattis stand neben dem Buggy und zitterte, das Weiß ihrer Augen leuchtete im Dunkeln. Sie schluchzte und umklammerte die Griffe des Buggys, in dem Sebastian lag und selig schlief.

»Hallo? Eva?«

Carls besorgte Stimme war auf der Terrasse zu hören. Eva streckte sich und sah ihn an der Säule stehen und in den Garten spähen, neben ihm standen Liv und ihre Schwiegermutter.

Zwei Männer des Sicherheitspersonals kamen auf ihn zu und erkundigten sich, was geschehen sei, verschwanden dann im Garten, die runden Lichtkegel ihrer Taschenlampen irrten zwischen den Büschen und Bäumen umher.

Eva hob Sebastian aus dem Buggy, er war warm und

schlaftrunken, Kattis stand daneben und schluchzte heftig. Eva hob die Decke aus dem Wagen und wickelte sie um Sebastians Schultern. In diesem Augenblick nahm sie den Geruch wahr. Sie beugte sich hinunter, schnupperte an den Handgriffen des Buggys, nahm Witterung auf wie ein Tier. Der Geruch nach starkem Tabak klebte an den Griffen, er saß in der Decke und war auch an ihren Händen.

Carl kam auf sie zu, legte seinen Arm um sie und Sebastian und sagte etwas. Eva hörte es nicht, sah sich nur nervös in alle Richtungen um. Kattis weinte ununterbrochen. Alle Laute flossen in einem Strom aus Geräuschen zusammen, sie fühlte sich wie in einem großen Glasgefäß. Ein Brummen wie in einem Ameisenhaufen, festlich gekleidete Wesen, helle strahlende Lampen, erregte Stimmen, Fragen.

Carl sah wütend aus, seine Stimme war kurz angebunden und scharf. Plötzlich konnte sie wieder alle Geräusche wahrnehmen, als hätte jemand den Lautstärkeregler betätigt.

»Eva, niemand von unseren Gästen hat diesen Buggy entfernt. Das kannst du nicht ernsthaft glauben? Ihr beide habt euch nur missverstanden.«

Seine Stimme klang jetzt flehend, aber sein Blick war müde und hart. Eva kaute auf den Worten herum, fand zuerst keine, wollte ihn anflehen und bitten, er möge ihr doch nur ein einziges Mal glauben, aber dann übermannte sie Verzweiflung, hoffnungslose Verzweiflung.

»Es war jemand dort, Carl ... du musst mir glauben«, krächzte Eva, das Herz schlug ihr bis zum Hals. Ihr Mann seufzte, schloss die Augen und schüttelte langsam den Kopf.

»Eva, zum Teufel, ich halte das nicht mehr länger aus. Du bist ja vollkommen hysterisch! Du veranstaltest hier auf der

Geburtstagsfeier meines Vaters einen Riesenzirkus, nur weil das Kindermädchen zwei Minuten lang vergessen hat, wo der Buggy steht?«

Eva hätte gerne geweint, geschrien, um sich geschlagen und wäre doch am liebsten in den Arm genommen worden. Reglos blieb sie neben ihrem Mann stehen, sah ihn nur schweigend an.

»Wir gehen jetzt nach Hause«, sagte sie stattdessen. »Ich und Kattis und die Kinder. Und zwar jetzt!«

Das Letzte sagte sie zu Kattis gewandt, die mit roten Augen und verschmiertem Gesicht nickte. Sie kehrten zurück auf die Terrasse, umrundeten das Haus und betraten es durch eine Seitentür, von der aus sie direkt in die Garderobe gelangten, um dort ihre Jacken und Mäntel entgegenzunehmen.

»Bravo, Eva! Grandios! Was für eine Vorstellung!«

Rose-Maries Stimme war voller Verachtung, sie klatschte übertrieben Applaus.

»Aber wohin, meinst du, wird dich deine theatralische Inszenierung führen? Bildest du dir etwa ein, dass wir endlich anfangen, deinen Phantasien Glauben zu schenken? Damit kannst du vielleicht deinen neuen Psychotherapeuten hinters Licht führen, Eva. Und deine Schwester. Aber uns nicht!«, zischte sie.

Eva musterte ihre Schwiegermutter, das schöne Kleid, das sie trug, die viele Schminke, die edlen Juwelen, ihr gepflegtes Äußeres. Jetzt stand sie vor ihr und glühte unter ihrem vielen Puder vor Aufregung, sie hatte große Mühe, ihren Blick gerade zu halten.

»Wir wissen doch schon alle, was wirklich passiert ist, meine Liebe«, Rose-Marie atmete schwer. Ihre Augen waren ganz glasig vor Erregung. »Du hattest Mattias als Babysitter zu euch in den Hof gebeten. So einfach ist das. Und du bist so ungeheuerlich dumm. Du hast deinen Sohn einfach in die Hände eines Pädophilen gegeben. Und jetzt weigerst du dich, die Wahrheit anzunehmen. Versuchst uns weiszumachen, dass du an Gedächtnisverlust leidest. Mein lieber Gott, so banal ist das, so naheliegend. Und du dachtest, du könntest Doktor Sevedsson reinlegen. Einer der erfahrensten und anerkanntesten Psychotherapeuten der Stadt sollte also deine banalen Lügengeschichten schlucken? Ha! Und dann dieser Brief, Eva! Glaubst du wirklich, wir hätten das nicht durchschaut? Hältst du uns tatsächlich für so dumm? Ein Verbrecher, der seinem Opfer einen Brief schreibt. Meine Liebe!«

Carl stellte sich hinter seine Mutter. Eva sah sie beide an, Mutter und Sohn, wie ähnlich sie sich trotz allem waren. Armer Carl.

»Eva geht jetzt mit den Kindern nach Hause, Mutter«, sagte Carl steif. »Ich bleibe«, fügte er hinzu, an seine Frau gewandt. Er sah müde aus und war auch nicht mehr nüchtern.

Eva blinzelte nervös, drehte sich um und ging hinüber ins Gästehaus.

»Ich kann auch hier schlafen, wenn Sie das wollen«, bot Kattis an, ihre Stimme war belegt. Eva nickte dankbar. Sie bezogen das Beistellbett, machten Brei und Fläschchen, zogen den Kindern die verhassten feinen Kleider aus, machten sie bettfertig und lasen noch eine Geschichte vor. Julia schlief sofort und vollkommen erschöpft ein. Sebastian wollte die Gutenachtgeschichte mehrmals erzählt bekommen, bis er endlich dem Schlaf nachgab.

Auf einmal war alles ganz still, die Dunkelheit vor den Fenstern war schwarz wie Pech, dicht, undurchdringlich und beklemmend. Es klapperte und ratterte an den Fensterläden. Eva kochte Tee, und sie setzten sich in die Küche, verstummt, verängstigt. Endlich brach Kattis das Schweigen.

»Sie haben jemanden im Garten gesehen, stimmt es?« Dabei sah sie Eva mit ängstlichem Blick an.

Eva nickte nur stumm.

»Ich habe den Buggy nicht hinter den Springbrunnen gestellt!«, sagte Kattis voller Verzweiflung. »Warum in aller Welt sollte ich das tun? Jemand hat ihn dort hingeschoben!«

Eva legte ihre Hand auf Kattis' Arm.

»Ich weiß, Kattis, ich weiß …«

Das Kindermädchen fing an zu weinen, lang anhaltend und tränenreich.

»Verzeihen Sie mir, Eva. Das war mein Fehler, ich hätte ihn nicht einfach da …«

»Nein, Kattis, das ist nicht dein Fehler. Das darfst du nicht mal denken …«

Eva betrachtete Kattis, deren Gesicht vor kurzem noch strahlend und erwartungsvoll gewesen war, jetzt aber nur noch eine verschmierte Maske aus Erschöpfung, Scham und Angst zeigte. Eva konnte sie nur zu gut verstehen. Sie selbst empfand jedoch keine Angst mehr, sie hatte das Grauen gepackt.

# Kapitel 27

Er drehte den Zigarillo zwischen den Fingern. Das Blut pumpte durch seine Halsschlagader, die roten Wellen ließen sie anschwellen, der Hemdkragen engte ihn ein. Er musste zur Ruhe kommen, sah auf die Tür hinter sich. Er könnte einfach rausgehen. Nein, er brauchte noch einen Augenblick.

Er legte die Hände auf den Globus, der auf dem Schreibtisch stand, seine Oberfläche war kühl und erhaben. Er spürte die Ländergrenzen, Berge und Flusstäler unter seinen Fingerspitzen, die Stellen, an denen die alte Farbe abgeblättert war und Risse und Klüfte in der Erdoberfläche gebildet hatten, die in Wirklichkeit gar nicht existierten.

In dem massiven Kristallaschenbecher lag eine Schachtel Streichhölzer, es war sehr verlockend, damit einen zweiten Zigarillo anzuzünden und ein paar Züge zu nehmen, nur zur Beruhigung.

Er lehnte sich gegen den großen Mahagonitisch, ließ die Hand mit dem Zigarillo herabhängen. Es war dunkel im Zimmer, sehr dunkel, kein Licht fiel durch die Fensterscheiben, wie in einer Grabkammer war es, still und bedrückend. Es kitzelte in seinem Bauch vor Spannung. Was für ein Teufel hatte ihn da nur geritten? Dieser herrliche süße, unschuldige Geruch, der noch im Stoff des Teddys gehangen hatte. Der Teddy war eine Sache gewesen. Aber das hier?

Er hatte es einfach getan, den Buggy genommen, und war losgegangen. Er hatte nicht anders gekonnt. Eine unerbittliche, höhere Macht hatte ihn dazu bewegt. Ein Tanz am Rande des Abgrunds war das, der ihm einen wahnsinnigen Kick gegeben hatte! Aber er hatte seinen Fehler schnell eingesehen, registriert, worauf er da zusteuerte, und hatte den Buggy sofort stehen lassen. Er hatte das Gartentor aufgestoßen, war zurückgeschlichen und hatte durch eine hintere Tür im südlichen Annex das Haus wieder betreten.

Die Geräusche vor der Tür des dunklen Arbeitszimmers rissen ihn aus seinen Gedanken. Er sah zur Tür in Richtung der Stimmen, fröhliches Geplauder, von dicken Teppichen gedämpfte Schritte, dann hörte er die Toilettentür zufallen. Entweder kehrte er jetzt zurück zum Fest und präsentierte wieder sein makelloses, freundliches Ich, oder …

Er steckte den Zigarillo eilig in die Schatulle zurück und schob sie in die Tasche, richtete seinen Anzug, holte tief Luft, verließ das Arbeitszimmer und wusch sich in der Toilette die Hände. Dort betrachtete er sein glattrasiertes Gesicht. Sie benahm sich wie eine Löwenmutter. Das konnte man ihr ansehen, ihr misstrauischer Blick, der sich gegen alles und jeden richtete. Dieses nervöse, unruhige Flackern im Blick. Dieser verdammte Brief. Aber zum Glück konnte Mattias keine weiteren Briefe schreiben. Mit leichten, unbeschwerten Schritten kehrte er zum Fest zurück.

# Kapitel 28

»Erik!«

»Ja?« Er blieb in der Tür des Polizeipräsidiums stehen, drehte sich um und grinste Per an.

»Was ist los, mein Guter? Sag bloß, du fliehst zu so früher Stunde schon von deinem Schreibtisch?«

Per kam auf ihn zugerannt, griff seinen Arm und zog ihn mit sich zum Place Pedale, wo er sein Fahrrad angeschlossen hatte.

»Erik, kennst du die Polizisten Philip Karlsson und Jesper Renfjell?«

Er sah seinen Freund misstrauisch an, dann zog er die Schultern hoch und machte einen gleichgültigen Gesichtsausdruck.

»Das sind zwei neue Kollegen. Mit dem einen hatte ich mal zu tun, gute Leute. Warum fragst du? Willst du jetzt etwa schon nach Hause?«, fragte Erik überrascht.

Per hatte in den vergangenen Monaten so viel Zeit im Präsidium verbracht, dass es tatsächlich verdächtig war, wenn er jetzt so früh ging.

»Ja, jetzt schlafe ich ein paar Stunden, und dann schlagen wir zu, morgen ganz früh, zu nachtschlafender Zeit, keiner der Hurensöhne wird wissen, wie ihm geschieht. Und dann ziehen wir die Schlinge zu. Kommst du mit, einen Happen essen?«

Per wusste, dass die Frage rhetorisch war. Erik behauptete gerne und mit Nachdruck, dass er in keiner Kneipe so gutes Essen bekäme wie zu Hause bei seiner Frau. Wie immer lächelte Erik zufrieden und sagte, er müsse gehen, das Essen würde bald auf dem Tisch stehen, er wollte den Kindern bei den Hausaufgaben helfen, und der Älteste musste später noch zum Budotraining gebracht werden.

»Wolltest du von Philip und Jesper was Bestimmtes?«, fragte Erik.

»Nee, die Mutter im Linné-Fall hat mich nur angerufen. Sie behauptet, dass die Nachbarin den Mann gesehen haben soll, der ihren Jungen entführt hat. Ich habe die Ermittlungsakte gelesen, aber man hat diesen Hinweis nicht weiterverfolgt. Ich wollte mich nur erkundigen, weshalb nicht.«

Erik nickte.

»Per …« Erik druckste herum, sah seinem Freund lange in die Augen. »Ich weiß, dass du die Schwester der Mutter gut kennst und dass sie mit dir Kontakt aufgenommen hat. Aber sei vorsichtig, lass das nicht zu einer persönlichen Sache werden, okay? Die Ermittlungen sind abgeschlossen. Und der Verurteilte lebt nicht mehr und kann nicht mehr in Berufung gehen. Nur damit wir die Faktenlage nicht aus den Augen verlieren!«

Per hatte schon eine spitze Replik auf der Zunge gehabt, beherrschte sich dann aber. Im Prinzip hatte Erik ja auch vollkommen recht. Das Persönliche mit dem Beruflichen zu vermischen, galt als eine der Todsünden, die jede Ermittlung untergrub. Per war bereits einmal ordentlich in dieses Fettnäpfchen getappt und musste dafür noch immer büßen.

Also nickte er nur und klopfte Erik auf seine breiten Schultern, schloss sein Fahrrad auf und wollte sich gerade auf den Drahtesel schwingen, als Eriks dröhnender Bass ihn zurückrief.

Per drehte sich um und sah, wie Erik auf einen Polizisten zeigte, der zusammen mit anderen Kollegen am Haupteingang stand. Er ließ sein Fahrrad stehen und ging auf die Gruppe zu, wurde vorgestellt und bat darum, eine kurze Frage stellen zu dürfen. Natürlich durfte er, kein Problem.

Der junge Polizist hatte kurzgeschorene, blonde Haare und eisblaue Augen, die Per ruhig musterten. Er entschied, gleich zur Sache zu kommen, und erzählte kurz, dass die Mutter im Linné-Fall von einer ehemaligen, älteren Nachbarin gehört hatte, dass der Kindesentführer dunkelhaarig gewesen sein soll und nicht etwa blond wie der Verurteilte.

Jesper nickte, verzog keine Miene, wirkte auch nicht sonderlich überrascht.

»Ja, ich erinnere mich sehr gut. Mein Kollege und ich hatten die Bewohner dieses Aufganges befragt«, bestätigte er. »Ich erinnere mich auch an die Nachbarin. Sie wohnte gegenüber im gleichen Stock.« Sie hätte tatsächlich angegeben, dass der Mann dunkelhaarig und elegant gekleidet gewesen sei.

Per spürte einen sauren Geschmack im Mund, sein hungriger Magen knurrte.

»Die alte Frau schien die Einzige gewesen zu sein, die überhaupt etwas gesehen hatte. Darum haben wir sie auch sorgfältig und lange befragt. Sie hat sich furchtbar aufgeregt, als sie erfuhr, was geschehen war. Aber sie brachte alle Einzelheiten durcheinander, wusste auf einmal nicht mehr, welcher Tag es war, was für ein Wetter oder wie viel Uhr es gewesen ist. Wir mussten die Befragung abbrechen. Die Arme ist senil. Wir konnten ihre Aussage leider nicht verwenden. Es hätte jeder beliebige Tag und jeder beliebige Junge sein können. Leider.« Der junge Polizist schüttelte bedauernd den Kopf.

»Das ist sehr schade, wenn sie die arme Mutter mit so

einer Aussage verunsichert hat. Sie hat genug durchmachen müssen«, sagte er, und man sah, dass er das aufrichtig meinte.

Per bedankte sich und schwang sich auf sein Fahrrad. Die Fußballfelder auf dem Sportplatz Heden sahen wie große wassergetränkte Wiesen aus, die Regentropfen an den Toren glitzerten im scharfen Licht der Scheinwerfer. Ob hier ein paar arme Kerle Fußball spielen würden? Die Fahnen hingen schlaff und patschnass herunter, kein Lüftchen wehte, ein dicker, geräuschdämpfender Nebel, wie ein feuchter Wischlappen in der Küchenspüle.

Per spürte, wie die Feuchtigkeit in die Kleider drang und die Kälte seinen Körper erfasste. Er sollte nach Hause radeln und sich ausschlafen. Ausnahmsweise fluchte er mal nicht über die letzte Steigung auf den Kungshöjd, stellte sein Fahrrad im Hof ab und hoffte inständig, dass es auch morgen noch dort stehen würde. Er stieg über den Berg von Reklamezetteln, die durch den Briefschlitz geschoben worden waren, und ging in seine kleine Küche. Zuerst öffnete er den Kühlschrank und untersuchte seinen Inhalt, dann warf er einen Blick ins Tiefkühlfach. Eine einsame Tüte Scampi und eine Packung Dill. Die Scampi landeten in der Pfanne. In einer Schale auf der Fensterbank lagen Zitronen, daneben ein paar Avocados, die in aller Ruhe hatten reifen können, dazu Knoblauch und ein bisschen Chili. Nachdem er diese Mahlzeit genüsslich in sich reingestopft hatte, füllte er frische Kaffeebohnen in seine Espressomaschine und schäumte Milch auf.

Dann nahm er sich die Ordner des Linné-Falles vor und trank einen Schluck Kaffee, während er den Blick aus dem Fenster und über den Kanal und den Hafen wandern ließ. Der Nebel hatte sich ein wenig gelichtet, und er konnte die

Autoschlangen wie lange Girlanden aneinandergereihter Lampen und die Umrisse der Älvsborgsbro sehen. Genüsslich schlürfte er seinen Kaffee und begann, die Unterlagen durchzublättern.

# Kapitel 29

»Er hat mein Leben zerstört … ich werde nie wieder …«

Tomas verlor den Faden. Zum wievielten Mal in der vergangenen Stunde, wusste er nicht mehr. Er betrachtete die Frau vor sich, ein paar einsame Sonnenstrahlen hatten sich in sein Besprechungszimmer verirrt und schienen auf ihre runden Knie, das schlechtsitzende Kleid und das Top, aus dessen kurzen Ärmeln dicke Oberarme quollen. Der Mund mit dem knallroten Lippenstift in dem dicken Gesicht bewegte sich ununterbrochen. Er musste auch gar nicht zuhören, wusste ohnehin schon, was diese Patientin erzählte. Dasselbe, was sie erzählte, seit sie bei ihm auf dem Besucherstuhl saß.

Tomas sah so diskret wie möglich auf die Uhr. Einige Stunden im Leben vergingen wie im Fluge, während andere sich verhielten wie die dicken Nacktschnecken in seinem Garten. Zäh und langsam glitten sie auf ihrem Schleim voran.

Er notierte sich flüchtig, dass sie einem anderen Therapeuten zugewiesen werden sollte, einem, den sie in Grund und Boden reden konnte, so dass andere mit akuterem Bedarf nicht warten mussten. Das eigentliche Trauma der Frau war längst überwunden, wenn es denn wirklich eines gegeben hatte. Sie redete nur noch unaufhörlich von ihrer schrecklichen Kindheit, mit deren Gefühllosigkeit sie sich offensichtlich nicht abfinden wollte. Sie hatte überhaupt kein Interesse daran, sich von ihrem Selbstmitleid zu verabschieden.

Als die Sitzung endlich um war, strich er sich mit der

Hand über sein glattrasiertes Kinn und ging in den Flur. Eva saß kerzengerade vorn auf der Sofakante. Sie sah hoch zu ihm, mit ausdruckslosem Gesicht, dann plötzlich riss sie vor Erstaunen den Mund auf. Tomas fühlte sich irgendwie nackt ohne Bart. Eva begann übers ganze Gesicht zu strahlen.

»Sie sind ja richtig gutaussehend! Ich meine … Oh, verzeihen Sie bitte …« Eine heiße Röte stieg ihr in die Wangen. Ihr Blick wanderte befangen an ihm hinab, dann wandte sie beschämt den Kopf ab.

Eva stand regelrecht unter Schock. Tomas trug Jeans, ein einfarbiges Hemd in Türkis und hatte sich ganz offensichtlich auch die Haare schneiden lassen. Ihr Herz fing wild an zu hämmern. Sie setzte sich wieder hin, starrte auf ihre Hände, die sie auf ihre Knie gelegt hatte, außerstande, ihm in die Augen zu sehen. Tomas hatte sich total verwandelt.

Eva holte tief Luft und versuchte, die Fassung wiederzugewinnen. Schließlich hob sie den Kopf und sah ihn an.

»Wir hatten am Samstag ein großes Familienfest bei den Segers. Der Großvater der Kinder wurde siebzig.«

Tomas nickte, er hatte das Bild des alten Seger in der Zeitung gesehen, ein zugeknöpfter Mann mit strengem Blick. Eine Lobeshymne hatte dort gestanden mit den üblichen pompösen Worten über den grandiosen Einsatz des Jubilars für die Gemeinschaft, sein Engagement für Wohltätigkeitszwecke, Rotary, der übliche Quatsch eben.

»Die Kinder waren in Begleitung unseres Kindermädchens Kattis. Sebastian war müde und wollte nach Hause. Aber Carl und ich mussten noch bleiben, darum haben wir ihn im Buggy einschlafen lassen, der Samstag war ein ungewöhnlich warmer Tag.«

Eva kämpfte mit der Panik, die in ihr hochkam, den Bildern, die sie den ganzen Sonntag verfolgt hatten, ganz abgesehen von den schrecklichen Schatten in ihrem Kopf. Ihre Zunge klebte am Gaumen.

»Jemand hat den Buggy genommen, ihn weggeschoben … Wir haben ihn gefunden, es ist nichts passiert!«, stammelte sie. Sie musste ununterbrochen schlucken, Schleim verstopfte ihr den Hals.

»Ich habe an Sebastian diesen Geruch wiedererkannt, denselben wie …«

Eva sah Tomas hilflos an, ihr stiegen die Tränen in die weit aufgerissenen Augen und rannen langsam die Wangen hinunter.

Ihr Schmerz übertrug sich auf ihn, er hätte sie am liebsten umarmt, getröstet. Aber er blieb sitzen, reglos und still.

»Ich hätte nicht auf das Fest gehen sollen, ich werde meinen Sohn nie wieder einer solchen Situation aussetzen … O mein Gott! Er ist da draußen irgendwo, in unserer Nähe, er war auf dem Fest, einer von diesen schrecklichen Menschen, die dort waren. Der Mann, der meinem Sohn weh getan hat, ihn gezwungen hat …«

Der Weinkrampf übermannte Eva, es war ein unterdrückter Schrei.

»Warum kann mir niemand helfen?«, weinte sie. »Warum, Tomas?«

Er hatte darauf keine Antwort. Ihre Worte ließen ihn vor Wut und Ekel erstarren. Wäre er doch nur da gewesen, um ihr und ihrem Sohn zu helfen, er hätte den Typen gepackt, ihn gewürgt und zu Boden gezwungen. Gleichzeitig wusste er genau, wie unlogisch und unrealistisch seine Gefühle waren. Er hatte nicht die Rolle, sie zu verteidigen, er wusste ja noch nicht einmal, ob ihre Worte einer Überprüfung standhalten würden. Ihm blieb nur die Möglichkeit, ihr zuzuhören. Eva schluchzte, schniefte und wischte mit dem Handrücken über die Nase, wedelte abwehrend mit der Hand, als Tomas ihr ein Kleenex reichte.

»Haben Sie eine Erklärung für das, was passiert ist?«, fragte er.

»Nein. Ich wurde nur wieder als hysterisch nach Hause geschickt, sogar von meinem Mann. Die Einzige, die mir geglaubt hat, ist Kattis. Sie hatte ja bemerkt, dass der Buggy weg war.«

Tomas wartete. Nach einer Weile nahm sie die Arme runter und sah ihm direkt ins Gesicht, ihre Augen waren schwarz vor Angst.

»Niemand will wirklich wissen, was damals geschehen ist. Alle wollen das weit von sich schieben, so wie wir uns auch Krieg, Hungersnöten und Katastrophen gegenüber verhalten. So etwas passiert uns einfach nicht, uns nicht! Ich kann das sogar verstehen, mir geht es ähnlich. Aber es ist nun einmal passiert. Es ist uns und meinem Kind zugestoßen.«

Evas Stimme gewann an Schärfe.

»Carl hat mich hysterisch genannt, wollte, dass ich nach Hause gehe. Er war der Meinung, dass ich mit meinem Auftritt das Fest ruiniert habe. Alles muss immer glatt und schön sein, immer perfekt. Nichts Hässliches darf den schönen Schein trüben.«

Sie stand auf, wanderte unruhig zum Fenster, drehte um und kehrte zurück zum Stuhl.

»Und meine Schwiegermutter ... Ich weiß, dass sie nicht nüchtern war, und vermute sogar, dass sie Alkohol und Tabletten mischt. Aber das entschuldigt nicht ihr Verhalten!

Doch das wollte ich gar nicht sagen. Ich versuche es mir nur zu erklären. Sie war nicht nüchtern und hat behauptet, dass ich Mattias als Babysitter für Sebastian angestellt hätte und er mit ihm alleine im Hof gewesen sei an jenem Tag. Das meinte sie damit, als sie sagte, dass ich etwas zu verbergen versuche. Und dass ich meinen Gedächtnisverlust nur vortäuschen würde, um mein Versagen zu verschleiern. Verstehen Sie, was ich meine? Und der Brief … sie meint, dass er ein Bluff sei. Von mir inszeniert!«

Tomas stöhnte auf. Seine Hand mit dem Stift blieb reglos in der Luft über seinem Notizblock hängen. Er hatte schon viel gehört, aber das hier übertraf fast alles. Er schüttelte den Kopf. Es war nur zu offensichtlich, dass die Schwiegermutter mit Vorsatz und Freude einen Keil in die Ehe von Eva und Carl zu treiben versuchte. Allerdings war es ebenso evident, dass die Schwiegermutter weder besonders stabil noch glücklich war. Das Beste wäre, wenn Eva den Kontakt zu ihr für eine Weile unterbinden könnte.

Tomas schlug vor, eine Anzeige gegen Unbekannt zu erstatten, aber sie winkte nur ab. Er begnügte sich mit dem Wissen, dass sie Kontakt zu einem Polizisten hatte und dieser ihr weiterhelfen könnte. Eins nach dem anderen. Tomas sah auf die Uhr, er musste sein Vorhaben durchführen, bevor ihre Sitzung zu Ende war.

»Eva … ich habe hier eine Sache mitgebracht, die ich gerne mit Ihnen zusammen anschauen möchte. Es könnte sein, dass Sie das weiterbringt.« Tomas irritierte es, dass er auf einmal so belehrend klang, als würde er einen Hund zurechtweisen. Aber Eva schien auf seine Worte gar nicht zu reagieren. Sie sah ihn nur aus weit aufgerissenen Augen an und wartete.

Tomas zog eine Plastiktüte unter seinem Stuhl hervor und hob langsam ein Kleidungsstück heraus. Der Ärmel eines abgetragenen Trainingsanzuges kam zum Vorschein, dunkelblau, fusselig und ausgebeult. Es war ein alter Adidas-Anzug mit den obligatorischen drei weißen Streifen am Arm.

Tomas musterte Eva aufmerksam. Sie atmete normal weiter, saß reglos vor ihm. Ihr Gesicht war so blass, als hätte er eine Giftschlange aus einem Korb gezogen. Dann bewegte sich ihr Brustkorb nicht mehr, ihr Mund war geöffnet wie bei einem Fisch an Land.

Und plötzlich zerschnitt ein Schrei die Luft. Eva heulte auf, ihre Panik hing wie ein Gestank im Raum, heiß und verschwitzt. Sie sprang auf, griff nach dem Kleidungsstück, zerrte es aus seinem Schlangenkorb, riss an der abgewetzten Trainingsjacke. Sie ließ sich wieder auf den Stuhl fallen, hielt das Kleidungsstück in die Luft, der Speichel tropfte ihr von der Unterlippe, ihr Atem war keuchend.

Tomas hockte sich neben sie, legte eine Hand auf ihren Rücken, spürte, wie ihre Lungen arbeiteten, das Herz hämmerte, als wolle es den Körper verlassen. Evas Hände bearbeiteten den Stoff, sie schlug darauf ein, kratzte und riss daran. Als sie endlich nachließ, zog Tomas ihr die Jacke vom Schoß, löste sie Millimeter für Millimeter aus ihrem Griff.

»Er hat Zigaretten geraucht … ohne Filter«, flüsterte sie mit heiserer Stimme. »Sie haben so gestunken, und er auch. Es war in der Dusche, in der Schule.« Sie sah Tomas an, der neben ihr hockte. Sie sah ihn an und schien doch durch ihn hindurchzusehen.

»Er?«, fragte Tomas freundlich.

»Der Sportlehrer, der Referendar. Er hat mich festgehalten, ich habe keine Luft mehr bekommen, wir hatten nach dem Sportunterricht geduscht ... die anderen waren schon in der Umkleidekabine ... er hielt mir den Mund zu, ich war nackt und noch ganz nass.«

Mit leerem Blick starrte sie vor sich auf den Boden, ihr Atem ging stoßweise.

»Er ist in mich eingedrungen und stöhnte dabei, es hat so schrecklich weh getan, ich hatte davor noch nie mit einem Mann geschlafen, er hat furchtbar gestunken, ich hätte mich am liebsten übergeben, geschrien. Er lachte mich aus, zischte mir ins Ohr, dass mir sowieso niemand glauben würde und alle wüssten, was für ein Luder ich sei, alle Mädchen seien Huren.«

Eva sah Tomas an, ihr Blick war klar und scharf, das Gesicht entspannt und offen. Dann schlang sie ihre Arme um seinen Körper, weinte, zuckte, bohrte ihre Hände in seine Schultern, stöhnte vor Schmerz und Trauer. Tomas strich ihr zart über den Rücken, spürte ihre Wirbelsäule unter seiner Hand, den ruckhaften Atem, der ihren gesamten Körper erschütterte.

Tomas wusste nicht mehr, wie lange sie so zusammengekauert gesessen hatten, als ihre Tränen langsam versiegten. Ihre Finger lagen an seinem Hals, ihre Wange war an seiner. Sie warf den Kopf nach hinten und sah ihn forschend an, die Lippen leicht geöffnet.

Dann küssten sie sich, wild und erregt. Doch gleich darauf schob Tomas sie wieder von sich, blinzelte, wollte sie am liebsten noch einmal küssen, zwang sich jedoch aufzustehen.

»Verzeihen Sie mir bitte, Eva«, stammelte er.

Auch sie erhob sich, strich sich die Hose glatt und sah ihn wütend an.

»Flirten Sie mit allen weiblichen Patienten? Und nutzen Sie jede Überlegenheit so schamlos aus?«, sagte sie und sah ihn dabei herausfordernd an. »Was sagt denn Ihre Frau dazu, dass Sie hier mit Ihren Patientinnen rummachen? Dass Sie das Elend anderer ausnutzen? Na?«

Tomas' Gesicht hatte alle Farbe verloren.

»Erstens mache ich nicht mit jeder Patientin rum. Dieses Fehlverhalten ist mir heute zum ersten und letzten Mal passiert, das kann ich Ihnen versprechen. Und was meine Frau anbetrifft, sie ist seit zwei Jahren tot, und ich bin ihr seitdem treu gewesen. Und ich glaube nicht, dass sie etwas dagegen hätte, wenn ich mich nach so langer Zeit mit einer anderen Frau einließe.«

Eva betrachtete Tomas' fleckiges Gesicht, sein struppeliges Haar, seine schönen braunen Augen, die sich mit Tränen füllten.

»Verzeih mir«, flüsterte sie kleinlaut. »Ich hatte ja keine Ahnung ...«

Es klopfte an der Tür, sie zuckten beide zusammen, starrten wie gebannt auf die Klinke.

»Tomas?!«, rief ein Kollege von draußen. »Dein nächster Patient wartet schon hier draußen. Seid ihr so weit?«

Eva strich sich ihre Kleidung glatt, wischte die Tränen fort, atmete tief ein und verließ das Sprechzimmer.

# Kapitel 30

Eva setzte sich vorsichtig hin. Ihr Kopf hämmerte, ein aufgedunsenes Druckgefühl von stundenlangem Weinen. Die Bank war kalt und feucht nach dem nächtlichen Regen, die Feuchtigkeit kroch unter die Kleidung.

Sie starrte auf das Kopfsteinpflaster zu ihren Füßen, eine herbstmüde Ameise kämpfte sich voran. Sie schwankte unter dem Gewicht eines getrockneten Käferkörpers. Eva streckte ihren Fuß, platzierte ihn über der Ameise, die eine Gefahr witterte und sich noch mehr beeilte, um die Beute in Sicherheit zu bringen, ergriff aber nicht die Flucht, um sich zu retten.

Eva trat zu, es knackte unter ihrer Sohle. Sie hob ihren Fuß wieder an, beugte sich tiefer hinunter, um ihr Werk zu begutachten. Der Ameisenkörper zuckte, die Beine standen in unnatürlichen Winkeln vom Körper ab.

Sie erhob sich mühsam von der Bank, spürte die Nässe an ihrem Gesäß. Ärgerlich! Sie hob den Blick zum Himmel, ein unregelmäßiger Ausschnitt zwischen den Dächern. So, liebe Schwiegermutter, ich bin also hysterisch? Ich wurde als junges Mädchen von einem blässlichen, pickligen Referendar in der Schule vergewaltigt, ich war erst vierzehn! Vielleicht noch nicht mal das. Danach musste ich ein Schuljahr wiederholen, wurde als faul beschimpft, ein Mädchen mit dünnem Nervenkostüm.

Eva hatte sofort nach der Therapiesitzung ihre Schwester angerufen und ihr von der Trainingsjacke erzählt, die ihr Tomas gezeigt hatte. Und davon, dass ihre Alpträume nur Erinnerungsbruchstücke aus der Vergangenheit seien, von einem Trauma, das durch ein anderes Trauma wieder zum Leben erweckt worden war. Karin hatte mit ihr zusammen am Telefon geweint.

Plötzlich empfand Eva furchtbares Mitleid mit ihren Eltern. Wie viele Sorgen sie sich gemacht hatten, so viele unbeantwortete Fragen, sie hatten nur einen sehr blassen Teenager vor sich, der plötzlich aufhörte zu sprechen, kaum noch etwas aß, keine Hausaufgaben mehr machte und nur noch in seinem Zimmer saß und an die Decke starrte.

Eva ballte ihre Hände zur Faust. Sie musste an Tomas denken, den sie verflucht hatte, der sie zur Weißglut gebracht hatte, der aber auch Zusammenhänge erkannt hatte, die ihr verborgen geblieben waren. Und sie war einfach so davongerannt. Aber der Kuss hatte starke Gefühle in ihr ausgelöst, mit denen sie nicht umzugehen wusste.

Eva zögerte zunächst vor der großen Toreinfahrt des Hauses, aber dann überwand sie sich und klingelte bei Frau Persson. Es freute sie, als sie die Stimme der alten Frau hörte. Ihre Wohnungstür stand einen Spalt offen, als sie im vierten Stock ankam.

»Ach, wie schön, dass Sie noch einmal vorbeikommen. Ich hatte schon Angst, dass ich Sie verjagt hätte, meine Liebe. Ich bin in letzter Zeit ein bisschen zerstreut und nicht besonders gut für Unterhaltungen geeignet. Aber, nein doch. Sie haben Kekse gekauft? Aber das hätten Sie doch nicht tun sollen … Und Honig! Waren Sie drüben bei Ahmed?« Die Augen der alten Dame füllten sich mit Tränen der Rührung.

»Nein, Frau Persson, Sie haben mir keine Angst gemacht. Soll ich Kaffee aufsetzen?«, fragte Eva mit aufrichtiger Wärme in der Stimme. Frau Persson winkte energisch ab, wischte sich die Tränen weg und bereitete mit großem Geschick alles zu.

»Hat er sich über das Auto gefreut, der Kleine?«, fragte sie. Ihr Körper hüpfte von einer Ecke zur anderen, während sie Teller, Becher und Zucker aufs Tablett stellte. Eva holte tief Luft und hielt sie einen Augenblick an.

»Ja, natürlich, er hat sich sehr darüber gefreut«, antwortete sie hölzern. »Aber er spielt nicht mehr so viel mit Autos. Er hat jetzt angefangen zu zeichnen. Und baut Türme und so Dinge.«

Evas Blick wanderte über die kleinen Erosfiguren und Vögelchen, die pastellfarbenen Seidenblumen, die Sammelteller in Weiß und Blau mit den unterschiedlichsten Stadtansichten. Frau Persson drehte sich zu Eva um und legte die Kekse auf eine Silberschale mit hohem Fuß. Sie lächelte verträumt.

»Ja, so ist es. Ich kann mich gut daran erinnern. Manchmal kam das über Nacht, neue Ideen, neue Interessen. Plötzlich war es Meccano, tagein, tagaus. Oder Modellbauten. Winzige Autos, überall Kleber, man konnte nicht mehr saugen und richtig aufräumen. Dann mussten diese furchtbaren Militärflugzeuge und Soldaten angemalt werden … ach, mein lieber Gott, das war was!«

Eva erwiderte Frau Perssons Lächeln. Sie sah fröhlich und aufgeräumt aus, gar nicht verwirrt.

»Sie haben zwei Jungen, oder?«, fragte Eva freundlich und trug das Tablett ins Wohnzimmer. Frau Persson kam mit dem Kaffee und der Zuckerdose hinterher.

»Ja«, antwortete sie, eine zarte Röte flog über ihre Wangen. »Zwei Jungen. Und so schnell wurden junge Männer aus ihnen … Das geht so schnell, man macht sich da keine

Vorstellungen.« Sie lächelte glücklich. »Sie haben beide selbst Familien, sind viel beschäftigt, haben ihr eigenes Leben.«

Plötzlich huschte eine dunkle Wolke über ihr zartes Gesicht. Eva spürte einen Stich. Ihre dunkle Verwirrtheit durfte jetzt noch nicht übernehmen. Eva musterte die alte Dame mit wachsender Unruhe, ihr zerbrechliches und nach wie vor schönes Gesicht, die durchschimmernden Adern, ihre Pigmentflecke und das dünne, aber gut frisierte Haar, das wie Zuckerwatte ihren Kopf umrahmte.

»Aber Sie sind gar nicht meinetwegen vorbeigekommen?«, fragte sie ängstlich.

»Nicht nur«, nickte Eva. »Ich wollte auch kurz bei Ann-Katrin vorbeischauen, sie wohnt im Aufgang nebenan, ganz oben unterm Dach. Sie ist die Vorsitzende der Genossenschaft.«

Frau Perssons Gesicht sah fragend aus.

»Sie ist schwanger, bekommt Drillinge«, fügte Eva hinzu.

Und ihre ehemalige Nachbarin strahlte.

»Ja, natürlich, die rothaarige junge Frau, die schwanger ist. Drillinge, sagen Sie? Du meine Güte. Dass sie mehr als eins bekommt, habe ich mir schon gedacht, aber gleich drei? Das wird nicht einfach werden.«

Eva lächelte zustimmend. Nein, das würde sicherlich keine leichte Zeit werden, drei Kinder füttern und versorgen. Plötzlich wurde Frau Persson ganz blass.

»Aber dann kann sie ja gar nicht mehr Vorsitzende sein?«, flüsterte sie entsetzt.

»Nein, das wird nicht möglich sein«, lachte Eva.

»Aber, du meine Güte. Wer wird sich dann um alles kümmern?«

»Das wird sich schon ergeben«, erwiderte Eva, ohne selbst davon überzeugt zu sein. »Es wird sich jemand finden, der den Posten übernimmt.«

Die alte Dame wirkte erleichtert, und Eva unterdrückte einen Seufzer. Sie würde heute viel Geduld benötigen. Sie zwang sich, einen Nougatkeks zu essen. Auch Frau Persson nahm einen Keks und verspeiste ihn genüsslich. Dann verdunkelte sich ihr Blick wieder, jederzeit drohte ihre zu verschwinden. Eva spürte, wie ihre Geduld verstrich, noch ehe sie mit ihren Fragen begonnen hatte.

»Aber wir hatten es doch auch sehr gemütlich hier alle zusammen, Frau Persson«, zwitscherte sie fröhlich. »Erinnern Sie sich noch an das letzte Grillfest? Als es plötzlich anfing zu regnen und wir die Sonnenschirme zum Schutz über den Grill stellen mussten?«

Die Glut der Erinnerung kehrte in das Gesicht der alten Frau zurück, sie lächelte mild.

»Und Sebastians Geburtstagsparty? Daran erinnern Sie sich doch bestimmt auch noch? Es war sonnig und schon warm, Anfang Mai. Wir hatten Girlanden und Lampions in die Bäume gehängt und im ganzen Hof Konfetti verstreut. Ich musste das später alles wieder zusammenfegen. Erinnern Sie sich daran?«

Frau Persson strahlte jetzt übers ganze Gesicht.

»O ja, natürlich! Ich erinnere mich gut daran. Ich fand das so nett, dass Sie eine so alte Person wie mich zu einem Kindergeburtstag eingeladen haben. Das hatte ich nicht mehr erlebt, seit meine Jungen groß sind. Und der Hof war so hübsch geschmückt. Hat er den Hundewelpen noch, den er damals geschenkt bekam?«

Ihre hellblauen Augen leuchteten aufgeregt und neugierig. Eva hielt den Atem an, ihre Zunge klebte am Gaumen.

»Hundewelpen?«, wiederholte sie.

Das Lächeln in Frau Perssons Gesicht erstarb, ihr Blick verschloss sich. Eva lächelte so sehr, dass sich ihre Kiefer verkrampften.

»Der Hund, natürlich!«, rief Eva fröhlich. Sie hatte keine Ahnung, wovon Frau Persson da sprach, spürte aber, wie sich wieder diese Faust aus Angst und Schrecken in ihrem Magen bildete. Sebastian hatte keinen Hundewelpen bekommen.

Die alte Dame blinzelte, ihre Hand an der Kaffeetasse zitterte.

»Ach, der war so niedlich«, murmelte sie. »Sie haben so süß zusammen gespielt, weiches Fell, so ockerfarben war er, wie heißt diese Rasse noch?«, fragte Frau Persson, ein flüchtiges Lächeln spielte um ihre Lippen. Dann aber kehrten die Schatten zurück. Sie senkte den Blick, sah in ihre Tasse, die Lippen bebten. Dann hob sie den Kopf und sah Eva an.

»Es tut mir so leid, dass ich an diesem Tag … dass ich damals nichts unternommen habe, nichts verstanden habe. Aber sie sahen so süß zusammen aus, Sebastian und das kleine Hundebaby. Und dann sind sie zusammen mit dem Mann weg … Ja, ich konnte gar nicht anders, als anzunehmen, dass alles in Ordnung ist. Es tut mir wirklich so furchtbar leid.«

Auf einmal sah sie unglaublich müde aus, sie zog sich in ihr Inneres zurück. Eva hätte am liebsten geschrien. Was für ein Welpe war das? Wer hat ihn in den Hof gebracht? Hatte Sebastian schon auf seiner Geburtstagsfeier mit ihm gespielt?

Eva konnte sich an kein Hundebaby erinnern. Sie war die ganze Zeit mit dem Essen und den Getränken beschäftigt gewesen, hatte Spiele angeboten und Konversation betrieben. Sie wäre gerne aufgestanden, hätte die Alte an den Schultern gepackt und sie geschüttelt, sie aus ihrer Senilität gerüttelt, die mit ihrer Wirklichkeit spielte.

»Frau Persson, erinnern Sie sich zufällig, wer den Hund mitgebracht hat?«, flehte Eva ihre ehemalige Nachbarin förmlich an. »Von wem hat er ihn bekommen?«

Sie erhielt einen erstaunten Augenaufschlag als Antwort, Verwunderung. Dann schüttelte sie traurig den Kopf. Eva begriff, dass sie sich im Kreis drehen würden, wenn sie jetzt zu viel Druck ausübte. Sie würde einen anderen Gast der damaligen Geburtstagsgesellschaft fragen müssen. Irgendjemand musste sich doch erinnern. Carl vielleicht? Nein, sie durfte ihm gegenüber nichts mehr ansprechen, was sein Misstrauen weckte. Er würde einen Wutausbruch bekommen. Karin? Ihr Rücken war schweißnass. Ihre Mutter oder ihren Vater?

Als Eva sich verabschiedete, stand Frau Persson auf und schenkte Eva einen flehenden Blick.

»Sie kommen mich doch wieder besuchen?«

Eva nickte, streichelte sanft über Frau Perssons Arm und fühlte sich wie eine Betrügerin. Aber dann gab sie ein Versprechen.

»Ich komme wieder, ganz bestimmt.«

Sie streichelte erneut den Arm der alten Frau, es glitzerte in ihren Augen. Dann umarmten sie sich.

Kaum hatte Eva Hovås erreicht und geparkt, war sie auch schon ins Haus gestürmt, hatte sämtliche Fotoalben aus den Regalen in der Abstellkammer gerissen, alles auf dem Boden ausgebreitet und begonnen, wild darin herumzublättern. Wo zum Teufel waren die Aufnahmen vom Kindergeburtstag?

Tränen saßen ihr im Hals, es brannte und stach. Dann hielt Eva plötzlich mitten in der Bewegung inne. Verdammt! Sie hatte sie ja nie eingeklebt, DER Tag war dazwischengekommen.

Sie ging erneut in die Abstellkammer, starrte auf die Umzugskartons, fuhr suchend mit dem Finger über die Beschriftungen. Büro? Schwankend und stöhnend hob sie den passenden Karton herunter, riss ihn auf und wühlte zwischen Papieren, Blöcken, Stiften, Lochern, CDs und einer hässlichen Papierpresse, die Carl eigentlich längst hatte wegschmeißen wollen.

Ganz unten im Karton in einer Plastikbox lag ein Stapel Fototaschen. Sie kippte alles auf dem Boden aus. In einer der Taschen waren die Aufnahmen von Sebastians Geburtstagsparty. Eva sank auf die Knie und blätterte sie hektisch durch.

Sebastians fröhliches Gesicht, kleine Hände, die Geschenke umklammerten, Sonnenstrahlen, die durch das zarte Blätterwerk im Hof schienen, dahinter verschwommene Gestalten, ihre Schwester, Cousinen und Schwägerinnen, Girlanden, Partyhüte, Fantaflaschen und Hamburger. Eva blätterte weiter, fand weitere Abzüge. Ihre Schwiegermutter, die in die Kamera lächelte, stark geschminkt, glitzernde Juwelen an den Fingern, noch mehr Pakete, Geschenkpapier und Schnüre.

Da, ein Hund! Sebastian streichelte einen Hund, sie sahen beide in die Kamera. Sie selbst konnte dieses Foto unmöglich gemacht haben. Konnte sich nicht daran erinnern.

Carl? Eva starrte den ockerfarbenen Hund mit den Knopfaugen an, schwarze Nase, rosa Zunge, der Schwanz unscharf. Die Hundeleine war ebenfalls auf der Aufnahme zu sehen, führte neben Sebastian aus dem Bild. Eva breitete alle Fotos nebeneinander aus, das Herz schlug ihr bis zum Hals.

Da! Eine Hand hielt die Hundeleine, man konnte Beine in einer schwarzen Jeans erkennen, weiße Turnschuhe. Eva durchsuchte akribisch alle Aufnahmen, konnte aber keine mehr finden, auf denen der Hund zu sehen war.

Reglos blieb sie sitzen. Ihre Augen waren zwar geöffnet, sahen aber nicht. Dann erhob sie sich mühsam, das eine Bein war eingeschlafen, wollte sie nicht mittragen, knickte um. Die Aufnahmen vom Kindergeburtstag legte sie in die Fototasche zurück. Die restlichen stopfte sie zurück in die Kiste und schob den Karton auf den Stapel in der Abstellkammer.

Wer hatte einen Hundewelpen dabeigehabt? Irgendwie kam ihr das alles doch bekannt vor. Sie wusste auf einmal auch wieder, dass sie ihn doch schon gesehen oder mit jemandem darüber gesprochen hatte. War es doch Carl gewesen? Sie erinnerte sich nicht mehr. Vielleicht hatte Sebastian mit dem Hundebaby vorher schon einmal gespielt? Wem gehörte der Welpe? Einem Nachbarn? Vielleicht sogar direkt aus dem Haus?

Eva ging in die Küche, deckte den Tisch fürs Abendbrot, Kattis spielte mit den Kindern im Wohnzimmer. Während Eva wartete, dass ihr Teewasser kochte, sah sie aus dem schmalen Küchenfenster. Die Luft war klar, dicke Wolken zogen mit hoher Geschwindigkeit vom Meer übers Land, hohe Türme in Lila und Blau mit schwarzen Fransen. Die Tage wurden immer kürzer, die Dunkelheit immer schwerer, morgens hielt sie länger an und kam nachmittags früher. Ein Unwetter löste das nächste ab.

Zwei Scheinwerfer glitten langsam die Straße entlang, ein großes dunkles Auto, die Karosserie leuchtete unter der Straßenlaterne kurz auf, ein dunkelblauer Schimmer war zu sehen. Evas Kopfhaut brannte vor Stress und Angst. Sie presste ihr Gesicht an die Fensterscheibe, verfolgte den Wagen mit den Augen, bis er hinter der Hecke des Nachbargrundstücks verschwand, das Licht der Scheinwerfer erhellte einen Baum, dann erlosch es. War das ein dunkelblauer BMW?

Eva stieß sich von der Spüle ab, griff nach ihrer Daunenjacke, rief Kattis zu, dass sie gleich wiederkäme, schlüpfte in ihre Stiefel und rannte auf die Straße, in Richtung der Auffahrt der Familie Seger senior.

Vier Wagen standen vor dem Anwesen. Alle sahen im Halbdunkel gleich aus, das Licht, das aus den hell erleuchteten Fenstern drang, spiegelte sich im Metall und Glas der Karosserien wider. Eva legte ihre Hand auf die Motorhauben, überprüfte eine nach der anderen. Alle waren noch warm. Sie wühlte in ihrer Jackentasche und fand eine alte Quittung, aber keinen Stift, nicht einmal einen Lippenstift. Verdammt!

Unentschlossen blieb sie auf dem Vorplatz stehen und starrte auf die dunklen Silhouetten. Gerade wollte sie sich vorbeugen und das Kennzeichen eines der Wagen ablesen, als die Tür sich öffnete und drei Männer herauskamen. Einer von ihnen war ihr Schwiegervater.

Eva zog sich in den Schatten eines Baumes zurück und beobachtete die drei Männer, ernste gesenkte Stimmen, kein einziges Wort war zu verstehen. Dunkle Umrisse, lange Mäntel, wie eine Szene aus den Sopranos. Die Männer schüttelten einander die Hände und verabschiedeten sich, zwei der Wagen fuhren von der Auffahrt in Richtung Straße. Eva wartete, bis sie die Haustür zuschlagen hörte, und rannte dann, so schnell es ging, nach Hause.

# Kapitel 31

»Das ist doch Folter, da gibt es nichts zu beschönigen. So was ist bestimmt strafbar«, beschwerte sich Erik, während er sich die Laufschuhe zuband.

Der Zugriff auf den Pädophilenring und dessen Zentrale in den USA am Tag zuvor war nach Plan gelaufen, nur einige kleinere Details waren schiefgegangen. Die großen Fische waren im Netz, und die meisten von ihnen schienen vollkommen unvorbereitet gewesen zu sein. Ein Kollege aus den USA hatte nüchtern kommentiert, dass »diese selbstgefälligen Schweine wirklich geglaubt haben, sie seien unverwundbar«.

Der dänische Kollege hatte von dem hohen Tier aus der Gemeinde berichtet, der einen Riesenaufstand gemacht hatte, von einem Übergriff seitens des Rechtsstaats geschrien und mit Anwälten und seinen Kontakten zu Entscheidungsträgern der Gesellschaft gedroht hatte. Seine Ehefrau war bei der Verhaftung zusammengebrochen und die magere, stumme Tochter sofort vom Jugendamt in Gewahrsam genommen worden. Wenigstens war sie noch am Leben. Per und seine Kollegen hatten bei drei Familien zeitgleich einen Zugriff durchgeführt, die anderen mussten warten. Die Familienangehörigen durften das Haus verlassen, bevor sie in die Häuser eindrangen und die Täter und ihre Unterlagen konfiszierten. Die privaten Computer und auch die bei der Arbeit wurden beschlagnahmt, die ersten Verhöre wurden bereits durchgeführt, bevor die IT-Abteilung die PCs überprüft hatte.

Ein Textilhändler, ein älterer LKW-Fahrer mit eigenem

Fuhrpark sowie ein Rentner. Zwei der Männer waren sofort schuldbewusst zusammengebrochen. Der LKW-Unternehmer hatte sofort begriffen, dass sein Leben und seine Karriere am Ende waren, während der Textilhändler nur in Tränen ausgebrochen war und Unzusammenhängendes vor sich hin gebrabbelt hatte. Der Rentner hingegen hatte mit unflätigen Beleidigungen um sich geworfen, den Polizisten gedroht und sie beschuldigt, ihn zu unrecht verhaftet zu haben.

Die Luft am Delsjö war kalt, aber klar, ein dünner Nebel hing über der Wasseroberfläche, die wie ein riesiges Auge still und schwarz in der Landschaft lag. Erik und Peter liefen in lockerem Tempo, Erik knurrte und schimpfte, bis sein Schnaufen ihn am Reden hinderte. Nur ihr regelmäßiges Atmen und ihre Schritte auf dem weichen Boden waren zu hören.

Die mechanische Bewegung reinigte Pers Kopf, leerte ihn. Der Stress, die Angst, nicht zu genügen, alle Ansprüche, die nicht erfüllt werden konnten oder durften, flossen in Form von Schweiß ab, wurden mit jedem Ausatmen fortgetragen. Er füllte sich und seinen Körper mit der reinen Luft und mit den Endorphinen, die sein Körper in die Blutbahn freisetzte.

Als sie ihren Ausgangspunkt wieder erreicht hatten, setzte Erik sofort wieder mit seinem Geknurre ein, dieses Mal aber zog er die Mundwinkel dabei nach oben. Per klopfte ihm auf den schweißnassen Rücken und beruhigte ihn, dass die Prüfung zum Meistergürtel ein Tanz werden würde, wenn er es bis dahin schaffte, seine Atmung in den Griff zu bekommen. Erik schnitt Grimassen. Ohne Essen im Bauch durch den Wald zu rennen, war in seinen Augen nicht nur idiotisch, sondern geradewegs gesundheitsschädlich. Per lachte laut auf und bohrte seinen Zeigefinger in Eriks dicken Bauch und dozierte kurz, dass die Verbrennung überflüssiger Reserven am effektivsten sei, wenn die Glykogenspeicher leer waren. Erik schnaubte verächtlich.

Per fuhr zurück zum Präsidium, saß dort aber nur reglos vor seinem Rechner und starrte auf den Bildschirm. Er hatte am Abend vor dem Zugriff erneut die Akte des Linné-Falles durchgeblättert. Vor allem hatte er das Verhör mit dem Angeklagten durchgelesen. Bei einer schnellen Durchsicht ließen sich keine größeren Fehler entdecken, allerdings hatte Per auch keine Tonaufnahmen und hatte den Beschuldigten nie persönlich zu Gesicht bekommen, konnte sich darum kein Bild davon machen, in welcher Verfassung er bei der Festnahme gewesen war.

In erster Linie hatte ihn die Verhörmethode seiner Vorgesetzten Katarina nachhaltig irritiert. So unweiblich. Er wusste, dass diese Bemerkung sie rasend vor Wut machen würde. Aber sie hatte keine vertrauensvolle Atmosphäre geschaffen, und ihre Fragen waren leicht zu durchschauen gewesen. Katarina hatte sich von der ersten Sekunde an als unerbittliche Ermittlerin präsentiert. Wie eine Dampfwalze war sie vorgegangen. Und hatte tatsächlich Mattias' Geständnis erreicht. Nach stundenlangen Verhören, in denen er kräftig in die Mangel genommen worden war, hatte er die Tat zugegeben. Aber sein Geständnis klang sehr vage, stand auf tönernen Füßen, war voller Ungereimtheiten. Per griff nach dem Telefonbuch, schlug eine Nummer nach und war freudig überrascht, als sich am anderen Ende der Leitung eine tiefe Frauenstimme meldete.

»Barbro Kvist!«

»Hallo, Per Henriksson am Apparat. Ich habe im Frühling an Ihrem Seminar in Huddinge teilgenommen.«

»Aber ja, natürlich … Per. Klar, wie ist es gelaufen?«

»Ich wollte mich noch einmal bei Ihnen bedanken, das war ein toller Kurs, der mir sehr geholfen hat.«

Das Lachen in der Leitung klang wie dunkle Schokolade.

»Versuchen Sie erst gar nicht abzulenken, Per. Ich meinte das Mädchen, an dem Sie rumgebaggert haben.«

Per war froh, dass er allein war, seine Wangen glühten. Irgendwie hatte er gedacht, sie hätten ihre Affäre sehr diskret behandelt und er hätte alles unter Kontrolle gehabt.

»Sie hat geheiratet, soweit ich weiß«, murmelte er muffelig.

Erneutes Schokoladenlachen.

»Das kann ich mir vorstellen, sie wollte bestimmt nicht bis zu ihrer Pensionierung auf Sie warten!«

»Oh, vielen Dank für die Blumen!«, antwortete er.

Das Lachen verstummte, und Barbro seufzte.

»Ja, es ist eine Sünde, dass ich nicht zwanzig Jahre jünger bin, dann hätte ich mich bei Ihnen auch in die Schlange gestellt, mein Freund.« Sie lachten zusammen. Barbro war Coach bei der Weiterbildung gewesen, an der er teilgenommen hatte. Sie war Rechtsmedizinerin, über sechzig, sehr elegant und mit einer immensen Ausstrahlung und natürlichen Autorität.

»Verzeihen Sie, dass ich Sie störe, Barbro …«

Wieder tropfte das Lachen aus Stockholm durch den Hörer.

»Natürlich stören Sie mich, aber ich habe ja gesagt, dass alle Teilnehmer mich jederzeit anrufen können, wenn sie meine Hilfe benötigen! Wie man sich bettet, so liegt man, sagt man doch!« Per überhörte den Seitenhieb.

»Barbro, ich habe mir viele Gedanken über den einen Sachverhalt gemacht, über den wir am Anfang des Kurses sprachen, das freiwillige falsche Geständnis.«

»Aha? Freiwillig falsch? Nicht erzwungen?«

»Nein, freiwillig falsch«, betonte Per.

»Ja, das ist interessant.« Barbro Kvist schnalzte mit der Zunge. »Aber die Ursachen können dennoch dieselben sein. Druck von außen und dann natürlich das häufigste Motiv, dass man jemand anderen schützen will mit seiner Aussage. Aber ein geringes Selbstwertgefühl und das Bedürfnis nach Bestrafung können genauso gute Gründe sein.«

Per lächelte. Es war, als hätte er auf einen Knopf gedrückt. Barbro war wie die vielen anderen Experten, mit denen er im Laufe der Zeit zu tun gehabt hatte. Sie zogen alle Register, sobald sie jemand nach ihrem Fachgebiet befragte.

»Dann gibt es noch das internalisierte falsche Geständnis«, dozierte sie weiter. »Ein häufiger Ausgangspunkt ist, dass der Verhörte keine Erinnerung an das Geschehene hat und ganz einfach annimmt, dass er die Tat begangen hat. Alkohol- oder Drogenmissbrauch – keine Erinnerung, aber ein großes Schuldgefühl. Oder er will anderen mit seiner Tat imponieren. Oder er ist ein Psychopath, oder er leidet unter Mythomanie. Natürlich kann die Erinnerung auch vollkommen klar sein, er weiß genau, was er getan hat und was nicht. Darum fängt er an, eine Geschichte zu erzählen. Aber diese wird im Laufe des Verhörs beeinflusst, von Selbstzweifel untergraben. Meistens handelt es sich um einen Menschen mit geringem Selbstwertgefühl, der leicht zu beeinflussen und zudem autoritätshörig ist. Das kann man daran erkennen, dass das Geständnis in Häppchen kommt, konstruiert wirkt, instabil und vage klingt.«

Ganz genau, dachte Per.

»Liegt ein ähnliches Bild auch bei sehr gläubigen Menschen vor?«, fragte Per.

»Ja, absolut. Wer an Gott glaubt, kann davon überzeugt sein, dass eine allmächtige Macht alle Geschicke steuert. Und dass alles, was geschieht, eine Strafe ist, die man aus irgendeinem Grund als verdient ansieht.«

Per bedankte sich bei Barbro und wünschte ihr eine fantastische Restwoche, was sie zu erfüllen versprach.

»Ich muss wohl mit meinem alten Herrn hier vorliebnehmen, aber wenigstens hat er auch dunkelbraune Augen.«

Per sah ihr verlockendes Lächeln vor sich. Wirklich schade, dass sie nicht zwanzig Jahre jünger war.

# Kapitel 32

Eva musste sich von dem kleinen aufflackernden Hoffnungsschimmer verabschieden. Sie hatte überall gesucht auf ihrer Jagd nach dem Hundewelpen, wirklich überall. Aber mehr als die beiden Aufnahmen mit dem ockerfarbenen Hundebaby und dem Bein seines Besitzers waren einfach nicht aufzutreiben gewesen. Sie hatte sogar ihre Schwester und ihren Vater angerufen und sie nach Fotos vom Kindergeburtstag mit einem Hundewelpen gefragt. Aber weder konnte sich einer von ihnen an den Hund erinnern, noch hatten sie ihn vor die Linse bekommen.

Eva seufzte. Wer könnte etwas über den Hund wissen? Vielleicht wohnte der Besitzer gar nicht mehr in dem Haus. Welpen wachsen doch so schnell.

Ein Band aus rotglühendem Eisen lag fest um ihren Kopf, und ein Dorn stach in die rechte Augenhöhle. Ihr Magen verkrampfte sich, seit dem Sommer litt sie an einem hartnäckigen Magenkatarrh. Sie stand auf, ging hinaus ins Badezimmer und studierte ihr Spiegelbild. Die Wangenknochen stachen hervor, sie war blass, obwohl der Herbst gerade erst begonnen hatte.

Mit beiden Händen fuhr sie sich durch die Haare, vielleicht sollte sie sie sich einfach kurz schneiden? Auch ihre Handgelenke sahen so dünn und zerbrechlich aus. Die Haut unter den Augen war schlaff und hatte dunkle Ringe. Du könntest gut als Schlossgespenst auftreten, dachte sie und wandte ihrem Spiegelbild den Rücken zu.

Dann zog sie sich die Segeljacke über, trat hinaus und ging die Straße entlang, bis sie widerwillig auf der schweren

Steintreppe zur Villa der Familie Seger stand. Sie hörte den dunklen Klang der Türglocke, aber nichts geschah. Als sie sich gerade zum Gehen wenden wollte, wurde die Tür von einer jungen Frau in einem weißen Kittel geöffnet. Hinter ihr polterte es.

»Guten Tag«, lächelte Eva so zwanglos wie möglich. »Ich bin Eva Seger und würde gerne mit Rose-Marie sprechen.«

»Einen Augenblick bitte.« Die junge Frau verschwand und rief etwas ins Innere des Hauses. Das Poltern verstummte. Dann steckte sie ihren Kopf wieder aus der Tür.

»Sie ist gerade nicht im Haus. Aber die Haushälterin ist in der Küche, vielleicht weiß sie Bescheid.«

Ehe Eva protestieren konnte, war sie schon wieder verschwunden. Zögernd betrat Eva die Eingangshalle, blieb ratlos stehen. Entschied dann, doch lieber nach Hause zurückzugehen. Aber in diesem Augenblick erschien die Haushälterin, eine rundliche Frau Anfang fünfzig, mit fröhlichen, freundlichen Augen, runden rosigen Wangen und einem dicken geflochtenen Pferdeschwanz.

»Hallo, Eva«, grüßte sie liebenswürdig, trocknete sich die Hände an der Schürze ab und streckte ihr die rechte entgegen. Ihr Händedruck war fest und kräftig.

»Rose-Marie ist im Moment leider nicht zu Hause, sie wollte zum Hundetherapeuten und dann noch eine Sache erledigen, an die ich mich gerade nicht erinnere. Aber sie kommt bestimmt bald wieder. Soll ich ihr etwas ausrichten, oder kann ich Ihnen behilflich sein?«

»Nein, danke, dann spreche ich einfach später mit ihr. Das ist gar nicht wicht… Obwohl, vielleicht wissen Sie auch, welche Eventagentur Rose-Marie zum Jubiläumsgeburtstag ihres Mannes verpflichtet hatte? Wir wollen bestimmt auch etwas arrangieren, wenn wir dann umgezogen sind, und ich dachte …«, log Eva mit unschuldigem Augenaufschlag.

Die Haushälterin strahlte übers ganze Gesicht.

»Aber natürlich, gerne! Das waren die von Event AB. Die planen und arrangieren einfach alles. Wenn Sie da anrufen, bekommen Sie sofort einen Kostenvoranschlag. Sie liefern Essen aus Ihrem Lieblingsrestaurant aus der Stadt oder von einem anderen Cateringservice. Das hat großartig geklappt. Ich war so dankbar, dass ich nicht das Essen vorbereiten musste. Zweihundertfünfzig Personen! O Jesses!« Sie kicherte fröhlich. »Sie finden die Telefonnummer bestimmt im Adressbuch.« Sie zeigte auf Rose-Maries Bürotür am Ende des Flures.

»Ja … bestimmt. Tausend Dank dafür.«

Evas Augen funkelten, sie ging in Rose-Maries Büro und schickte ein kleines Stoßgebet zum Himmel, dass ihre Schwiegermutter nicht ausgerechnet in diesem Augenblick nach Hause kommen möge. Das Zimmer war sehr groß und hell, die Fenster waren eingerahmt von weißen Seidengardinen, die Wände leuchteten in Apricot, alle Möbel waren weiß, antik, mit goldenen Intarsien und Blumenverzierungen. Sogar der Teppich und das Ledersofa waren weiß. Auf dem Schreibtisch stand eine Vase mit frischen Rosen, deren Duft sich mit dem süßlichen Geruch von Rose-Maries Gucci-Parfum vermischte, der noch im Raum hing.

Eva trat an den Schreibtisch, an der einen Seite standen nebeneinander aufgereiht mehrere verzierte Silberrahmen mit den Fotos der Söhne und Enkelkinder. Eva registrierte nüchtern, dass sie auf keiner der Aufnahmen zu sehen war.

Auf der anderen Seite stand ein einzelnes Bild, von dem Carl-Axel mit seinen strengen Adleraugen den Betrachter fixierte.

Rose-Marie hatte einen Fotoapparat auf Sebastians Kindergeburtstag dabeigehabt. Eva ließ ihren Blick über die Regale wandern, Bücher, Ordner, Stapel von Einrichtungsmagazinen und Frauenzeitschriften, ordentliche Stapel, ordentliche Reihen. Auch der Schreibtisch war staubfrei und aufgeräumt. Systematisch zog sie die Schubladen heraus, eine nach der anderen. Stifte, Notizblöcke, Krimskrams und Postkarten. Die mittlere Schublade war verschlossen.

Eva hob die Vase mit den rosa Seidenblumen hoch, die ebenfalls auf dem Tisch stand, schüttelte sie hin und her, durchwühlte die Schale mit Süßigkeiten und fuhr dann mit nervösen Fingern über die Schreibtischunterlage, hob sie an der einen Ecke hoch. Vor ihr lag ein goldener Schlüssel. Mit zitternden Händen steckte sie ihn ins Schloss der Schublade und zog sie auf.

Darin befanden sich säuberliche Stapel von Rezepten. Weiter hinten lagen kleinere Tablettenkartons und weiße Tablettendöschen von der Apotheke. Vorsichtig hob Eva die Dosen hoch und las die Etiketten durch. Die meisten Namen sagten ihr nichts. Sie hatte keine Ahnung von diesen Dingen. Ihre Schwester hingegen hätte etwas mit den Inhaltsstoffen anfangen können, die ihre Schwiegermutter als Verschlusssache einstufte. Dann stellte sie alles wieder an seinen Platz, verschloss die Schublade und legte den Schlüssel zurück unter die Schreibtischunterlage. Die Namen der Tabletten würde sie sich merken.

Neben dem Fenster, das nach Norden ging, stand ein Regal mit Ordnern. Mit dem Finger lief sie die Rücken der

Ordner ab. Dann entdeckte sie weiter unten eine Reihe, auf der »Enkelkinder« zu lesen war.

Eva sank auf die Knie, zog die Ordner heraus und begann darin herumzublättern. Fotos der Enkelkinder nach Alter, Ort und Geburtstag sortiert. Sie blätterte weiter. Dann fand sie Aufnahmen von ihrem blonden lockigen Sohn, versank in den Anblick, der runde Po mit Windeln, die kurzen Hosenbeine, die winzigen Schuhe. Auf den Fotos waren Torten mit Kerzen, Eis und Kekse, Luftschlangen, Luftballons, Geschenkpapier und Spielsachen. Kuscheltier, der braune Teddy …

Da! Eva merkte, dass ihre Augen vor Trockenheit kratzten. Der Innenhof, der Tisch mit der hellblauen Decke, Konfetti, Papierteller und Plastikbecher, Saftflaschen, Brötchen und Süßigkeitentüten. Carl, der gegen die Sonne blinzelte, ein wunderschöner Tag, warm und sonnig. Evas Schwester schnitt wie immer Grimassen in die Kamera. Die Nachbarn und ihre Kinder, der Kinderwagen. Sebastian mit Geschenken im Arm, Sebastian im Sandkasten mit einem Auto in der Hand, Sebastian beim Ausblasen einer Kerze, Sebastian, wie er einem Luftballon hinterherjagt, und Sebastian, wie er einen kleinen Hundewelpen streichelt.

Abrupt richtete sich Eva auf. Es gab noch mehr davon. Der Hund leckt ihrem Sohn quer übers Gesicht, Sebastian grinst fröhlich. Der Hund legt Sebastian seine Pfoten auf den Rücken, während er im Sandkasten sitzt. Der Hund an der Leine, ein schlanker blonder und junger Mann hält die Leine fest, steht blass und lächelnd am Bildrand. Er war nicht das Hauptmotiv der Aufnahme gewesen, vielleicht hatte er es nicht einmal bemerkt, dass er fotografiert wurde. Eva sah schnell die restlichen Aufnahmen durch, entdeckte aber keine weiteren mit dem Hund. Sie zog das eine Foto aus der Plastikhülle und steckte es in die Jackentasche, stellte alles sauber und ordentlich an seinen Platz zurück und verließ eilig das Haus.

# Kapitel 33

Sonny stolperte hinaus auf den Balkon und stellte sich ans Geländer. Die kalte Luft packte ihn, seine Lunge sog sie gierig ein, sie kühlte von innen und von außen. Er sah hinunter auf die Straße. Komisch, dass die Parallelstraße zur Großen Ausgehmeile Avenyn so eine erbärmliche Seitenstraße sein konnte. Er drehte den Kopf, weil er Stimmen hinter der Sichtblende hörte, die die beiden Clubs voneinander trennte. Diese bekloppten Teenies. Wie hieß noch mal der Scheißclub nebenan? Er konnte sich nicht erinnern. Aber was spielte das auch für eine Rolle?

Er holte tief Luft, eigentlich war er viel zu besoffen. Verdammte Axt! Sie hatten ihren Spaß gehabt, schön drauflosgetrunken. Sonny schluckte, atmete erneut die kühle Nachtluft ein. Diese verfluchten Idioten! Dass er sich überhaupt mit solchen Hohlköpfen abgab! Vollkommen unbegreiflich!

Sein Kumpel Joakim kam zu ihm auf den Balkon, als hätte er seine Gedanken gelesen, legte seinen Arm um ihn, ein feuchtwarmer Duft aus Schweiß und Alkohol. Sonny verspürte eine unbändige Lust, ihm eins in die Fresse zu hauen und ihn über das Geländer die zwei Stockwerke hinunterzuwerfen.

»Wo ist der alte Sack hin?«, fragte Sonny, ohne seinen Kumpel anzusehen. Ihr gemeinsamer Bekannter, der sich fröhlich an ihrem Schampus bedient hatte, war plötzlich wie vom Erdboden verschluckt.

»Weg.«

»Ihr seid echt ein elendiges Pack!«, brüllte Sonny wütend.

Er drückte Joakim gegen das Geländer, sah, wie der Schmerz das pickelige Gesicht verzerrte, und spürte plötzlich eine wachsende Lust, drückte noch fester, ein bisschen härter, sah den Security-Mann im Augenwinkel, ließ los und legte den Arm um Joakim, grinste. Der Security-Typ baute sich vor ihnen auf, die Schnur vom Headset hinters Ohr geklemmt, schwarzer Anzug, ein Körper, mit Anabolika vollgepumpt.

Sonny hatte Joakims Oberarm gepackt und drückte zu, spürte, wie er sich wand, übte noch mehr Druck aus.

»Du verdammtes Arsch…«, zischte er und drückte Joakims Schläfe gegen seine Lippen. »Das ist das letzte Mal, dass du ohne Geld hier abhängst, ist das klar? Wenn ich so veranlagt wäre, müsstest du das in natura bezahlen, du alte Schwuchtel.« Der Security-Typ starrte sie an. Sonny ließ seinen Kumpel nicht los und zog ihn mit sich zurück in den Club.

»Sonny! Jetzt komm schon …« Madde kam angeschwankt, zupfte ihren Kleidsaum zurecht, der ihr immer wieder über den Hintern hochrutschte, und klammerte sich an Sonnys Arm. Sie war bis oben hin voll. Sonny warf dem Kellner einen weltmännischen Blick zu, legte den Arm um Madde und entließ gleichzeitig Joakim aus seinem Griff. Er hörte, wie dieser hinter ihm zu Boden ging. Zwei Securityleute kümmerten sich augenblicklich um ihn. Sonny und Madde wackelten zurück und ließen sich auf das Sofa sinken. Madde lehnte sich an ihn, er schob eine Hand unter ihr Top und registrierte kurz darauf, dass sie eingeschlafen war. Bitch! Er hatte sich überlegt, sie nach Hause zu bringen. Johanneberg, das wäre ein kurzer Spaziergang gewesen. Er hätte sie auch schlafend gebumst, mit dem Luder gemacht, worauf er Bock hatte.

Der Kellner stand vor ihm und sah ihn unverwandt an. Er würde ihm nicht entwischen können. Sonny drehte den Kopf, dort drüben standen die Securitytypen. In diesem Scheißladen standen die sogar vor dem Klo. Und passten auf. Alles zu deiner Sicherheit! Klar! Ein Sofaplatz kostete zweieinhalbtausend Mäuse, für maximal vier Personen. Allerdings waren in dem Preis je eine Flasche Schnaps und Schampus inklusive. Wenn aber auf dem Sofa mehr als vier saßen, ging der Preis nach oben, für jede Muschi, die ihren Hintern parkte, waren das fünfhundert extra. Der Schampus floss, die Muschis wurden anhänglich. Aber wenn man den Überblick verlor, war der Zug abgefahren … Und sie hatten den Überblick verloren. Verdammt!

Sie hatten sich auf dem Klo schlapp gelacht, sich wie Grundschüler in eine Kabine gedrängt, Lines vom Klodeckel gezogen und dann dem Securityheini frech ins Gesicht gegrinst, als sie wieder rauskamen. Aber er saß jetzt allein mit der Rechnung da. Die anderen waren einfach abgehauen. Ein echter Klassiker.

Sonny schloss die Augen, knetete Maddes Brust mit der einen Hand und rieb seinen Schwanz an ihrem Oberschenkel, während er fieberhaft nachdachte. Aber vor den scharfen Augen des Kellners gab es kein Entrinnen, und alle Ausgänge wurden von Anabolikamonstern bewacht. Also zog er Mamas Kreditkarte hervor, die er sich vorsorglich ausgeliehen hatte, reichte sie dem Kellner und erhielt einen eiskalten Blick als Antwort.

Sonny stolperte hinaus auf die Avenyn, ließ Madde auf der Treppe wie eine Mülltüte zurück. Sollte die blöde Muschi doch sehen, wie sie nach Hause kam. Bitch! Göteborg bei Nacht schien nur von Besoffenen bevölkert zu sein, unabhängig von Alter und Farbe! Das waren alles lowlifes, Abschaum, verdammte Kanaken. Oh, er hatte sie alle so satt ... Der Gedanke an die Kreditkarte, die er ohne Zustimmung seiner Mutter genommen hatte, bereitete ihm akutes Unwohlsein. Wie in aller Welt sollte er das Geld beschaffen? Sein Vater würde an die Decke gehen, wenn er davon erfuhr. Und seine Mutti würde nur wieder weinen und ihm ein paar Hunderter zustecken, als würde das helfen! Und sich noch mehr von den anderen zu leihen, daran war nicht mal zu denken. Das letzte Koks war auch schon auf Pump gewesen. Wie er sich nach seinem Bett sehnte!

# Kapitel 34

»Hallo, Eva. Wie geht es dir?«

Carl stand in der Tür, seine Reisetasche stand neben seinen Füßen auf dem Boden. Eva lächelte ihn überrascht an.

»Du bist ja so früh?« Aber ihr Lächeln erstarb sofort, als sie Carls Gesichtsausdruck sah. Seine Augen waren schwarz, seine Lippen schmal mit einem wütenden Zug um den Mund.

»Wir haben einen früheren Flug genommen«, sagte er, seine Stimme klang metallisch.

Eva ließ die Kinder mit dem Spiel zurück und ging in die Küche, Carl folgte ihr, ohne die Schuhe oder die Jacke auszuziehen.

»Mutter hat mich angerufen, Eva.«

Eva spürte, wie ihr alle Farbe aus dem Gesicht entwich, ihr wurde kalt im Nacken. Carl stellte sich an die Spüle und sah aus dem schmalen Küchenfenster. Eva starrte auf seinen Rücken, wartete atemlos auf seine nächsten Worte. Er drehte sich um und sah seine Ehefrau mit verächtlichem Blick an.

»Mutter hat erzählt, dass du in ihrem Arbeitszimmer gewesen bist und herumgeschnüffelt hast. Die Haushälterin hat es ihr gesagt. Und dann haben die Leute von der Event Agentur angerufen und waren besorgt, ob wir nicht mit ihrer Arbeit zufrieden gewesen wären. Denn offensichtlich hast du dort angerufen und wolltest die Gästeliste von Vaters Geburtstagsfest.«

Carl verlor seine Beherrschung, drehte sich um und schlug mit den flachen Händen auf den Tisch. Eva sprang zurück, prallte mit dem Rücken gegen den Kühlschrank.

»Was zum Teufel hast du eigentlich vor? Antworte gefälligst!«

Eva machte den Mund auf, verschränkte die Arme, ihre Hände zitterten, sie fragte sich nervös, ob Kattis und die Kinder sie hören konnten.

Dann erzählte sie leise von Frau Persson, die Sebastian in Begleitung eines dunkelhaarigen Mannes und eines ockerfarbenen Hundewelpen gesehen hatte, dass sie diesen Hund auf den Fotos vom Kindergeburtstag wiedergesehen hatte und sie Rose-Marie fragen wollte, ob sie auch fotografiert habe, ihre Schwiegermutter aber nicht zu Hause gewesen sei. Eva war außer Atem, ihr Wortschwall versiegte, sie sah ihren Mann verlegen an.

»Lieber Gott, Eva!«, stöhnte Carl auf. Seine Augen waren rot unterlaufen, er ließ sich schwer auf einen der Küchenstühle fallen, legte resigniert die Hände auf den Tisch, mit den Handflächen nach oben.

»Was hast du da eben gesagt, Eva? Du hast ein Foto von einem Typen, der einen Hund besitzt und entweder noch in Linné wohnt oder dort gewohnt hat? Und was hat das deiner Meinung nach zu bedeuten? Was? Was tust du da die ganze Zeit? Ich dachte, wir beide hätten eine Absprache getroffen? Dass du dich von deinen fixen Ideen verabschiedest, jeden und alles zu jagen. Und auf Vaters Siebzigstem hast du wirklich eine Grenze überschritten. Die senile Alte redet doch den lieben langen Tag irgendwelches Zeug. Verdammt, Eva! Sie kann sich doch nicht mal daran erinnern, was für einen Tag wir haben oder was sie zum Mittag gegessen hat.«

Er raufte sich die Haare, rieb sich das Gesicht und blieb mit müde hängendem Kopf am Tisch sitzen.

»Ich habe den Kaufvertrag für das Haus in Bö unterschrieben. Ich hatte uns eine Flasche Champagner gekauft, damit wir das feiern können, aber stattdessen bekomme ich solche Neuigkeiten serviert. Du warst bei meiner Mutter im Büro und hast in ihren privaten Sachen herumgeschnüffelt. Mann, Eva! Du kannst deinem Hirndoktor einen schönen Gruß ausrichten, dass er sein Handwerk wirklich versteht! Ich habe jetzt alles versucht. Habe die Zähne zusammengebissen, alles geschluckt, alle Fragen erduldet, den ganzen Quatsch ausgehalten. Dich immer wieder verteidigt. Und glaub bloß nicht, dass es mir die ganze Zeit gutging.«

Eva bekam keine Luft mehr.

»Eva … ich ziehe zu meinem Bruder. Du kannst in Ruhe darüber nachdenken, wie du es in Zukunft halten willst, aber ich mache das nicht mehr länger mit. Die Entscheidung liegt ganz bei dir. Wir können den Hauskauf nicht rückgängig machen, außerdem muss ich ja auch irgendwo wohnen, wenn du dich nicht wie ein normaler Mensch aufführen kannst. Du entscheidest das! Entweder leben wir zusammen, aber dann musst du hart daran arbeiten! Oder wir gehen getrennte Wege: Aber ich warne dich …«, Carl zeigte mit dem Zeigefinger auf sie, »wenn du Krieg willst, kannst du den haben. Ich werde meine Kinder nicht einer hysterischen Verrückten überlassen!«

Carl bückte sich, zog eine Flasche Champagner aus seiner Aktentasche und knallte sie auf den Küchentisch.

»Hier! Du kannst sie ja mit dem Alki von nebenan leeren, ihr scheint euch ja gut zu verstehen!«

Dann sprang er so stürmisch auf, dass der Stuhl umstürzte. Als Eva ihre Augen wieder öffnete, hörte sie die Haustür geräuschvoll ins Schloss fallen.

# Kapitel 35

Das Telefon klingelte in dem Moment, als er aus der Tür wollte. Er hatte bereits seinen Mantel angezogen und war auf dem Weg, das Büro zu verlassen. Irritiert hob er den Hörer ab.

Die nasale Stimme eines jungen Mannes ertönte, der sich als Sonny vorstellte. An seiner Art zu reden wurde schnell deutlich, dass die beiden sich kannten, dass sie eine zweideutige Intimität verband. Wut stieg in ihm hoch, als ihn der kleine Wichtigtuer mit einem Redeschwall überschüttete, wann sie sich das letzte Mal begegnet waren, Hovås, Golf und so weiter. Widerwärtiger Bodensatz! Mit einem Goldlöffel im Mund geboren, ein wertloses Stück Scheiße, das keine Ahnung davon hatte, wie es war, sich nach oben zu kämpfen, sich sein Recht zu erobern.

»Ja, und?«, fragte er ungeduldig.

»Nun, ich weiß ja, dass es mich eigentlich nichts angeht, und es ist auch nicht verboten, sich einen Hundewelpen auszuleihen, überhaupt nicht, nur haben Sie ihn sich nicht ausgeliehen, sondern dafür bezahlt!«, sagte Sonny mit einem zufriedenen Knurren. »Eva Seger war vor ein paar Tagen bei uns im Innenhof, und nachdem ich so ein bisschen nachgedacht hatte, fiel mir wieder ein, wie sehr ihr Sohn meinen Hund mochte. Und dann fiel mir auf, dass in der Zeit, als Sie den Hund hatten, doch irgendwas mit dem kleinen Mann passiert ist?«

Es meldete sich keine Angst, nur eine schwere Müdigkeit stellte sich ein, eine Art kraftloser Zorn. Er hatte die Kreatur leider unterschätzt, eindeutig. Dieser bleiche Jüngling hatte nur dämlich, naiv und geldgeil gewirkt. Aber jetzt war er blank, brauchte mehr von dem Zeug, das sein Hirn schon angefressen hatte, brauchte mehr Geld für lustige Abende in den Clubs auf der Avenyn.

»Was wollen Sie? Ich habe keine Zeit für Scharaden.« Er versuchte, seine Stimme zu dämpfen, denn Kollegen liefen an seiner offenen Bürotür vorbei.

»Ach, nichts, was wir nicht klären könnten«, ergriff Sonny wieder das Wort. »Ich würde vorschlagen, wir treffen uns und besprechen alles, sozusagen von Mann zu Mann!«

Von Mann zu Mann. Klar! Sein Blut kochte.

»Okay«, stimmte er zu. »Ich habe im Moment wenig Zeit, aber natürlich müssen wir das hier aus der Welt schaffen. Ich halte mein Wort. Was halten Sie von einem Abendessen? Im Fond vielleicht? Ich lade Sie selbstverständlich ein. Freitag? Passt Ihnen das?«, sagte er, während er das Datum in seinem Handy überprüfte.

»Abendessen«, wiederholte Sonny. »Das klingt super. Ich freue mich darauf.«

»Ausgezeichnet. Ich hole Sie ab, vielleicht nehmen wir vorher noch einen Drink bei Ihnen? Dann können wir das Geschäftliche vor dem Essen klären?«

Zufrieden registrierte er das atemlose Schweigen am anderen Ende der Leitung.

»Geht klar! Ein Glas Wein bei mir! Das geht in Ordnung!«

»Gut. Wie viel wollen Sie für Ihr Schweigen haben?« Ihm fiel es schwer, seine Stimme neutral klingen zu lassen. Er wartete ab, atmete mit offenem Mund.

»Ja, äh, also …«

Die Missgeburt hatte mehr Widerstand erwartet. Er

konnte die Münzen förmlich in Sonnys erbärmlichem Schädel klingeln hören, und wie die Kokslines, Champagnerflaschen und blondierten Muschis vor seinem inneren Auge vorbeizogen.

»Äh … also, ich hatte so an etwa fünfundsiebzigtausend gedacht«, antwortete Sonny mit zitternder Stimme.

»Hm, fünfundsiebzigtausend«, wiederholte er und dehnte das Wort.

»Ja, oder so in etwa«, warf Sonny hektisch ein. Viel zu hektisch. Verdammt! Er hatte eigentlich zuerst an fünfzigtausend gedacht und sich auf einen Handel eingestellt, hätte auch Vierzigtausend akzeptiert. Aber was soll's, jetzt oder nie! Es traf ja keinen Armen.

»Klar, fünfundsiebzigtausend, kein Problem«, lautete die sanfte Antwort. »Sie haben mein Wort«, fügte er hinzu und ließ seine Stimme noch milder klingen.

Er hörte, wie Sonny die Luft anhielt und sich dann zufrieden verabschiedete. Dann schlug er das Telefon auf die Basisstation. Die gesamte Telefonanlage fiel zu Boden. Dann hatte der Idiot also doch mehr Hirn, als er vermutet hatte. Aber warum hatte Eva Seger ihrem ehemaligen Wohnort einen Besuch abgestattet? Was hatte sie da gesucht?

Als seine Sekretärin hereinkam und fragte, was mit seinem Telefon passiert sei, hatte sich seine Atmung wieder normalisiert. Er lächelte entschuldigend und half ihr, die Einzelteile wieder vom Boden aufzusammeln.

# Kapitel 36

Eva stand unter dem Baum im Innenhof, der schon alle Blätter verloren hatte, und sah an der Häuserfassade hoch. Die Backsteinkolosse aus der Zeit der Jahrhundertwende, die tief in den Erdboden gesunken waren und sich jetzt an ihre Häusernachbarn in der Straßenflucht anlehnten. Sie musste unwillkürlich an die erste Zeit nach ihrem Einzug denken. Sie hatten beschlossen, dass das Zimmer zum Hof ihr Schlafzimmer werden sollte, und ihr neues Doppelbett dort aufgebaut. Dann allerdings hatten sie feststellen müssen, dass sie nachts beide immer ans Fußende des Bettes gerutscht waren. Schließlich hatte Carl einen Golfball genommen und ihn an die Türschwelle gesetzt. Mit relativ hohem Tempo hatte sich dieser in Bewegung gesetzt und war bis zur gegenüberliegenden Zimmerecke gerollt. Eva lächelte bei dem Gedanken, vermisste Carl, fragte sich, wie es ihm auf seiner Reise nach Deutschland wohl erginge. Aber dann verdrängte sie ihn wieder aus ihrem Kopf.

Weder Ann-Katrin noch Frau Persson waren zu Hause. Es regnete in Strömen, Eva wickelte den Mantel fester um sich, schob sich die Kapuze über den Kopf und drückte das Hoftor auf. Als sie um die Ecke bog, sah sie Frau Persson auf sich zukommen, ihr Mantel wehte im Wind, und sie kämpfte sich mit ihrer schwarzen Einkaufstasche vorwärts. Eva ging auf sie zu, die alte Dame grüßte sie überrascht und mühte sich mit ihrem verbogenen Regenschirm ab.

»Was für ein Wetter, da sollte man nicht vor die Tür gehen«, schimpfte die alte Frau.

Da hatte Eva eine Idee.

»Kommen Sie, Frau Persson. Ich lade Sie auf eine Tasse Kaffee ein. Und einen kleinen Snack dazu.«

Ihre ehemalige Nachbarin zögerte, protestierte in gebührlicher Form und folgte Eva dann um die Ecke in eines der gemütlichen Cafés auf der Linnégatan. Sie schüttelten sich wie zwei nasse Hunde, hängten ihre nassen Mäntel auf und stellten Frau Perssons malträtierten Regenschirm in die Ecke. Sie setzten sich an einen Tisch am Fenster, das Café war halbvoll. Die Feuchtigkeit hatte die Innenseite der Fenster beschlagen.

Sie bestellten Cappuccino und mit Parmaschinken und Mozzarella belegte Ciabatta. Frau Persson studierte ihren Snack genau und erklärte dann, dass sie so etwas noch nie in ihrem Leben verzehrt hätte, aber einmal immer das erste Mal sein müsse. Eva lächelte und betrachtete das sanfte, faltige Gesicht, die Jahresringe aus Lachen und Tränen, die Müdigkeit, die wie ein Schleier vorbeizog, eine Müdigkeit aus fast neunzig langen Jahren.

Frau Persson kostete ihren Snack und murmelte ein wenig verlegen, dass es sehr gut schmecke, aber doch anders als die Mahlzeiten, die sie gewohnt sei. Cappuccino hingegen habe sie schon einmal gekostet, der sei sehr gut, starker und guter Kaffee. Eva lachte fröhlich.

Sie unterhielten sich über das Wetter, über Ann-Katrin und beschlossen, dass sich Eva im Sahlgrenska-Krankenhaus nach ihr erkundigen würde. Eva dachte ununterbrochen an das Foto in ihrer Tasche. Sie bückte sich und zog es heraus, fragte Frau Persson, ob sie noch eine letzte Frage zu dem besagten Tag stellen dürfte.

»Danach habe ich keine weiteren Fragen mehr an Sie«, versprach Eva flehend, sah, wie die Augenlider der alten

Dame zu flackern begannen und die bekannte Dunkelheit wie ein Schatten über ihr Gesicht zog, als würden sich Wolken vor die Sonne schieben. Entschlossen legte Eva das Foto auf den Tisch.

»Hier, liebe Frau Persson. Ich möchte einfach nur wissen, ob Sie diesen Mann an dem Tag gesehen haben? Ob er mit dem Hund und meinem Sohn den Hof verlassen hat?«

Zögerlich näherte sich die alte Dame der Aufnahme, als würde etwas plötzlich und unerwartet dem Bildausschnitt entsteigen und nach ihr greifen können. Angestrengt betrachtete sie das Foto, dann entspannten sich ihre Gesichtszüge.

»Nein, er war das nicht. Nein, den jungen Mann kenne ich doch.« Sie sah erleichtert aus, doch dann zog erneut die Dunkelheit über ihr Gesicht, sie senkte den Kopf, ihr Blick irrte umher.

»Frau Persson, Sie sagten, dass Sie den jungen Mann kennen?«, fragte Eva vorsichtig nach.

Die Frau nickte und schlürfte ihren Kaffee.

»Ja, ich sehe ihn ab und zu. Er wohnt hier bei uns, glaube ich, oder zumindest hat er einen Bekannten, den er öfter besucht.«

Eva hielt die Luft an, die Stimme hatte sich wieder verändert, ihr Gesichtsausdruck war unschuldig, als wäre ihr Kopf mit Helium gefüllt und hätte die Verbindung zur Wirklichkeit verloren.

Sie beendeten ihren Kaffeeklatsch und mussten feststellen, dass der Regen leider nicht nachgelassen hatte. Eva begleitete Frau Persson nach Hause, trug ihr die Tasche in den vierten Stock, verabschiedete sich und versprach, bald wieder vorbeizukommen. Sie drückte die Tür auf, zögerte, in den strömenden Regen hinauszugehen, als hinter ihr eine Tür geöffnet wurde. Sie drehte sich um.

»Verzeihen Sie bitte, habe ich Sie erschreckt?« In einer der Wohnungstüren stand ein Mann, der Eva bekannt vorkam.

»Aber, nein, ist das nicht Eva? Carl Segers Frau? Das ist aber eine Weile her, dass wir uns gesehen haben, das muss ich schon sagen!«

Nach einer kurzen Schrecksekunde erkannte Eva in ihm den Besitzer des Fotogeschäfts im Erdgeschoss des Hauses. Sie war ein paar Mal mit Carl in seinem Laden gewesen. Sie zwang sich zu einem Lächeln und gab zurück, dass alles bestens sei.

»Das freut mich zu hören. Uns allen steckte ja der Schrecken in den Knochen, nach dem, was da passiert war. Was für ein schrecklicher Unfall! Sie hatten wirklich ein wahnsinniges Glück, dass es trotz allem so glimpflich ausgegangen ist. Die Kleine war ja vollkommen unverletzt, hatte wohl ihren Schutzengel dabei!«

Eva nickte, versuchte zu lächeln.

»Ich stand gerade draußen mit einem Kunden, als es passierte«, fuhr der Mann unbekümmert fort. »Als Sie da aus der Tür geschossen kamen, und dann hat es geknallt, du liebe Güte!«

Er schnalzte mit der Zunge, machte einen dramatischen Gesichtsausdruck. Eva blinzelte, wurde ganz still, starrte auf sein Krämergesicht, das aufgesetzte Lächeln, den Mund, der sich losgelöst von seinem Verstand zu bewegen schien.

»Sie haben den Unfall gesehen?«, fragte Eva verwirrt.

Der Mann nickte energisch.

»Selbstverständlich. Ich war gerade im Gespräch mit einem Kunden, der sich eine Digitalkamera angesehen hat und sie bei Tageslicht ausprobieren wollte. Sie wissen schon, das sind diese besonders akkuraten Typen. Er ist eine Art Vogelfreund, rennt in seiner Freizeit durch die Natur und zählt freiwillig seltene Vogelarten. Ja, meine Herren. Einige haben die verrücktesten Einfälle!«

»Sie haben nicht eventuell meinen Sohn gesehen? Bevor ich auf die Straße gerannt kam, meine ich, hier draußen auf der Straße?«, fragte Eva, atemlos vor Anspannung.

Der Mann blinzelte irritiert mit den Augen.

»Nein, daran kann ich mich nicht erinnern. Die Polizei hat mich ja auch eine Menge gefragt. Aber leider habe ich ihn nicht gesehen, das habe ich nicht.«

Eva senkte den Blick, starrte auf ihre durchnässten Schuhe, sie verließ jeder Mut. Sie konnte diese Geschichte einfach nicht ruhen lassen.

»Wer war dieser Kunde, von dem Sie sprachen? Der die Digitalkamera ausprobiert hat?«, hakte sie fast trotzig nach.

»Ach, der! Das ist derjenige, der hier gegenüber dieses Kaffeehaus aufgemacht hat, oder was das ist, Wayne's oder so ähnlich. Obwohl er Araber ist und kein bisschen Amerikaner. Die Frage ist also erlaubt, ob er die Vögel beobachtet oder sie womöglich fängt und als Delikatesse serviert, ha ha ha!« Der Mann lachte ausgelassen über seinen eignen Witz.

Eva verabschiedete sich, drückte sich an die Häuserwand und blinzelte in den Regen. Die Autos schoben sich durch die Wassermassen auf den Straßen, ein breiter Strom floss am Bürgersteig entlang und über einen Abfluss, der diese Mengen nicht zu fassen vermochte. Der Regen bildete eine Wand, so dass sie Mühe hatte, das neue Café auf der anderen Straßenseite der Övre Husargatan auszumachen.

Sie band den Regenmantel fester und rannte über die

Straße und ins Café. Ohne Umweg trat sie vor an den gläsernen Tresen. Wenn sie eine Sekunde zu lange zögerte, hätte ihre linke Gehirnhälfte die Gelegenheit, sie von dem Irrsinn und der Peinlichkeit ihres Unterfangens zu überzeugen.

Die junge Frau hinter dem Tresen kaute ausgiebig auf ihrem Kaugummi, zuckte mit den Schultern.

»Klar, er ist da, ich geh mal nachsehen.«

Kurz darauf kam ein großer, dunkelhaariger Mann zu ihr. Eva bereute ihren Einfall. Was um alles in der Welt tat sie hier? Und warum? Aber nun war es zu spät, der Mann stand vor ihr, mit zusammengekniffenen Augen. Eva versuchte ein Lächeln hervorzubringen. Sie unterdrückte die aufsteigende Nervosität und trug stotternd ihr Anliegen vor, mit ihm über einen bestimmten Tag im vergangenen Mai sprechen zu wollen, an dem auf der Straße vor seinem Café ein Unfall passiert sei.

»Ich bin diejenige, die auf die Straße gerannt ist.«

Sie zeigte mit dem Arm hinter sich. Die Augenbrauen des Mannes zogen sich zusammen, wurden zu einem schwarzen Balken auf der Stirn.

»Ja, ich erinnere mich«, erwiderte er barsch und machte eine Geste mit der Hand. Eva folgte seiner Aufforderung mit einem Klumpen im Bauch, spürte die neugierigen Blicke der Angestellten. Sie gingen um den Tresen herum, durch einen engen Gang in ein kleines Büro hinter der Küche. Der Raum war winzig, fensterlos und vollgestellt mit Regalen, die vor Ordnern, Papierstapeln und Zeitschriften überquollen. Der kleine, hässliche Schreibtisch war ebenfalls voller Quittungen, Rechnungen und Belege. Es stank nach altem Rauch. Der Mann gab ihr ein Zeichen, sich auf einen Stuhl mit abgewetzter Sitzfläche niederzulassen, ließ sich auf seinen Drehstuhl fallen und lehnte sich nach hinten. Seine dunklen Augen glitzerten misstrauisch.

»Ich weiß, wie merkwürdig das für Sie klingen muss …«, begann Eva unsicher. Sie wusste auf einmal nicht mehr, womit sie anfangen sollte. Das war alles so absurd, geradezu wahnsinnig, dachte sie und wünschte sich, sie hätte ihren spontanen Gefühlen nicht nachgegeben.

»Ja, tut es«, nickte der Mann und wandte den Blick nicht von ihr ab.

Eva nahm allen Mut zusammen.

»Ich bin gerade dem Besitzer des Fotogeschäfts gegenüber begegnet. Er erzählte mir, dass Sie an jenem Tag mit ihm draußen vor seinem Laden gestanden haben, um eine Kamera zu testen, als der Unfall passierte.«

»Hmm …«

Eva schluckte, ihre Kehle war wie ausgedörrt.

»Mein Sohn ist kurz zuvor entführt worden. Darum bin ich auch auf die Straße gerannt … um nach ihm zu suchen.«

Eva sah den düster blickenden Mann flehend an. Er verzog keine Miene, seine Augen glühten unter den buschigen Brauen, die auf der Nasenwurzel zusammenwuchsen. Dann kratzte er sich ausgiebig auf der Brust, es raschelte unter dem T-Shirt.

Er spitzte die Lippen.

»Und … was Sie wollen von mir?«

»Mein Sohn … er ist blond, blonde Locken, wie ein kleiner Engel … er ist zwei Jahre alt. Ich wollte nur fragen … ich wollte gerne wissen, ob Sie ihn gesehen haben … als Sie da auf der Straße standen?«

Eva sah in die unergründliche Tiefe seiner Augen, schickte ein Stoßgebet zum Himmel, lass ihn bitte etwas gesehen haben, lieber Gott. Er starrte sie unverwandt an. Eva konnte nicht einmal ausmachen, ob er noch atmete.

Dann blinzelte er, sein Gesichtszug wurde ein wenig milder, und er nickte langsam.

»Ja. Blonde Locken, kleiner Junge. Ja. Hundebaby. Habe sie durch Objektiv gesehen, habe Fotos von ihnen gemacht.«

Er nickte gedankenverloren, als würde er das Erlebte vor sich sehen. Der Raum drehte sich, Eva wurde schwindelig, sie sah den Tisch mit den Papierbergen und den düster blickenden Mann unscharf. Lieber Gott! Es gab einen Menschen, der die beiden gesehen hatte und der weder senil noch verwirrt war. Und er hatte sogar Fotos gemacht! Sie hatte die Sprache verloren.

»Die waren süß, ja …« Der Mann nickte zufrieden, dann aber nahm sein Gesicht einen bekümmerten Zug an. »War das der kleine Junge, der …«

Er sah Eva fragend und erschrocken an. Sie nickte, spürte plötzlich, wie die Tränen ihr den Hals zuschnürten. Der Mann schüttelte den Kopf.

»Diese Menschen müssen an Pranger, wie bei uns in Kairo«, sagte er mit Verachtung in der Stimme und zog mit der Handkante über seine Kehle.

»Aber sie waren sehr süß zusammen«, wiederholte er. »Ich probierte die Kamera, habe auf Straße gesehen und Fotos gemacht, sie gingen Straße runter, Richtung …«

»Haben Sie die Bilder noch?«, unterbrach ihn Eva heiser.

Der Mann hielt inne und sah traurig aus.

»Nein«, antwortete er und sah sie abwartend an. Eva spürte, wie alle Energie ihren Körper verließ. Sie sah ihre Enttäuschung im Gesicht des Mannes widergespiegelt.

»Wollen Sie so gerne die Fotos haben? Der Junge … gibt es ihn?«, fragte der Mann mit einem Glitzern in den Augen. Eva nickte, ja, der Junge würde noch leben. Der Mann machte eine bedauernde Geste.

»Ich sehr traurig, verstehen Sie? Kamera ist eine Digitalkamera. Die Fotos waren nur Probe, ein Test, verstehen Sie? Aber sie sind weg, gelöscht.« Er nickte bedeutungsvoll.

Sie konzentrierte sich auf ihre Atmung, schloss für einen Moment die Augen, versuchte sich zu sammeln, es wäre zu schön gewesen, um wahr zu sein.

»Ich fotografiere Vögel, in Natur, wissen Sie?«, sagte er plötzlich, als würde er ihre Gedanken von ihrem Sohn ablenken, sie trösten wollen.

»Vögel, die in Ägypten leben, sie kommen her. Fliegen lang, sie sind sehr schön.« Auf einmal errötete er. »Na, vielleicht leben sie in Schweden und sind in Ägypten im Urlaub?«

Die Fotos waren also verloren, gelöscht, dachte Eva erschöpft. Aber am Erinnerungsvermögen des Mannes schien nichts falsch zu sein, oder?

»Haben Sie den Mann gesehen, der mit dem Hund und dem Jungen die Straße entlang ging?«, fragte sie ihn und sah den Mann durchdringend an. Er nickte ernst, das Blut schoss in Evas Arme und Beine.

»Wie sah er aus«, flüsterte sie.

»Er war dunkel. Nicht wie ich, nicht so dunkel in der Haut wie ich, aber schwarzes Haar, ich habe Augen nicht gesehen … Nicht jung, nicht alt. Wie …« Er schürzte die Lippen, sah hoch an die Decke, Eva saß reglos auf ihrem Stuhl, wagte kaum zu atmen.

»Wie fünfunddreißig, vielleicht vierzig. Mann, kein junger Mann. Sachen waren teuer.« Er nickte mit Nachdruck. »Schöne Hose, Schuhe teuer. Ich sehe immer Schuhe.«

Eva versuchte den Mann vor sich zu sehen, dessen Beschreibung auf unheimliche Weise mit der von Frau Persson übereinstimmte. Und die in keinem einzigen Detail mit dem Aussehen von Mattias Fredberg übereinstimmte.

»Hat die Polizei Ihnen irgendwelche Fragen gestellt, zu dem Unfall?«, fragte Eva und versuchte, das wilde Gefühlschaos in ihr nicht an die Oberfläche dringen zu lassen.

Er schüttelte den Kopf.

»Nein, sie wussten nicht, haben nie gefragt. Sie wissen, ich mag keine Uniform. Habe hier keinen Ärger. Aber zu Hause in Kairo …« Er breitete die Arme aus, sein Blick war klar und reinen Herzens.

Eva bedankte sich und verließ das Café, stellte sich in den Regen. Ihre Haare wurden nass, das Wasser lief ihr in den Nacken und am Rücken hinunter.

# Kapitel 37

Per sah sich im Zimmer um. Alle Kollegen außer Katarina und Hans waren zum Morgenmeeting gegangen. Die Sonderkommission bestand zurzeit aus gut zehn Kollegen, und das Material wuchs mit jedem Tag an, den sie sich weiter in den Sumpf einarbeiteten. Hans, ein Hüne von Mann, hatte sich beklagt, dass sie praktisch wie ungelernte Arbeiter die Drecksarbeit leisteten und sich mit dem Bagger durch die enorme Menge wühlen mussten, die nach dem Zugriff auf sie zugerollt war.

»Das ist doch, als würde man ein Dixie-Klo reinigen. Wenn man auf den Knopf drückt, kommt die Scheiße rausgelaufen«, grinste Erik, der, anders als Hans, Gefallen am Alltag, an den Routineaufgaben, den Verhören, den Befragungen und den Papierbergen hatte.

Auch Per tat sich schwer mit der täglichen Routine. Nach einem Zugriff dieser Größenordnung ging sein Schwung verloren, da ging ihm die Luft aus. Es dauerte ein paar Tage, bis seine Batterien wieder aufgeladen waren, er seinen Fokus erneuert hatte, nachdem die Funde zu immer neuen Fragen und Untersuchungen geführt hatten. Sie wurden überflutet von Zeugenaussagen, Verdächtigen, Berichten und Computerdateien wie von einem kleineren Tsunami.

Jedes Mal, wenn ihnen der Nachweis einer Tat gelungen war, hatte er das Gefühl, in einen Abgrund zu fallen. Gleichzeitig aber zogen ihn auch die Psychopathologie und die Motive hinter den Taten in ihren Bann. Was brachte einen Menschen dazu, etwas zu tun, das als weit außerhalb der Norm angesehen wurde?

Wie kam es dazu, dass gewöhnliche Menschen diese Grenzen überschritten? Dass sie davon so besessen wurden und ihre gesamte Zeit mit der Planung und Durchführung von Sachen verbrachten, die bei dem Großteil der Menschen nur bei dem bloßen Gedanken Übelkeit erzeugten?

Für alle Mitglieder der Sonderkommission war Kinderpornographie etwas Verabscheuungswürdiges. Und doch gab es offensichtlich eine Vielzahl von vorwiegend Männern, die sich mehr als alles andere in der Welt nach Kinderkörpern verzehrten.

Was brachte einen Mann dazu, sich Kinderpornos anzusehen? Neugierde? Sehnsucht? Sensationslust? Bedürfnis nach Macht? Verfügbarkeit? Letzteres war eine traurige Tatsache. Erik hatte recht, wenn er auf das Internet schimpfte. Ein globales Medium, blitzschnell und unbegrenzt. Ein Ozean aus Dreck, nur einen Mausklick entfernt. Bei Internetrecherchen nicht auf pornographische Seiten zu gelangen war nahezu unmöglich.

Die Pornoindustrie war ein einträgliches Geschäft, und die Konkurrenz schlief nicht, dachte sich immer schrecklichere Methoden und aggressivere Marketingstrategien aus. Um in dem unendlichen Strom gesehen und gehört zu werden, genügte es nicht, nur einfach das Wort Sex auszusprechen. Es erforderte weit mehr als das.

Allerdings war die Pädophilie kein Phänomen, dessen Entstehen dem Internet zuzuschreiben war. Seit Menschengedenken gab es Aufzeichnungen darüber. Priester, Kaiser, Kriegsherren und Großgrundbesitzer. Auf den ersten Blick könnte man annehmen, Pädophilie sei ein Luxusartikel gewesen, ein Privileg der Reichen, die eigentlich schon alles hatten und doch noch mehr wollten. Aber der einzige Unterschied bestand nur darin, dass jemand über die Eskapaden der Oberschicht schrieb. Der Pöbel war kein bisschen besser, nur dass es niemand interessant genug fand, ein Wort darüber zu verlieren.

Pädophilie existierte im Sumpf der menschlichen Spezies und kam mit unerfreulicher Regelmäßigkeit an dessen Oberfläche. Immer wieder neue Fälle von Männern, und immer wieder auch Frauen, die Kinder gefangen hielten, quälten, sich an ihnen vergriffen und sie sogar umbrachten. Voller Lust oder vielleicht auch unter Höllenqualen.

Die Sonderkommission hatte sich im Laufe der Tage durch die vielen Schichten des belastenden Materials von der Razzia gearbeitet und war dabei, die beschlagnahmten Festplatten zu untersuchen. In der hausinternen IT-Abteilung wurden sie kopiert, alle Dateien sortiert und vor allem die Fotodateien ausgewertet. War das Material bereits bekannt? Hatte der Betreffende anderen Material zur Verfügung gestellt und verschickt? War das Material als schwerwiegende Tat einzustufen? War es aus altem Bestand? Wenn man es nicht zuordnen konnte, bestand die Möglichkeit, dass es kürzlich produziert worden war und ein Missbrauch noch andauerte. Wurden die Aufnahmen in einem privaten Umfeld gemacht, konnte man sie mit Aufnahmen aus den Wohnungen der Beschuldigten vergleichen.

Per gehörte zu der Gruppe von Kollegen, die den Kontakt zu den Leitstellen in Schweden, den USA, Deutschland und Dänemark hielt. Am Rand der Ermittlungen waren sie auf Beweise gegen einen Ring gestoßen, der pornographisches Material mit Tieren anbot. Per fühlte sich ausgelaugt. Man durfte nicht so viel darüber nachdenken, nur handeln, logisch und analytisch.

»Wo ist Katarina?«, fragte Per.

Erik hob eine Augenbraue, sah seinen Freund und Kollegen bedeutungsvoll an und grinste. »Krank. Mal wieder.«

Per runzelte kritisch die Stirn, es kam höchst selten vor, dass Erik Spitzen verteilte oder gar sarkastisch wurde. Sie sahen einander an. Per nickte. Katarina ließ sich in letzter Zeit mehr oder weniger regelmäßig krankschreiben. Der Grund war Per nicht bekannt. Er hoffte nur, dass ihre Auszeit dieses Mal etwas länger anhielt.

Als er in sein Büro zurückkehrte, ging er seine Unterlagen noch einmal durch, machte sich Notizen, erstellte chronologische Listen und verfasste ein paar Berichte. Als er schließlich alles zusammenpackte und sich auf den Weg zum Training machte, fiel sein Blick auf den Ordner mit den Linné-Akten, der in seinem Regal stand. Der musste dort noch eine Weile stehen bleiben.

# Kapitel 38

Sonny öffnete seine Wohnungstür, sein Blick tastete Gesicht und Körper des Besuchers ab wie ein zitternder Schmetterling, er konnte ein gieriges Grinsen nicht unterdrücken.

»Darf ich einen Augenblick reinkommen, oder bin ich nicht willkommen?«, fragte der Besucher gespielt beleidigt und lächelte.

Sonny fuhr sich mit den Händen durch sein nach hinten gekämmtes Haar, zog den Pullover über den Bund seiner schweineteuren Jeans und bat seinen Gast einzutreten.

Sonnys Besucher hätte große Lust gehabt, ihm auf der Stelle mit der Faust ins Gesicht zu schlagen, lächelte stattdessen aber nachsichtig. Er zog einen Umschlag aus dem Jackett und legte ihn auf den Couchtisch, nachdem er den Mantel ausgezogen hatte.

»Hier ist das Geld«, sagte er. »Sie können nachzählen, wenn Sie wollen. Fünfundsiebzigtausend, wie vereinbart. In Scheinen, bitte sehr.«

Ein Feuer flackerte in Sonnys Augen auf. Der Gast lächelte, genoss die Gier im Blick seines Gegenübers, ließ sich zufrieden auf das weiße Ledersofa fallen und beobachtete, wie der kleine Schmierlappen herumstolzierte. Der junge Mann war geschminkt, trug Kajal und Mascara, vielleicht sogar eine abdeckende Tagescreme. Oder er war ein paar Mal im Solarium gewesen.

Du kleiner widerlicher Abschaum, dachte er, während er Sonny betrachtete. Sein Haar war perfekt geschnitten, er war offenbar erst kürzlich beim Friseur gewesen, in einem

Ohrläppchen funkelte ein Stein, und ihn umgab der aufdringliche Duft eines neuen Parfums.

Er sah sich in der Wohnung um. Sie machte einen frisch renovierten und gepflegten Eindruck. Wände und Stuck waren weiß, wie auch die meisten Möbelstücke. Viel Stahl, weißes Leder, ein weißes Fell vor einem offenen Kamin, daneben große weiße Blockkerzen, ein paar Lithographien an den Wänden, keine ihm bekannten Künstler, aber weit von Flohmarktkitsch entfernt, so viel konnte er erkennen. Aus der Küche strahlten ihm ebenfalls rostfreie Stahloberflächen und strahlend weiße Schranktüren entgegen.

Sonny fragte, ob er ein bisschen Sprudelwasser anbieten dürfe, und sein Gast nahm das Angebot dankend an.

»Ich wollte mich noch entschuldigen, Sonny«, sagte er einnehmend, als der aus der Küche mit zwei gefüllten Champagnerkelchen zurückkam. »Für mein unhöfliches Benehmen kürzlich am Telefon. Ich stand ziemlich unter Druck. Der Job …« Er machte eine entschuldigende Geste und lächelte.

Sonnys hellblaue Augen zogen sich unheilahnend zusammen.

»Sie haben also wirklich den kleinen Jungen entführt?«, fragte er lüstern und schlürfte seinen Champagner.

»Ja, das war ich«, lautete die knappe Antwort. Sonny verlor alle Farbe aus dem Gesicht und starrte seinen Gast mit dümmlich aufgerissenem Mund an.

»Ich kann verstehen, wenn Sie meine Ehrlichkeit schockiert, aber wir beide sind ja Geschäftspartner, darum … Ich habe damals einem Freund einen Dienst erwiesen. Auch ich tue Dinge, auf die ich nicht immer stolz bin, glauben Sie mir«, fuhr er fort und sah Sonny dabei mit ernster Miene an.

Dieser starrte ihn mit einer so offensichtlichen Naivität an, dass er am liebsten laut losgelacht hätte. Was wusste dieser kleine Schmierlappen schon? Nichts. Wahrscheinlich hatte er irgendwo mal von einem Pädophilenring im Internet gelesen. Und dann hatte der Schisser eins und eins zusammengezählt und tatsächlich zwei herausbekommen, das musste er ihm lassen.

Um das Thema zu wechseln, lobte er Sonnys Geschmack und betrachtete mit freundlicher Bewunderung die Möbel und Lampen. Entweder waren das nur billige Kopien, oder aber seine neureichen Eltern hatten ihm »the real stuff« gekauft.

Die Champagnerflasche war schnell leer. Die würden heutzutage ganz schön wenig in ihre Flaschen füllen, kicherte Sonny und ging in die Küche, um eine zweite zu holen. Er seufzte leise.

Der Gast schüttete seinen Rest in Sonnys Glas, das fast leer war, und ließ den Inhalt eines kleinen Kuverts in die Flüssigkeit rieseln. Der löste sich mit einem kurzen Sprudeln auf. Als Sonny großspurig plappernd mit einer zweiten Flasche der »Gelben Witwe« zurückkam, war von dem Pulver schon nichts mehr zu sehen.

Sonny bohrte weiter mit seinen Fragen, wie ein aufdringliches Insekt, er fragte Dinge, die ihn nichts angingen und über die er nichts wissen sollte. Aber der Gast lächelte nur und beantwortete alles ehrlich und ohne Umschweife.

»Vertrauen, Sonny«, sagte er mit dramatischer Stimme. Ein giftiges Wort, mit gespaltener Zunge gesprochen.

Sonny lächelte, ein blasses Lächeln, dann kippte sein Kopf zur Seite, und sein Oberkörper folgte ihm. Langsam, ganz langsam glitt er vom Sessel, das Glas hielt er verkrampft fest. Mit einem tiefen Seufzer sank Sonny schließlich zu Boden und legte das Champagnerglas auf seine Brust wie ein Kuscheltier, den Lieblingsteddy. Ein lauter Schnarcher, dann wurde seine betäubte Atmung leise und gleichmäßig.

Er blieb einen Augenblick sitzen. Betrachtete Sonnys schlafenden Körper, der gegen den weißen Ledersessel gelehnt lag. Dann fiel sein Blick auf den Champagner, der Bläschen erzeugte, sobald er das Glas berührte. Er verabscheute billigen Champagner.

Langsam erhob er sich, löste Sonnys Glas aus dessen Hand und nahm auch seines mit in die Küche, um beide gründlich abzuspülen. Mit einem Handtuch um die Hand geschlungen öffnete er mehrere Schranktüren, bis er den richtigen Ort gefunden hatte und die Gläser zurückstellte. Dann kehrte er ins Wohnzimmer zurück, hob Sonnys leblosen Körper aufs Sofa und stützte ihn mit Kissen ab.

An der Wand gegenüber hing ein 50-Zoll-Fernseher. Darunter befand sich ein Regal mit DVD-Spieler und Filmen. Er zog eine DVD aus seiner Aktentasche, wischte sie sorgfältig ab und legte sie ein, drückte auf Play und wandte dem Bildschirm den Rücken zu, hörte nur die widerlichen Geräusche. Dann holte er eine Plastiktüte, eine Spritze und ein paar desinfizierte Tücher aus der Tasche.

Er stellte sich neben Sonnys betäubten Körper und betrachtete den knochigen Jüngling, seine Solariumsbräune, sein geschniegeltes Haar, die hohen Wangenknochen, die teuren Kleider. Dann zog er sich ein Paar Latexhandschuhe an, setzte die Spritze in Sonnys linke Armbeuge und drückte ihm die Drogen in den Körper. Er wartete die Zuckungen und Krämpfe ab, bis alles still war und kein Laut dem schlaksigen Körper entwich. Er nahm Sonnys Hände, öffnete den Reißverschluss seiner Hose und legte die rechte Hand auf seinen Penis, stülpte ihm eine Plastiktüte über den Kopf und zog sie zu.

Er hielt Sonnys Oberarme fest und wartete.

Sonny gab sein Leben nicht kampflos auf. Mit Faszination beobachtete er ein letztes Aufbegehren seines Körpers gegen den akuten Sauerstoffmangel, obwohl Sonnys Körper vollgepumpt war mit zentralstimulierenden Drogen. Er konnte ein Lächeln nicht unterdrücken, als sich schließlich der Körper in einer letzten Zuckung aufbäumte.

Als Sonny kein Lebenszeichen mehr von sich gab, erhob er sich andächtig und wischte systematisch alles, was er berührt hatte, mit alkoholgetränkten Tüchern ab. Danach reinigte er die Türgriffe, den Türrahmen und warf einen Blick durch den Spion in den Hausflur. Nichts rührte sich, nur fröhliche Stimmen vom benachbarten Restaurant waren zu hören. Er atmete die kühle Luft in der Toreinfahrt ein, bog in die Sveagatan ein und ging auf seinen glänzenden BMW zu. Das Leben erschien ihm mit einem Schlag um so vieles leichter.

# Kapitel 39

Eva stand auf dem kahlen Platz des Sveaplans und sah hinüber zu Mohamads Café. Sie atmete tief ein und aus, genoss den Geschmack der Luft. Das Erfrischende und Volle darin, das sie mit dem Herbst verband. Der Himmel war klar, und die Sonne wärmte noch, obwohl schon ein kühler Wind wehte.

Ihre Alpträume waren wie weggeblasen. Als hätte es sie nie gegeben. Eva hatte sogar richtig Schwierigkeiten, sich an sie zu erinnern. Ihre Nächte waren zwar noch immer unruhig, sie schlief nicht gut, aber die Dämonen der Nacht waren zurück in ihre Löcher gekrochen. Jetzt trauerte sie. Jetzt endlich kamen die Tränen, sie weinte um das Geschehene, um die Scham, um ihre Eltern. Vielleicht weinte sie auch noch um jemand anderen?

Tomas hatte überraschend ihre Therapie beendet, hatte gesagt, seine Forschung würde zu viel Zeit in Anspruch nehmen oder so ähnlich.

Eva war rasend vor Wut gewesen, hatte ihn angeschrien, ob ihre Alpträume, ihr altes Trauma, das Einzige seien, woran er interessiert wäre, ob sich seine Forschung darum drehte. Er hatte es verneint, einen gequälten Gesichtsausdruck gehabt und ihr angeboten, die Therapie bei einem Kollegen fortzusetzen. Aber das hatte Eva nicht gewollt, sie war verletzt, fühlte sich leer. Sie hatte noch nicht einmal seine ausgestreckte Hand zum Abschied genommen. Hinterher, im Auto auf dem Nachhauseweg, waren die Tränen gekommen, waren völlig unkontrolliert in Strömen geflossen. Am gleichen Abend war sie zu Fleur gegangen, die mit Hilfe von Weißwein und indischem Essen die ganze Geschichte aus ihr herausgelockt hatte und dann kichernd konstatiert hatte, dass hier der glasklare Fall einer Patientin vorlag, die sich in ihren Therapeuten verliebt hatte. Danach waren sie gemeinsam die Einladungsliste zur Geburtstagsfeier ihres Schwiegervaters durchgegangen und hatten spekuliert, wer von ihnen wohl einen blauen Wagen fuhr, und zwar einen BMW. Und kein einziges Mal hatte Fleur Evas fixe Idee abfällig kommentiert.

Die zwei Klatschzeitschriften von Fleur, in denen Reportagen über das Fest standen, klemmten wie harte Rollen unter Evas Arm. Ihr war schmerzhaft bewusst, dass ihre potentiellen Zeugen alles andere als glaubwürdig waren. Die eine Person war eine senile alte Frau, die womöglich die Dinge nur sagte, um sie zu trösten, oder noch schlimmer, die Wirklichkeit mit den Geschichten aus den Soaps vermengte, mit denen sie sich offenbar die vielen einsamen Stunden vertrieb. Und der andere war ein Cafébesitzer, der Uniformierten aus dem Weg ging und mit großer Wahrscheinlichkeit weder Steuern noch Sozialabgaben in angemessenem Umfang bezahlte.

Eva lief schräg über die Straße und betrat das Café. Sie entdeckte Mohamad sofort, er stand zusammen mit seinen Kellnerinnen hinterm Tresen, überragte sie um gut eine Kopflänge. Es duftete nach frisch gebackenem Brot, starkem Kaffee und aufgewärmter Milch. Er wirkte nicht besonders erfreut darüber, dass sie wieder auftauchte, aber ohne ein Wort zu sagen, bedeutete er ihr mit einer Geste, ihm in sein Büro zu folgen.

Er schloss die Tür hinter ihr, ließ sich dann in seinen verschlissenen Stuhl fallen und sah sie aus schmalen Augen an, kaute dabei auf einem Zahnstocher herum, den er von einem Mundwinkel zum anderen wandern ließ.

»Ich wusste, Sie kommen zurück«, sagte er kurz angebunden. »Was wollen Sie?«

Eva sah ihm in die schwarzen Augen, legte die beiden Zeitschriften auf das Durcheinander seines Schreibtischs.

»Ich würde Sie gern um einen Gefallen bitten … Sie fragen, ob Sie jemanden wiedererkennen … den Mann, der mit meinem Sohn die Straße entlangging.«

Mohamad sah sie düster an, der Zahnstocher setzte seine Wanderung fort, dann nahm er ihn raus, warf ihn zerkaut auf den Boden, wandte sich den Zeitschriften zu. Eva senkte den Blick. Dann riss sie sich zusammen und begegnete dem seinen, hielt ihm stand. Mohamad seufzte, begann dann aber die Seiten durchzublättern, erst schnell, zum Titelblatt und zurück, dann lehnte er sich vor und betrachtete die kleinen Ausschnitte genauer, murmelte vor sich hin, während er die Unterschriften las.

Dann zeigte er auf Carl-Axel Seger.

»Ihn kenne ich, er hat eine große Firma.« Eva nickte, hielt die Luft an. »Er nicht, er war es nicht«, sagte Mohamad und schüttelte den Kopf. Sein Finger setzte seine Reise über die Seiten fort. Und blieb an einem dicken, kommunalen Politiker hängen.

»Das ist der, der sagt, es wird besser für Geschäftsleute, der lügt. Politiker!« Eva nickte erneut, unterdrückte ein Aufseufzen.

»Er auch nicht«, sagte Mohamad, warf die Arme in einer entschuldigenden Geste in die Luft. »Alle hier, liebe Frau. Sie sind es nicht. Sie müssen verstehen. Ich erkenne ein paar, die habe ich schon gesehen, früher. Aber …«

Er winkte abwehrend mit der Hand.

»Lieber Mohamad«, flehte sie ihn mit dünner Stimme an. »Sind Sie sich wirklich absolut sicher? Ich bitte Sie, sehen Sie noch einmal genauer hin.«

Mohamads Blick verdunkelte sich, er stöhnte auf, setzte seinen Finger erneut auf die aufgeschlagenen Seiten und betrachtete jedes Bild ein zweites Mal. Eva streckte sich, folgte jeder seiner Bewegungen genau. Da hielt der Finger in seiner Bewegung inne. Mohamad beugte sich vor, runzelte die Stirn. Er murmelte Unverständliches.

»Das ist …« Mohamad ging noch näher an die Aufnahme heran, untersuchte das Foto, sein Finger suchte die Bildunterschrift. Er las sie, dann schüttelte er den Kopf.

»Nein, ich habe geirrt!« Er streckte den Rücken. »Ich erkennen keinen. Davon ist keiner der Mann. Nicht.« Er sah sie unbeirrbar und entschlossen an.

Er hatte ihn gesehen! Er war auf einem der Bilder in den Zeitschriften. Eva legte ihren Zeigefinger auf die Stelle, an der Mohamad gestutzt hatte, er zog seine Hand zurück, als er registrierte, dass er sie dort hatte liegen lassen. Eva zog die Zeitschrift zu sich, betrachtete ebenfalls das Bild. Ein dunkelhaariger, gut gekleideter Mann auf einer Treppe, ein glamouröses und bekanntes Societypaar. Sie blass und grau, er schön und strahlend. Eva musste sich fast übergeben.

»Ich habe falsch gesehen«, sagte Mohamad mit Nachdruck. »Er ist ähnlich, relativ gut gekleidet, darum … aber das ist nicht der Mann. Ich habe falsch gesehen. Habe ihn nur kurz gesehen, und die Fotos sind schon lange weg. Ich habe schwer zu erinnern, das ist lange her. Und keine Bilder mehr. Sie müssen gehen jetzt. Ich muss arbeiten!«

Eva sah genau, dass er nicht die Wahrheit sagte, einfach

nicht in die Sache hineingezogen werden wollte. Mit einem Anflug von Panik erkannte sie, dass der Mann vor ihr niemals eine Zeugenaussage machen würde.

Mohamad erhob sich, bedeutete ihr mit der Hand, dass sie gehen müsse, und öffnete die Tür. Essengeruch wehte ihr entgegen.

Eva nahm die Zeitschriften an sich und ging mit unsicheren Schritten am Tresen entlang, ließ sich von ihm an den Tischen vorbei zur Tür geleiten. Sie drehte sich zu Mohamad um. Seine Augen waren schwarz und abweisend, der Gesichtsausdruck versteinert.

»Ich verstehe, Sie haben es schwer. Aber ich kann nicht helfen. Es ist lange her, Sie müssen vergessen. Nicht zurückkommen. Sie verstehen?«

Eva stolperte Richtung Zebrastreifen. Der Boden unter ihren Füßen gab nach, ihr war speiübel. Sie bog in eine Tordurchfahrt ein, stand mit dem Rücken zur Wand und atmete, versuchte, die Übelkeit zu unterdrücken. Aber sie war stärker, und Eva übergab sich. Dann wischte sie sich den Mund ab und lief schwankend weiter.

Eine ältere Dame ging an ihr vorbei, einen Einkaufstrolley hinter sich herziehend, und warf ihr einen missbilligenden Blick zu.

Mohamad hatte ihn wiedererkannt. Tief in ihrem Inneren, dort, wo die Intuition saß, wusste sie es. Aber Mohamad hatte keine Ahnung gehabt, wer der Mann war, nicht bevor er die Bildunterschrift gelesen hatte.

Der stadtbekannte Anwalt Paulo Buschardt mit Ehefrau …

Das konnte einfach nicht wahr sein, dachte sie. Es durfte nicht wahr sein! Mohamad musste sich geirrt haben, wie er selbst gesagt hatte. Er hatte nur irgendeine Übereinstimmung gesehen, was das auch immer gewesen sein mochte. Um mich loszuwerden. Paulo …? Das konnte nicht sein … Durfte nicht … Paulo rauchte doch gar nicht! Sie fuhren außerdem einen grünen Jaguar, der aussah wie ein Krokodil. Keinen BMW.

Dann aber traf sie die Erkenntnis wie ein glühendes Schwert. Paulo Buschardt hatte die Pflichtverteidigung von Mattias übernommen.

# Kapitel 40

»Hallo, Liv. Hier ist Eva. Eva Seger.«

»Hallo?!«

»Störe ich dich gerade?«

»Nein, gar nicht. Ich bügle Hemden.«

»Ich bin gerade in Örgryte und wollte mir das Reihenhaus ansehen, das Carl und ich gekauft haben … und ich wollte dich fragen, ob du Lust hast mitzukommen? Um meine Stil-Ratgeberin zu sein?«

»Oh, das klingt interessant. Da bin ich sehr gern dabei«, freute sich Liv. »Kommst du mich abholen?«

Eva sagte, sie würde gleich da sein, und legte auf. Die Übelkeit kam zurück.

Sie hielt den Wagen vor dem weißen Haus im Bauhausstil an und hupte zwei Mal. Liv kam aus der Tür, winkte ihr zu und gab Eva einen Kuss auf die Wange, nachdem sie sich in den Wagen gesetzt hatte.

»Wie schön, dich zu sehen, Eva. Vielen Dank, dass du mich fragst, ob ich mitkommen mag. Ich freue mich, euer Haus zu sehen. Du wirst sehen, es wird wunderbar, wenn ihr erst mal eingerichtet seid.« Eva spürte Livs warme Hand auf ihrem Unterarm und versuchte zu lächeln.

Sie hatte mit Carl seit ihrem Streit nicht mehr gesprochen. Er war seit zwei Tagen in Deutschland und würde erst in drei Tagen zurückkommen. Und vor seiner Abreise nach Deutschland hatte er bei seinem Bruder Axel übernachtet. Was hatte er ihm gesagt? Dass sie sich scheiden lassen würden? Dass sie eine Hysterikerin sei, mit der er nicht mehr zusammenleben könne? Niemand würde seine Worte infrage stellen. Sie hatten alle genug erlebt, um das akzeptieren zu können. Liv und sie waren also eher auf dem Weg, Carls neues Zuhause anzusehen. Aber das wusste Liv ja nicht.

Eva fuhr Richtung Bö, hinauf auf den Hügel, wo die Bungalow-Reihenhäuser standen. Sie parkten in einer Seitenstraße und stiegen aus. Liv sah sich begeistert um.

»Was für eine Aussicht ihr von hier oben habt! Das vergisst man völlig, dass es hier so hoch liegt. Ihr könnt ja bis zum Delsjön und Skatås sehen!«

Eva nickte, kramte die Schlüssel aus der Tasche und schloss das Haus auf. Sie zogen sich die Schuhe aus und gingen die Treppe hoch.

»Hier steht ja ein komplettes Esszimmer, Eva!«

»Ja, ich weiß …«

Eva warf einen Blick ins Esszimmer. Die Möbel waren tatsächlich so hässlich, wie Carl sie beschrieben hatte. Pompöse, schwere Stühle, die an einem vollkommen überdimensionierten Tisch standen.

»Entweder war es den vorherigen Besitzern zu umständlich, sie mitzunehmen, oder sie wollten sie auch loswerden. Aber darüber werden wir nicht diskutieren. Ich werde die Heilsarmee anrufen und sie abholen lassen.«

Nachdem die beiden alle Schlaf- und Badezimmer begutachtet, Armaturen und Kacheln inspiziert und die wunderbare Aussicht aus allen Fenstern bewundert hatten, setzten sie sich an den schweren Eichentisch.

»Ach, ihr werdet es hier so wunderbar haben, Eva«, sagte Liv mit aufrichtiger Wärme in der Stimme.

Eva erwiderte ihr Lächeln. Sie unterhielten sich eine Weile über Wandfarben und beschlossen, gemeinsam Tapeten auszusuchen.

»Wann habt ihr eigentlich euer Haus gekauft?«, fragte Eva und sah an die Decke.

»Ach, das ist noch gar nicht so lange her, vor zwei Jahren.« Ihre hellen Augen leuchteten.

Eva betrachtete Liv von der Seite. Sie war so unschuldig, so vertrauensselig.

»Das ist ganz neu gebaut gewesen«, lachte Liv. »Ein Architektenpaar hat es für sich entworfen und bauen lassen. Aber dann geschah irgendwas, und sie sind weggezogen. Warum, habe ich nie erfahren.«

»Ja, ich wünsche mir auch, dass dieses Projekt hier gut ausgeht«, murmelte Eva mit zitternder Stimme. »Carl und ich hatten keine leichte Zeit, nachdem was passiert ist.«

Sie sah Liv an, in ihre mitfühlenden, farblosen Augen. Liv legte ihre schmale Hand auf Evas Finger.

»Das kann ich gut verstehen. Man hat es dir angesehen, dass es dir nicht gutgeht, meine Liebe. Das ist kein Wunder, wie sehr das alles an einem zehrt. Ihr hattet wirklich eine harte Zeit. Aus der Stadt rausziehen, ein neues Haus suchen, das ist ja nur das eine …« Liv schluckte, holte tief Luft, »und das alles mit einem kleinen Säugling und Carls neuem Job.« Livs Blick flackerte. Das Unnennbare anzusprechen, in den Mund zu nehmen, die Worte zu formulieren, die niemand zu sagen wagte. Jeder dachte sofort an seine eignen Kinder, an sich selbst. Dachte: Wenn es mir und meinen Kindern passiert wäre, was für Gefühle hätte ich gehabt, was hätte ich getan? Es war fürchterlich, angsteinflößend und unwirklich.

»Ja, du hast recht«, antwortete Eva wie gedankenverloren. »Alle haben ja ihr Päckchen zu tragen.« Sie versuchte, ein warmes Lächeln auf ihre Lippen zu zaubern.

»Obwohl, ihr scheint kein Päckchen zu haben, du und Paulo. Ihr seht immer so wahnsinnig glücklich aus«, fügte sie hinzu.

Eva hielt den Atem an und wartete.

»Ach, aber es war nicht ein einziger Tanz auf Rosen, das kann ich dir verraten«, antwortete Liv. »Wir mussten auch kämpfen.« Sie verstummte, schien in Gedanken in die Vergangenheit zu reisen. »Als ich Paulo kennengelernt habe«, ein verzaubertes Lächeln flog über ihr Gesicht, »ja, ich muss es eingestehen, er war die Liebe meines Lebens. Er war so charmant, so attraktiv und so voller Leben. Ich war ja schon zweifache Mutter, hatte meine beiden Mädchen, sie waren noch so klein, ihr Vater war gestorben …«

Eva spürte, dass ihr Mund offen stand. Sie hatte keine Ahnung gehabt, hörte plötzlich Pers Stimme. »Es gibt viele Möglichkeiten, mit Kindern in Kontakt zu kommen.« Sie starrte wie versteinert auf Livs schmale Lippen.

»Ich war so überrascht, so geschmeichelt … dass er ausgerechnet mich haben wollte.« Liv lachte verlegen. »Eine alleinerziehende Mutter, weder schön noch reich. Er war so wunderbar und rücksichtsvoll.«

Plötzlich zog ein dunkler Schatten über ihr Gesicht.

»Aber es waren harte Jahre. Uns ging es am Anfang nicht so gut. Paulo musste wahnsinnig viel arbeiten. Und wir hatten viel Streit, er war so selten zu Hause. Auch die Mädchen hatten Schwierigkeiten, sich an die neue Situation anzupassen. Aber das änderte sich, als sie ein bisschen älter und selbständiger wurden.«

Eva musste sich an der Tischkante festhalten, der Boden unter ihr gab nach. Ihr gelang es nicht, das Bild, das in ihrem Kopf entstand, zu tilgen. Im Gegenteil, es wuchs wie ein Geschwür und wurde immer deutlicher. Pers Worte, die Situation, die er skizziert hatte.

»Paulo und ich sind sehr unterschiedlich, ich weiß das sehr wohl«, redete Liv unbekümmert weiter. »Aber er ist der Mann meines Lebens. Der Kampf war es wert. Gib nicht auf, Eva. Es kommen bessere Zeiten.« Liv tätschelte liebevoll Evas Arm.

»Du hast bestimmt recht«, antwortete Eva mit erstickender Stimme.

Sie machten sich auf den Weg und überlegten, wann ein guter Zeitpunkt wäre, um auf Tapetenschau zu gehen. Als sie in Evas Audi saßen, fing sie an, über den Wagen zu schimpfen.

»Bist du nicht zufrieden?«, fragte Liv mit großen Augen.

»Ach, das ist ein richtiges Mistauto. Groß und schwerfällig und … ich mag ihn überhaupt nicht. Er war Carls alter Dienstwagen, und er hat ihn behalten. Hat behauptet, er habe ein gutes Geschäft gemacht! Du weißt schon, er ist gut erhalten, der vorherige Besitzer war Nichtraucher und bla bla bla…«, äffte Eva Carl nach und hoffte inständig, dass sie ihr Schauspiel nicht zu sehr übertrieb.

Liv lachte.

»Verstehe, aber schafft euch bloß keinen Jaguar an. Denn die sind groß, schwerfällig und sind die meiste Zeit in der Werkstatt. Darum muss ich mich wohl auch die meiste Zeit mit diesem Wunder von einem Auto herumschlagen, während Paulo seinen Dienstwagen benutzt.«

Eva hatte Paulo noch nie in einem anderen Wagen als dem grünen Jaguar gesehen. Sie hatte das Paar bisher allerdings auch ausschließlich bei gesellschaftlichen Anlässen getroffen. Es war keineswegs ungewöhnlich, dass Paulo auch noch einen Dienstwagen hatte.

»Ach ja? Und was hat er für einen Dienstwagen?«, fragte Eva, startete den Audi und hoffte, dass das Motorengeräusch ihren pfeifenden Atem übertönte.

»Einen BMW«, sagte Liv. Sie runzelte die Stirn. »Einen 330er, glaube ich. In der Innenstadt ist der viel einfacher zu fahren als der Jaguar. Außerdem raucht er dann wenigstens nicht heimlich in meinem!«

# Kapitel 41

Ann-Katrin öffnete die Tür.

»Lieber Himmel, ich habe mir solche Sorgen um dich gemacht. Wo bist du gewesen?«, rief Eva.

Als Antwort erhielt sie einen langen und detaillierten Bericht von Ann-Katrins Besuch im Östra-Krankenhaus, von fürchterlichen Proben, Ultraschall und CTG-Kurven.

»Nach nur einem Tag bist du schon Mitglied in der Anstalt«, erzählte Ann-Katrin mit schlecht verstecktem Entzücken. »Verstehste? Schon an Tag zwei dreht sich alles um Essenszeiten und die Öffnungsregelung des Fernsehzimmers. Aber jetzt bin ich endlich wieder zu Hause. War nur falscher Alarm!« Sie kicherte erschöpft.

»Kannst du den Tee aufsetzen?«, bat Ann-Katrin. Eva ging in die Küche und bereitete alles vor, während sie dem Geplapper ihrer lebensfrohen Freundin lauschte.

»Wird man eigentlich automatisch ein Sensibelchen, wenn man Kinder bekommt?«, fragte Ann-Katrin und schnitt eine mitleidige Grimasse. Eva nickte. Sie hatte auch große Schwierigkeiten gehabt, ihre Gefühle unter Kontrolle zu behalten. Die Tränen waren geflossen, sobald sie etwas Trauriges im Fernsehen gesehen hatte. Sogar vollkommen banale Soaps hatten sie zum Weinen bringen können. Sie hatte sich magisch von Todesanzeigen angezogen gefühlt, auf denen Teddybären oder anderes Spielzeug abgebildet waren, die darauf hindeuteten, dass einem kleinen Menschen nur wenige Tage oder Monate auf der Erde vergönnt gewesen waren. Ob es an den Hormonen gelegen hatte oder an dem Bewusstsein, dass ein Kind die Strecke bis zum Tod versinnbildlichte, oder am wachsenden Verantwortungsgefühl, wusste sie nicht.

»Sensibelchen, weiß ich nicht«, erwiderte Eva nachdenklich. »Eher empfindsamer, verletzlicher. Dass man die Verantwortung für das Leben eines anderen Menschen übernimmt …«

Ann-Katrin klimperte mit den Augen, sah blass und erschöpft aus. Als Eva ihr über den Rücken streichelte und sie fragte, wie es ihr ginge, beschrieb sie ihren Zustand, als würde sie von innen aufgefressen, ausgesaugt werden. Eva verstand sie gut, auch wenn der Gedanke sie mitnahm. Drei Babys zu ernähren forderte viel Kraft.

Eva, die in Ann-Katrins Augen als eine Expertin in Sachen Kinderkriegen galt, inspizierte den Wickeltisch im Badezimmer, der an der Wand angebracht war. Carl und sie hatten das Problem in ihrer Wohnung auf die gleiche Weise gelöst, die Waschmaschine hatte darunter Platz gefunden. Dadurch gab es aber nur Platz für eine Person, zwei konnten nur dann gleichzeitig im Badezimmer sein, wenn einer auf der Toilette saß. Groß war es nicht.

Als Ann-Katrin anfing, von Stoffwindeln zu reden, schüttelte Eva ruhig mit dem Kopf.

»Mein liebes Mädchen, du wirst drei Kinder auf einmal wickeln müssen. Bitte nimm dir nicht vor, hier in dem winzigen Badezimmer zu stehen und Stoffwindeln auszuwaschen. Vergiss deine Ökopläne. Willkommen in der Wirklichkeit. Du wirst stolz auf dich sein, wenn du es geschafft hast, dich anzuziehen, bevor Hans am Nachmittag von der Arbeit nach Hause kommt. Glaub mir!« Eva musste unwillkürlich lächeln, als sie Ann-Katrins panischen Gesichtsausdruck sah.

Sie versprach ihr, die alten Umzugskartons nach Sachen in Größe 50 zu durchforsten. Sie würden Unmengen an winzigen Kleidungsstücken benötigen, und es würde Berge an Wäsche geben.

Eine Weile saßen die beiden Frauen schweigend zusammen, tranken Tee, aßen Knäckebrot mit Pflaumenmarmelade und kicherten über die Knuspergeräusche. Eva spürte die Wärme, die Ann-Katrins Körper ausstrahlte. Sie selbst fror.

»Du … Ann-Katrin?«

»Hmm…?«

»Erinnerst du dich noch an den kleinen Golden Retriever, der hier in der Anlage gewohnt hat? Ein Hundewelpe?«

Eva ignorierte die gehobene Augenbraue ihrer Freundin, die sich gleich darauf ihren schon sehr dicken Bauch kratzte. Die Haut spannte und juckte.

»In unserem Haus wohnt niemand mit Hund, das weiß ich genau. Im Skansen drüben lebt diese Tante mit dem Mops, und in der Linneaborg wohnte mal eine Familie mit einem Schäferhund, aber die sind weggezogen.«

Ann-Katrin knabberte an ihrem Knäckebrot, während sie in Gedanken die einzelnen Bewohner durchging, deren Wohnungen auf den Innenhof blickten. Eva legte das Foto auf den Tisch, auf dem Sebastian von dem kleinen ausgelassenen Hundebaby abgeleckt wird.

»Kennst du den Typen, der die Leine in der Hand hält?«

Ann-Katrin nahm das Foto an sich und besah es sich genauer. Sebastian, den verspielten Hundewelpen und den schlaksigen jungen Mann in der heißen Maisonne, der nur unscharf im Hintergrund zu sehen war. Sie kicherte.

»Klar, das ist Sonny! Der wohnt in der Dreizimmerwohnung unten im Gartenhaus, die kleine Bude, die vor ein paar Jahren neben das Restaurant eingebaut wurde, wenn du dich erinnerst? Da ist eine richtige hübsche Wohnung draus geworden, ein schöner kleiner Zuschuss für die Genossenschaft. Aber an einen Hund kann ich mich nicht erinnern«, sagte Ann-Katrin nachdenklich und runzelte die Stirn. »Warum fragst du?« Ihre grünen Augen glitzerten misstrauisch.

Für einen schwindelerregenden, kurzen Augenblick hatte Eva das unbändige Bedürfnis, alles zu erzählen. Einfach alles. Ihre Angst und ihren Verdacht loszuwerden, ihre Sorgen mit jemandem zu teilen. Aber genauso schnell, wie der Wunsch aufgekommen war, hatte sie ihn wieder unterdrückt. Sollte sie mit ihren Verdächtigungen recht haben, würde sie eine weitere unschuldige Person in die Sache mit hineinziehen, von der sie selbst nicht wusste, wie sie damit umgehen sollte. Und sollte sie sich irren, würde eine weitere Person in ihr eine Hysterikerin sehen, die nicht mehr zurechnungsfähig war, und sich unter Umständen sogar von ihr abwenden. Und Eva wollte Ann-Katrin unbedingt als Freundin behalten.

»Ach, nicht so wichtig, ich wollte nur … Sebastian fand das Hündchen so toll, er redet heute noch davon. Ich wollte nur wissen, ob er noch hier wohnt.«

Eva zog die Schultern fast bis an die Ohren und hoffte, dass ihre Freundin die sentimentale Version schlucken würde.

»Ach, wie süß«, seufzte Ann-Katrin. »Weißt du was? Wir gehen einfach rüber zu Sonny und klingeln und fragen, ob er den Hund noch hat. Das schmeichelt dem doch, da sind alle Hundebesitzer gleich.«

Zuerst wehrte Eva den Vorschlag ab, ein lahmer Protest, denn sie stimmte kurz darauf zu. Sie hatte das Gefühl, manipulativ zu sein, schob aber ihr schlechtes Gewissen beiseite und begann sofort, Teller und Tassen in die Küche zu tragen, half Ann-Katrin aus den Tiefen des Sofas und legte ihr eine Strickjacke um die Schultern.

Der Innenhof lag wie eine kühle Höhle vor ihnen, dunkel und verlassen. Fast alle Bewohner der Häuser, die den Innenhof einfassten, waren junge Männer und Frauen, die an ihren Karrieren arbeiteten. Nur einige wenige der Appartements wurden von älteren Menschen bewohnt. Es wohnten auch immer wieder junge Familien dort, aber die meisten von ihnen zogen in Vororte, wenn das Treppensteigen und der Spielplatz im Slotsskogen an Rücken und Nerven zu zehren begannen.

Die beiden Freundinnen überquerten den Hof, gingen vorbei an dem verwaisten Sandkasten und den kahlen Baumstämmen. Das Gartenhaus war kein freistehendes Gebäude, sondern vielmehr ein Annex, eine Art Remise, die zum Hauskomplex gehörte, den man von der Sveagatan aus betrat.

In diesem Anbau befanden sich drei kleinere Wohnungen und ein Aufgang für die große Etagenwohnung im obersten Stock. Ann-Katrin berichtete mit großer Leidenschaft über die luxuriöse Einrichtung und die riesige Vorratskammer, die sich der Eigentümer in das alte Treppenhaus eingebaut hatte.

»Das sind beides Architekten, klarer Fall. Ein nicht unbedeutender Unterschied zu den kleineren Höhlen weiter unten. Den Gruben.« Ann-Katrin lachte über ihren eigenen Witz. »Aber natürlich sind die auch billiger. Wenn man auch im Sommer kaum die Sonne zu Gesicht bekommt. Tja, irgendeine Kompensation muss es da schon geben, oder? Obwohl ich nicht glaube, dass Sonny der Typ ist, der sich besonders viele Gedanken über die Aussicht macht«, fügte Ann-Katrin mit einem Grinsen hinzu.

Sonnys Wohnung hatte zwei Fenster, die auf den Innenhof hinausgingen. Sie waren dunkel, es gab kein Anzeichen, dass jemand zu Hause war.

»Die Fenster sind gekippt«, stellte Ann-Katrin fest und verzog ihr Gesicht zu einer schmerzverzerrten Grimasse. Die Kleinen in ihrem Bauch drängelten. Sie wehrte Evas beunruhigten Blick mit einer nonchalanten Geste ab und stapfte auf Sonnys Wohnungstür zu. Sonny Fransson, stand in schnörkeligen Buchstaben auf dem Messingschild. Eva klingelte und trat zwei Schritte zurück. Aber Sonny Franssons blau gestrichene Tür blieb verschlossen.

»Um diese Uhrzeit ist wahrscheinlich niemand zu Hause«, sagte Eva entmutigt und bereute ihren Eifer.

»Ach, komm schon«, brummte Ann-Katrin. Mühsam bückte sie sich und schielte durch den Briefschlitz, lauschte, rief durch die schmale Öffnung.

»Hallo! Jemand zu Hause? Hier ist Ann-Katrin vom Vorstand.«

Keine Antwort.

»Eva, da drinnen rauscht oder dröhnt etwas, glaube ich. Kannst du mal genauer hinhören, ich kann mich so schlecht bücken«, bat Ann-Katrin.

Eva bückte sich und öffnete den Briefschlitz. Aber sie sah nichts als Dunkelheit. Doch Moment, Ann-Katrin hatte recht. Es waren Geräusche zu hören, Zischen und Dröhnen.

»Ich finde, es klingt wie Wasser, aber er scheint nicht zu

Hause zu sein!«, sagte Eva. Ann-Katrins Gesicht zeigte große Entschlossenheit.

»Stell dir mal vor, der hat vergessen, das Wasser auszumachen!« Sie rieb sich nervös über die Lippen. »Verdammt. Das wird tierisch teuer bei einem Wasserschaden. Ich habe einen Generalschlüssel!«

Ehe Eva protestieren konnte, hatte Ann-Katrin schon aufgeschlossen und den Kopf durch den Türspalt gesteckt.

»Hallo-ooo? Ist jemand zu Hause? Hallo-ooo? Sonny, hast du vergessen, das Wasser abzudrehen? Hallo?«

Einer inneren Eingebung folgend, die sich Eva später nicht mehr erklären konnte, hielt sie ihre Freundin an den Schultern zurück und ging an ihr vorbei in die Wohnung. Später dankte sie den höheren Mächten, dass Ann-Katrin der Anblick erspart geblieben war. Eva tastete sich bis zum Türrahmen des Wohnzimmers vor. Das Erste worauf sie reagierte, war der Geruch, oder vielmehr der Gestank. Stickig, unbekannt. Sie fand den Lichtschalter, und auf einmal war das Zimmer in gleißendes Licht getaucht.

Eva entdeckte sofort den schlaksigen Körper, der auf dem Sofa lag, wie ein zertrampeltes Insekt, dessen Beine steif und ungelenk vom Körper abstanden. Sie schlug die Hand vor den Mund und starrte auf den Anblick, der sich ihr bot und der sie an eine Szene aus dem Film *Sieben* erinnerte. Dann wanderte ihr Blick zum Kopf des Toten. Sie konnte sein Gesicht nicht sehen, eine Plastiktüte war darübergezogen und dort eingesogen, wo sie den aufgerissenen Mund vermutete.

»Eva, was ist …«, hörte sie Ann-Katrin hinter sich sagen.

»Raus hier! Oh, verdammt!«, zischte Eva und schob ihre Freundin aus der Wohnungstür.

# Kapitel 42

»Per Henriksson?«

»Ja, hier ist Eva … Seger am Apparat. Ich muss mit Ihnen sprechen … ich …«

Evas Stimme erstarb. Per wollte den Eimer mit dem Mörtel hinstellen, aber das gelang ihm nicht. Verzweifelt versuchte er das schnurlose Telefon zwischen Schulter und Ohr einzuklemmen.

»Warten Sie, Eva …« Das Telefon rutschte von seiner Schulter und fiel mit einem beunruhigenden Knall auf den Boden, aber zum Glück hielt die Hülle dem Aufprall stand. Per kletterte von der Leiter und hob es wieder auf.

»Ich renoviere gerade meine Küche. Mir ist das Telefon aus der Hand gefallen. Was kann ich für Sie tun?«, fragte er kurz angebunden. Wie, um alles in der Welt, war sie an seine Telefonnummer gekommen?

Eva stammelte unzusammenhängende Sätze. Von einem blauen BMW, einem dunkelhaarigen Mann, der Nachbarin Frau Persson, die von einem Hundewelpen erzählt hatte, von dem Cafébesitzer, der gesehen hat, wie die beiden zusammen die Straße hinuntergegangen sind, und dann außerdem den Anwalt in der Zeitschrift wiedererkannt hat.

»Ich habe genau gesehen, dass er ihn wiedererkannt hat … Er will nichts mit der Polizei zu tun haben … Und jetzt ist er … Jetzt ist er tot!«

»Wer? Wer ist tot?«

»Der Hundebesitzer. Er ist tot!«

Eva begann zu schluchzen. Per fühlte sich auf einmal

unendlich müde und lehnte sich mit der Stirn gegen den Kühlschrank. Der war schön kühl.

»Eva, können Sie zu mir kommen? Zu mir nach Hause? Sie haben ja offensichtlich meine Privatnummer herausbekommen, dann ...«

Das Schluchzen verstummte.

»Entschuldigen Sie bitte, ich ...«

»Ersparen Sie mir die Entschuldigungen, bitte?«, fuhr er sie an und klang schärfer als beabsichtigt. »Ich wohne in der Arsenalgatan, Ecke Kungshöjdgatan. In der ersten Kurve.« Diese unmögliche Karin musste ihrer Schwester seine Privatnummer gegeben haben.

»Ich komme«, erwiderte Eva steif.

Dieses Engstirnige, Manipulative an ihr machte ihn ganz fertig. Aus welchem Holz war diese Frau nur geschnitzt? Offensichtlich aus dem gleichen wie ihre Schwester. Er musste unweigerlich grinsen. Dann zog er das Abdeckpapier auf dem Boden wieder gerade, betrachtete versonnen die aufgeraute Wand, griff nach dem Spatel und fuhr fort, Mörtel aufzutragen.

Überrascht sah Per auf, als es an der Tür klingelte, und warf einen irritierten Blick auf die Armbanduhr. Zehn Minuten von Hovås hierher? Nun ja, es war ja nicht sein Führerschein. Er wischte sich die Hände an der Hose ab und machte auf. Eva wirkte wahnsinnig klein, als wäre sie geschrumpft, seit sie sich das letzte Mal gesehen hatten. Draußen war es mittlerweile dunkel geworden, ihre Silhouette war gerahmt von einer schwachen Aura vom Licht des Treppenhauses.

»Hallo.« Ihre Stimme klang gepresst und dünn. Per bat sie einzutreten. Eva zog ihren Mantel aus, es roch nach Lösungsmittel und Mörtel. Er trug schmutzige, ausgewaschene Jeans und ein T-Shirt, das früher einmal schwarz gewesen war und orientalische Zeichen auf der Brust hatte. Er roch nach Schweiß und Aftershave. Die Hängeschränke waren in einer Zimmerecke aufeinandergestapelt, große Fenster boten einen Blick auf den Kanal, aber es gab keine Spüle. An der Wand war eine erste Reihe von grau schimmernden Mosaiksteinen zu sehen, auf dem Boden, der mit dem knisternden Abdeckpapier belegt war, standen Eimer mit Mörtel und Farbe.

»Hier«, befahl Per mit einer Stimme, die keinen Widerstand duldete. Eva nahm die Mosaikplatten und wartete, während Per die Masse verteilte, und half ihm dann, die Platte gerade an der Wand anzubringen.

»Wollen Sie einen Tee? Oder Whiskey? Wein? Wasser?«

Eva schüttelte nur den Kopf, wandte den Blick nicht von ihm ab. Er musterte sie lange, dann ging er an einen der Schränke, holte eine Flasche Whiskey und ein Glas heraus und ging hinüber ins Wohnzimmer.

»Ich fahre«, murmelte Eva hinter seinem Rücken.

»Ja, klar, aber ich nicht, und so wie Sie aussehen, glaube ich, dass *ich* gleich einen Schluck brauche.« Er goss sich das Glas voll und machte es sich auf dem Sofa bequem. Pers Augen leuchteten misstrauisch, aber auch neugierig. Eva wurde bewusst, dass sie nach wie vor stand, und setzte sich ihm gegenüber auf einen Sessel.

Per musterte lange das blasse Gesicht seiner Besucherin, empfand plötzlich großes Mitgefühl für das Leid, das er dort sah. Die durchschimmernde Haut, die dunklen Ringe unter den Augen, der verbissene Zug um den Mund waren Zeugen.

»Und wer bitte sehr ist tot?«, fragte er schließlich.

Sie zuckte zusammen und sah ihm in die Augen.

»Sie sind eigentlich ganz nett, Per«, sagte sie.

Per sah sie überrascht an.

»Am Anfang dachte ich, Sie sind einer von diesen langweiligen Machos«, fuhr sie fort, »einer, der nur redet und Frauen als eine Selbstverständlichkeit ansieht.«

Sie senkte den Kopf und fummelte an ihren Fingernägeln herum.

»Erzählen Sie mir bitte alles«, bat er sie leise. Er stützte seinen Kopf in die Hand und spürte den Muskelkater vom Training.

Plötzlich, ohne Vorwarnung war die Übelkeit zurück. Eva vergrub das Gesicht in den Händen, versuchte, den Ekel zu überwinden, streckte den Arm nach Pers Glas aus und nahm einen kräftigen Schluck.

»Na, sagen Sie schon!«, forderte Per sie erneut auf.

Stockend erzählte Eva ihm von ihrem Besuch bei ihrer ehemaligen Nachbarin. Per fragte sachlich nach, erfuhr, warum und wie sie auf die Spur mit dem Hundewelpen gekommen war, welche Personen sie dazu befragt hatte und was diese gesagt hatten. Und dann der blaue BMW, dieses riesige Durcheinander.

»Sonny war nicht zu Hause. Aber wir hörten ein Rauschen aus der Wohnung dringen. Ann-Katrin hatte die Befürchtung, dass ein Wasserhahn lief oder er einen Wasserrohrbruch hatte, darum ... Sie ist schließlich im Vorstand der Genossenschaft. Also hat sie die Wohnung mit ihrem Generalschlüssel aufgemacht und nach ihm gerufen. Aber es war kein Wasser, das diese Geräusche verursachte. Im Wohnzimmer lief eine DVD, und Sonny lag tot auf dem Sofa«, die letzten Worte hatte Eva geflüstert, sie räusperte sich und starrte auf Pers Whiskeyglas. Wortlos schob er es ihr hin.

»Wie ist das passiert? Und wann?«

»Sie waren sich nicht ganz sicher, aber die Polizei sagte, dass …«

»Sie haben die Polizei gerufen?

»Ja, natürlich«, nickte Eva. Sie nahm einen großen Schluck und schob dann verschämt das Glas zurück.

»Sie gingen davon aus, dass er sich selbst stranguliert hat, aus Versehen, Drogen genommen hat und … Ich habe Angst, Per«, sagte sie leise. »Ich habe so furchtbare Angst! Ich glaube nicht, dass es ein Unfall war. Er hatte eine Plastiktüte auf dem Kopf, und die war von seinem aufgerissenen Mund eingesogen.«

Per sprang auf und ging in die Küche. Eva hörte, wie er sein Handy bediente, kurze Anweisungen gab, sich bedankte.

»Ich habe einen Kollegen angerufen«, sagte Per und setzte sich wieder aufs Sofa. »Ihr Hundebesitzer, der übrigens weder einen Hund besitzt noch je einen besessen hat, ist aller Voraussicht nach an einer Überdosis gestorben.« Per schnaufte und nahm einen Schluck Whiskey. »Aber Sie sind also der Meinung, dass er umgebracht worden ist?«, fügte er nach einer Weile hinzu.

Eva nickte stumm.

»Und zwar von dem Psychopathen, der Ihrer Meinung nach noch frei herumläuft?«, fuhr Per fort. »Und der versucht, seine Spuren zu beseitigen.«

Eva nickte erneut, ihr Blick war voller Zweifel, sie ließ den Kopf hängen.

Per stand auf und stellte sich an eines der großen Fenster,

starrte hinaus in die Dunkelheit. Vom gegenüberliegenden alten Badehaus Hagabadet stieg eine schmale Rauchsäule auf, davor floss der Verkehr auf der Nya Allén vorbei. Langsam drehte Per sich um zu der blonden, blassen Gestalt, die kerzengerade am vordersten Rand des Sessels saß und jede seiner Bewegungen verfolgte. Lieber Gott, er wollte doch nur in Ruhe seine Küche fertig machen.

Ihre großen, dunkelblauen Augen füllten sich mit Wasser. Er hasste es, wenn Frauen weinten. Warum, konnte er nicht sagen. Er lehnte seine Stirn gegen die Fensterscheibe, spürte die Kühle des Glases, hoffte, sie würde seinen Kopfschmerz im Keim ersticken, der sich ankündigte.

»Sie sind auf dem besten Weg, sich selbst und allen anderen einen Höllentrip zu bereiten, sind Sie sich dessen bewusst?«, fragte Per. »Dieser so genannte Hundebesitzer Sonny ist kein Unbekannter im Drogendezernat … Die Kollegen haben auch das ein oder andere bei ihm in der Wohnung gefunden. Er und seine Kumpel waren *so* kurz davor, wegen Drogenhandels und so eingebuchtet zu werden. Haben Sie schon mal was von der Designerdroge GHB, Liquid Ecstasy, gehört? Er war kein unbeschriebenes Blatt!« Per hockte sich neben Eva. Sie hob den Kopf und sah in zwei ernste, besorgte und müde Augen.

»Und Sie sind also der festen Überzeugung, dass der angesehene Anwalt Paulo Buschardt ein Pädophiler ist?«, fasste Per zusammen. »Sie behaupten, dass er so fixiert auf Ihren Sohn war, dass er einen Hundewelpen als Lockvogel eingesetzt hat? Ferner, dass er versucht hat, ihn auf einer Familienfeier Ihrer Schwiegereltern zu entführen? Und zu guter Letzt soll er den Hundebesitzer umgebracht haben, um Spuren zu beseitigen?«

Eva schwieg, hielt Pers Blick jedoch stand.

»Vielleicht hat er auch Mattias dazu verleitet, Selbstmord zu begehen?«, schlug Per schnaubend vor.

Er war am Ende, seine Geduld war mit einem Schlag aufgebraucht.

»Jesses! Das ist doch krank! Sie haben keinerlei Beweise für Ihre Behauptungen. Das müssen Sie doch einsehen! Keinen noch so kleinen Beweis!«

Mit einem Stöhnen ließ er sich aufs Sofa fallen. Dann trank er das Whiskeyglas in einem Zug leer, lehnte sich vor und ergriff Evas Hand.

»Sie glauben an das, was Ihre senile Nachbarin erzählt hat«, fuhr er erbarmungslos fort. »Das würde ich in Ihrer Situation wahrscheinlich auch tun. Aber sie ist als Zeugin nicht zu gebrauchen, Eva! Und dann dieser mystische Cafébesitzer, der sich erst erinnert und dann behauptet, sich zu irren. Es ist richtig, dass die beiden Aussagen übereinstimmen. Der Junge ist zusammen mit einem Hundewelpen gesehen worden. Ich gebe zu, dass es sehr merkwürdig ist, sehr merkwürdig! Aber wir haben keinen Beweis dafür. Und der Cafébesitzer wird nicht als Zeuge auftreten!«

Wütend warf er die Hände in die Luft, goss sich einen zweiten Whiskey ein.

»Dazu kommt noch, Eva, dass der Verurteilte nicht mehr am Leben ist. Er wird nicht mehr rehabilitiert werden können. Es tut mir furchtbar leid.«

Sie schwiegen.

»Der Mörtel wird hart«, murmelte Per.

Plötzlich spürte Eva, wie ein unbändiger Zorn in ihr aufstieg, eine heiße, unkontrollierte Wut. Per hatte ihren Gesichtsausdruck nicht gesehen, reagierte erst, als sie sich auf ihn stürzte. Er packte ihre Handegelenke und hielt sie so fest, wie er es wagte.

»Eva, hören Sie auf… Sie müssen sich das anhören. Ich habe die Ermittlungsakten alle durchgesehen. Hören Sie mir zu!« Pers Stimme wurde kalt und professionell. »Es wurde kein Speichel gefunden, kein Blut, keine Hautpartikel unter den Fingernägeln Ihres Sohnes, kein Sperma. Natürlich, der Täter wird Kondome benutzt haben, und er hat dafür gesorgt, dass er keine sichtbaren Verletzungen davontrug. Ich sage auch nicht, dass Sie sich irren, ich sage nur, dass wir keine Beweise haben! Und für eine Verurteilung benötigen wir Beweise. Und dieser Praktikant hat nun einmal gestanden!«

Per ließ sich auf das Sofa fallen.

»Sie sagen also …«, flüsterte Eva heiser, »dass alles, was ich sage, vollkommen unmöglich ist?«

Per holte Luft, um zu protestieren, doch Eva kam ihm zuvor.

»Paulo hat eine alleinerziehende Mutter mit zwei kleinen Mädchen geheiratet, er steht unserer Familie nahe, er wohnt in der Nähe, er kennt uns. Er ist nach dem, was Sie mir erzählt haben, ein potentieller Pädophiler. Und genau wie Sie gesagt haben, gibt es überraschend viele Übereinstimmung in den Aussagen meiner Nachbarin und des Cafébesitzers. Zweier Menschen, die einander nicht kennen und die beide eine Person beschrieben haben, die Mattias Fredberg nicht im Geringsten ähnelt! Mohamad wurde noch nicht einmal verhört!« Eva verzog verächtlich den Mund, ihre Augen glühten.

»Sie haben ja recht, Eva!«, erwiderte Per. »Aber Ihre Schlüsse sind zu weit hergeholt.«

»Folgen Sie niemals Ihrer Intuition, Per? Setzen Sie nie Ihren sechsten Sinn ein?« Eva stand vor ihm. Ihr Gesicht war vor Wut und Ohnmacht verzerrt. Dann stürmte sie in den Flur, riss ihre Jacke an sich und zog sich die Schuhe an. Sie fluchte über den Reißverschluss und brach sich einen Nagel ab, was sie rasend machte und ihr die Tränen in die Augen trieb.

»Was ist los mit Ihnen, Eva?«

»Habe ich nicht gerade versucht, Ihnen das zu erklären?« Sie sah ihn an und wischte sich die Tränen mit der Hand vom Gesicht. »Dann sehen Sie es mir bitte nach, wenn ich undeutlich gewesen sein sollte. Aber ich habe eine Scheißangst! Er ist dort draußen, die ganze Zeit, und er wartet nur auf einen günstigen Augenblick, um mir meinen Sohn wieder wegzunehmen. Er will ihn haben! Das spüre ich … hier drinnen!«

Eva griff Pers Hand und legte sie auf ihren Bauch. Erschrocken nahm er wahr, wie sich seine Haare aufstellten und es ihm eiskalt den Rücken hinunter.

»Und«, zischte Eva, »wenn niemand mein Kind beschützt, werde ich das tun! Und euch soll alle der Teufel holen, wenn Sebastian etwas geschieht! Haben Sie das verstanden?«

»Eva, ich …«

»Nein, Per, jetzt halten Sie den Mund!«

Evas Stimme hatte jetzt eine unangenehme, schrille Tonlage.

»Paulo und seine Frau waren auf dem Kindergeburtstag zusammen mit meinen schrecklichen Schwiegereltern. Dort ist er auch Sonny und dem Hund begegnet. Das ist alles denkbar und keineswegs weit hergeholt! Und wer sagt, dass Mattias in seinem Brief nicht die Wahrheit geschrieben hat? Aber er lebt nicht mehr, ihn können wir nicht mehr fragen! Vielleicht hat ihm Paulo eine Todesangst eingejagt. Was wissen wir schon?!«

Eva drehte sich auf dem Absatz um, riss die Tür auf, rannte hinaus und schlug sie ihm vor der Nase zu. Per blieb wie versteinert stehen.

# Kapitel 43

Langsam fuhr Per mit dem Zeigefinger über die Zeilen, überflog die Fotos, den Bericht des behandelnden Arztes, die Laboruntersuchungen sowie die kriminaltechnischen Ergebnisse. Eigentlich sollte er dieser Ermittlung keine Sekunde mehr widmen. Er hatte mit anderen Dingen mehr als genug zu tun. Und dennoch kreisten seine Gedanken die ganze Zeit um diese Geschichte. Evas Worte über ihre Intuition, ihre Furcht und panikartige Angst, die am Abend zuvor zu spüren waren, ließen sich nicht ausschließlich mit den Sorgen einer überbehütenden Mutter erklären. Ihre Gefühle waren so stark gewesen, man hätte sie fast greifen können. Und wenn jemand seiner Intuition vertraute, dem so genannten sechsten Sinn, dann war er das.

Per las schnell und effektiv. Sebastian war in Begleitung von Mattias hinter der Saronkirche in der Nähe vom Spielplatz und dem Sandkasten gefunden worden. Er hatte Schuhe und Strümpfe und eine weiche Baumwollhose angehabt, ein T-Shirt und darüber ein Sweatshirt mit Kapuze, aber keine Windel. Sowohl die Hose als auch das Sweatshirt hatten mehrere Flecken aufgewiesen. In den Taschen des Sweatshirts war viel Sand gefunden worden sowie ein verschmutzter Lutscher mit Himbeergeschmack. Hatte einer der Kriminaltechniker ihn etwa probiert? Reste von Wachskreide und Klebestift. Blut und Rotz von dem Kind.

Per lehnte sich zurück. Da ist kein Hinweis. Wonach suche ich hier überhaupt? In den Unterlagen einer bereits abgeschlossenen Ermittlung? Es gab keine Spuren, die nicht von dem Jungen selbst stammten, seiner Familie, dem Sandkasten oder irgendeinem Spielplatz. Schmutz und Fasern, Haare und der ganze Dreck, den wir mit uns herumschleppen. Es wurden Haare von Menschen und von einem Hund gefunden. Die DNA der Haare auf der Kleidung des Jungen hatte mit der des Praktikanten übereingestimmt. Bingo. Auch Mattias' Fingerabdrücke konnten sichergestellt werden.

Er setzte sich aufrecht hin. Hundehaare! Die könnten natürlich von überall stammen, aus dem Park, vielleicht hatte er jemanden mit Hund getroffen. Per blieb reglos sitzen, schluckte.

Mattias, warum hast du bloß gestanden? Oder war es das Geständnis einer anderen Tat? Deiner Sünden! Was hat dein unbezahlbar teurer Pflichtverteidiger dir ins Ohr geflüstert? Eine deutliche Minderung der Strafe?

Paulo Buschhardt. Ein geschätzter Rechtsanwalt, hoher Stundenlohn. Gefragt. Vertrat häufig prominente Medienfälle. Ein Perfektionist und Modesnob. Im Laufe seines Berufslebens war Per allen Sorten von Menschen begegnet. Ihn konnte nichts mehr überraschen. Schmutz und Dreck gab es in allen Gesellschaftsschichten. Oben wie unten, mit oder ohne Ausbildung. Es schien keinen Unterschied zu machen.

Fluchend stand Per auf und ging mit großen Schritten durch den Gang zur technischen Abteilung. Er musste eine Sache nach der anderen angehen, nicht alles auf einmal.

»Anna!«

Per versuchte das Radio zu übertönen, aus dem laute House-Musik dröhnte. Anna schaute über ihre Schulter, winkte und stocherte weiter in etwas mit einer Pinzette herum.

»Hast du Zeit? Könnten wir uns kurz unterhalten?«

Annas Augenbrauen wanderten nach oben, sie warf ihm einen fragenden Blick zu, und der Ausdruck ihres Gesichtes deutete an, dass ihm seine vielen Unterbrechungen ihrer Arbeit bald teuer zu stehen kommen würden. Bedächtig legte sie die Pinzette zur Seite und zog die Schutzhandschuhe aus.

»Was für ein irres Zeug hörst du da?«, stöhnte Per, ließ sich auf ihren Stuhl fallen und legte die Füße auf den Tisch.

Anna grinste, schob seine Beine von der Tischplatte, packt ihn am Jeanshemd und beförderte ihn mit Schwung aus ihrem Stuhl.

»House ist das, Tribal House, hat einen tollen Groove, gute Energie, genau das Richtige, schön monoton, um mein kleines empfindliches Gehirn so früh am Morgen nicht zu stören«, sagte sie und sank demonstrativ in den großen Drehsessel.

Per setzte sich auf die Schreibtischkante und legte den Ordner neben sich. Anna schielte schnell auf den Ordnerrücken und seufzte.

»Du kannst es wohl nicht lassen, was? Was stört dich so an dieser Sache? Außer, dass Katarina die Ermittlungen geleitet hat?« Anna sah Per gespielt verständnislos an, streckte sich und gähnte. »Na, Prince Charming, sag schon, was du auf dem Herzen hast.« Anna war die hübscheste Technikerin, die jemals im Polizeihauptquartier Göteborgs gearbeitet hatte. Bisher allerdings auch die einzige Frau in dem Metier. Sie war klein, höchstens 160 cm groß, zierlich, hatte ein hübsches Gesicht, das von schokoladenbraunem glänzendem Haar in einer Pagenfrisur umrahmt wurde, und unglaublich große braune Augen, die vielen ihrer Kollegen schwache Knie bereiteten und sofort den Beschützerinstinkt in ihnen weckten. Aber ihr Intellekt war scharf und vielseitig wie ein Schweizer Messer. Brillant. Und ihr zierlicher Körper vermittelte einen vollkommen falschen Eindruck von Gebrechlichkeit. Das hatte Per mehrmals auf der Matte beim Judo-Training erfahren müssen.

»Per, du siehst aus, als könntest du Urlaub gebrauchen. Ziehst du jeden Abend los und amüsierst dich?« Sie klimperte frech mit den Wimpern und bohrte ihm lachend ihren Finger in den Bauch.

Per grinste müde. Er hatte keine Lust, ihr zu erzählen, dass er bis zwei Uhr morgens Mosaikkacheln an die Küchenwand geklebt und aus purem Frust ein Glas Whiskey oder zwei zu viel getrunken hatte.

»Ich würde gern etwas über den Typen aus Linné wissen, der sich das Leben genommen hat«, sagte er ruhig.

Zuerst sah Anna ihn fragend an, dann lächelte sie, als wäre er mit einer guten Nachricht zu ihr gekommen. Per musste das Lächeln unweigerlich erwidern.

»Ach so, der! Zerebrale Hypoxie. Total pervers!« Anna schnalzte fröhlich mit der Zunge.

»Ja, ganz genau. Zerebrale was?«, wiederholte Per.

Anna schenkte ihm ein nachsichtiges Lächeln.

»Selbststrangulation. Ist dir noch nie begegnet? Und ich habe geglaubt, alle Kerle wüssten, was das ist.« Dann verschwand das Lächeln aus ihrem Gesicht, und die Falte zwischen den Augenbrauen wurde tiefer.

»Warum willst du das wissen? Glaubst du, es gibt irgendeinen Zusammenhang mit dem Pädophilen von Linné?«

»Ehrlich gesagt, ich weiß es nicht«, antwortete Per. »Aber immerhin hat er in demselben Haus-Komplex gewohnt, in ebenjenem Innenhof, von wo das Kind entführt wurde …«

Anna sah ihn kritisch an.

»Okay«, fing sie an, ihre Augen funkelten. »Selbststrangulation ist eine Methode, um den sexuellen Genuss während des Geschlechtsaktes oder der Selbstbefriedigung zu erhöhen. Man unterbindet durch Strangulation den Zufluss von Sauerstoff zum Gehirn, entweder mit einer Schlinge um den Hals, oder man stülpt sich eine Plastiktüte oder Ähnliches über den Kopf. Der Sauerstoffmangel verursacht Halluzinationen, die den Höhepunkt dramatisch steigern sollen. Also, ich habe es selbst noch nicht ausprobiert …« Anna lächelte schelmisch, und Per spürte, wie er errötete.

»Der junge Mann war vollgepumpt mit zentral stimulierenden Drogen«, fuhr sie sachlich fort. »Er hatte eine Plastiktüte über dem Kopf und sein Ding zärtlich in der Hand, als man ihn fand. Übrigens hatte er sich auch eine besonders schöne DVD eingelegt«, fügte sie belustigt hinzu.

»Ja, ja, danke schön«, murmelte Per leicht angewidert. Er hatte schon eine bildhafte Beschreibung von ihrem weniger feinfühligen Kollegen Hans Stark über den Pornofilm bekommen, der sich im DVD-Player befunden hatte.

»Sein kleines wolllüstiges Spiel misslang ganz einfach. Ein bisschen zu viel von allem. Die Rechtsmedizin hat wahrscheinlich eine Überdosis festgestellt, nehme ich an«, stellte Anna mit einem Achselzucken fest. Per nickte. Das war sinngemäß das, was Hans gesagt hatte, nur vulgärer. Aber Mord? Er unterdrückte einen Seufzer. Eine Überdosis mit einer kleinen perversen Note. Ein bekannter Gelegenheitsjunkie. Wie banal.

Anna wollte gerade aufstehen. Per bremste sie mit einer

Geste, sie setzte sich wieder hin und schielte demonstrativ zur Wanduhr.

»Nur eine kurze Frage noch zum Entführungsfall von Linné. Ich habe dein Protokoll gelesen. Es gab eine Menge Spuren an den Kleidern von dem Jungen, unter anderem Hundehaare.«

Per öffnete die Mappe mit den Papieren, aber Anna klappte sie wieder zu.

»Ich weiß noch, was wir gefunden haben, in der Regel habe ich ein ganz gutes Gedächtnis.« Sie wurde plötzlich ernst. »Es war nämlich gar nicht so wenig. Du weißt schon, Kinder, die haben immer ihre Taschen voll mit den unterschiedlichsten Sachen. Sie graben, stochern herum, stecken sich alles in die Taschen, streicheln Hunde. Und Sebastian hatte Hundehaare an seinem Pullover. Aber ...«, Anna zögerte, »es hat uns niemand nach Hundehaaren gefragt. Wonach wir gesucht haben, waren menschliche DNA-Spuren. Was wir gefunden haben, waren Spuren von dem Jungen selbst, seinen Eltern und von zwei Erziehern aus der Vorschule, der eine von ihnen war derjenige, der dann verurteilt wurde.«

»Kannst du die Haare einer bestimmten Rasse zuordnen?«, fragte Per.

Auf Annas Gesicht standen Fragezeichen, dann öffnete sie das Dossier und las ihren Bericht erneut durch.

»Helle, relativ lange und weiche Haare, es wurden auch Welpenhaare gefunden. Ein langhaariger Hund, wie ein Retriever oder ein Setter.«

»Golden Retriever?« fragte Per.

»Ziemlich wahrscheinlich, ja«, antwortete Anna und schaute Per fragend hinterher.

Der war so schnell aus dem Raum verschwunden, als hätte ihn jemand weggezaubert. Anna seufzte, zog die Handschuhe wieder an und stellte das Radio lauter.

Eine feingliedrige Hand schob sich um die Ecke, drückte auf den Powerknopf und würgte die Musik brutal ab. Anna schaute irritiert über ihre Schulter und wurde mit einem Frühaufsteherlächeln ihres Kollegen Stojan Savics begrüßt. Die schöne Zeit, in der sie ungestört arbeiten konnte, war vorbei.

Sie lächelte ergeben und sezierte schweigend weiter.

# Kapitel 44

Der T-Rex trampelte über den Spielplatz in Hovås, er brüllte bedrohlich, alles wurde von seinen mit Klauen bestückten Füßen zermalmt. Bam, bam. Die Soldaten und Lego-Figuren wurden zerquetscht, versanken tief im Sand. Bam, bam. Action Man stellte sich ihm mutig in den Weg, lachte siegesgewiss. BAM! Action Man flog durch die Luft, sein Gewehr in eine andere Richtung. Arrrggghhh!, brüllte der T-Rex.

Da hörte Sebastian ein Brummen, ein Automotor, von einem großen Auto, das wusste er. Er hob den Kopf. Der T-Rex und er sahen auf die Straße.

Es war dunkelblau, wie das Auto, das Oma ihm geschenkt hatte. Oma war dumm, sehr dumm.

Es kamen viele Autos die Straße entlang. Fast alle waren groß und brummten tief und dunkel, nicht wie kleinere Autos, die sich wie Hummeln anhörten. Sebastian stand auf, packte den Dino am Bein und trat an den Zaun. Die Straße endete beim Haus von Oma und Opa. Dort stellten alle ihre Autos ab. Er sah durch die Stäbe, weiter hinten gab es ein Loch im Zaun. Gebückt schlichen er und der T-Rex durchs hohe Gras, wie in einem Dschungel.

»Geh bitte nicht so weit weg, mein Schatz!«

Sebastian hatte es sehr wohl gehört, Mama wollte ihn immer sehen können, Kattis auch. Das nervte. Mit dem T-Rex als Beschützer schlich er weiter.

Eva streckte sich und beobachtete Sebastian, der mit seinem großen Plastikdino in der Hand am Zaun entlangkroch. Dabei stieß er gurgelnde Laute aus und bahnte sich einen Weg durch das hohe Gras, am Ende des Spielplatzes.

»Sehen Sie sich diese kleine Maus mal an!«, rief Kattis. »Das gibt es doch gar nicht. Das kleine Murkelchen will aufstehen. Sie wird eines dieser Kinder sein, die mit acht Monaten laufen können und dann überall gegenrennen. Sie sollten ihr einen Schutzhelm kaufen, haha!«

Kattis lachte Julia an, die gurgelnd und brabbelnd auf sie zuwackelte, ins Stolpern geriet und mit der Nase voran in den Sand fiel. Kattis fing sie in letzter Sekunde auf und wirbelte sie durch die Luft.

»Du kleine Rockerin, du bist ja so süß!«

Julia quietschte vor Vergnügen, ließ fröhlich lachend alle Küsse über sich ergehen. Dann setzte Kattis sie zurück in die Sandkiste. Sofort begann die Kleine, Löcher zu graben. Eva zeichnete mit einem Plastikkrokodil gedankenverloren Gräben in den Sand. Es war grün und lila, hatte strahlend weiße Zähne und starre Plastikaugen. Die Luft war klar und kühl, ein leichter Nebel ließ die Gegend aussehen wie eine Wiesenlandschaft mit Bergen im Hintergrund. Eva sah erneut zu Sebastian, der seinen Dino im Gras auf und nieder hüpfen ließ. Sie versank wieder in ihrer melancholischen Stimmung.

Sebastian drehte sich um, Mama sah nicht mehr zu ihm herüber. Er hob den T-Rex hoch und ließ ihn zwischen den Zaunpfählen hindurchsehen. Der Mann, der sein blaues Auto geparkt hatte, kam gerade zurück, öffnete die Tür, bückte sich hinein und holte etwas heraus. Sebastian kniff die Augen zusammen, krümmte sich im Gras, hielt dem T-Rex die Schnauze zu und drückte ihn ganz fest an sich. Sie mussten jetzt ganz leise sein. Da war er …

Als er den Mann nicht mehr sehen konnte, rannte er mit dem Dino im Arm zurück durch das hohe Gras, zurück zum Sandkasten. Aber Mama war nicht mehr da und Kattis auch nicht. Sebastian fing an zu weinen, erst leise, dann immer lauter.

»Mama! Will nicht … Mama!«

Da entdeckte er sie bei der Schaukel, Sebastian stürmte auf sie zu.

»Mama! Will nich beemee fahrn, niemäh!«

Sebastian kletterte auf Evas Arm, drückte seine Augen so fest zu, wie er nur konnte, und hielt T-Rex fest, ganz fest.

»Kein Hundi kriegt!«, schniefte er. »Will nich beemee…«

# Kapitel 45

Eva parkte auf dem Gemeinschaftsparkplatz der Wohnanlage in Sisjön. Unschlüssig sah sie sich um. Sie entdeckte eine Infotafel, auf der die Reihenhäuser als lange graue Balken auf grünem Untergrund abgebildet waren, aber jemand hatte Tags mit Silberspray darübergesprüht, so dass die Hausnummern nicht mehr zu entziffern waren.

Eva lief an der ersten Häuserzeile entlang. Sie war von der Größe der Anlage überrascht, lange Reihen kleiner Häuser mit braunem Dach und winzigen grünen Vorgärten. Die Häuser lagen Schulter an Schulter. Als sie den letzten Eingang erreicht hatte, wusste sie nicht, wohin. Welches von diesen vielen Gebäuden war das richtige?

Ein Minibagger stand auf dem letzten Grundstück und hob mit seiner kleinen Schaufel einen Graben um das Haus herum aus. Ein zweiter Mann stand gebückt unten im Graben. Eva näherte sich und versuchte, das Dröhnen des Baggers zu übertönen, aber der Mann in der Grube reagierte nicht. Dann wurde der Baggerführer auf sie aufmerksam, setzte die Schaufel auf den Boden, schob mit dem Fuß die Kabinentür auf und sah sie fragend an.

»Entschuldigen Sie bitte, ich suche die Hausnummer 14, wissen Sie, wo das ist?«

»Welche Straße?«, fragte der Mann.

»Äh …« Eva wühlte in ihrer Tasche, aber der Zettel war verschwunden, das berühmte schwarze Loch in der Tasche hatte ihn wie so vieles andere zuvor verschlungen.

»Ich möchte zu Tomas Hoyer«, sagte sie, ohne große Hoffnung, dass ihr das weiterhelfen würde.

»Hey! Tomas. Du hast Besuch!«, brüllte er in die Grube. Der Spaten hörte auf, durch die Luft zu schwingen.

Tomas sah hoch zu Eva, er musste gegen die Sonne blinzeln, wischte sich den Schweiß mit dem verschmierten Unterarm von der Stirn und verteilte so gleichmäßig Erde und Öl. Eva stockte der Atem. Sie starrten einander an und bemerkten nicht das freche Grinsen des Baggerführers. Er schüttelte den Kopf, sprang von der Maschine, schnappte sich seine Thermoskanne und stellte sich ein Stück abseits.

Tomas sah vollkommen anders aus, als sie ihn je in der Praxis gesehen hatte. Er trug ein enges Rippenshirt, das so schmutzig war, dass es eher an einen Putzlappen erinnerte. Sein dunkles Haar war zerzaust, und sein Gesicht glänzte vor Schweiß und Dreck. Seine langen muskulösen Arme stachen unter dem T-Shirt hervor.

»Eva?«, sagte Tomas ungläubig. Sie war außerstande, sich zu bewegen. Tomas leckte sich den Schweiß von der Oberlippe, kletterte aus dem Graben, nickte mit dem Kopf zum Hauseingang und ging vor. Eva riss sich aus ihrer Erstarrung und folgte ihm.

Zögernd hängte sie ihre Jacke an die Garderobe und sah sich verstohlen um. Eine schöne junge Frau lächelte ihr von einem Foto entgegen, das in einem von Schnecken verzierten Rahmen auf einer Kommode stand. Eva löste ihren Blick von der Frau und betrat vorsichtig die große helle Küche. Der Küchentisch war übersät mit Unterlagen, Büchern, Papieren, dazwischen stand ein Laptop. Die Spülmaschine stand offen und war halbvoll, neben der Spüle stand eine Batterie leerer Pfandflaschen, in einer Zimmerecke türmten sich alte Zeitungen.

Eva hörte ein Poltern und ging in den nächsten Raum, ein geräumiges Wohnzimmer, aber auch hier war niemand. Es roch nach altem Blumenwasser, Erde und Schweiß. Plötzlich wurde die Tür hinter ihr geöffnet und stieß ihr in den Rücken. Sie sah in Tomas' überraschtes Gesicht.

»Oh, entschuldige. Du bist so leise. Setz dich doch, möchtest du was trinken? Tee oder Kaffee?«

Eva bewegte die Lippen, aber sie bekam keinen Ton heraus. Tomas trug nur seine schmutzigen Jeans, sein breiter Oberkörper glänzte vor Schweiß. Der Brustkorb war bedeckt mit schwarzen Haaren, die zu einem schmalen Streifen wurden und unter der Gürtelschnalle verschwanden. Eva schloss die Augen, ihr war schwindelig.

»Tomas … ich hätte nicht … ich …« Eva verstummte, öffnete die Augen, sah ihm ins Gesicht. »Ich muss wieder fahren«, murmelte sie heiser und ging in den Flur. Tomas holte sie ein und baute sich vor ihr auf.

»Was soll das denn, Eva? Was wolltest du von mir?«

»Ich muss jetzt nach Hause«, sagte sie kurz angebunden und griff nach der Türklinke. Tomas packte ihr Handgelenk.

»Aber jetzt bist du hier. Ich habe doch wenigstens das Recht zu erfahren, was du von mir wolltest!«

Eva sah ihn bestürzt an, er hatte ihr gegenüber noch nie einen so scharfen Ton angeschlagen. Er ließ ihr Handgelenk los.

»Liebe Eva. Du kommst zu mir und siehst aus, als wäre der Himmel über dir eingestürzt. Aber dann willst du sofort wieder los. Kannst du dich nicht bitte kurz hinsetzen und mir erzählen, was passiert ist?« Er sah auf einmal sehr müde aus.

Eva nickte niedergeschlagen, hängte ihre Jacke wieder

auf und ging in die Küche. Dort setzte sie sich steif auf einen der Stühle, wagte kaum, sich zu bewegen. Tomas füllte Teeblätter in eine Kanne, es roch nach schwarzer Johannisbeere, dann stellte er ein Glas Honig, zwei Becher und Milch auf den Tisch.

»Wenn du mich ganz kurz entschuldigen könntest, ich würde … nein, ich muss duschen. Ist das in Ordnung? Es geht ganz schnell!« Eva nickte mechanisch, blieb reglos sitzen.

Sie hatte Schwierigkeiten, ruhig und gleichmäßig zu atmen. Sein Geruch hing noch in der Luft, sie hörte das Rauschen der Dusche. Plötzlich stand sie auf, ging in den Flur und öffnete die Tür zum Badezimmer. Tomas stand unter dem Wasserstrahl, zur Hälfte verdeckt von einer halbhohen Wand aus Glasbausteinen. Im Raum hing schwerer Wasserdampf. Auch wenn Eva fröstelte, kochte ihr Blut wie im Fieber. Sie riss sich ihre Kleider vom Leib, hörte ein Krachen, als sie sich das T-Shirt über den Kopf zog. Dann stieg sie zu Tomas unter den heißen Wasserstrahl, bekam kaum Luft, spürte, wie er erstarrte, sie überrascht ansah. Sie legte ihre Hände um seinen Körper, schmiegte sich eng an ihn. Sie seufzte, als er ihre Umarmung erwiderte, ihren Nacken küsste und ihre Brüste streichelte. Eva nahm ihm die Seife aus der Hand, massierte ihn mit dem Schaum ein, fuhr jede Linie, jede Kurve seines muskulösen Körpers ab, spürte seine Hände, die nach ihr griffen, sie streichelten, sie überall berührten.

Tomas schob ihr Gesicht zu seinem hinauf, wischte eine nasse Haarsträhne zur Seite, küsste ihre Stirn, ihre Nasenspitze. Er fasste sie um die Taille und hob sie hoch, drückte sie gegen die nasse Glaswand. Eva stöhnte, öffnete ihre

Lippen. Tomas verschloss ihren Mund mit seinem, drang gleichzeitig in sie ein. Evas Schrei erstarb in seinem Kuss.

Tomas nahm ein Handtuch und wickelte es um sie beide. So standen sie eine ganze Weile, eng aneinandergeschmiegt, erregt und doch fröstelnd. Feuchte Haut, erhitzt und glatt. Sie küssten sich, zuerst zart und liebevoll, erforschend, dann immer atemloser. Eva spürte seine Erregung an ihrem Oberschenkel, musste kichern, wie betrunken, sprudelnd und leicht.

Eingewickelt stolperten sie über den Flur in ein dunkelblau gestrichenes Schlafzimmer, ließen sich auf das breite Bett fallen. Tomas zog das Handtuch fort, Evas Haut vibrierte, Erregung erfüllte den Raum. Zitternd krabbelten sie unter die Bettdecke. Alles roch nach Tomas, Eva griff in sein feuchtes, lockiges Haar, ertrank in der Tiefe seiner braunen Augen, wärmte sich an der Glut, die sie dort sah.

Es klopfte am Fenster. Das runde, gutmütige Gesicht des Baggerfahrers lächelte ihnen entgegen. Tomas musste lachen, erst leise und gurgelnd, dann lauthals und herzlich. Der Baggerfahrer tippte auf seine Armbanduhr, grinste breit und verschwand. Sie hörten, wie er prustend um die Ecke bog.

Erst eine Weile später kam ihr der Gedanke, warum sie eigentlich zu ihm gefahren war. Sie hatte eine Ausrede gesucht. Oder war es eher Trost, Stütze, eine Antwort, die sie bei ihm gesucht hatte? Eva schloss die Augen, lag ganz still in diesem Kokon aus ihren Körpern, so warm und verschwitzt. Tomas fuhr mit seinem Zeigefinger über ihre Nase, die Stirn, am Ohr entlang.

»Sie ist schön … deine Frau«, murmelte Eva.

»Sie war, Eva. Sie war schön, ich habe sie geliebt, und sie hat mich geliebt, bis zu dem Tag, an dem sie starben. Und jetzt gibt es sie nicht mehr.« Eva sah ihm in die Augen, er stützte seinen Kopf mit der einen Hand ab, richtete den Blick an die Zimmerdecke.

»Sie?«

»Hmm… sie war schwanger. Sie starben beide.« Er seufzte, wandte den Blick nicht von der Decke. Eva musste schlucken.

»Sie war bei ihren Eltern in Jönköping zu Besuch gewesen, als sie auf dem Heimweg frontal mit einem Lastwagen zusammenstieß. Der Fahrer des LKW war eingeschlafen.« Da senkte er den Kopf und sah sie durchdringend an. Eva schloss instinktiv die Augen.

»Warum bist du zu mir gekommen, Eva?« In Tomas' Stimme lag nicht der Hauch eines Vorwurfs.

»Kann ein kleines Kind lügen? Sich etwas ausdenken? Phantasieren?« Eva sah ihn fragend an, suchte eine Antwort in seinem Gesichtsausdruck. Zuerst wirkte er verwirrt, dann biss er sich auf die Unterlippe.

»Meinst du Sebastian damit?«

Eva nickte. Tomas schüttelte daraufhin den Kopf.

»Nein. Kleine Kinder in seinem Alter tun sich sehr schwer damit zu lügen. Sie haben zwar eine lebhafte Phantasie, aber kein Verständnis davon, was eine Lüge ist. Sebastian ist definitiv zu jung, um das zu können. Vor allem, sich eine Lüge auszudenken, daran festzuhalten und sich die ganze Zeit daran zu erinnern. So kleine Kinder lügen nicht. Wenn sie älter werden, lernen sie, wahr von unwahr zu unterscheiden, und sie begreifen, dass zu lügen bedeutet, vorsätzlich die Unwahrheit zu sagen. Kinder haben einen ganz unmittelbaren Zugang zu allem. Sie erzählen oft spontan und geradeheraus, was sie erlebt haben.« Tomas wollte noch ausführlicher werden, um Eva von ihrem inneren Druck zu erlösen. Aber als er sah, wie sich ihre Augen verdunkelten, verstummte er sofort.

»Heute, heute Vormittag«, Eva holte tief Luft. »Sebastian hat auf dem Spielplatz gespielt. Er hat einen Plastikdinosaurier, ein Riesending, den er sehr liebt. Er schlich mit ihm im Gras am Zaun entlang. Dann sah er ein Auto und kam aufgelöst zu uns gerannt. Ängstlich, verzweifelt. Er sagte, dass er nie wieder mit einem BMW fahren wolle. Und dass ihn jemand gemein reingelegt habe, erst einen Hund versprochen, den er aber dann nicht bekommen hätte.«

Tomas sah sie bestürzt an.

»Aber ...«

»Warte! Ich habe noch mehr. Der Mann, dem das Café auf der Övre Husargatan gehört, hat an dem Tag der Entführung Sebastian in Begleitung eines dunkelhaarigen Mannes und eines Hundewelpen gesehen. Ich habe ihm daraufhin Fotos gezeigt von Leuten, die auf dem siebzigsten Geburtstagsfest meines Schwiegervaters waren. Und er hat ihn wiedererkannt.«

Tomas ließ sich aufs Kissen fallen, starrte mit leerem Blick an die Decke. Dann sah er Eva mit zärtlichem, aber auch besorgtem Blick an. Er schüttelte erneut den Kopf.

»Dein Sohn lügt auf keinen Fall, was seine Angst betrifft. Die hat er genauso empfunden. Das denkt er sich nicht aus. Aber ...«

»Aber was?«

»Du musst zur Polizei damit. Die müssen sich darum ...«

Eva stützte sich auf die Ellenbogen, betrachtete ihn nachdenklich, seine zerzausten dunklen Haare, den Dreitagebart, die braunen Augen.

»Eva!« Tomas richtete sich auf und legte seine Arme um sie. »Wenn das wirklich der Mann sein sollte, dann …«

»Dann wird die Polizei ihn schon festnehmen«, beendete Eva den Satz steif.

Tomas verschlug es die Sprache.

Eva tat es sofort leid. Sie beugte sich vor, küsste ihn sanft auf den Mund, streichelte ihm über die Wange, glitt dann aus dem Bett und ging ins Badezimmer. Er hörte, wie sie sich anzog. Dann kam sie zurück ins Schlafzimmer, blieb in der Tür stehen. Schweigend sahen sie einander an.

»Ich muss jetzt gehen«, verabschiedete sich Eva. Für einen Augenblick sah sie so aus, als wollte sie noch etwas sagen, doch dann drehte sie sich um und ging.

Tomas ließ sich zurück aufs Kissen fallen und schloss die Augen.

# Kapitel 46

Per hatte sich erneut bei den Kollegen von der IT-Abteilung erkundigt. Aber bislang gab es keine Neuigkeiten aus Deutschland. Verschlüsseltes Material blieb zwar nicht auf ewig unzugänglich, aber es konnte dauern, Wochen, Monate, im schlimmsten Fall Jahre. Die große Hoffnung war bei allen Ermittlungen der Faktor Mensch. Ungeduld, Großspurigkeit und die menschliche Neigung zur Faulheit führten oft dazu, dass die Täter Fehler begingen oder nachlässig mit den Sicherheitsvorkehrungen wurden. Leider aber mussten die Kollegen feststellen, dass dieser Ring weitaus vorsichtiger operiert hatte als üblich, was nichts Gutes zu bedeuten hatte. War es denkbar, dass der angesehene Anwalt Buschardt diesem Ring angehörte? Eva war zumindest davon überzeugt. Per musste sich eingestehen, dass er nur allzu gern einen Blick auf seine Festplatte werfen würde, schon allein, um endlich seiner lieben Seele Frieden zu geben.

Aber im Moment war die einzig richtige Entscheidung, den Linné-Fall zu den Akten zu legen und abzuwarten. Eva hatte nichts mehr von sich hören lassen. Ob es bedeutete, dass für sie Mattias doch als Täter infrage kam oder sie in Wirklichkeit weiter Privatdetektiv spielte, wusste er natürlich nicht. Und im Augenblick wollte er das auch gar nicht so genau wissen. Er würde mit Katarina sprechen, wenn sie wieder da war. Und dann würde er wohl dieser senilen Nachbarin einen Besuch abstatten müssen.

Sein Kollege aus der IT-Abteilung rief ihn zu sich. Per sah ihm sofort an, dass etwas Bedeutendes geschehen war. Sein Puls beschleunigte. Er trat an Jacobs Schreibtisch, der mit seinen vielen Rechnern und Bildschirmen eher einer Kommandozentrale ähnelte.

»Die Deutschen haben den Code geknackt. Es ist unglaublich, was da für eine Flut von Daten kommt. Sie haben schon mit der Sichtung und Sortierung angefangen und uns neues Material zugeschickt. Ich habe denen gesagt, dass du an Fotos mit einem kleinen blondlockigen Jungen interessiert bist. Und sie haben was gefunden. Hier!«

Per prallte zurück, er würde sich nie an diesen Anblick gewöhnen. Sein Magen zog sich zusammen, ihm kam die Galle hoch. Konnte das Sebastian sein? Er näherte sich unwillig dem Bildschirm, hatte den unlogischen Gedanken, die widerlichen Aufnahmen könnten ihn angreifen, aus dem Bild treten und ihn packen. Die Ähnlichkeit mit Sebastian war frappierend. Ein kleiner, noch pausbäckiger Junge mit rundem Gesicht und dicken, blonden Locken. Der Mann, der sich an dem Kind vergriff, hatte eine Kamera postiert und damit Fotos gemacht. Er war maskiert und trug schwarze Seidenhandschuhe. Sein Kollege redete ununterbrochen und zeigte ihm Details auf den Bildern. Benommen registrierte Per, dass er ihm Informationen über die Umgebung, über ein Bücherregal im Hintergrund und die Tapete mitteilte. Sie würden das genauer untersuchen müssen. Wahrscheinlich seien diese Aufnahmen vor mehreren Jahren gemacht worden.

Per starrte angestrengt auf den maskierten Mann. Schlank, dunkler Teint, dunkle Körperbehaarung. Allem Anschein nach aber Europäer, etwas über mittelgroß, vermutlich Mitte, Ende dreißig. Die Fotos waren im Internet zum Verkauf angeboten worden.

»Der Raum sieht aus wie ein Hotelzimmer, nach der

Einrichtung zu urteilen eher Mitteleuropa. Die Deutschen werden das dem Vergleichsmaterial gegenüberstellen …«

Per konnte sich nicht konzentrieren, sein Kollege aber hörte nicht auf zu reden, ihm wurde auf einmal furchtbar übel.

# Kapitel 47

Eva stand vor der Tür und lauschte. Sie schob sie vorsichtig einen Spalt auf, hörte jemand summen. Dann klopfte sie fest gegen das Holz, legte die Hand um die Klinke, wartete.

»Jetzt komm schon rein, Püppchen! Ich hab dich doch schon gesehen, bei mir kannst du dich nicht anschleichen, musst du wissen!« Ein fröhliches Lachen, dunkel und aufgekratzt.

Eva betrat das große Wohnzimmer. Fleur stand wie eine große und breite Schattengestalt in der Mitte des Raumes, bekleidet mit einem bodenlangen, schwarzen Gewand, weit und langärmelig. Sie machte kleine schwankende Tanzschritte, während sie undeutlich vor sich hinsummte. An den Wänden lehnten etwa fünfzehn Gemälde, die Eva schon einmal in Fleurs Atelier gesehen hatte.

»Ich habe meinem Mann die Erlaubnis erteilt, sich von mir scheiden zu lassen!«, verkündigte Fleur fröhlich, ohne sich zu Eva umzudrehen. »Er ist fürchterlich empört, fürchterlich! Er findet mich ungerecht, weil ich nicht halbe-halbe mit ihm teilen will.« Fleur sah Eva mit schweren Augenlidern an, dann grinste sie so breit, dass sich ihre roten Lippen grotesk verzerrten.

»Ich weiß schon seit langem, dass er mich betrügt, und stell dir vor, dann begegne ich denen doch tatsächlich in der Oper. Ausgerechnet dort! Ha! Den muss sie da mit der Kneifzange an den Eiern hingeschleppt haben. Er hasst die Oper. Und außerdem war er auch nicht in Begleitung von so einer Monsterblondine. Nein, sie war so eine alte Tante wie ich, schlimmer noch als ich! Ein richtiges Wrack. Aber vermutlich hat sie viel Kohle. Wie ärmlich ist das, wenn man noch nicht mal die Konsequenzen für das tragen kann, was man tut. Dieser Vollidiot hat doch damals alles auf mich überschrieben, um den Konkursverwalter reinzulegen!« Fleur lachte heiser, bekam davon einen Hustenanfall und drehte sich schwerfällig um. Sie murmelte etwas vor sich hin. Dann torkelte sie zum Sofa, ließ sich hineinfallen, versuchte ihren Rücken mit Kissen abzustützen, gab aber dann mit einem erschöpften Stöhnen auf.

»Kannst du mir eine Decke geben, Püppchen? Ich friere ein bisschen«, wimmerte sie kläglich. Ihr Kopf sank zurück aufs Sofa. Sie schaute in Richtung Kamin, wo die Flammen in den schönsten Farben von Gold bis Orange flackerten. Eva holte eine Wolldecke herbei, deckte Fleur liebevoll damit zu und wickelte ihre nackten Füße darin ein. Sie beugte sich über Fleur, ihre Blicke trafen sich, in Fleurs dunklen Augen leuchtete es übermütig.

»Jetzt muss ich wieder malen gehen, mein Schätzelein. Wenn ich dich sehe, dann schäme ich mich. Ich plappere die ganze Zeit davon, dass alle ihre eigenen Sachen machen sollen, mit ihrem Leben tun und lassen sollen, was sie wollen … und was zum Teufel mache ich selbst? Ich saufe mich zu Tode, ich rauche mich zu Tode. Bin eingesperrt in einem Haus ohne Liebe, ohne Leben. Verdammt soll ich sein!«

Sie schloss die Augen, öffnete sie aber gleich wieder und sah Eva unter schweren Augenlidern neugierig an.

»Du hast was rausgefunden, stimmt's?«

Eva nickte, musste schlucken und hatte auf einmal Schwierigkeiten, Worte zu finden. Fleur war wahrscheinlich die einzige Person in der ganzen Familie, die ihr glauben würde. Und trotzdem … Die Tatsache, dass die Person, auf die alle Indizien hindeuteten, ein naher Freund der Familie war, ein Mann, der Respekt einflößte, Wärme, Engagement und Liebe ausstrahlte, bereitete ihr Übelkeit. Aber ihr blieb nichts anderes übrig, als die Wahrheit anzunehmen. Auch sie hatte Paulo bewundernde Blicke zugeworfen, wie so viele andere Frauen.

»Ich weiß, wer es war«, fing Eva zögerlich an. »Alles passt zusammen. Alle kleinen Puzzlestücke weisen in eine einzige Richtung.« Eva verstummte, versuchte eine Reaktion in Fleurs verschleiertem Blick abzulesen. Ihre Nasenflügel vibrierten und verrieten, dass Evas Worte sie gleichzeitig erschreckten und ihre Neugier entfachten. Eva konzentrierte sich und sammelte alle Fäden, die sie bisher gesammelt hatte, fuhr sich mit der Zunge über ihre trockenen Lippen und fing mit ihrem Bericht an.

»Obwohl ich weiß, dass Frau Persson senil und verwirrt ist, spüre ich, dass sie die Wahrheit sagt. Sie benutzt jedes Mal die gleichen Worte. Und dann Mohamad mit seiner Kamera. Auch er hat den dunkelhaarigen Mann und den Hundewelpen gesehen. Und diese beiden sind sich vorher noch nie begegnet.«

Das Feuer in Fleurs Augen loderte, Eva holte tief Luft, fühlte ein letztes Mal nach, ob ihre Erkenntnisse der inneren Überprüfung standhielten, sie nicht doch noch zögern ließen. Aber ihre Überzeugung wuchs mit jeder Sekunde.

»Es ist Paulo«, sagte sie leise und hörte das Zischen, als Fleur Luft holte. »Er war zusammen mit Liv auf Sebastians Geburtstagsfest, sie sind in Begleitung von Rose-Marie und Carl-Axel gekommen. Der Besitzer des kleinen Hundes kam ebenfalls zufällig in den Hof. Ich habe mehrere Fotos gefunden, auf denen Sebastian mit dem Welpen zu sehen ist, wie sie miteinander spielen. Sebastian hat erzählt, dass ihn jemand belogen hätte. Ihm sei ein Hündchen versprochen worden und er wäre darum mitgegangen. So war das.«

Keines ihrer Worte hörte sich in ihren Ohren merkwürdig an. Sie hatte keinen Zweifel mehr. Fleur klimperte aufgeregt mit den Augen, nickte angewidert, ihre Augen waren wie zwei dunkle Höhlen unter ihrem zerzausten Pony.

»Pfui Teufel …«, flüsterte Fleur und sagte mit zitternder Stimme: »Du musst damit zur Polizei gehen, hörst du?«

Eva nickte stumm. Es gab nichts hinzuzufügen. Eigentlich hatte sie vorgehabt, von dem gewaltsamen Tod des Hundebesitzers zu erzählen, aber ließ es dann doch sein.

Fleur schloss die Augen, kurz darauf fing sie lautstark an zu schnarchen. Eva glättete vorsichtig die Decke. Dann ging sie hinaus in die Küche, öffnete den kleinen Schlüsselschrank und holte einen kleinen goldenen Schlüssel heraus. Sie durchquerte erneut das Wohnzimmer und ging durch den Flur ins Arbeitszimmer. Ihre Hand tastete nach dem Lichtschalter, dann trat sie an den Waffenschrank und schloss ihn auf. Eva entschied sich für eine großkalibrige Pistole, nahm die passende Munition, verschloss den Schrank wieder und hängte den Schlüssel zurück an seinen Platz. Lange betrachtete sie die schlafende Gestalt auf dem Sofa, das laute Schnarchen war in ein zufriedenes Schnaufen übergegangen. Fleur lächelte im Schlaf.

»Ich werde vorsichtig sein, das verspreche ich«, flüsterte Eva und ging zurück ins Gästehaus.

# Kapitel 48

Örgryte hatte sich nicht verändert, seit Eva von zu Hause ausgezogen war. Der alte Bezirk von Göteborg wuchs nicht weiter, er war eine fröhliche Mischung aus Stilen und Haustypen, Luxus und charmanter Verfall standen hier Seite an Seite. Mit festem Schritt überquerte sie den Sankt-Sigfridsplan und lief auf das Delsjö-Wohnviertel zu. Ihr Herz raste, für einen kurzen Moment kämpfte sie mit sich, erwog, ob sie das ganze Vorhaben nicht einfach fallenlassen, wieder umkehren sollte? Noch hatte sie die Möglichkeit, einfach umzudrehen, nach Hause zu fahren, alles zu vergessen und zu akzeptieren, dass sie einem Hirngespinst gefolgt war. Oder sie konnte sich Paulo entgegenstellen, den Kampf aufnehmen.

Eva hatte Kattis angelogen und ihr strahlend eröffnet, sie sei von einer alten Freundin eingeladen worden, die sie schon seit Ewigkeiten nicht mehr gesehen hätte. Sie würde über Nacht bleiben und mal einen Abend kinderfrei machen. Das sei schon so lange her gewesen. Kattis hatte die kleine Notlüge geschluckt, obwohl Eva sehr wohl den Anflug von Zweifel in ihren intelligenten blauen Augen bemerkte. Carl war verreist. Schon wieder. Dienstreise in die Schweiz. Eine ganze Woche lang.

Vor ihr erstreckte sich die schöne Siedlung mit den großen Häusern, dahinter erhob sich der Wald. Es war schon fast dunkel, jeden Tag brach die Dämmerung ein bisschen früher herein, die Kälte kroch ihr in die Kleider. Sie zog den Reißverschluss ihrer Jacke noch höher, steckte die Hände in die Taschen und erhöhte ihr Tempo. Kurze Zeit später hatte sie die Straße erreicht, in der Paulo und Liv wohnten.

Die Flachdachbauten standen dicht nebeneinander, hatten sich mit dem Rücken an den Wald geschmiegt, der hinter ihnen begann. Eva stellte sich unter einen Baum direkt vor dem Haus und starrte auf die hell erleuchteten Fenster.

Sie hatte Liv am Tag zuvor getroffen, um mit ihr die verabredete Tapetenschau zu machen. Die Designer Guild und Laura Ashley hatten sie sich angesehen und Modelle ausgewählt, die aller Wahrscheinlichkeit nach niemals an ihre Wände kommen würden. Liv war bester Laune gewesen und hatte sich mit großem Enthusiasmus in die Rolle der Stilberaterin begeben. Sie hatte ihr erzählt, dass sie zusammen mit ihren Töchtern im Laufe des Nachmittags nach Kopenhagen aufbrechen würde, um zum Weihnachtsshopping ein paar Tage im Hotel zu verbringen. Und Paulo würde morgen für seine Firma zu einer Konferenz reisen.

Eva schluckte, ihr Herz hämmerte, es dröhnte. Dann sah sie nach rechts und links, überquerte die Straße und klingelte. Sie zog den Rollkragenpullover übers Kinn, die Mütze tief ins Gesicht und trat einen Schritt zurück.

Die Tür ging auf, helles, warmes Licht fiel auf die Treppe. Eva spürte ihren Herzschlag, sah helle und dunkle Schatten auf ihrer Netzhaut flimmern.

Und da stand er, elegant wie immer, lächelte sie entwaffnend an und bückte sich ein bisschen, um Eva unter ihrem Mützenschirm in die Augen sehen zu können.

»Aber … Eva?!«, rief Paulo überrascht. »Was …? Ist etwas passiert?«, fragte er, seine dunklen Augen waren plötzlich voller Besorgnis.

Eva wurde von einem Schwindel erfasst. Vielleicht hatte

sie sich ja doch geirrt? Sich alles zusammenphantasiert? Geträumt? Sie öffnete den Mund, all die Worte, die sie sagen wollte, fanden ihren Weg nicht.

»Eva, Liebes, was ist los mit dir? Du siehst aus, als wäre der Teufel hinter dir her? Komm erst mal rein.« Der Geruch von gebratenem Fisch, warmer Luft und das unwiderstehliche Aftershave von Paulo schlugen ihr entgegen. Er sah aus, als wäre er gerade beim Friseur gewesen, sein Haar saß perfekt, betonte sein schönes Gesicht. Er trug Jeans und ein dunkles Hemd.

Ihre Finger, die den Schaft der Pistole umklammerten, taten weh. Zögernd betrat Eva den Hausflur, während Paulo erzählte, dass er zu Hause arbeiten würde, weil er den Fall einer jungen Frau vorbereiten müsste, die Opfer einer Gruppenvergewaltigung geworden sei.

»Manchmal fragt man sich schon, was man sich da für einen Beruf ausgewählt hat«, sagte er und lächelte sie entschuldigend an. »Was für ein Glück, dass man in den meisten Fällen für die Gerechtigkeit antritt«, fügte er hinzu. Er strich ihr über die Wange, sah sie mitfühlend an.

»Zieh die Jacke aus, Eva, und komm rein. Du siehst aus wie ein Gespenst. Möchtest du was trinken? Etwas Warmes vielleicht?«

Eva sah zu Paulo hoch, eine plötzliche Welle von Müdigkeit und Schwermut überfiel sie. Am liebsten hätte sie ihren Kopf an seine Schulter gelegt und um Verzeihung gebeten, alles vergessen und ihr Leben fortgesetzt. Sie wollte ihn sagen hören, dass er unschuldig ist, dass sie sich das alles nur eingeredet hatte, dass der blasse Mattias der Schuldige war und er seine gerechte Strafe bereits erhalten hatte.

»Eva, meine Liebe«, sagte Paulo beunruhigt, die Falte

zwischen seinen Augen hatte sich deutlich vertieft. »Du bist doch nicht etwa krank? Lieber Gott, steh nicht einfach so stumm da, du machst mir Angst.«

Die Berührung seiner Hand brannte auf ihrem Oberarm, Eva hob den Blick und sah in seine dunklen freundlichen Augen. Doch dann legte sich ein Hebel in ihrem Kopf um, sie sah alles wieder klar und scharf.

»Ich weiß es, Paulo«, flüsterte sie. Sie konnte kaum seinen Namen aussprechen. »Ich weiß, was du getan hast, wer du in Wirklichkeit bist. Ich …«

Sein Gesicht kam näher, sie schwankte, tat einen Schritt zurück.

»Ich werde nicht zulassen, dass du unserer Familie noch mehr antust. Hörst du, was ich sage?«, zischte sie in einem verzweifelten Versuch, ihrer Stimme Nachdruck zu verleihen.

»Aber Eva … was ist bloß los mit dir?« Paulos Stimme war sanft und warm.

»Hör auf damit! Ich weiß, wer du bist!«, schluchzte sie. Ihre ganze Sicherheit, die Überzeugung, das Richtige zu tun, waren wie weggeblasen. Für einen kurzen Augenblick sah sie sich von außen, blass und mit weit aufgerissenen Augen, die Pistole in der Jackentasche fest umklammert. Sie wünschte sich, sie wäre niemals zu ihm gegangen. Paulo kam noch einen Schritt näher. Plötzlich hielt sie die Waffe in der Hand am ausgestreckten Arm und zielte auf ihn.

»Ich meine es ernst, Paulo«, sagte sie heiser. »Mir tut es so furchtbar leid, dass ausgerechnet du derjenige bist, vielleicht sogar mehr, als du glaubst. Aber eines sage ich dir, deine Hände werden nie wieder meinen Sohn berühren. Hörst du!«

Evas Stimme kippte, sie hatte geschrien. Sie sah das schwarze schwere Ding in ihrer Hand, ihr Arm zitterte. Eva spürte, wie alles in ihr zusammenbrach, sie erkannte, dass sie den Zugang zu sich selbst und zu ihrem Leben vor Monaten verloren hatte, dass sie alle mit ihrem Verhalten vor den Kopf stieß. Und jetzt stand sie mit einer geladenen Pistole vor Paulo und zielte auf ihn. Am liebsten hätte sie die Waffe weggeworfen, wäre ihm um den Hals gefallen, hätte um Verzeihung gebeten und geweint, bis die Leere in ihr weggespült wäre.

Da geschah etwas mit Paulos Augen, die Wärme darin erlosch schlagartig. Als hätte jemand den Strom abgeschaltet. Sein Gesicht verzerrte sich zu einer grinsenden Maske. Eva erschrak, ihr Körper reagierte darauf, als hätte ihr jemand eiskaltes Wasser in den Nacken geschüttet. Ich hatte recht!, dachte sie verzweifelt und machte zwei Schritte zurück, hielt die Pistole mit beiden Hände fest.

Sie starrten sich wie zwei wilde Tiere an. Paulos schönes Gesicht war versteinert, seine Augen leuchteten wütend, Flammen des Wahnsinns, die tief aus seinem Inneren emporloderten.

Plötzlich hatte er seine Hand auf ihren Mund gepresst, mit dem anderen Arm umschlang er sie und drückte fest zu. Eva bekam keine Luft mehr. Die Pistole glitt ihr aus den Fingern, fiel polternd zu Boden, lag dort und schimmerte matt, ein lebloser Gegenstand ohne Macht und Kraft. Eva keuchte, schnappte nach Luft, kratzte und zerrte an dem Arm, der ihr den Hals zudrückte, es flimmerte vor ihren Augen, sie sah Rot und Weiß. Den Schlag auf den Kopf spürte sie schon gar nicht mehr, sie hörte nur einen dumpfen Knall, dann war alles schwarz, schmerzfrei und ganz still.

# Kapitel 49

Eva zuckte, sie hatte fürchterliche Schmerzen an den Handgelenken, konnte sich nicht bewegen. Ihr war schwindelig und übel. Für einen kurzen panischen Moment dachte sie, sie sei lebendig begraben worden.

Ihr Körper wurde von Krämpfen geschüttelt, und sie erbrach alles, was sie in ihrem Magen hatte. Aber das Tape auf ihrem Mund hielt das Erbrochene auf, und es schoss ihr deshalb durch die Nase. Als sie einatmete, bekam sie keine Luft.

Sie schnaubte den restlichen Atem aus ihrer Lunge und presste damit die Rückstände des Erbrochenen aus ihrer Nase. Verzweifelt sog sie Luft ein, schnappte in Todesangst, bis sie begriff, dass sie wieder atmen konnte. Sie schloss die Augen, versuchte sich zu beruhigen … einatmen und ausatmen, einatmen und … Vorsichtig öffnete sie die Augen, ihr Magen rumorte unheilverkündend.

Sie reckte den Hals, drehte den Kopf hin und her, versuchte sich zu orientieren. Sie lag auf einem Bett und konnte ein schwaches orangefarbenes Licht erkennen, es flackerte an der Wand, sah aus wie Feuer. Einen Augenblick lang dachte sie, es würde brennen, aber die Flammen veränderten weder ihre Größe noch die Art, sich zu bewegen.

Im Nachbarzimmer konnte sie die Silhouette eines Mannes ausmachen. Sein Schatten wanderte durch den Raum, wurde grotesk verzerrt. Da vernahm sie ein lautes Rascheln, ein voller Pappkarton, der durch den Raum gezogen wurde. Er schien das Zimmer wieder zu verlassen, die Schritte entfernten sich, dann hörte sie den dumpfen Schlag einer Autotür oder einer Kofferraumklappe.

Eva blieb reglos liegen, die Verkrampfung der Muskeln führte zu Zitteranfällen. Sie fror, und ihr war schlecht von ihrem eigenen Geruch. Der Raum, in dem sie lag, war kalt und feucht. Wahrscheinlich hatte sie das Bewusstsein verloren oder war eingedöst, denn sie erwachte erst, als Paulo zurückkam. Ihre Angst wuchs ins Grenzenlose.

Er packte sie unter den Armen, zog sie vom Bett und schleifte sie wie einen Sack erbarmungslos über den Boden. Sie mussten über eine Türschwelle, aber Paulo zerrte ihren widerstandslosen Körper weiter. Ihr Hosenbein blieb an etwas hängen, das am Türrahmen herausragte, den Stoff aufriss und sich in ihre Wade bohrte. Eva wimmerte, spürte warmes Blut an ihrer Wade herunterlaufen. Paulo schleppte sie in den Raum, wo sie die flackernden Lichter gesehen hatte. Er lehnte sie mit dem Rücken gegen die Wand, hockte sich vor sie und strich ihr eine Strähne aus dem Gesicht. Er lächelte sie an. Eva musste schluchzen, als sie erkannte, wie sich das schöne und freundliche Gesicht verwandelt hatte. Jetzt gab es für sie keinen Zweifel mehr.

Der erfolgreiche, charmante und schöne Paulo. Der Mann, der die alleinerziehende Liv geheiratet, sich aufopfernd um ihre beiden Töchter gekümmert und eine glänzende Karriere absolviert hatte. Ein Mann, der von den Männern respektiert und von den Frauen vergöttert wurde. Ruhig musterte er Eva, sein Gesichtsausdruck war kalt und gefühllos, in seinen Augen flackerte der Wahnsinn.

An der gegenüberliegenden Wand stand ein kleiner Tisch, darauf waren Bilderrahmen angeordnet, glitzernde Silberrahmen, einfachere aus Holz und ein paar, die aussahen, als wären sie aus Ton, als hätte ein Kind sie gefertigt. Paulo lächelte verträumt, strich über ihr Haar.

»Dein Haar ist so weich, Eva … wie das deines Sohnes. Meins ist viel dicker, wie das meiner Mutter. Sie trug ihr Haar fast immer in einem dicken geflochtenen Zopf, morgens kämmte und frisierte sie es. Sie saß dafür vor einem Spiegel, einem großen Spiegel mit Goldrahmen. Sie war sehr schön, meine Mutter, sehr schön. Paulo sollte seine Mama immer glücklich machen, so glücklich wie damals, als wir eine Familie waren, so glücklich, wie mein Vater sie gemacht hatte, nur sie und ich, nur du, mein kleiner Liebling … nur mein …«

Eva wandte den Kopf ab, wollte ihn nicht sehen, seine Stimme hatte einen kindlichen Klang bekommen, wimmernd und hell. Eva presste den Rücken gegen die Wand, im verzweifelten Versuch, kleiner und unsichtbarer zu werden.

»Du hast es noch nicht verstanden, Eva. Ich will meinem Engel nichts Böses antun. Wir lieben einander. Das ist die Wahrheit. Das ist reine Liebe, unschuldig und klar.« Das war wieder Paulos alte Stimme, beschwingt und leicht. Sprach er mit ihr oder mit sich selbst? Eva bekam keine Luft unter dem Tape, sie hatte das Gefühl, ihre Augen würden aus den Höhlen gepresst. Paulo fuhr fort, wie mechanisch ihr Haar zu streicheln.

»Ich werde mich gut um ihn kümmern, Eva. Du musst dir keine Sorgen machen, ich werde ihn glücklich machen. Ihm die Welt zeigen, ihm alles geben, was er will. Alles.«

Evas gedämpfter Aufschrei schien ihn mit Verzögerung zu erreichen. Er sah sie überrascht an, dann schüttelte er sanft den Kopf.

»Eva, Eva, du verstehst das einfach nicht. Die wahre Liebe existiert, sie ist frei vom Gestank der Geschlechter und all dem Dreck, sie ist schön und rein.« Paulo fuhr mit den Fingerkuppen über ihre Wange, sein Blick war verträumt.

Kurz darauf erhob er sich und begann, die Fotorahmen vorsichtig, fast liebevoll in eine Kiste zu räumen, einen nach dem anderen. Er bewegte sich geschmeidig, fast zärtlich berührte er die Gegenstände, dann löschte er das Feuer und pustete die Kerzen aus. Eva keuchte und zischte durch die Nase. Sie begriff, dass er sie zurücklassen würde. Vielleicht würde er das Häuschen in Flammen aufgehen lassen? Um alle Spuren zu verwischen? Da drehte er sich zu ihr um und kam auf sie zu.

»Gott selbst hat den Sex in die Welt gebracht. Alle haben ein Recht auf Liebe. Auch ein Kind hat das. Und Recht auf Hilfe, um sie zu begreifen, sie zu entdecken, an der Seite von jemandem, der es aufrichtig liebt.«

Er saß vor ihr in der Hocke und sah aus, als würde er in weiter Ferne etwas sehr Schönes betrachten. Dann zuckte er zusammen, sah sie an, wieder mit Erstaunen im Blick, und grinste, ein wahnsinniges Grinsen.

Der Schlag kam vollkommen unerwartet, landete mit einem lauten Knall auf ihrer Wange, der Schmerz schoss ihr in den Kopf und bis unter die Haarwurzeln.

»Du siehst mich gefälligst an, wenn ich mit dir spreche.« Paulos Mund verzerrte sich, er sah sie voller Verachtung und Ekel an. Eva riss die Augen auf, gehorchte und sah ihm in die Augen, versuchte, keinen Laut von sich zu geben. Aber Paulo schlug erneut zu, Eva spürte, wie das Blut von der Augenbraue tropfte. Dann kamen die Tränen, begleitet von einem langgezogenen Aufheulen. Ein Abgrund der Angst tat sich in ihr auf. Sie schwankte mit dem Oberkörper hin und her, beschrieb Kreise, schluchzte unkontrolliert, ihr Körper verkrampfte sich vor Schmerz. Der nächste Schlag war viel härter als die beiden vorherigen, brutaler und aggressiver. Die Kraft seines Hasses wuchs mit jedem Treffer.

Evas Arme waren taub, Blut lief ihr über die Wangen, die Schmerzen schossen durch Brust und Rücken. Da packte Paulo ihr Kinn und zog ihr Gesicht zu sich heran, starrte ihr durchdringend in die Augen.

»Bald werden sie die kleine Eva vermissen ... versuchst du mir das zu sagen? Natürlich werden sie dich vermissen.« Er lachte höhnisch. Eva zitterte am ganzen Körper, aus Panik und Schmerzen.

»Vielleicht fangen sie ja an, nach dir zu suchen? Sich gegenseitig anzurufen? Hat jemand von euch Eva gesehen?«, höhnte er weiter. »Aber Eva wird nicht wieder zurückkommen. Niemand weiß von meinem kleinen Versteck.«

Er ließ sie los, und sie knallte mit dem Rücken gegen die Wand.

»In ein paar Tagen bist du tot«, mit einem plötzlichen Anflug von Gleichgültigkeit. »Arme Eva. Sie war in letzter Zeit so verwirrt und deprimiert. Hatte einfach keine Kraft mehr. Hat sich wahrscheinlich im See ertränkt oder hat sich im Wald verlaufen, oder sie ist von einer Brücke gesprungen und ins offene Meer hinausgetrieben worden.«

Eva verhielt sich so still sie konnte. Ihre Jeans war nass von Urin, das erste Wärmegefühl ging schnell über in klamme Kälte, die sie noch mehr zittern ließ.

Paulo ging im Zimmer auf und ab, wischte mit einem Lappen, der stark nach Desinfektionsmittel roch, über Tisch und Türrahmen. Eine ganze Weile strich er so herum, als hätte er Schwierigkeiten, sich zu lösen. Dann kam er ein letztes Mal zurück. Ein weiterer Schlag landete in ihrem Gesicht, dann noch einer. Paulo schlug immer weiter, wie in einem furchterregenden Wutanfall, seiner Kehle entwichen dabei kehlige Laute wie bei einem wilden Tier. Ein Dröhnen fuhr durch ihren Kopf, sie spürte einen spitzen Schmerz und hörte ein knackendes Geräusch im Nacken.

Dann wurde alles schwarz.

# Kapitel 50

Per wählte Evas Nummer, wartete ungeduldig die Freizeichen ab. Eine aufgesetzt sinnliche Stimme teilte ihm mit, dass der Teilnehmer zurzeit nicht erreichbar sei. Er fluchte. Er hatte den Überblick verloren, wie oft er sie schon angerufen und nur diese unerträgliche Stimme zu hören bekommen hatte. Er hatte ein paar Fragen, die er ihr unbedingt stellen wollte. Und jetzt ging sie nicht ran. Warum bloß? Erst war alles so wahnsinnig wichtig für sie und duldete keinen Aufschub. Und jetzt bequemte sie sich noch nicht einmal, seine Anrufe zu beantworten.

Die Fotos, die ihm von den deutschen Kollegen geschickt worden waren, waren über sieben Jahre alt und konnten demnach nicht Sebastian darstellen. Und der Mann darauf konnte natürlich ein jüngerer Paulo Buschardt sein, aber auch jeder andere beliebige mitteleuropäische Mann. Per war erleichtert und enttäuscht zugleich.

Er lief die Haga Nygatan hinunter, vorbei an der Fahrradwerkstatt, den Designerläden, Second-Hand-Boutiquen, Restaurants und Cafés. Vor dem Lebensmittelgeschäft Haga Kryddbod blieb er stehen und ging nach kurzem Zögern hinein. In ganz Göteborg gab es keinen Laden mit diesem Angebot an Kräutern und exotischen Lebensmitteln. Ein Hoch auf die Einwanderer!, dachte er. Er erwiderte das Lächeln der Frau hinterm Tresen und bezahlte das Glas mit den indischen Pickles. In Gedanken schweifte er ab und stellte sich die vielen exotisch gewürzten Gerichte vor, die er in seiner neuen Küche zubereiten würde, wenn sie endlich fertig war.

Per blieb eine Weile vor dem Geschäft stehen und beobachtete die Passanten. Er sollte nach Hause gehen, mit seiner Küche weitermachen, sich einen Whiskey gönnen, ein bisschen Musik hören und früh ins Bett gehen, mal eine ganze Nacht durchschlafen. Das Risiko war groß, dass die nächsten Wochen intensiv werden würden, lange Tage und wahrscheinlich auch Nächte.

Dennoch drehte er um, ging vorbei am Skanstorget, hoch zum Linnéplats und betrat Wayne's Coffee. Per bestellte einen großen Cappuccino und ein Ciabatta mit Brie und Salami. Er konnte genauso gut jetzt schon zu Abend essen. Nach kurzer Zeit hatte er den Besitzer ausgemacht, einen dunkelhaarigen, großen Mann, der durch seine Körpersprache sehr deutlich signalisierte, wer das Sagen hatte. Per trat vor zum Tresen. Zwei dunkelbraune Augen starrten ihn an.

Per eröffnete, dass sie eine gemeinsame Bekannte hätten und dass er ein paar Fragen an ihn richten wolle. Mohamads Augen wurden tiefschwarz, seine Lippen verzogen sich zu einem schmalen Strich. Er bedeutete, ihm zu folgen, und Per betrat das verqualmte Büro, in dem sich Unterlagen und Ordner in einem wilden Durcheinander stapelten. Mohamad ließ sich in einen zerschlissenen Drehstuhl fallen. Per setzt sich ihm gegenüber und musterte das dunkle Gesicht. Mohamad wusste, dass da ein Bulle vor ihm saß, das konnte man ihm ansehen. Per fragte ihn, ob er wüsste, wer Eva Seger sei. Er nickte.

»Eva hat erzählt, dass Sie den Mann gesehen haben, der ihren Sohn entführt hat.«

Mohamad machte eine mehrdeutige Geste, schüttelte dann langsam den Kopf.

»Sie müssen wissen ... Ich verstehe Ihre Freundin, ihr geht es schlecht. Ja. Aber ich kann nicht helfen.«

»Ich weiß, dass Sie an dem betreffenden Tag im vergangenen Frühling nicht von der Polizei verhört wurden. Aber Eva hat noch gesagt, Sie hätten Fotos von den beiden gemacht?«, fuhr Per leise fort.

Mohamad setzte eine Unschuldsmiene auf und schnalzte verächtlich mit der Zunge.

»Wie ich gesagt ... Ihrer Freundin geht es sehr schlecht. Sie sieht und hört Sachen ... Ich habe nicht Fotos über ihren Sohn, wissen Sie?«

»Haben Sie nicht? Oder haben Sie welche gehabt, aber haben sie jetzt nicht mehr?«

Mohamad winkte abwehrend mit der Hand.

»Ich habe nichts zu verstecken, wissen Sie? Ich habe keine Fotos. Sie, Ihre Freundin, ich sage nicht, sie lügt ... so nicht. Aber sie hat es nicht gut. Ich war freundlich zu ihr. Aber sie denkt falsch.«

Per seufzte demonstrativ.

»Also ... Sie haben keine Fotos mehr auf Ihrer Kamera. Aber Sie haben am besagten Tag den Mann mit dem Kind gesehen? Und die Kamera? Haben Sie die noch?«

Mohamads Unterlippe schob sich vor.

»Wie ich sage ... ich war freundlich zu ihr ... ich sage vielleicht ... aber ich habe nicht gesehen. Ich kenne den Jungen, er war sehr süßes Kind. Aber ich habe ihn nicht gesehen an diesem Tag, habe ich nicht. Und die Kamera ... die ich habe verkauft. Habe keine Zeit.«

Lange sah Per Mohamad in die Augen, sie waren wie versteinert, aber er wich seinem Blick nicht aus. Er wusste es. Und Per wusste es auch. Der Kerl sagte nicht die Wahrheit, aber die würde er niemals aus ihm herausbekommen. Per dankte ihm, dass er sich die Zeit genommen hatte, verließ das Café, überquerte die Övre Husargatan und klingelte bei Frau Persson. Doch niemand öffnete. Per versuchte es beim Nachbarn darüber, eine fröhliche Männerstimme meldete sich. Per erzählte ihm, dass er auf der Suche nach Frau Persson sei.

»Sie musste gestern leider ins Krankenhaus gebracht werden. Wir nehmen an, ein Schlaganfall oder so. Die Arme. Der Notarzt hat sie mitgenommen.« Per bedankte sich. Draußen auf der Straße beschloss er, sich am nächsten Tag im Krankenhaus nach ihr zu erkundigen.

Ein weiteres Mal wählte er Evas Nummer. Aber auch jetzt säuselte ihm nur die mechanische Frauenstimme ins Ohr, dass der Teilnehmer leider nicht zu erreichen sei.

# Kapitel 51

Das Erste, was Eva spürte, war die Kälte, die in ihren Gliedern saß, sie war außerstande, sich zu bewegen. Es fühlte sich an, als hätte sie sich seit Monaten nicht mehr bewegt, im Koma gelegen oder als wäre sie im Eis eingefroren gewesen. Sie versuchte die Augen zu öffnen, aber die Lider waren verklebt. Sie konnte nichts sehen, konnte nicht sagen, ob es Tag oder Nacht und wie lange sie bewusstlos gewesen war.

Wie eine Druckwelle überrollte sie die schreckliche Erkenntnis. Was würde aus ihrem Sohn werden? Würde Carl ihn ausreichend schützen können? Und Sebastian? Ihn hatte sie jetzt zum zweiten Mal schutzlos zurückgelassen. Vor ihrem inneren Auge sah sie das Bild ihres Kindes, das vor ihrem neuen Haus in Bö im Gras spielte, sie sah ihre Eltern auf dem Rasen, Carl kam aus dem Haus, ihm folgten ihre Schwiegereltern.

Carl würde bald eine neue Frau finden, sehr bald. Er würde einer der begehrtesten Junggesellen und Witwer der Stadt sein. Der Gedanke daran schmerzte sie nicht so sehr, wie sie es erwartet hatte. Paulo und Liv würden als Freunde der Familie auf der Bildfläche erscheinen, Trost spenden. Die Tränen übermannten sie mit Gewalt.

Nach einer Weile hatte sie sich wieder beruhigt, versuchte, ihre Schmerzen zu orten. Im Brustkorb tat es weh, wenn sie atmete. Irgendetwas fühlte sich gebrochen an. Arme und Nacken waren steif und grün und blau geschlagen. Der Kopfschmerz war schier unerträglich. Die eine Gesichtshälfte spannte und brannte, sie nahm an, dass sie angeschwollen war, vielleicht war auch dort etwas gebrochen. Sie war nach wie vor an Armen und Beinen mit Gaffertape gefesselt, und auch auf ihrem Mund klebte noch Tape.

Eva krümmte den Rücken, drückte sich gegen die Wand und rollte sich dann auf den Bauch. In dieser Lage presste sie die Stirn auf den Boden und schob sich mühsam hoch bis auf die Knie.

In ihren Beinen pochte es, sie waren steif von der Kälte und der Bewegungslosigkeit. Eva versuchte sich an Details von dem Haus zu erinnern, aber sie hatte kaum etwas gesehen. Vorsichtig versuchte sie erneut, ihre Augenlider zu öffnen, es war dunkel wie in einem Grab.

Nach und nach konnte sie einen schwachen blauen Lichtstreifen ausmachen. War das ein Fenster? Auf Knien versuchte sie in Richtung der Lichtquelle zu rutschen, doch sie fiel vornüber und prallte mit der Stirn auf den Boden. Die Tränen flossen jetzt ungehemmt, drohten sie fast zu ersticken. Sie warf den Kopf in den Nacken und ließ den Rotz den Hals hinunterlaufen.

Der Kerzengeruch hing noch in der Luft, Paulo konnte noch nicht allzu lange weg sein. Sie versuchte, das Tape von den Handgelenken zu bekommen, wand sich hin und her, aber es war zwecklos. Schniefend und schluchzend legte sie sich auf die Seite und kroch und schob sich wie eine fette Made in die Richtung, in der sie die Türschwelle zu dem anderen Raum vermutete. Sie stieß mit dem Kopf gegen den Türrahmen, tastete mit der Wange und fand den Nagel, an dem sie hängengeblieben war, als Paulo sie ins Nachbarzimmer geschleppt hatte.

Eva robbte weiter und platzierte ihre Füße über den Nagel, fing an zu reißen, zu schaben und zu scheuern. Die

Spitze des abgebrochenen Metalls schlitzte das Tape auf, aber auch ihre Haut. Unbeirrt arbeitete sie weiter, bis sich Teile des Gaffertapes zusammen mit Hautfetzen von ihren Knöcheln lösten. Sie biss die Zähne vor Schmerz zusammen, ließ nicht locker, zerrte immer weiter. Endlich gab die Fessel nach. Erschöpft blieb Eva liegen. Ein dünner Schweißfilm bedeckte ihre Haut und ließ sie frösteln.

Aus Verzweiflung und Wut liefen ihr die Tränen übers Gesicht, während sie ihre Füße freistrampelte. Dann drehte sie sich um und schob sich mit den Füßen gegen den Türpfosten, um das Tape um ihre Handgelenke im Nagel zu verhaken. Sie scheiterte mehrmals, schluchzte und fluchte, Schweiß lief ihr über den Körper, sie zitterte vor Kälte. Dann endlich war es ihr gelungen, der Nagel hakte sich fest, rutschte wieder raus, fand wieder Halt.

Endlich riss auch das Tape um ihre Handgelenke. Eva kämpfte, um ihre Arme zu befreien, stechende Schmerzen schossen ihr bei jeder Bewegung durch den Brustkorb. Kaum hatte sie einen Arm frei, wollte sie das Tape über ihrem Mund entfernen. Sie zog daran, es tat wahnsinnig weh. Ach, was soll's, dachte sie. Mit einem kräftigen Ruck riss sie es sich von den Lippen, die sofort heftig zu bluten begannen. Sie beugte den Kopf zur Seite und übergab sich.

Für eine Weile blieb sie reglos liegen, wartete, bis sich ihr Magen wieder beruhigte. Offensichtlich hatte sie eine Gehirnerschütterung, konstatierte sie nüchtern. Sie hörte ihren Atem, rasselnd und flach. Dann musste sie husten, es war, als würden ihr Messer in die Brust gestoßen. Mühsam richtete sie sich auf, lehnte sich gegen den Türpfosten. Der schwache, blaue Lichtstreifen war jetzt deutlicher zu erkennen. Sie war so müde, wollte sich nur ausruhen, ein bisschen nur.

Eva riss die Augen auf. Bloß nicht schlappmachen! Sie wollte sich nicht der Bewusstlosigkeit hingeben, langsam verdursten, steif werden vor Kälte und am Ende in die weiche, verheißungsvolle Dunkelheit versinken, aus der es keine Rückkehr gab.

Sie versuchte aufzustehen, aber ihre Beine hatten keine Kraft. Darum kroch sie auf allen vieren durchs Zimmer, zu der Tür, hinter der Paulo verschwunden war. Aber die Tür, die sie für den Ausgang hielt, war verschlossen. Stöhnend lehnte sie sich dagegen. Über der Tür befand sich ein kleines Oberlicht und spendete ein wenig Licht.

Das Häuschen bestand nur aus zwei Zimmern und einem kleinen Bad. Der Raum, in dem sie gelegen hatte, war offenbar die Küche, und Paulo hatte sie auf ein altes Sofa geworfen. Aber sie konnte sich nicht an Fenster oder eine weitere Tür erinnern. Sie überlegte, ob sie versuchen sollte, ein Fenster einzuwerfen. Aber dann ließ sie von der Idee ab, das Risiko, sich weitere Verletzungen zuzufügen, war zu groß. Außerdem schienen die Läden von außen vernagelt, mit Sperrholzbrettern oder Ähnlichem.

Ganz langsam kroch sie zurück zum Sofa. Das bläuliche Licht, das durch die Ritzen fiel, ließ sie wenigstens die Konturen erahnen. Gegenüber dem Sofa befand sich ein alter Eisenofen, der in die Wand eingemauert war. Eva ertastete den Ofen, die Türen, die Herdplatten, die Wand. Ihre Hände fuhren durch Spinnweben, Mäusekot, trockenes Laub und Staub. Aber auf dem Boden vor der Wand entdeckte sie einen Schürhaken.

Sie schickte ein Stoßgebet zum Himmel, dass er stabil genug sein möge, und tastete sich in den ersten Raum zurück. Sie versuchte, den Schürhaken in den Spalt zwischen

Tür und Pfosten zu stecken, aber er fand keinen Halt. Aus Wut attackierte sie das Schloss mit dem Ende des Hakens, schlug darauf ein, bis Stücke aus dem maroden Holz flogen. Sie kam ins Schwitzen, die Schmerzen erzeugten ein buntes Flimmern auf der Netzhaut, wie leuchtende Nebelfelder in der tiefen Dunkelheit.

Schließlich gelang es ihr, den Schürhaken in den Spalt zu hauen, sie drückte und presste, schluchzte und stöhnte vor Schmerz. Da lockerte sich ein Stück Holz und nach einigen harten Schlägen auch das Türschloss. Sie riss an der Klinke und wäre fast nach hinten gestürzt, als sich Klinke und Schloss aus dem Holz lösten und sie beides in der Hand hielt. Die Tür aber saß weiterhin fest in den Angeln und bewegte sich keinen Millimeter. Eva sank zu Boden, wollte hemmungslos weinen, doch sie konnte nicht mehr. Ihre Lider waren so schwer. Sie schloss die Augen und lehnte sich gegen das kühle Holz. Kälte eroberte ihren erschöpften Körper.

# Kapitel 52

Per beobachtete Eriks Arm, der wie ein Bagger die Gabel zwischen Teller und Mund auf und ab manövrierte. Eriks Hand schwebte für einen Moment in der Luft, das Fleisch und die braunen Bohnen zitterten auf der Gabel.

»Und? Was glotzt du mich so an?«, fragte Erik und grinste, sein Mund glänzte vom Fett.

Per erwachte mit einem Ruck aus der Versunkenheit und starrte auf seinen Teller mit gekochtem Fisch, heller Soße und wässrigen, blassen Kartoffeln. Seine Gedanken schlugen Purzelbäume. Wie erwartet hatten die Ermittlungen Erfolge gezeigt. Die Tapete in dem Hotelzimmer auf einem der Fotos war auch auf anderen Abzügen wiedererkannt worden, mit anderen Kindern und anderen Männern. Mittlerweile wussten sie, dass sich das Hotel in Hamburg befand, allerdings vor ein paar Jahren abgerissen worden war. Den deutschen Kollegen war es gelungen, die Männer zu fassen, die sich die Fotos gemailt und damit gehandelt hatten. Und parallel arbeiteten sie auf Hochtouren, um die Kinder und anderen Männer auf den Fotos zu identifizieren.

»Du solltest ein bisschen mehr auf das achten, was du da isst, Erik«, sagte Per voller Ekel. Er griff nach seinem Handy, strich mit dem Finger über die Tasten.

Eriks linke Augenbraue wanderte nach oben, ein Fleischstück fiel von seiner Gabel und landete im braunen Soßensumpf auf seinem Teller.

»Du solltest wie die Jungs in der Steinzeit essen. Das wäre das Richtige für dich«, brummte Per.

»Ha, ha«, Erik lachte, fischte das Fleischstück heraus und setzte sein Schaufeln fort.

»Männer sollten Bohnen, Nüsse, Gemüse, Früchte, Fleisch und Fisch essen. Das Gehirn wächst, und die Wampe schrumpft.«

Erik legte die Gabel neben den Teller, wischte sich den Mund mit der Rückseite der Hand ab und schmatzte zufrieden.

»Aber genau das esse ich doch. Bohnen und Fleisch!«

Per lachte aus vollem Hals. Eriks Lächeln, mit dem er sich die Reste vom Teller in den Mund schob, war einfach unwiderstehlich. Per erhob sich, obwohl er kaum etwas gegessen hatte. Dann kehrten sie ins Präsidium zurück.

»Was bringt uns Menschen bloß dazu, jede Empathie zu verlieren? Dass wir Genuss daran haben, anderen Leid anzutun?«, fragte Per auf dem Weg.

»Das liegt daran, dass unser Gehirn im Laufe der Evolution viel zu groß geworden ist und wir uns nicht mehr nur damit begnügen, zu essen, zu scheißen und Kinder zu machen«, lautete Eriks nüchterne Antwort. »Wusstet du, dass Schimpansen aus Vergnügen quälen und töten? Dass es auch unter den Affen Pädophile gibt? Ich habe vor kurzem eine Ausstellung über homosexuelle Tiere gesehen.«

Per kam nicht mehr dazu, ihm zu sagen, dass Pädophilie und Homosexualität zwei grundverschiedene Phänomene waren, denn sein Handy fing an zu summen. Es war Karin. Sie redete so schnell, dass er Schwierigkeiten hatte, alles zu verstehen. Kattis, das Kindermädchen von Eva, hatte sie angerufen. Eva hatte sich am Abend zuvor zu einem Mädchenabend verabschiedet und war noch nicht wieder zurückgekehrt. Und sie ging auch nicht ans Handy.

Per fragte nach, ob sie bereits alle Freundinnen angerufen hätte, zu denen sie gegangen sein könnte. Kannte sie vielleicht den Namen der besagten Freundin? Erstere Frage bejahte Karin, letztere verneinte sie. Sie hätte bereits bei allen nachgefragt, die ihnen in den Sinn gekommen waren. Aber niemand wusste, wer die mystische Freundin sein könnte.

»Okay, Karin. Und sie hat auch keinen Geliebten, den sie um alles in der Welt geheim halten will?«, fragte Per. Er hatte das Gefühl, sich von außen zu betrachten, hörte wie durch einen dumpfen Schleier das schluchzende Nein von Karin.

Er hatte das Gespräch noch nicht beendet, da kam ein Kollege aus der IT-Abteilung auf ihn zu und gab das Zeichen, ihm zu folgen. Auf dem Weg berichtete er, dass sie auf einem der Fotos mit dem kleinen blonden Jungen im Hintergrund einen Teil eines Adressaufklebers auf einer Zeitung hätten ausmachen können.

»Wenn man das Bild stark vergrößert, kann man das Ende des Nachnamens und den Anfangsbuchstaben des Vornamens erkennen. Der Name klingt deutsch, aber das hat natürlich nichts weiter zu bedeuten. Wir müssen weitersuchen, aber ich dachte, du willst dir das vielleicht genauer ansehen?«

# Kapitel 53

Ein Donnern riss Eva aus ihrem Dämmerschlaf, sie blinzelte und brauchte einen Moment, um zu wissen, wo sie sich befand. Ihr Magen krampfte sich vor Angst zusammen. Sie begriff nicht, woher das Geräusch kam und was es sein könnte. Wohin war sie gebracht worden? Das Donnern ging über in ein Zischen und Aufheulen, dann gab es einen Schlag wie bei einem Aufprall.

Panisch starrte Eva auf den Boden vor sich, konnte nur die unscharfen Konturen der Einrichtungsgegenstände sehen, registrierte den Geruch von Stress und Urin.

Das Geräusch kam ihr seltsam vertraut vor … Und es verschwand so schnell, wie es aufgetaucht war. Sie richtete sich auf, lehnte sich gegen die Eingangstür, an der sie zusammengesunken war. Alle Glieder taten ihr weh, die Beine waren eingeschlafen, jeder Atemzug brannte, ihr Kopf fühlte sich verquollen an, der Mund war ausgetrocknet. Sie stöhnte und war kurz davor, wieder in Tränen auszubrechen.

Ein Flugzeug! Warum hatte sie die vorher nicht gehört? Der Wind! Er musste sich gedreht haben. Und der Aufprall war das Geräusch bei der Landung auf dem Flugfeld. Landvetter? Ich muss hier raus. Jetzt, sofort!

Erneut versuchte Eva aufzustehen, indem sie sich mit dem Rücken gegen die Wand gepresst hochstemmte. Sie hoffte, jetzt mehr zu sehen als vorher. Aber die Dunkelheit war nach wie vor undurchdringlich. Sie tastete sich vor zu dem kleinen Badezimmer und entdeckte dort ein winziges vergittertes Fenster. Unverrichteter Dinge kehrte sie in den großen Raum zurück, zum Fensterbrett. Aber sie konnte keinen Griff auf der Innenseite finden. Und die Außenseite musste tatsächlich mit Brettern verschlagen sein, denn sie konnte schmale Ritzen zwischen den einzelnen Latten erkennen.

Keine Streichhölzer, kein Feuerzeug, sie tastete an der Seite nach einem Lichtschalter, fand aber keinen. Vorsichtig ging sie zurück zum Tisch, auf dem die Bilderrahmen gestanden hatten, fuhr mit den Fingern über die Platte, stieß gegen die leeren Metallschalen, in denen die kleinen Teelichter vor Stunden gebrannt hatten.

Sie musste an ihre Jacke denken, die sie getragen hatte. In der Innentasche hatte sie eine flache Taschenlampe, die ihr Carl einmal für den Notfall geschenkt hatte, sollte das Auto einmal im Dunkeln liegen bleiben. Aber die Jacke war weg und mit ihr Schlüssel, Handy, Portemonnaie, einfach alles. Sie hatte nur das, was sie am Körper trug: Jeans, T-Shirt und einen Baumwollpullover. Sie fror.

Da fiel etwas vom Tisch herunter und gab ein rasselndes Geräusch von sich. Eva tastete den Boden ab, fuhr mit den Händen durch Spinnweben und Wollmäuse. Endlich fand sie die Streichholzschachtel und schüttelte sie, es rasselte. Mit zitternden Fingern schob sie die kleine Box auf, ganz vorsichtig, um bloß keine der Kostbarkeiten fallen zu lassen, nahm ein Streichholz heraus und zündete es an.

Der Lichtschein blendete sie, wie eine kleine Sonne strahlte es und beleuchtete den Raum, sie spürte die Wärme des kleinen Feuers. Wieder wurde sie von dem starken Bedürfnis übermannt, sich einfach hinzusetzen, auszuruhen, die Augen zu schließen. Langsam ging sie zurück in die Küche, sie sah eine alte Holzbank mit Rückenlehne, mit einer Decke darauf, in der Ecke den alten Herd, die Kacheln im Hintergrund und in einer Ecke etwas, das aussah wie ein zerbrochener Stuhl. Sie ließ sich auf die Bank fallen, das Streichholz erlosch. Die Tränen kamen, obwohl sie dagegen ankämpfte.

Eva zuckte zusammen und begriff, dass sie eingeschlafen war. Sie stand wieder auf, benommen, ihr war schlecht. Sie stolperte zum Herd und stieß auf dem Weg mit dem Fuß gegen einen Gegenstand unter dem Teppich, blieb stehen und tastete mit dem Fuß danach. Sie spürte einen runden Metallring. Da war eine Bodenluke. Sie fiel auf die Knie und riss den Teppich beiseite, suchte mit den Fingern die Kanten der Luke ab. Sie packte den Ring und zog daran. Die Luke war nicht so schwer wie befürchtet, sie klemmte zwar, gab dann aber nach und ließ sich öffnen. Der Geruch von Schimmel und Staub schlug ihr entgegen. Ein moderiger Gestank von fauliger Erde und abgestandener Luft strömte aus dem Loch im Küchenboden. Eva entzündete ein weiteres Streichholz, hielt die Flamme über die Öffnung, sah eine kleine Holzstiege, die nach unten führte. Vielleicht war es eine Art Erdkeller.

Sie legte sich auf die Seite und stellte die Füße auf die oberste Stufe, sie schien ihrem Gewicht standzuhalten. Das Streichholz erlosch, sie hatte nicht mehr viele übrig. Sie spürte Boden unter den Füßen. Dann erst entzündete sie ein weiteres Hölzchen und versuchte, sich schnell einen Überblick zu verschaffen. Es war ein kleiner Raum, kein ganzer Keller, nur eine Art Vorratsraum für Kartoffeln oder Ähnliches. Aber im hintersten Winkel hatte es eine Reflexion gegeben, den Widerschein von Glas.

Noch ein Streichholz. Eva ging darauf zu. Es war ein

Fenster, nicht besonders groß, aber vielleicht würde sie trotzdem durchpassen. Und es war nicht mit Brettern verschlagen. Sie tastete es ab und fand einen Griff, an dem sie mit aller Kraft zog. Endlich gab es nach und ließ sich öffnen.

Der Geruch von Wald, Boden und frischer Luft wehte ihr entgegen. Eva drückte sich hoch, stützte sich mit den Ellenbogen auf dem Gras ab, der Schmerz zerrte an ihr, die Beine baumelten in der Luft, zogen sie wieder nach unten zurück. Da griff sie mit der einen Hand nach etwas im Gras, vielleicht ein alter Kantstein, sie hielt sich daran fest und konnte ein Knie hochziehen. Und mit letzter Kraft hievte sie ihren Körper aus der Fensteröffnung.

Eva stand einen Augenblick ganz still, blinzelte, Tränen liefen über ihr Gesicht. Die Kälte und Feuchtigkeit packten sie, es roch nach Wald, feuchten Baumstämmen, Pilzen und moderndem Laub. Ob der Abend dämmerte oder der Morgen graute, konnte sie nicht sagen. Aber sie sah einen kleinen Weg, der sich von der Hütte wegschlängelte, allerdings waren es nicht viel mehr als zwei Reifenspuren, die mit Gras und Büschen zugewachsen waren. Sie beschrieben eine Kurve und verschwanden hinter einem Baum. Ihr blieb nichts anderes übrig, als dem Weg zu folgen und zu hoffen, dass er in Richtung der Flugzeuggeräusche führte.

Aus einer Regentonne an der Hauswand schöpfte sie das Wasser mit beiden Händen und trank gierig davon. Dann machte sie sich auf den Weg. Bald darauf hörte sie das unregelmäßige Brummen von Autos und stolperte die Böschung zu einer Landstraße hinauf. Der Kies gab nach, und sie musste sich den kleinen Hang hochkämpfen. Das abgestandene Wasser aus der Regentonne kratzte im Hals.

Als Eva den Standstreifen erreicht hatte, richtete sie sich

mühsam und mit zitternden Beinen auf und streckte den Daumen in die Luft. Ein Fahrzeug nach dem anderen fuhr an ihr vorbei. Einige wurden langsamer, starrten sie erschrocken und neugierig zugleich an und gaben dann Gas. Ich bin ihnen zu schmutzig, blutverschmiert und sehe aus wie eine Wahnsinnige, dachte sie erschöpft. Vielleicht sollte ich mich einfach mitten auf die Fahrbahn legen, dann würde bestimmt jemand anhalten.

In diesem Augenblick stoppte ein großer weißer Lieferwagen etwa zwanzig Meter hinter ihr, die Beifahrertür wurde aufgestoßen. Eva humpelte, so schnell sie konnte, sah hoch in die Fahrerkabine. Am Steuer saß ein junger Mann. Er sagte kein Wort. Eva kletterte auf den Beifahrersitz. Der Fahrer beugte sich über sie und zog die Tür mit einem lauten Knall zu.

Eva musterte ihn verstohlen, während er den Verkehr im Rückspiegel beobachtete, bis sich eine Gelegenheit ergab, wieder in den Verkehrsfluss zurückzukehren. Er war übergewichtig, trug eine abgewetzte Jeans und ein weißes weites T-Shirt unter einer geöffneten Fleecejacke. Seine Kleidung war dreckig, voller Essensreste und Schmutz. Sein Gesicht war rund und kindlich, ein richtiges Milchbubigesicht. Er starrte durch die Windschutzscheibe und konzentrierte sich voll und ganz auf den Verkehr, schien Eva und ihr sonderbares Aussehen nicht weiter zu beachten.

So unauffällig wie möglich klappte sie die Sonnenblende herunter und betrachtete sich ängstlich in dem kleinen Schminkspiegel. Obwohl sie wusste, dass sie keinen schönen Anblick abgeben würde, zuckte sie bei der Sicht auf ihr verquollenes, blau geschlagenes und verschmiertes Gesicht zusammen. Schnell klappte sie die Blende wieder hoch, sah flüchtig hinüber zum Fahrer des Wagens. Aber der hatte seinen Blick fest auf die Straße geheftet. Eva drehte sich um und sah hinter sich in den Laderaum. Der war voller Möbel und Kartons, sie sah einen großen Fernsehbildschirm und Teile eines Messestandes. Neben dem Sitz des jungen Mannes lag ein Notizblock, auf dem der Name einer Spedition stand.

»Das waren so schwere Sachen, darum bin ich zu spät, nicht gut.«

»Aha«, antwortete Eva und sah ihn an, wollte ihn auf keinen Fall provozieren, wollte unter keinen Umständen vom Regen in die Traufe kommen. Plötzlich schnalzte er laut mit der Zunge.

»Die machen, was sie wollen, so machen die das.«

»Ja, das ist klar«, nickte Eva sanft. Da wandte er den Kopf zu ihr, ein schneller Blick, ernste Augen, ein flüchtiges Lächeln, verfärbte Zähne. Eva erwiderte das Lächeln.

Der junge Mann war harmlos, er fuhr für eine Spedition und war offensichtlich geistig zurückgeblieben. Zumindest schien es ihn nicht weiter zu interessieren, dass sie sonderbar aussah, er wollte nur ein bisschen Gesellschaft haben.

»Wo müssen die Sachen denn hin?«, fragte Eva und nickte nach hinten zum Laderaum.

»Die kommen ßurück ßur Firma, in Askim.«

Der Schmerz brannte in ihrem Körper, sie stöhnte leise auf, als der Lieferwagen auf seiner Fahrt hin und her schwankte. Am Askim Torg hielt der Wagen an, und Eva stieg aus und bedankte sich. Aber der junge Mann schien sie schon wieder vergessen zu haben.

So schnell es ihre Beine erlaubten, humpelte sie durch die Siedlung von Hult, an der Badeanstalt von Askim vorbei und folgte dem Fahrradweg, der am Meros-Camping-Platz vorbeiführte. Ihr begegneten ein paar Fahrradfahrer auf dem Weg zur Schule oder zur Arbeit und ein Mann mit einem alten, steifbeinigen Schäferhund. Niemand schenkte ihr mehr als einen verstohlenen Seitenblick, und Eva dankte insgeheim dafür.

Ihre Kräfte waren kurz vor dem Versiegen, als sie endlich Fleurs Haus erreichte. Als die Tür aufging, schlug ihr der Duft von warmem, frisch gebackenem Brot entgegen. Fleurs Kopf erschien mit einem misstrauischen Blick, als sie aber Eva sah, fiel ihr die Kinnlade herunter. Sie stürzte auf sie zu, nahm sie in ihre Arme und drückte sie fest an ihre große warme Brust, noch ehe Eva protestieren konnte. Sie schrie auf vor Schmerzen und brach hemmungslos in Tränen aus.

Als Eva erwachte, lag sie nackt auf Fleurs Sofa, eingehüllt in warme Decken. Wie lange sie geschlafen hatte, wusste sie nicht. Vor ihr knisterte das Kaminfeuer, ihr Gesicht glühte von der Wärme. Sie hatte Brot, Marmelade und grünen Tee bekommen, Tabletten gegen die Schmerzen, alle sichtbaren Wunden waren gereinigt und versorgt. Dennoch fror sie so sehr, dass sie am ganzen Körper zitterte.

Fleur saß vor ihr in einem Sessel und zeichnete mit einem Kohlestift auf einem großen Zeichenblock. Eva schloss schnell wieder die Augen, sie wollte nicht wach sein. Denn dann wäre sie gezwungen, sich mit dem Geschehenen und den zukünftigen Ereignissen zu konfrontieren. Wie eine hilflose Puppe lag sie da, mit geschlossenen Augen, lauschte dem Knistern des Feuers, den Holzscheiten, die immer weiter in sich zusammenfielen, und dem Kratzen des Kohlestifts auf dem Papier. Doch ganz langsam wurde das weiche, lindernde Wattegefühl, in das sie die Tabletten gehüllt hatten, von einer lähmenden Panik verdrängt.

Sie konnte die Augen noch so fest zupressen, die anderen konnten sie trotzdem sehen. Sie würde sich nicht ewig vor der Welt da draußen verstecken können. Aber wer würde ihr schon glauben? Sie hatte zwar Wunden, blaue Flecken und eine gebrochene Rippe als Beweise für die Körperverletzung. Keine Frage. Aber wer hatte sie geschlagen? Warum sollte Paulo sie misshandeln?

Alle würden behaupten, dass sie die ganze Zeit am Abgrund zum Wahnsinn balanciert sei. Vielleicht wäre es das Beste, wenn sie sich weitere professionelle Hilfe suchen würde. Carl könnte sich eine Zeitlang um die Kinder kümmern. Sie würden sich ja ohnehin bald scheiden lassen. Der arme Carl. Er war wirklich mehr als geduldig mit ihr gewesen. Ihre Schwiegermutter würde in lauten Jubel ausbrechen!

Eva hörte Fleur seufzen und drehte ihr den Kopf zu. Fleur hatte ihren Zeichenblock beiseitegelegt.

»Ich habe Kattis angelogen«, gestand sie ohne Umschweife. Eva sagte nichts.

»Kattis war gestern Abend außer sich vor Sorge, als du nicht nach Hause gekommen bist. Sie hatte ja auch weder Namen noch Adresse von dieser Freundin, bei der du übernachtet hast, die arme Maus … Und du bist nicht wie verabredet ans Handy gegangen.« Fleurs Stimme gewann an Strenge.

»Ich habe ihr erzählt, dass ihr von der Kneipe nach Hause geradelt seid, ihr zu viel getrunken hattet und du vom Rad gestürzt bist. Sie weiß, dass du wieder da bist. Bist du dir sicher, dass ich keinen Arzt rufen soll? Du hast doch sogar eine Schwester, die Ärztin ist. Mein liebes Mädchen, also wirklich!«, meckerte Fleur.

Eva biss sich auf die Unterlippe. Jeder Atemzug, jede Bewegung mit dem Arm versetzte ihr einen Stich in die Seite.

Fleur zuckte ergeben mit den Schultern.

»Dann erzähl mir wenigstens, was passiert ist!«

Für einen Moment schloss Eva die Augen, versuchte, die Bilder in ihrem Kopf zu sortieren, die wie von einem grellen Blitz ausgeleuchtet, sich in rasendem Tempo einstellten. Konzentriert und langsam begann sie mit ihrem Bericht. Sie wägte jedes Wort ab, versuchte, die hässlichen Bilder zu verdrängen.

Ohne Zögern gab sie zu, von Anfang mit dem Plan losgefahren zu sein, Paulo mit der Waffe zu einem Geständnis zu zwingen.

»Fleur, kannst du mir verzeihen? Ich habe mir etwas von dir mitgenommen ...«

»Ja, ja, die Pistole, ich weiß das schon. Ich habe bemerkt, dass sie weg ist. Und es war nicht so schwer, sich auszudenken, wer sie genommen haben könnte.«

Fleur forderte Eva mit einer ungeduldigen Geste auf, mit ihrem Bericht fortzufahren. Eva erzählte, wie Paulo ihr geöffnet und sie hereingebeten hatte, wie er sie dann gepackt, mit Leichtigkeit entwaffnet und niedergeschlagen hatte.

»Ich bin in einem alten, verlassenen Sommerhäuschen draußen im Wald aufgewacht. Er hatte da so eine Art Altar stehen, mit Bildern von Sebastian und anderen Kindern.« Eva schnappte nach Luft bei der Erinnerung, es brannte in der Lunge. »Er hatte auch ein Foto von seiner Mutter aufgestellt. Sie war noch jung auf dem Bild und sehr schön.«

»Hmm …«, murmelte Fleur nachdenklich, sie spielte mit ihren Holzarmreifen. »Seine Mutter war Italienerin, sein Vater stammte ursprünglich aus Deutschland, aus Norddeutschland, glaube ich. Sie zogen nach Schweden, als er klein war. Sein Vater hatte irgendwelche Geschäfte gemacht, die liefen schief, und er hat sich das Leben genommen. Paulo blieb mit seiner Mutter zurück. Sie hat sich zu Tode gesoffen.« Fleur verstummte, als würde sie über ihre eignen Worte nachdenken. Ihre Blicke trafen sich.

»Ich hasse ihn abgrundtief«, sagte Eva leise, aber deutlich. »Aber er macht mir auch wahnsinnige Angst. Er hat gesagt, er würde sich um Sebastian kümmern, Fleur. Dass sie füreinander bestimmt seien, so wie man über seinen Geliebten spricht, er …«

Sie schlug die Hände vor den Mund, weinte mit aufgerissenen Augen.

»Du bist die Einzige, die weiß, was ich gemacht habe«, schniefte sie. »Eva, die verrückt gewordene Mutter, die Hysterikerin, mit der niemand mehr klarkommt, noch nicht mal ihr eigener Ehemann!«

Fleur streichelte Evas verkrampfte Hände. »Aber die Polizei …«, begann sie.

»Ja, klar«, blaffte Eva sie an, es klang härter, als sie eigentlich wollte. »Ich habe mir das auch schon überlegt, von mir wird es in der Hütte Spuren geben, und vielleicht ist er unvorsichtig gewesen.« Eva starrte ins Feuer, kleine Gaswolken bildeten sich dort, wo sich die Glut ins Holz fraß.

»Du musst damit zur Polizei!«, sagte Fleur und klang eingeschüchtert. »Dieser Freund von deiner Schwester, der ist doch Polizist, er wird dir zuhören und glauben«, beschwor sie Eva.

»Okay, ich werde mit Per sprechen. Aber ich habe nur Worte und unter Umständen eine kleine Hütte irgendwo in Landvetter. Ich weiß ja noch nicht mal, ob ich den Weg dorthin wiederfinden würde.«

»Dann beschatte ihn!«, schlug Fleur vor. »Setz einen Detektiv auf ihn an. Früher oder später wird er sich verraten.«

Eva lächelte. Die Idee war gar nicht so abwegig. Aber sie sah wenig Hoffnung darin. Paulo war vermutlich ein Meister der Täuschung, wenn er all die Jahre unentdeckt geblieben war. Sie musste an die vielen Fotos in der Hütte denken. An wie vielen Kindern hatte er sich schon vergriffen? Auch an Livs Töchtern? Die aufsteigende Übelkeit zwang sie ins Badezimmer. Sie setzte sich auf die Toilette und starrte vor sich auf den Fußboden. Wo war sie Paulos Auffassung nach jetzt? In der Hütte? Vor Hunger und Durst sterbend? Ob er schon nachgesehen hatte? Nein, wohl kaum.

Sie kehrte ins Wohnzimmer zurück und nahm Fleur das Telefon aus der Hand, nahm den letzten Schluck aus ihrem Teebecher und wählte Pers Nummer. Es klingelte ein paar Mal, und dann teilte ihr Pers tiefe Stimme mit, dass er im Moment leider nicht ans Telefon gehen, man aber gerne eine Nachricht für ihn hinterlassen könne. Sie legte auf, ihre Stimme war nicht kräftig genug, um ihm aufs Band zu sprechen.

»Du musst es noch einmal versuchen«, sagte Fleur mit Nachdruck und ging rüber ins Gästehaus, um Kattis und die Kinder zu holen.

Sebastian kam auf sie zugerannt und sprang ihr in die Arme. Kattis setzte sich vor Eva auf den Teppich, ihre blauen Augen taxierten misstrauisch die Verletzungen. Julia wachte für einen kurzen Moment aus ihrem Vormittagsschlaf auf, schloss aber gleich wieder die Augen und schlummerte auf Evas Beinen ein.

Eva seufzte, sie streichelte über Sebastians dicke Locken, wickelte sie sich um ihren Finger, küsste seine runden Wangen, steckte die Nase in sein Haar, drückte ihn fest an sich, spürte die Wärme seines Körpers und die Schwere der schlafenden Julia auf ihren Knien.

Da hatte sie die Vision von sich, Fleur, Kattis und den Kindern in einem Flugzeug auf einer Reise, weit weg, außer Reichweite von allem Bösen. Für einen kurzen Moment erschien ihr das als die einzige Möglichkeit.

# Kapitel 54

»Sieh dir das hier an, man kann ganz deutlich erkennen, dass auf dem Tisch eine Zeitschrift liegt, und in der oberen Ecke rechts sind Teile eines Adressaufklebers sichtbar. Ein Abonnement für irgend so ein Magazin. Leider verdeckt die Vase den ganzen Aufdruck, aber man kann immerhin das Ende des Nachnamens und den ersten Buchstaben des Vornamens lesen.«

Per starrte auf die körnige Aufnahme auf dem Bildschirm. Der Boden unter seinen Füßen gab nach.

»...chardt am Ende. Klingt deutsch, vermutlich lebt der Schmierlappen da unten. Und der Vorname hat ein P als Anfangsbuchstaben. Wir werden das mit den Listen abgleichen, die ...«

Per krächzte, richtete sich auf und räusperte sich vernehmlich, um den Kloß aus dem Hals zu bekommen.

»Wir müssen uns den Scheißkerl greifen! Und zwar sofort! PCs, privat und in der Firma. So schnell es geht!«

# Kapitel 55

Eva hatte Per ein zweites Mal angerufen, dieses Mal unter seiner direkten Durchwahl. Ein Kollege hatte den Hörer abgenommen. Die Stimme kam ihr bekannt vor, sie gehörte dem großgewachsenen Polizeibeamten, der zum Tatort gekommen war, als sie zusammen mit Ann-Katrin den toten Sonny gefunden hatte. Er teilte ihr mit, dass Per beschäftigt sei, notierte sich Fleurs Festnetznummer und versprach, ihn um einen Rückruf zu bitten.

Plötzlich klingelte es an der Tür. Eva sprang so heftig vom Stuhl auf, dass er nach hinten umstürzte.

»Das wird nur Liv sein«, beruhigte sie Kattis. »Sie hat vorhin angerufen. Ich habe vergessen, es Ihnen zu erzählen.«

Eva stand wie versteinert im Zimmer, als Liv hereinkam.

»Hallo, Eva! O mein Gott, wie siehst du denn aus! Wie geht es dir?«, fragte sie, kam auf Eva zu und gab ihr einen flüchtigen Kuss auf die Wange. Eva machte den Mund auf, ihre Hände zitterten so sehr, dass ihre Armbanduhr klimperte.

»Danke … es geht ganz gut«, krächzte sie.

»Ich wollte nicht einfach so vormittags bei euch reinschneien«, fuhr Liv unbekümmert fort, »aber ich habe mir solche Sorgen gemacht, als Kattis mir erzählte, dass du gestürzt bist. Wir sind gerade aus Kopenhagen zurück, die Mädchen und ich, und ich dachte …« Liv lächelte verlegen, blass. »Eigentlich wollte ich nur erzählen, dass wir in Kopenhagen eine fantastische Tapete gesehen haben. Ich kann sie einfach nicht aus dem Kopf bekommen. Die würde so gut in euer neues Heim passen.« Liv verstummte betreten.

»Das ist süß von dir, Liv. Wirklich«, stammelte Eva.

»Ach was, ich bin doch nur egoistisch. Die Mädchen fahren heute Nachmittag für eine Woche nach Örebro, auf eine Musikfreizeit. Und Paulo ist nach Deutschland auf eine Konferenz gefahren. Mir ist langweilig, und ich möchte ein bisschen Gesellschaft haben.« Liv kicherte.

Eva tischte eine Lügengeschichte auf. Sie sei schon beim Arzt gewesen, die Verletzungen sähen schlimmer aus, als sie seien, und ihr ginge es ganz gut. Liv ließ sich damit zufriedenstellen. Mit vor Enthusiasmus glühenden Wangen redete sie über die bevorstehende Renovierung des neuen Hauses, gab Tipps, auf welche Handwerker Verlass war und auf welche nicht. Sie zählte auf, was sie und die Mädchen alles gekauft hatten, und endete mit der Anregung, dass Carl und Eva sich vor Weihnachten ein kinderfreies Wochenende gönnen sollten.

Das kalte Gefühl von innerer Abwesenheit beschlich Eva. Als säße Liv auf der anderen Seite einer Glasscheibe. Sie sah, wie sich ihr Mund bewegte, hörte ihre Worte. Aber sie hatten keine Bedeutung, weil Liv von einer Realität sprach, die es nicht gab, es war eine Illusion. Sie sah in ihr Gesicht, sah die mausgrauen Haare, das farblose, aber so freundliche Wesen, das fröhlich von Tapeten, Wetter und Verkehr plapperte und von ihrem Auto, das schon wieder in der Werkstatt war.

Eva wollte ihren Teebecher hochheben, aber ihre Hand zitterte zu stark. Sie ließ ihn stehen, rührte mechanisch darin herum, schwieg.

»Sie sind mit der Anwaltskanzlei auf so einer Konferenz in Hamburg«, fuhr Liv gerade fort. »Jedes Jahr um dieselbe Zeit fahren sie für vier Tage dorthin, haben so einen Unternehmensguru dabei. Es geht wohl in erster Linie darum, den Zusammenhalt in der Kanzlei, die Corporate Identity zu fördern. Vor allem für die Neuen.«

Eva zuckte zusammen, ließ den Löffel fallen.

»Hamburg?«

Liv lachte ein kurzes trockenes Lachen.

»Ja, ist schon richtig. Sie werden das ein oder andere Glas trinken, aber angeblich gehen sie nicht in die einschlägigen Viertel, das würde den Ruf der Kanzlei schädigen.« Liv errötete. »Paulo kommt Mittwoch früh mit der Fähre aus Kiel. Und die Mädchen sind am Wochenende wieder da, so schlimm steht es also nicht um mich.« Sie lächelte, wie versunken. »Alle glauben immer, dass er ein richtiger Don Juan ist, aber eigentlich ist Paulo ein hoffnungsloser Romantiker. Manchmal wünsche ich mir sogar, er würde mich nicht so sehr auf den Sockel stellen, wie er es immer tut«, gurrte Liv.

Eva starrte in ihren kalten Tee und spürte, wie die Wut in ihr wuchs.

# Kapitel 56

»Der Anwalt? O Gott! Aber, hat der nicht …?«

Erik war schockiert, Per nickte verstimmt. Sie hatten Paulos Rechner konfisziert. Die einzige Person, die sie in der Anwaltskanzlei angetroffen hatten, war die Empfangsdame, die nicht zur Konferenz hatte mitfahren dürfen. Paulo und seine Kollegen würden in zwei Tagen mit der Fähre aus Kiel eintreffen, hatte sie blass und mit aufgerissenen Augen erzählt. Unter Androhung einer erheblichen Strafe machten sie der Frau klar, dass sie niemanden aus der Kanzlei vorab informieren durfte. Und ihre Reaktion ließ Per hoffen, dass sie sich daran auch halten würde. Denn sie hatten so schon nicht viel Zeit. Aber mit etwas Glück hatte der vermeintliche Saubermann einen kleinen Fehler begangen.

Sie wollten den stadtbekannten Anwalt in zwei Tagen an der Fähre in Empfang nehmen. In jedem Fall würde er einige Fragen bezüglich seiner Reisen nach Hamburg beantworten müssen. So zum Beispiel, wie Zeitschriften mit seinem Adressaufkleber auf Fotoaufnahmen mit sexuellem Inhalt gelangt waren.

»Wissen wir sicher, dass er diese Zeitschrift abonniert hat?«, fragte Erik.

Per nickte. Den Technikern war es gelungen, die komplette Kundennummer zu ermitteln. Danach war es ein Leichtes gewesen, Kontakt mit der einschlägigen Zeitschrift herzustellen und bestätigt zu bekommen, dass der Staranwalt tatsächlich einige Jahre lang dieses Blatt abonniert hatte.

»Mann, ihr habt wirklich ganze Arbeit geleistet!«, staunte Erik beeindruckt. Ihr Kollege Jacob kam herein.

»Wie befürchtet, sind die Rechner des Anwalts leider klinisch rein. Dafür aber konnten wir einige Mails dechiffrieren, in denen er mit jemandem dort unten in Deutschland Treffen und Bestellungen abgesprochen hat. Obwohl die auch äußerst diskret und verschlüsselt formuliert sind. Außerdem gab es noch einen Haufen alberner Alias. Es gibt aber keine Hinweise darauf, dass er die Bilder weiterverkauft hat. Wir können also nicht eindeutig zuordnen, in welcher Größenordnung die Fotos aus dem Hotel zu sehen sind.«

»Die sind ja auch schon ein paar Jahre alt«, stellte Per fest.

Jacob nickte.

»Vielleicht hat er früher Fotos verkauft? Oder sie anderen zur Verfügung gestellt? Und ist einfach im Laufe der Zeit vorsichtiger geworden?«

»Ihr habt rein gar nichts auf seinen Rechnern gefunden?«, fragte Per enttäuscht.

»Nein, nichts, was wir sofort als verdächtiges Material identifizieren konnten. Aber lass noch nicht den Kopf hängen. Ich habe im cache memory seines Firmencomputers Spuren gelöschter Bilddateien entdeckt. Ich werde versuchen, sie zu rekonstruieren, dann sehen wir weiter. Es könnte ja auch etwas anderes sein als Urlaubsbilder.« Jacob grinste schief. »Außerdem sieht es so aus, als hätte der Kerl auch noch einen weiteren Rechner, einen Laptop. Den müsst ihr ihm sofort abnehmen, wenn er zurückkommt.«

Per nickte, strich mit den Fingern über die Tasten seines Handys. Er hasste es zu warten. Vielleicht war es wieder nur eine Sackgasse? Und wenn der Mann in dem Hotelzimmer in Hamburg ein anderer dunkelhaariger Europäer war? Fakt war, dass Paulo nachweislich über verschlüsselte

Mails Kontakt zu dem besagten Pädophilenring in Europa hielt. Fakt war ebenfalls, dass die von ihm abonnierte Wirtschaftszeitschrift auf einem Foto hatte identifiziert werden können, das ein schweres Sexualdelikt an einem Kind bezeugte, das wiederum Evas Sohn erschreckend ähnelte.

Per hatte mit ihr noch immer nicht persönlich sprechen können. Allerdings hatte er unter der Nummer, die ihm Hans gegeben hatte, eine ältere Dame erreicht, die ihm versprochen hatte, dass sie Eva an einen Rückruf erinnern würde, sobald sie zurück sei. Wenigstens befand sich Paulo im Moment in sicherer Entfernung von Eva und ihrem Sohn.

# Kapitel 57

Eva betrachtete ihr Spiegelbild. Die Augen, dunkelblaue Iris mit schwarzen und weißen Flecken, ausgeprägter Augenstern. Ihre Pupillen waren groß und schwarz. Sie strahlten einen unerbittlichen Hass aus, eine Rachsucht, mit der sich ihr Verstand nicht arrangieren konnte. Aber warum eigentlich? All die Dinge, die direkt aus einer Öffnung der Hölle nach oben zu drängen schienen. Wo bitte blieb die Gerechtigkeit? Die Bedeutung von allem? Würde es einen Unterschied machen, wenn es nur ihr geschehen wäre? Sie blinzelte, ihre Augen waren trocken. Der arme Mattias, so nett und so gutgläubig. Liv. Ihre Töchter. Mein Sohn.

Die Friseurin hielt ihr die Illustrierte hin. Eva wiederholte mit Nachdruck, dass die Frisur auf dem Foto tatsächlich diejenige sei, die sie haben wolle. Die junge Frau seufzte leise, hatte offensichtlich Angst, wegen einer Sprachbarriere einen großen Fehler zu begehen. Sie sprach kein Englisch, und Evas Deutschkenntnisse waren sehr begrenzt.

Eva lächelte ihr darum aufmunternd zu. Die Friseurin nahm die Zeitschrift wieder an sich und begann, die Farbe in einer Schale zu mischen. Sie sah aus wie dickes Blut. Eva blätterte mechanisch in den deutschen Illustrierten, blieb an Fotos von Prinzessin Victoria und Königin Silvia hängen, von Filmsternchen und Models. Die Friseurin kam zurück und begann sorgfältig, die Farbe auf Evas Haare aufzutragen. Ein scharfer Geruch von Chemikalien wurde freigesetzt, als sie die Wärmelampe einschaltete.

Eva musste an Kattis denken, die sich um die Kinder

kümmerte, sie schämte sich so, dass sie schon wieder gelogen hatte. Sie hatte ihr erzählt, sie würde Carl in Malmö treffen, einen extra Tag dranhängen, um die Beziehung zu kitten, sie würden im Hotel wohnen, ausgehen, Zeit zusammen verbringen.

Sie schloss die Augen, als die junge Frau das duftende Shampoo in ihre Haare einmassierte und wieder mit warmem Wasser ausspülte. Die Lippen der Friseurin zitterten, als sie schließlich die Schere ansetzte. Eine knappe Stunde später hatte Eva einen stufigen, pechschwarzen Kurzhaarschnitt mit Pony. Die Frisur war der von Fleur nicht ganz unähnlich, musste sie mit einem Grinsen feststellen.

Kiel versank in einem dichten, kalten Nebel, der wie Milchglas über der Stadt hing, illuminiert durch die weihnachtlichen Lichterketten in den Bäumen und an den Einkaufsstraßen. Eva erledigte die ersten Weihnachtseinkäufe: eine Puppe für Julia, eine Riesenbox mit Dinosauriern für Sebastian, ein Buch über die Kunst des 20. Jahrhunderts für Fleur, eine glitzernde Bodylotion für Karin, die sich nie so einen Luxus gönnte, sowie einen Reiseführer über Asien für Kattis. Für Carl kaufte sie ein schönes Hemd mit passendem Schlips und ließ den Verkäufer beides besonders schön einpacken. Für sich selbst erstand sie einen langen schwarzen Samtrock, ein Paar hochhackige Schnürstiefel, eine schwarze Seidenbluse, mit Spitzenbesatz am V-Ausschnitt und an den Bündchen, ein neues Parfum und ein paar Schminkutensilien in Schwarz, Rot und glitzerndem Grau. Sie verspürte den Drang, auch Tomas etwas zu kaufen, ließ es aber bleiben.

Als der Abend hereinbrach, hob sich der Nebel und

machte einem beißend kalten Wind den Weg frei, der durch die Straßen fegte. Nachdenklich bestieg sie die Fähre und breitete in ihrer Kabine alle Einkäufe auf dem Bett aus.

Sie könnte genauso gut die ganze Überfahrt in der Kabine verbringen, sie war nicht gezwungen, sich zu erkennen zu geben. Um ihre aufsteigende Panik zu dämpfen, zog sich Eva aus und ging unter die Dusche, ließ das heiße Wasser über ihren Körper laufen. Sie trocknete sich ab, cremte sich sorgfältig ein, trug ein bisschen von dem neuen, teuren und erfrischenden Parfum auf, zog die neuen Kleider an und schminkte sich stark. Getönte Tagescreme, dunkler Lidschatten und Kajal.

Als sie fertig war, stellte sie sich vor den Spiegel und musterte den Anblick des pechschwarzen Wesens mit den großen, dunklen Augen, eine schmale Silhouette im Stil neugotischer Romantik. Wenn sie sich dafür entschied, Paulo und seinen Kollegen nicht gegenüberzutreten, dann hatte ihr Alter Ego einfach eine Shoppingtour nach Kiel unternommen.

Vorsichtig legte sie die kleinen Plastiktüten mit dem weißen Pulver in ihre Handtasche. Die Namen der verschiedenen Tabletten, die ihre Schwiegermutter in ihrem Schreibtisch versteckte, hatte sie problemlos online in einer Arzneimitteldatenbank nachschlagen können. Flunitrazepam hieß die eine Sorte. Kleine weiße Tabletten mit einem Schlitz in der Mitte. Die ursprüngliche Bezeichnung dafür war Rohypnol. Eva war bei ihrer Recherche im Internet auf den Begriff der DateRapeDrug gestoßen und hatte einige unheimliche Seiten gefunden, auf denen die Wirkungen der Droge in allen Details beschrieben waren. Außerdem gab es dort auch Anweisungen, wie man den vorgesehenen Opfern die Drogen am besten verabreichte, um sie willenlos zu machen. Ein starkes Beruhigungsmittel, hohes Abhängigkeitsrisiko, machte den Benutzer gefühlskalt, war sehr beliebt bei Kriminellen und Drogenabhängigen. In Kombination mit Alkohol verursachte es Halluzinationen und Wahnvorstellungen und konnte Aggressionsschübe auslösen.

Eva hatte Carls Ersatzschlüssel benutzt, war einfach in die Villa Seger hineinspaziert und direkt in das Büro ihrer Schwiegermutter gegangen. Dort hatte sie die Schreibtischschublade geöffnet und sich von jeder der Tabletten ein paar mitgenommen.

Ein tiefes Grollen war zu hören, unregelmäßige Stöße erschütterten das Mittelschiff und die Schotts. Der große, stählerne Schuhkarton verließ langsam den Kai und die Hafeneinfahrt.

Eva schloss ihre Kabinentür hinter sich und lief den langen Gang entlang, ihre Schritte wurden vom schrill gemusterten Teppichboden geschluckt. Es roch nach Chemikalien.

Die Lichter des Hafens und die großen Villen entlang des Kanals glitten in der Dunkelheit vorbei.

Eva lief bis zum Ende ihres Decks, zählte die Treppen und Aufzüge, dann drehte sie sich um, nahm einen Aufzug am anderen Ende und befand sich in dem großen Deckrestaurant, wo Familien mit Kindern und LKW-Fahrer versuchten, ihr Essen in einer ruhigen Ecke zu verzehren, während der Andrang am Buffet groß war. Es war erst kurz vor acht Uhr, aber der Alkoholpegel allerorten war bereits beträchtlich angestiegen. Vor dem Restaurant erstreckten sich lange Gänge, dort gab es eine Kinderspielecke, Spielautomaten und eine Bar. Daran schlossen sich Konferenzräume an.

Vor den Fenstern zog die undurchdringliche Dunkelheit vorbei, der Wind nahm zu, und die Schaumkronen bildeten weiße Linien. Achtern, genau über Evas Kabine, lag das exklusivere Restaurant, wo die Gäste an Tischen mit weißen Leinendecken saßen. Und durch ein Panoramafenster sah man hinaus aufs Oberdeck. Dort konnte man auf einer breiten Aussichtsplattform stehen, den Wasserstrudeln am Heck des Schiffes zuschauen und das gleichmäßige Dröhnen des Schiffsmotors hören.

Eva ging aufs oberste Deck. Der Nachtclub thronte wie eine Glashaube auf dem Schiff, war umgeben von einer gläsernen Galerie, in der die Gäste ein bisschen flanieren und frische Luft schnappen konnten, wenn das Tanzen und der Alkohol ihren Tribut gefordert hatten. Eva betrat den Club nicht. Der Seegang hatte deutlich zugenommen, und es gab keinen Horizont, an dem man sich orientieren konnte. Es war stockdunkel und fühlte sich an, als liefe man in totaler Finsternis durch einen Zeppelin. Die Rettungsboote hingen noch still und verdeckt in ihren Vorrichtungen, es quietschte und knirschte in Seilen und Aufbauten.

Als sie zurückkehrte und am Club vorbeikam, hatten die Ersten zu tanzen begonnen, an der Bar herrschte bereits großes Gedränge. Alles bewegte sich, wogte hin und her, tanzte, schunkelte, beleuchtet von glitzernden Discolampen.

Im Treppenhaus spürte sie wieder diesen Strudel, der sie in die Tiefe zog, als sie hinunter auf die unendlich wirkenden Geländer und Treppenstufen sah, die sich immer tiefer in den Schiffsrumpf bohrten. Sie hörte die schäumenden Wellen, spürte die unerbittliche Kraft der Schiffsschrauben, das Dröhnen der Motoren im Bauch des Riesen. Sie ging an Backbord zurück zur Bar in dem langen Zwischengang, stellte sich etwas abseits und musterte die Anwesenden.

Das Schiff bekam immer mehr Schlagseite, langsam und gemächlich rollte es von einer Seite zur anderen. Eine freundliche Frauenstimme informierte über Lautsprecher, dass ein Sturm aufzog. Mit einer Stimme, die klang, als würde sie Sonderangebote des Taxfree-Shops anbieten, empfahl sie den Passagieren, sich zu vergewissern, wo sich Rettungswesten und Notausgänge befanden, und sich in ihre Kabinen zurückzuziehen. Das Betreten des Autodecks war jetzt strengstens untersagt.

Die Luft in der Bar war heiß und stickig, es roch nach Parfum, Bratfett und Bier. Die Musik dröhnte aus den Lautsprechern, immer mehr Gäste drängten in die Bar. Gläser und Flaschen klirrten bei jeder Erschütterung des Schiffes. Eva musste sich einige Male an Tischen, Stühlen und Säulen abstützen, als sie sich zum Tresen vorarbeitete.

Der Barkeeper war blass im Gesicht, hochkonzentriert nahm er die Bestellungen von Bier und Gin Tonic entgegen. Mit geübten Bewegungen schnitt er Zitronenspalten, legte sie auf ein Tablett und füllte Eiswürfel in die Gläser, während er sich immer wieder mit einer Hand am Tresen festhielt. Plötzlich übergab sich eine Frau an der Bar, mit zusammengepressten Lippen fluchte der Barkeeper leise und holte einen Lappen.

Blitzschnell griff sich Eva das Messer, mit dem er die Zitronen geschnitten hatte, und ließ es in ihre Handtasche gleiten. Wenn sie Paulo von Angesicht zu Angesicht gegenübertreten wollte, musste sie das tun, bevor sich alle in ihre Kabinen zurückzogen. Weitere Durchsagen ertönten, die vormals aufgeräumte Frauenstimme klang jetzt schriller, als sie die Passagiere darüber informierte, dass der Sturm zugenommen habe. Sie wiederholte, dass niemand auf das Autodeck gehen dürfe.

Die Gänge und Wandelhallen hatten sich schnell geleert. Die Standhaften waren jetzt alle an der Bar versammelt. Eva versteckte sich hinter einer Säule und beobachtete verstohlen die Besucher. Aus dem Augenwinkel hatte sie mehrere Anzugträger gesehen, als sie das erste Mal dort vorbeigegangen war. Ihnen schien der Seegang nichts anhaben zu können. Sie saßen auf den hohen Barstühlen, standen am Tresen oder hatten es sich in den Sofas am Fenster gemütlich gemacht.

Dann entdeckte sie Paulo. Er saß in einer der Sofaecken, in Begleitung zweier junger Männer. Der Vierte in der Runde war ein älterer Herr mit ergrauten Schläfen. Sie alle hörten ihm interessiert zu, während Paulo mit ausholenden Gesten und strahlendem Lächeln erzählte. Eva drückte sich an die Wand, wartete, bis ihr Atem sich wieder beruhigt hatte.

Dann stellte sie sich ans äußerste Ende der Bar und versuchte die Aufmerksamkeit des Barkeepers zu erhaschen, der mit dem Bierzapfen beschäftigt war. Aus dem Augenwinkel beobachtete sie Paulo. Sein Blick wanderte ein paar Mal zur Bar, aber er schien sie nicht zu bemerken. Der ältere Kollege erhob sich und wankte mit unsicheren Schritten zum Tresen. Sie schob sich näher an ihn heran. Kurz darauf sah sie im ins Gesicht, seine Augen glänzten glasig, er war betrunken.

Er grinste sie schmierig an, sein Oberkörper schwankte im Takt des Schiffes. Sie lächelte aufreizend, zeigte auf den Barkeeper. Der Mann nickte zufrieden. Er rückte näher an sie heran und sprach mit schwerer Zunge davon, wie kompliziert es sei, sich gegen den Sturm Gehör zu verschaffen. Eva gab ihm recht, lächelte erneut, unterdrückte die aufsteigende Übelkeit, die sie in Wellen überkam, fast im Takt der See, gegen die das Schiff ankämpfte und dabei stöhnte und zitterte.

»Was für ein Glück, dass es auch Frauen gibt, denen ein bisschen Seegang nichts ausmacht! Sie scheinen mir ja ein taffes kleines Ding zu sein. Wollen Sie auch einen Drink gegen die Seekrankheit?«

Eva nickte und nahm das Angebot an und sagte, dass sie es gern härter mochte und ein Gin Tonic nie schaden würde. Ihre Worte entfachten ein neugieriges Glitzern in den Augen des Anwaltes. Ihm gelang es, den Barkeeper zu sich zu winken, und er bestellte auch die Getränke für seine Kollegen: zwei Bier, einen Whiskey und einen Martini Dry. Martini war Paulos Lieblingsgetränk. Eva beugte sich vor und fragte den Barkeeper, ob er ihr nicht einmal erklären könnte, wie man einen richtigen Martini Dry zubereitete. Er nickte, ohne größere Begeisterung, und begann die Zutaten zu mischen, während er ihr die Einzelheiten erklärte.

Als die Getränke fertiggestellt und die Biere gezapft waren, hielt Eva dem Anwalt ihren Drink hin, um anzustoßen. Sie lachten, flirteten, schwankten. Sie machte Zeichen, dass der Seegang noch stärker geworden sei. Und als er ihr für einen kurzen Moment den Rücken zukehrte, schüttete sie die zerstoßenen Tabletten in den Martini. Sie hoffte inständig, dass bei dem schummrigen Licht vor den Sofas niemand die Rückstände würde erkennen können.

Der Anwalt nahm das Tablett und schwankte zurück zu seinen Kollegen. Sie wechselten ein paar Worte, lachten.

Dann war er genauso schnell wieder zurück und drängte sich dichter an Eva, sie spürte die Wärme seines Körpers, er roch nach Schweiß, Aftershave und Bier.

»Wir sehen uns später vielleicht noch … ich muss jetzt kurz mal …«, Evas Stimme erstarb. Der Anwalt hatte sie gegen den Tresen gedrückt, er grinste aufdringlich, sein Blick war verschwommen. Angewidert spürte sie die Beule in seiner Hose.

Sie lächelte ihn entwaffnend an, strich leicht über seine verschwitzte Wange und rief ihm ins Ohr, dass sie kurz mal für kleine Mädchen müsse. Sonst würde sie platzen. Der Anwalt lachte dreckig und klatschte ihr auf den Hintern. Eva ließ ihr Getränk stehen, lief den Gang hinunter ins Restaurant und schob mit aller Kraft die WC-Tür auf, schlüpfte durch den schmalen Spalt und setzte sich auf eine Toilette. Dort blieb sie lange, wartete darauf, dass sich ihr Herzschlag beruhigte und ihre Übelkeit verflog. Ungefähr zwanzig Minuten würde es dauern, bis die Tabletten wirkten. Sie wusste nicht, wie viele sie pulverisiert hatte, aber war sich sicher, dass es ausreichte, um einen Erwachsenen auszuknocken.

Sie verließ die Kabine und wusch sich die Hände. Das Wesen im Spiegel war ganz in Schwarz, hatte verschmierte Augen und einen gequälten, besessenen Blick. Eine ältere Dame kam aus einer der anderen Kabinen und starrte Eva an, ohne ein Wort zu sagen.

Einen Augenblick blieb sie am Ausgang des Restaurants stehen, um Mut zu sammeln. Sie wollte gerade die Tür aufdrücken, als ihr plötzlich der Anwalt den Weg versperrte. Sein Blick war kalt und hart, das Blut pochte an seinen Schläfen.

»Du kannst mich nicht verarschen, Kleine«, lallte er. »Ich weiß genau, was du brauchst.« Er packte Eva und schob die eine Hand unter ihre Bluse, die andere griff unter ihren Rock und schob sich auf ihren Hintern. Sie schnappte nach Luft, sah sich verzweifelt um, aber das Restaurant war menschenleer, nicht einmal das Personal war noch da.

Eva versuchte, ihm ihr Knie in den Schritt zu stoßen, aber der Tritt endete an seiner Kniescheibe. Er heulte kurz auf, packte sie noch fester und presste sie gegen die Fensterscheibe, schob erneut die eine Hand unter ihren Rock, mit der anderen würgte er sie. Eva bekam keine Luft mehr und spürte, wie die Beine unter ihr nachgaben.

»Was ist denn hier los?« Eva sah über die Schulter ihres keuchenden Peinigers. Sie entdeckte ein Gesicht, ein blonder Mann in einem hellgrauen Anzug starrte sie an, dahinter tauchte Paulos Gesicht auf. Eva bewegte sich nicht.

»Sieh zu, dass dieser Idiot ins Bett kommt!«, zischte Paulo. Der junge Mann packte den Anwalt von hinten und riss ihn weg. Eva sank zu Boden, schlang ihre Arme um die Beine. Paulo starrte sie benommen an, blieb unentschlossen neben ihr stehen.

»Sie sollten jetzt vielleicht auch in Ihre Kabine gehen?«, sagte der Mann im hellgrauen Anzug. »Über diese Geschichte müssen wir kein weiteres Wort verlieren, oder?«

Sie nickte, schloss die Augen, wollte den Blicken entkommen. Als sie die Augen wieder öffnete, war sie mit Paulo allein. Er grinste sie an, packte sie, zog sie hoch, legte einen Arm um ihre Schultern und führte sie nach achtern, hinaus auf die Aussichtsplattform.

# Kapitel 58

»Du hattest recht, meine Fresse!«

Jacob war es gelungen, eines der Bilder wiederherzustellen, die von Paulos Kanzleirechner gelöscht worden waren. Per stand neben ihm, konnte nur mit Müh und Not den Anblick der Aufnahme aushalten, die vor ihm auf dem Bildschirm erschien.

Die gleiche Szene, die gleichen Requisiten, ein maskierter Mann mit Handschuhen, hellhäutig, etwas kräftiger geworden am Bauch und im Schulterbereich, vielleicht ein bisschen älter, das war schwer auszumachen, dunkle Körperbehaarung, etwas über mittelgroß. Ein kleines Kind, zwei oder drei Jahre alt, ein blonder Junge mit Locken. Dieses Mal musste Per das Foto nicht lange betrachten, um sich sicher zu sein. Er schluckte, schloss die Augen, ließ sich auf einen der Stühle fallen und blieb lange dort sitzen, das Gesicht in die Hände vergraben.

Was war nur schiefgelaufen bei dieser Ermittlung? Hatte der Ehrgeiz regiert, sie so schnell und effektiv wie möglich abzuwickeln? Eine Leistungsschau? Am liebsten hätte er sich ans Telefon gehängt, Katarina angerufen und sie angeschrien. Aber sie war ja gar nicht allein verantwortlich. Der Staatsanwalt, die Kollegen, die Gerichtsverhandlung, es hatte alles gepasst. Und der arme Mattias war reingelegt worden, vielleicht hatte man ihn auch so sehr verängstigt, dass er schließlich gestanden hatte. Vielleicht war es sogar sein eigener Anwalt gewesen! Paulo musste dem Himmel gedankt haben, als dieser arme, nichtsahnende Schlucker direkt in seinen Untergang gestolpert war.

»Es erinnert sehr an die anderen Fotos«, stellte Jacob nüchtern fest. »Aber die Umgebung ist eine andere. Sieht eher nach einem alten, verfallenen Haus aus, ein Sommerhäuschen vielleicht.« Per nickte stumm hinter seinen Händen. Der Kopf tat ihm weh. Sein Hirn arbeitete auf Hochtouren. Ein schneller Blick auf die Uhr. Morgen früh um sieben würden sie den Anwalt am Fähranleger in Empfang nehmen.

# Kapitel 59

Der Schiffskörper erzitterte, die Motoren dröhnten, die Fähre stampfte und rollte durch die stürmische See. Sich an Wänden und Möbeln abstützend, zog Paulo Eva hinter sich her. Ihre Hilferufe gingen im Sturm unter, überall schepperten Flaschen und Gläser, Hängelampen schaukelten geräuschvoll hin und her.

Paulo stieß Eva durch die Tür, die zur Aussichtsplattform am Heck der Fähre führte. Die Windböen nahmen ihr den Atem, hinter der Reling empfing sie die Dunkelheit wie ein endloser Abgrund, das Tosen des Sturmes übertönte fast noch das Dröhnen der Maschine, das ohrenbetäubend anschwoll, wenn das Heck sich anhob, um kurz darauf in der nächsten Welle erstickt zu werden.

Brutal presste Paulo sie gegen die Reling, die Handtasche rutschte ihr von der Schulter und schnitt in den Arm, ihre gebrochene Rippe brannte.

»Und du hast wirklich geglaubt, ich würde dich nicht wiedererkennen?«, schrie er und lachte höhnisch. »Ich muss zugeben, ich bin beeindruckt!«

Sein Grinsen war teuflisch, mit seiner freien Hand streichelte er sanft über ihr Haar.

»La madre del mio angelo«, murmelte er und wickelte ihre Haare um seine Finger. Dann schnalzte er gespielt bekümmert mit der Zunge. »Madonna, Madonna … Was machen wir nur mit dir, meine kleine Eva. Du willst einfach nicht sterben und nicht aufgeben.«

Plötzlich presste er ihr mit seinem Unterarm gegen den Hals. Mit dem anderen packte er sie an der Taille und hob sie mit unerwarteter Kraft an der Reling hoch. Eva spürte, wie sich ihre Füße vom Boden lösten. Es flimmerte vor ihren Augen, als Paulo seine Hand in ihre Seite mit der gebrochenen Rippe bohrte.

Für einen kurzen, schwindelerregenden Augenblick kapitulierte sie innerlich. Ihr Leben befand sich im freien Fall, sie schwebte in der Dunkelheit über den eiskalten Fluten und dem Sog der riesigen Schiffsschraube. Doch dann riss sie die Augen auf und sah Paulos verzerrtes Gesicht vor sich. Sie fing an, so heftig mit den Beinen zu treten, wie sie nur konnte. Offenbar war er von ihrer plötzlichen Gegenwehr überrumpelt, denn sein Griff lockerte sich, und sie glitt nach unten, fühlte wieder Boden unter ihren Füßen und tastete verzweifelt in ihrer Handtasche nach dem Messer. Ein schneidender Schmerz in den Fingern sagte ihr, dass sie es gefunden hatte. Mit blutenden Fingern gelang es ihr, das Messer aus der Tasche herauszuziehen. Paulo hatte sich von seiner Überraschung erholt und verstärkte den Griff erneut, hob sie in Richtung Abgrund.

Mit aller Kraft, zu der sie fähig war, stach sie zu. Zuerst spürte sie den Widerstand seiner Kleidung, doch die gab nach, und das Messer drang tief in Paulos Körper ein. Er schrie auf und ließ sie für einen Augenblick los. Eva rutschte an der Reling herab, behielt aber den Messerschaft fest in der Hand. Eine lange Sekunde lang starrten sie einander an.

Drohend richtete Eva das Messer auf Paulo. Der ließ mit einem fiesen Grinsen die Arme sinken. Aber sein heiseres Lachen erstarb augenblicklich. Das Schiff sank plötzlich tief in ein Wellental, und beide verloren den Halt unter den Füßen. Eva klammerte sich an die Reling. Paulo verlor das

Gleichgewicht und taumelte rückwärts, konnte sich aber fangen.

Mit dem Messer in der ausgestreckten Hand kroch Eva auf ihn zu, blitzschnell griff er nach ihrer Hand, und die Waffe fiel aufs Deck. Ein dumpfes Dröhnen durchfuhr den Schiffsrumpf, als die Fähre die tiefste Stelle des Wellentals erreicht hatte, dann ging es wieder aufwärts. Evas Arme knickten weg. Das Messer schlitterte übers Deck. Paulo kam auf die Füße und versuchte es aufzuhalten.

Im nächsten Wellental ging es noch tiefer, das Schiff verhielt sich wie im freien Fall. Im Restaurant purzelten Tische und Stühle übereinander, Glas splitterte, irgendwo hörte man eine Frau um Hilfe rufen. Eva hielt sich verzweifelt fest. Wir werden ertrinken, dachte sie noch.

Dann sah sie Paulo nach vorne stürzen. Sein Körper wurde förmlich vom Schiff mitgerissen. Mit einem überraschten Stöhnen schlug er gegen die Reling, dann wurde er über das Geländer geschleudert, Arme und Beine flogen durch die Luft. Der Rückstoß war brutal, als das Schiff das Wellental erreichte. Eva kroch über das Deck bis zur Reling, wo sie Paulo entdeckte, seine Fingerknöchel waren weiß von der Anstrengung, sich festzuhalten.

»Hilfe … hilf mir, Ev…«

Nur Wortfetzen erreichten sie durch den Sturm. Sie konnte seine vor Panik geweiteten Augen sehen. Noch einmal meinte sie seinen Hilferuf zu hören.

»… ich verspreche dir. Ev… werde nicht … Eva, ich … hilf mir …«

Vorsichtig steckte sie ihren Arm durch die horizontalen Streben der Reling, tastete, bis sie seine Hand fand. Er packte sofort fest zu, und Sekunden später kam sein entsetztes Gesicht zum Vorschein, in seinen Augen panische Angst.

»Oh … Eva, Eva, meine …« Mit der anderen Hand bekam er eine Strebe der Reling zu fassen und begann sich hinaufzuziehen. Da tauchten plötzlich die Bilder all der Kinder vor Evas Augen auf und auch das von Paulos Mutter, der abartige Altar in der Hütte, das flackernde Kerzenlicht.

Sie versuchte ihre Hand zurückzuziehen, aber sie war wie in einem Schraubstock gefangen. Verzweifelt und mit letzter Kraft stemmte sie die Kante ihrer Schuhsohle gegen seine Finger, bis er endlich losließ. So schnell sie konnte, sprang Eva auf die Füße und klammerte sich krampfhaft an die Reling, während sie seine andere Hand, die noch immer die Querstrebe umklammerte, mit weiteren Fußtritten traktierte. Brüllend vor Wut trat sie immer und immer wieder zu.

Vor Kälte und Entsetzen zitternd, beugte sie sich über die Reling. Keine Spur von Paulo. Sie hatte weder einen Schrei noch den Aufprall seines Körpers auf die Wasseroberfläche gehört. Sie tastete sich suchend weiter, fand das Messer, das auf dem Deck hin und her rutschte. Dann warf sie es in hohem Bogen ins Meer.

Schluchzend kroch sie zur Außentür des Restaurants, riss sie auf, schob sich hinein, bevor der Luftdruck und die Schiffsbewegung sie wieder zuschnappen ließen. Dann durchquerte sie den Saal, wobei sie sich immer wieder an Möbeln und Säulen abstützen musste.

Im ständigen Versuch, das Gleichgewicht zu halten, stieg sie vorsichtig die Treppe zu den Kabinen hinab. Ein einziger vereinsamter Passagier stand an einem einarmigen Banditen, als würde sein Leben davon abhängen. Ein paar gestresste, blasse Stewardessen, die nicht nach rechts oder links sahen, kämpften sich durch die Gänge. Der Gestank von Erbrochenem war ekelhaft. Eva wühlte nach ihrer Codekarte für die Kabine, endlich öffnete sich die Tür, sie stolperte hinein und schmiss die Tür hinter sich zu. Schluchzend fiel sie auf das Bett.

Wie lange sie dort zusammengerollt gelegen hatte, wusste sie nicht mehr. Als sie endlich die Augen öffnete, war es draußen zwar nach wie vor so dunkel wie zuvor, aber die Maschinen liefen gleichmäßiger, und die Bewegungen des Schiffes waren ruhiger und rhythmischer geworden.

Durchs Bullauge konnte sie erkennen, dass die Wellen noch ziemlich hoch waren, aber das schwere Stampfen und Rollen hatte spürbar nachgelassen. Sie hörte Stimmen im Korridor, die lauter wurden und dann wieder verstummten.

Verwirrt versuchte Eva ihre Erinnerung zu sortieren. Wie war sie nur hierhergekommen? Sie wickelte die Decke noch fester um sich, allmählich wurde ihr wärmer, und die Anspannung ließ nach. In Gedanken wiederholte sie alles. Am Abend zuvor war sie in Göteborg an Bord gegangen und morgens in Kiel angekommen … Ja, so war es. Tagsüber war sie in Kiel herumgelaufen und hatte einen Friseur aufgesucht. Sie sah sich in der Kabine um, alle Weihnachtsgeschenke waren auf dem Boden verstreut. Sie setzte sich auf. Hatte sie das alles nur geträumt? Sie schaute auf ihre Hände mit den Schnittwunden, das Blut war getrocknet.

Entschlossen stand sie auf und fing an, in ihrer Tasche zu wühlen. Die Tütchen mit den pulverisierten Tabletten spülte sie im Klo herunter, dann holte sie die Packung mit der Coloration heraus und riss sie auf.

# Kapitel 60

Per zuckte zusammen, als die Tür im Hovås Jaktstig geöffnet wurde. Irgendwie war er überrascht. Eva stand seelenruhig vor ihm, das Licht aus dem Gästehaus umrahmte sie. Sie war genau so zart und schmal, wie er sie in Erinnerung hatte, aber sie trug ihr Haar kürzer. Und sie war ungeschminkt. Blass war sie und ihr Gesicht von mehreren Schwellungen und blauen Flecken gezeichnet, dazu ein blaues Auge und Hämatome am Hals. Er versuchte, die Fassung wiederzuerlangen, während er sie betrachtete.

»Darf ich reinkommen?«, fragte er.

Eva trat einen Schritt zurück und machte ihm ein Zeichen einzutreten.

Sie sahen sich schweigend an. Sie fand, dass er traurig aussah, aber vielleicht war er nur müde und abgespannt. Mit einer unbestimmten Bewegung wies sie Richtung Küche. Er hängte seine Jacke auf und folgte ihr, setzte sich aber nicht, sondern trat an das hohe, schmale Fenster, von wo aus man das Meer sehen konnte.

»Ich habe versucht, Sie zu erreichen«, sagte er leise. Sie nickte.

»Ich weiß. Und ich habe auch versucht, Sie zu erreichen. Wir müssen einander verfehlt haben.« Eva lächelte traurig.

»Eva, Sie hatten recht«, sagte er betrübt. »Um Ihnen das zu sagen, wollte ich mit Ihnen sprechen, und ich wollte hören, ob es Ihnen gutgeht. Heute früh wollten wir Paulo Buschardt verhaften, als die Fähre aus Deutschland anlegte. Wir haben Beweise für seine Taten ... auch dafür, dass er mit größter Wahrscheinlichkeit Ihren Sohn missbraucht hat.«

Er verstummte und schaute Eva an, die ihn aufmerksam beobachtete.

»Ich weiß nicht recht, wo ich anfangen soll«, stotterte er. »Zuerst muss ich mich dafür entschuldigen, dass wir unsere Arbeit nicht richtig gemacht haben und Sie und Ihr Sohn darum unnötiger Gefahr ausgesetzt waren. Natürlich können Sie deshalb eine Anzeige erstatten …« Es bereitete ihm große Schwierigkeiten, weiterzusprechen. Im Laufe seiner Karriere hatte er einige Todesnachrichten überbringen müssen, hatte Familien Informationen übermittelt, die ihr Dasein zerstört hatten, aber zum ersten Mal musste er einen Justizirrtum zugeben, eingestehen, dass ein Unschuldiger verurteilt worden war.

»Ich bin unendlich traurig, dass es so gekommen ist und dass ich Ihnen nicht richtig zugehört habe … Und ich wollte Ihnen erzählen, dass wir ihm jetzt endlich auf die Spur gekommen sind.« Per sah sie aus dem Augenwinkel an.

Eva schüttelte den Kopf.

»Das stimmt nicht, es ist nicht Ihre Schuld. Das war eine Verkettung unglücklicher Umstände. Sie haben mir immer zugehört, kritisch zwar, aber Sie haben es getan. Das ist mehr, als viele von sich behaupten können.«

Ihre Stimme klang bitter, sie lehnte am Küchentisch. Irgendetwas war anders an ihr, der Glanz in ihren Augen, die Körperhaltung.

»Ich nehme an, dass Sie über Paulo Buschardts Verschwinden informiert sind?«, fragte Per. »Man vermutet, dass er heute Nacht während des Sturmes auf der Kielfähre über Bord gefallen ist.«

Eva nickte.

»Ja. Ich habe es heute früh online gelesen … Auch in den regionalen Radionachrichten wurde es gesendet.«

Schweigen. Nur das kräftige Rauschen des Windes, der den Sturm noch in sich trug, drang ins Haus, und das durchdringende Geräusch einer Motorsäge, die sich um die nächtlichen Sturmschäden kümmerte.

»Armer Mattias«, flüsterte Eva.

Per schluckte und schwieg. Es gab nichts mehr zu sagen.

Der Morgen war eine einzige Enttäuschung gewesen. Paulo Buschardt war in der Nacht spurlos von der *Stena Germanica* verschwunden. Dass er an Bord gewesen war, konnten seine Kollegen bezeugen. Alle waren schockiert. Und niemand hatte eine plausible Erklärung für sein Verschwinden. Seine Kleidung, die persönlichen Wertsachen des Rechtsanwaltes sowie sein Laptop hatten sich noch in seiner Kabine befunden. Das Personal auf dem Schiff war nach wie vor damit beschäftigt, jede Ecke der Fähre abzusuchen, aber die Wahrscheinlichkeit, dass er sich während des Unwetters irgendwo verkrochen hatte, war mehr als gering.

Man hatte nahezu alle Personen befragt, die sich in seiner Nähe aufgehalten hatten oder die eventuell etwas gesehen haben könnten. Die Angestellten und Paulos Kollegen gehörten dazu, aber alle hatte man natürlich nicht erreichen können. Eine junge dunkelhaarige Frau, die in Begleitung der Anwälte gesehen worden war, war nicht mehr aufzufinden gewesen.

Der Sturm hatte mehrere Stunden gewütet, und es bedurfte keiner besonders lebhaften Phantasie, um sich vorzustellen, wie gefährlich es gewesen wäre, sich an Deck oder auf einer der Aussichtsplattformen aufzuhalten. Und das auch noch nach Genuss des ein oder anderen Drinks.

»Es freut mich zu sehen, dass es Ihnen einigermaßen gutgeht, Eva«, sagte Per mit belegter Stimme. »Ihre Schwester klang ziemlich besorgt.«

Sie nickte. »Hmm … Ich weiß. Die arme Karin. Ich habe mich sehr kindisch verhalten … das ist mir klar. Aber es ging mir nicht besonders gut.« Eva atmete tief ein und schnaufte hörbar wieder aus.

Per wollte die Unterhaltung beenden und endlich gehen. Er drehte sich um und begegnete Evas geschundenem Blick. Ihre Augen sahen im Halbdunkel aus, als seien sie mit schwarzer Schminke umrandet.

Zögerlich begann Eva, ihm von der Lügengeschichte zu berichten, die sie Kattis und auch ihrer Schwester aufgetischt hatte. Von dem Abendessen bei einer Freundin, vom Fahrradunfall. »Ich hatte Angst und war verzweifelt, darum hatte ich beschlossen, Paulo Angst einzujagen und ihm zu drohen, dass er sich nie wieder meinem Sohn nähern sollte.«

Per fiel die Kinnlade herunter, er starrte in ihr blasses Gesicht, die Haare auf seinen Armen standen zu Berge.

»Also habe ich bei ihm in Örgryte geklingelt«, fuhr Eva fort. »Ich wusste, dass er allein zu Hause war. Ich gab ihm zu verstehen, dass ich alles wisse und er mich und Sebastian für immer in Ruhe lassen solle. Das war so dumm. Ich hatte wohl den naiven Glauben, ihm Angst machen zu können. Aber da hatte ich mich geirrt.«

Per hielt die Luft an. Warum hatte er sie nur nicht vorher erreicht, vielleicht hätte er den Wahnsinn aufhalten können, den er da zu hören bekam.

»Und was geschah dann?«, fragte er mit erstickender Stimme.

»Er überwältigte mich, schlug mich bewusstlos und fuhr mich zu einer alten Hütte im Wald. Dort hatte er einen Altar mit Fotos von Sebastian und anderen Kindern, es war ekelhaft …«

Eva fuhr sich mit der Zunge über die Lippen. Ihr Blick war dunkel und voller Verachtung.

Per schwieg, ihm fiel es schwer, ruhig zu atmen.

»Er hat mich geschlagen und wollte mich gefesselt in der Hütte zurücklassen. Ich sollte dort verdursten und verhungern«, sagte Eva fauchend. »Er sagte, alle wüssten, dass ich durchgedreht sei, und würden glauben, dass ich von der Brücke gesprungen bin.«

Per schüttelte den Kopf. Wovon hatte sie gesprochen? Eine Hütte? Was hatte Jacob noch gesagt? Das gleiche Szenario, aber an einem anderen Ort. In einem verlassenen Sommerhäuschen. Er knetete die Hände.

»Wo war das, Eva? Können Sie sich daran erinnern?«

»Ungefähr. Ich habe die Flugzeuge vom Flughafen Landvetter gehört, und es lag nicht besonders weit von der Schnellstraße entfernt.«

»Glauben Sie, dass Sie es wiederfinden?«

»Vielleicht«, antwortete Eva leise.

»Eva, das war unglaublich leichtsinnig von Ihnen, ihm zu drohen. Sie hätten ihn niemals allein aufsuchen dürfen. Sie hätten überhaupt nicht zu ihm fahren sollen! Und Sie haben ja keine Vorstellung, wie froh ich bin, dass Sie es geschafft haben, von dort zu entkommen. Haben Sie schwere Verletzungen davongetragen? Waren Sie beim Arzt? Benötigen Sie etwas … ich …« Per verstummte. Er sah sie zugleich ungehalten und flehend an.

»Es ist in Ordnung«, erwiderte sie und lächelte ihn an.

»Jetzt ist alles wieder in Ordnung.« Sie schlug die Augen nieder, ihre Hände zitterten.

Zaghaft legte Per seine Hand auf Evas Schulter, sah in ihre blauen Augen.

»Wir werden jeder Spur nachgehen, auch wenn Paulo Buschardt spurlos verschwunden bleibt.« Er wollte den Gedanken, dass er auch woanders sein könnte, ihnen entwischt war, nicht aussprechen. »Wir werden ihn überall suchen …«

Eva nickte stumm. Sie war auf einmal so blass geworden, dass er für einen Moment dachte, sie würde auf der Stelle ohnmächtig werden.

»Ich muss jetzt los«, sagte Per. »Wenn das okay für Sie ist?«

Sie nickte erneut und brachte ihn zur Tür.

Nachdem er Jacke und Schuhe angezogen hatte, blieb er für einen Moment mit der Hand auf der Türklinke stehen und sah Eva schweigend an. Dann lächelte er, zuerst etwas verhalten, dann herzlich.

»Eva! … Ich muss jetzt wirklich los. Ich habe eine Küche, die fertig werden muss, und Tausende von Verbrechern zu jagen.«

Er beugte sich zu ihr und legte seine Hand auf ihre Wange. Dann drehte er sich um und verschwand in der Dunkelheit.

Eva sah ihm eine Weile nach, sie konnte ein kleines Lächeln nicht unterdrücken.

# EPILOG

»Bist du dir da wirklich sicher, Eva?«

Beunruhigt musterte Karin ihre kleine Schwester, die mit glühenden Wangen und mithilfe einer Schablone Goldsterne auf eine dunkelblaue Wand sprühte. Die Leiter, auf der Eva stand, schwankte bedenklich hin und her.

Karin hatte sich noch immer nicht an den neuen Look ihrer Schwester gewöhnt. Zwar trug sie nach wie vor auch Jeans, aber sie kombinierte sie neuerdings mit merkwürdigen Batikblusen und hatte kurze hellblonde, fast weiße Haare.

Eva kletterte von der Leiter, stellte die Sprayflasche beiseite und umarmte Karin.

Lange standen sie so aneinandergeschmiegt. Dann schob Eva ihre Schwester ein Stück von sich und sah ihr fest in die Augen.

»Weißt du eigentlich, wie sehr ich dich liebe, mein Schwesterlein?« Eva lächelte. Karins Augen füllten sich mit Tränen.

Eva ließ sie los und lachte sanft.

»Ist das nicht eine unglaubliche Ironie des Schicksals? Carl wohnt jetzt in meinem so heiß ersehnten Reihenhaus in Örgryte, und ich bleibe in Hovås?«

Sie schütteten sich aus vor Lachen.

Eva betrachtete prüfend ihr Werk. Die Wand hatte in den vergangenen Tagen einen dunkelblauen Anstrich bekommen und wurde nun, auf ausdrücklichen Wunsch von Sebastian, in einen Weltraum verwandelt. Mit Planeten und Sternen. Er lag neben ihnen auf dem Boden und malte Planeten und lustige Raumschiffe, aus denen Eva dann Schablonen anfertigte.

»Ich darf hier bei Fleur wohnen bleiben. Praktisch umsonst, die verrückte Nudel!«, erzählte sie, den Blick an die Wand geheftet.

Karin schnappte sich Julia, die in hohem Tempo angekrabbelt kam, bevor sie Sebastians Weltraumentwurf erreichen und zerstören konnte.

Sie setzte die Kleine in eine Springschaukel, die den Platz eines alten Kronleuchters übernommen hatte. Ihre dicken Beinchen fingen sofort an zu arbeiten, und kurz darauf hüpfte Julia glucksend vor Begeisterung auf und ab. Eva musste lauthals lachen.

Dann schnitt sie einen weiteren Entwurf von Sebastian aus. Einen Sternenkreuzer. Sie spürte Karins Blick im Nacken, wie sie versuchte, hinter ihre Maske zu blicken.

»Eva … ich …« Karin verstummte.

Langsam drehte sie sich um und sah ihre Schwester an. Sie empfand eine unsägliche Müdigkeit, aber auch übergroße Liebe.

»Ich weiß, dass ich es schon ein paar Mal gesagt habe, aber es tut mir einfach so unendlich leid, dass dir niemand von uns so richtig geglaubt hat, dass wir … ach verdammt!« Karin wedelte hilflos mit den Händen in der Luft, fand die richtigen Worte nicht. »Ich fühle mich so dumm! Ich will dir nur sagen, wie furchtbar leid mir das alles tut. Und wie froh ich bin, dass alles überstanden ist.« Karin sprang auf Eva zu und umarmte sie, drückte sie fest an sich. Eva gab nach, schloss die Augen, atmete den vertrauten Geruch ihrer Schwester ein, die Mischung aus Seife und Desinfektionsmittel.

»Die Ermittlungen sind ja noch nicht abgeschlossen …«, sagte Eva. Sie bemerkte, wie verbittert ihre Stimme klang. »Genau genommen wissen wir noch nicht besonders viel … eigentlich gar nichts.«

Karin sah die tiefe Falte zwischen Evas Augen.

»Hast du noch immer Angst vor ihm? Das musst du nicht. Er ist von Bord gesprungen, hat sich das Leben genommen. Er hat wohl geahnt, dass es vorbei ist.« Karin nickte, um ihre Worte zu unterstreichen. Eva lächelte.

»Was sagt denn Carl zu alldem?«, fragte Karin, während sie Julia in den Nacken küsste.

»Carl und ich haben beschlossen, dass wir uns eine Auszeit nehmen«, sagte Eva mit zusammengepressten Lippen. »Das ist das Beste jetzt. Time out.«

Karin zuckte ergeben mit den Schultern. Ihre Schwester war wirklich nicht leicht umzustimmen, wenn sie sich etwas in den Kopf gesetzt hatte.

»Wir sind beide dieser Ansicht!«, fügte sie hinzu und schenkte Karin ein beschwörendes Lächeln. Aber Karins Blick verriet, dass sie das nicht schlucken wollte.

»Was ist los? Was soll dieser Gesichtsausdruck? Gibt es etwas zu erzählen?«

Evas Augen funkelten.

»Nein! Du hast dich doch nicht etwa in jemanden verknallt? Eva …?«, rief Karin mit gespieltem Entsetzen. Ihre Schwester konnte das fröhliche Grinsen nicht unterdrücken.

»Eva?!«

Karins Stimme klang eher frech als beunruhigt.

»Bitte sag, dass es nicht Per ist? Um Himmels willen, nein!«

Eva lachte laut auf.

»Nein, nein … beruhig dich wieder. Obwohl er ein richtiger Leckerbissen ist, das muss ich schon zugeben.«

»Aber, wer …?« Karins Augen bohrten unerbittlich.

Eva seufzte, gab sich geschlagen.

»Ich glaube, ich habe mich in Tomas verliebt. Die Patientin und der Therapeut, klingt wie ein Groschenroman, ich weiß. Er schickt mir jeden Tag seitenlange Liebeserklärungen.«

»Oh!«, sagte Karin und setzte sich neben Julia auf den Boden. Die hatte mittlerweile so viel Schwung, dass die dicke Sprungfeder quietschte. Auf Karins Gesicht breitete sich ein herzliches Lächeln aus.

»Das überrascht mich nicht besonders. Er ist ein Traum, Eva! Kein bisschen glamourös, aber er bietet dir Geborgenheit und ist wahnsinnig nett. Und groß und stark«, fügte sie mit zweideutigem Unterton hinzu.

Dann lachte sie aus vollem Herzen.

»Dann haben wir also noch einen Arzt in unserer Familie. Himmelherrgott, was wird Papa wohl dazu sagen!«

Karin hielt Julia an und hob sie aus der Springschaukel heraus.

»So, meine Süße, jetzt machst du mal eine Pause, du darfst nicht so lange in diesem Ding sein. Hör gut zu, was die Tante Doktor sagt.«

Sie stand auf und setzte sich Julia auf die Hüfte.

»Ach, übrigens«, Karin hob eine Augenbraue, »diese Gemälde, die du im Schlafzimmer hängen hast, die kenne ich noch gar nicht. Die sind ganz schön heftig.«

Eva lächelte.

»Die hat Fleur gemalt. Sie hat wieder angefangen zu arbeiten. Und hat bald eine Ausstellung. Ich habe zwei gekauft und bin der Meinung, sie sind eine gute Investition.«

Karin schenkte ihrer kleinen Schwester einen strengen, belehrenden Blick, dann brachen beide in schallendes Gelächter aus.

# DANK

Ich danke Erik Nord, Jens Ahlstrand und Lars Björklund von der Polizei von Västra Götaland und der Kriminaltechnischen Abteilung sowie der technischen Abteilung der Fährgesellschaft *Stena Line*.

**KARL OLSBERG**
**Glanz**
Thriller
400 Seiten
ISBN 978-3-7466-2689-5
Auch als ebook erhältlich

# Verloren in der virtuellen Welt

Als der 14-jährige Eric nach einer Überdosis der Droge »Glanz« vor dem Laptop ins Koma fällt, ist seine Mutter Anna verzweifelt. Da die Ärzte keinen Rat wissen, nimmt sie schließlich die Hilfe einer mysteriösen Frau an. Das Unvorstellbare geschieht: Anna kann in die Traumwelt im Kopf ihres Sohnes vordringen, der in einem phantastischen Computerspiel gefangen zu sein scheint. Doch während sie versucht, ihn zurück ans Licht der Wirklichkeit zu führen, verdichten sich die Hinweise, dass Eric das Opfer eines üblen Spiels ist … Der erste Thriller, der auch als interaktives E-Book erscheint. Für Käufer dieses Buches kostenlos zum Download.

*»Ein deutscher Thriller-Autor von internationalem Niveau.«*
BILD AM SONNTAG

**Mehr Informationen erhalten Sie unter www.aufbau-verlag.de oder in Ihrer Buchhandlung**

aufbau taschenbuch

**WILL LAVENDER**
**Tödlicher Gehorsam**
Thriller
Aus dem Amerikanischen
von Bea Reiter
400 Seiten
ISBN 978-3-7466-2655-0

## »*Was für ein Trip!*« DAVID BALDACCI

Als die Studenten Mary, Brian und Dennis ihre erste Stunde eines Logikkurses besuchen, erleben sie eine Überraschung. Statt eines Lehrplans bekommen sie von Professor Leonard Williams eine ungewöhnliche Aufgabe gestellt: Sie sollen einen hypothetischen Mord verhindern. Sechs Wochen Zeit und die Gesetze der Logik stehen ihnen zur Verfügung, um die 18-jährige Polly vor ihrem Entführer zu retten. Ein aufregendes Gedankenspiel – oder etwa mehr?

**Mehr Informationen erhalten Sie unter www.aufbau-verlag.de oder in Ihrer Buchhandlung**

atb aufbau taschenbuch